国家社科基金重大委托项目
"中国少数民族语言与文化研究"

· 中国社会科学院民俗学研究书系 ·

朝戈金　主编

故事机变

The Adaptive Story Mechanics

施爱东 ｜ 著

中国社会科学出版社

图书在版编目(CIP)数据

故事机变 / 施爱东著 . —北京：中国社会科学出版社，2022.3（2022.10重印）
（中国社会科学院民俗学研究书系）
ISBN 978－7－5203－9763－6

Ⅰ. ①故… Ⅱ. ①施… Ⅲ. ①故事—文学理论—研究—中国 Ⅳ. ①I207.427

中国版本图书馆 CIP 数据核字（2022）第 027945 号

出 版 人	赵剑英
责任编辑	张　林
特约编辑	周维富
责任校对	闫　萃
责任印制	戴　宽

出　　版	中国社会科学出版社
社　　址	北京鼓楼西大街甲 158 号
邮　　编	100720
网　　址	http：//www.csspw.cn
发 行 部	010－84083685
门 市 部	010－84029450
经　　销	新华书店及其他书店
印　　刷	北京明恒达印务有限公司
装　　订	廊坊市广阳区广增装订厂
版　　次	2022 年 3 月第 1 版
印　　次	2022 年 10 月第 2 次印刷
开　　本	710×1000　1/16
印　　张	18
插　　页	2
字　　数	305 千字
定　　价	106.00 元

凡购买中国社会科学出版社图书，如有质量问题请与本社营销中心联系调换
电话：010－84083683
版权所有　侵权必究

"中国社会科学院民俗学研究书系"编委会

主　编　朝戈金

编　委　卓新平　刘魁立　金　泽　吕　微　施爱东
　　　　巴莫曲布嫫　叶　涛

总　序

自英国学者威廉·汤姆斯（W. J. Thoms）于19世纪中叶首创"民俗"（folklore）一词以来，国际民俗学形成了逾160年的学术传统。作为现代学科意义上的中国民俗学肇始于五四新文化运动，近百年来的发展几起几落，其中数度元气大伤。从20世纪80年代开始，这一学科方得以逐步恢复。近年来，随着国际社会和中国政府对非物质文化遗产（其学理依据正是民俗和民俗学）保护工作的重视和倡导，民俗学研究及其学术共同体在民族文化振兴和国家文化发展战略中，都正在发挥着越来越重要的作用。

中国社会科学院曾经是中国民俗学开拓者顾颉刚、容肇祖等人长期工作的机构，近年来又出现了一批较为活跃和有影响力的学者，他们大都处于学术黄金年龄，成果迭出，质量颇高，只是受既有学科分工和各研究所学术方向的制约，他们的研究成果没能形成规模效应。为了部分改变这种局面，经跨所民俗学者多次充分讨论，大家都迫切希望以"中国民俗学前沿研究"为主题，以系列出版物的方式，集中展示以我院学者为主的民俗学研究队伍的晚近学术成果。

这样一组著作，计划命名为"中国社会科学院民俗学研究书系"。

从内容方面说，这套书意在优先支持我院民俗学者就民俗学发展的重要问题进行深入讨论的成果，也特别鼓励田野研究报告、译著、论文集及珍贵资料辑刊等。经过大致摸底，我们计划近期先推出下面几类著作：优秀的专著和田野研究成果，具有前瞻性、创新性、代表性的民俗学译著，以及每年择选优秀的论文结集出版。

那么，为什么要专门整合这样一套书呢？首先，从学科建设和发展的角度考虑，我们觉得，民俗学研究力量一直相对分散，未能充分形成集约效应，未能与平行学科保持有效而良好的互动，学界优秀的研究成果，也较少被本学科之外的学术领域关注，进而引用和借鉴。其次，我国民俗学至今还没有一种学刊是国家级的或准国家级的核心刊物。全国社会科学刊物几乎都没有固定开设民俗学专栏或专题。与其他人文和社会科学的国家级学刊繁荣的情形相比较，学科刊物的缺失，极大地制约了民俗学研究成果的发表，限定了民俗学成果的宣传、推广和影响力的发挥，严重阻碍了民俗学科学术梯队的顺利建设。再次，如何与国际民俗学研究领域接轨，进而实现学术的本土化和研究范式的更新和转换，也是目前困扰学界的一大难题。因此，通过项目的组织运作，将欧美百年来民俗学研究学术史、经典著述、理论和方法乃至教学理念和典型教案引入我国，乃是引领国内相关学科发展方向的前瞻之举，必将产生深远影响。最后，近年来，随着国内外非物质文化遗产保护工作的大力推进，也频频推动着国家文化政策的制定和实施中的适时调整，这就需要民俗学提供相应的学理依据和实践检验成果，并随时就我国民俗文化资源应用方面的诸多弊端，给出批评和建议。

从工作思路的角度考虑，"中国社会科学院民俗学研究书系"着眼于国际、国内民俗学界的最新理论成果的整合、介绍、分析、评议和田野检验，集中推精品、推优品，有效地集合学术梯队，突破研究所和学科片的藩篱，强化学科发展的主导意识。

为期三年的第一期目标实现后，我们正着手实施第二期规划，以利我院的民俗学研究实力和学科影响保持良好的增长势头，确保我院的民俗学传统在代际学者之间不断传承和发扬光大。本套书系的撰稿人，主要来自民族文学研究所、文学研究所、世界宗教研究所和民族学与人类学研究所的民俗学者们。

在此，我代表该书系的编辑委员会，感谢中国社会科学院文史哲学部和院科研局对这个项目的支持，感谢"国家社会科学基金"，以及"中国社会科学院哲学社会科学创新工程"。

朝戈金

目　录

第一章　故事概念的转变与中国故事学的建立 …………………（1）
　导读 ……………………………………………………………（1）
　一　正统文人笔下的"故事"与"小说" ……………………（2）
　二　明清白话小说中的"故事" ………………………………（3）
　三　晚清报刊的汉译"故事" …………………………………（6）
　四　"童话研究"的提倡 ………………………………………（8）
　五　中国"故事学"的建立 ……………………………………（10）
　六　"故事研究"对"童话研究"的兼并 ……………………（13）
　小结　学术史的因果与逻辑 ……………………………………（15）

第二章　"历史演进"故事学范式回顾与检讨
　　　　　——以顾颉刚的孟姜女故事研究为中心 ……………（17）
　导读 ……………………………………………………………（17）
　一　顾颉刚故事学范式的确立与传播 …………………………（18）
　二　顾颉刚故事学范式所遵循的游戏规则 ……………………（21）
　三　历史演进法的局限 …………………………………………（25）
　小结　顾颉刚故事学范式的科学贡献 …………………………（35）

第三章　"层累造史"的加法与减法
　　　　　——以西王母的形象变迁为例 ……………………（44）
　导读 ……………………………………………………………（44）
　一　西王母的政治地位 …………………………………………（45）

二　西王母的仪仗规格 …………………………………………（48）
　　三　西王母的居所 ………………………………………………（50）
　　四　西王母的仪容 ………………………………………………（52）
　　五　西王母的座驾 ………………………………………………（54）
　　六　西王母的歌声 ………………………………………………（56）
　　七　西王母的社会关系 …………………………………………（57）
　　小结　"层累造史"与"弃胜加冠"必然相伴而行 ……………（59）

第四章　"四大传说"的经典生成 ………………………………（64）
　　导读 ………………………………………………………………（64）
　　一　"孟姜女故事学术讨论"对四大传说概念的推广 ………（65）
　　二　线索一：罗永麟与苏浙沪白蛇传研究小组 ………………（68）
　　三　线索二：贾芝与《民间文学》 ……………………………（71）
　　四　相提并论的重要传说与"四大"成立的印象基础 ………（74）
　　五　线索三：中国社会科学院研究生招生试题 ………………（76）
　　六　四大传说概念的发明 ………………………………………（78）
　　七　解开罗永麟的文学史之"谜" ……………………………（80）
　　八　从"四大故事"到"四大传说"的转化 …………………（82）
　　小结　烟花商模型：知识生成模式的一种 ……………………（85）

第五章　牛郎织女传说研究批评 ………………………………（89）
　　导读 ………………………………………………………………（89）
　　一　牛郎织女研究简史 …………………………………………（90）
　　二　牛郎织女的渊源与流变研究 ………………………………（95）
　　三　牛郎织女的主题分析 ………………………………………（103）
　　四　牛郎织女的类型与比较研究 ………………………………（108）
　　五　地方学者的知识考古 ………………………………………（114）
　　小结　在既有条件基础上做能做的学问 ………………………（119）

第六章　北京"八臂哪吒城"传说演进考 ……………………（122）
　　导读 ………………………………………………………………（122）
　　一　哪吒城之说始于元代 ………………………………………（124）

二　毁弃城门，唤醒哪吒 ………………………………………（126）
　　三　刘伯温修下北京城 …………………………………………（130）
　　四　金受申传颂八臂哪吒城 ……………………………………（134）
　　小结　曲艺说唱向民间传说的转化 ……………………………（137）

第七章　崇高与灵验：神圣叙事的书写传统与口头传统 ………（140）
　　导读 ………………………………………………………………（140）
　　一　冼夫人信仰简介 ……………………………………………（141）
　　二　冼夫人信仰的书写故事 ……………………………………（143）
　　三　冼夫人信仰的口头故事 ……………………………………（146）
　　四　历史的悬置与神性的展开 …………………………………（147）
　　五　口头故事的经验化倾向 ……………………………………（151）
　　小结　书写传统与口头传统的价值差异 ………………………（156）
　　附录一　书写传统中代表性的冼夫人故事 ……………………（158）
　　附录二　口头传统中的冼夫人故事 ……………………………（160）

第八章　叛逆与顺从：家族史的口头传统与书写传统 …………（166）
　　导读 ………………………………………………………………（166）
　　一　皇帝剿田心的传说 …………………………………………（167）
　　二　用"剥笋法"剥出"元传说" ………………………………（169）
　　三　缺失的族源 …………………………………………………（176）
　　四　联宗合谱中的"祖脉接龙" ………………………………（179）
　　小结　历史记忆的"自选叙事"与"规范叙事" ……………（184）

第九章　传播实验中的故事变异模式 ……………………………（189）
　　导读 ………………………………………………………………（189）
　　一　实验说明 ……………………………………………………（191）
　　二　实验文本（源故事） ………………………………………（191）
　　三　实验规则 ……………………………………………………（193）
　　四　共同知识是故事传承中最稳定的因素 ……………………（193）
　　五　共同知识有助于相关情节的结构稳定 ……………………（196）
　　六　静态的公共人物有可能转化为动态的功能性角色 ………（198）

七　人物设置逐渐趋于对立模式 …………………………（199）
　　八　不合理的细节会不断趋于合理化 ……………………（201）
　　九　故事传播中的蝴蝶效应 ………………………………（203）
　　十　故事碎片重组中的性别差异 …………………………（206）
　　十一　口头文学的语言风格不具有"集体性"或"传承性"………
　　　　 ……………………………………………………………（208）
　　小结　实验方法是最基础、最简捷的实证研究法 ………（209）

第十章　记忆实验中的故事变异模式 …………………（212）
　　导读 …………………………………………………………（212）
　　一　实验程序与规则 ………………………………………（213）
　　二　实验文本（源故事）……………………………………（213）
　　三　提取：来自源故事系统内部的补充功能项 …………（214）
　　四　引进：来自源故事系统外的母题补充 ………………（220）
　　五　越是故事能手，故事的变异系数越大 ………………（225）
　　余论　对第九章推论的佐证 ………………………………（226）

第十一章　民间传说的在地化特征
　　　　　　——江西省石城县"罗隐秀才传说"调查 …………（229）
　　导读 …………………………………………………………（229）
　　一　赣南客家地区的"罗隐秀才传说" ……………………（229）
　　二　三舅妈口中的"罗源子" ………………………………（232）
　　三　燕珠坑的"罗元"功名石 ………………………………（233）
　　四　小屋里的出酒井 ………………………………………（236）
　　五　金钱坑的"罗英秀才" …………………………………（242）
　　六　罗山脚下钟鼓石 ………………………………………（246）
　　七　罗英秀才教造纸 ………………………………………（249）
　　小结　传说的稳定性与变异性问题 ………………………（250）

第十二章　传说与历史的关系
　　　　　　——以长辛店地名传说为例 ……………………（255）
　　导读 …………………………………………………………（255）

一　长辛店地名来历的传说 …………………………………（256）
二　长辛店与泽畔店的误会 …………………………………（257）
三　长辛店大街的开辟 ………………………………………（261）
四　"长新店"名称始于康熙年间 ……………………………（264）
五　以"辛"代"新"起于"百日维新"失败 ……………………（266）
六　"历史"是话语霸权，"传说"是矮化标签 ………………（268）
七　话语威权促成了知识的淘汰和更替 ……………………（271）
小结　历史因传说而完整，因传说而精彩 …………………（273）

第 一 章

故事概念的转变与中国故事学的建立

导 读

"民间故事""故事研究""故事学"都是现代学术的概念，我们很难在古代话语体系中找到对等含义的学术概念。四部分类中的"故事"并不是一个文学概念，而是一个历史概念。

明代以来，市民社会的发育壮大，民众精神生活的需求促成了"历史故事"向"文学故事"的转变。近代以来，传教士率先兴办儿童报刊，利用通俗白话故事进行宗教宣传，引起了爱国知识分子的警觉和重视，为了争夺文化市场，民族知识分子的中国报刊纷纷以白话取代文言，推出各种短小精悍的小故事，反复强化了故事作为一种叙事文类的公众印象。

故事市场的充分发育引起了"五四"启蒙知识分子的高度重视，他们把民间故事当作民俗文化的代表，从不同角度进入研究。故事学作为一门新兴的现代学术，是在正统文化与民间文化、西方传教士与中国知识分子，以及不同学术共同体之间的话语争夺中不断推进，逐渐建立起来的。

本章将主要讨论两个问题：一是"故事"如何从一个历史概念转变为一个文学概念；二是"故事学"是如何倡立，由谁建立起来的。

为了辨析概念的转变，我们必须先确认一个参照坐标，也即现代学术对于故事概念的定义。《中国大百科全书》（第二版）对民间故事的解释是："民间散体叙事文学的一种体裁。又称'古话''古经''说古''学古''瞎话'等。民间故事有广义与狭义之分。广义的民间故事是泛指流传在民众中与民间韵文相对的民间散文叙事作品；狭义的民间故事指除神话、传说之外的，一系列具有神奇性幻想色彩或讽刺性奇巧特点很强的散文叙事作品。"本章讨论中对"故事"一词如无限定或特别说明，均用其广义概念，泛指民间口头流传的（包括文人记录或整理的）散文叙事作品。

一　正统文人笔下的"故事"与"小说"

"故事"一词虽屡屡见载历代典籍，但在古籍中并不作为文类概念，多作先例、旧制、故业、历史事件解。以《史记》和《汉书》为例，（1）表示先例、旧制，如："是时，宣帝循武帝故事，招选名儒俊才置左右。"又："（孝平帝）其出媵妾，皆归家得嫁，如孝文时故事。"颜师古注称："故事者，言旧制如此也。"这是"二十四史"中"故事"一词最常见的用法。（2）表示故业，如："及苏秦死，代乃求见燕王，欲袭故事。"苏代想承袭苏秦的事业。（3）表示历史事件，如："余所谓述故事，整齐其世传，非所谓作也，而君比之于《春秋》，谬矣。"有人将述故事比之于《春秋》，说明故事就是记事，只不过《春秋》是记录，司马迁是整理。

总之，我们可以将这些典籍中的故事理解为一个历史概念，即"前人做过的事情"或"前人定下的先例、规矩"。颜师古引应劭注《汉书》"掌故"称："掌故，百石吏，主故事者。"他自己也有进一步说明："掌故，太史官属，主故事者。"也就是说，太史官中有掌故一职，专司故事，这跟我们今天用为文学概念的故事有本质差别。所以，《隋书·经籍志》将《汉武帝故事》等10种后缀为"故事"的图书均归入"史部·旧事篇"①。《旧唐书·经籍志》《新唐书·艺文志》则直接设有"故事类"，归在"乙部史录"麾下。

我们知道，指向现代广义故事概念的途径主要有两条：一是传承主体为"民间"；二是传承本体为"口头散文作品"。循着这两条途径，我们可

---

① 魏徵、令狐德棻：《隋书》卷33，中华书局1973年版，第967页。其中，"旧事篇"共收25种，"故事"占其中10种。

以从古代话语体系中找到一个大致相近的概念,即"小说"或"笔记"[①]。

较早对小说以界说者,是班固《汉书·艺文志》:"小说家者流,盖出于稗官,街谈巷语,道听途说者之所造也。"历代官修志书均沿袭之。此说基本符合广义的故事概念对于传承主体及传承本体的定义要求,所以,鲁迅在《中国小说史略》中说:"然稗官者,职惟采集而非创作,'街谈巷语'自生于民间,固非一谁某之所独造也,探其本根,则亦犹他民族然,在于神话与传说。"用我们今天的话说,稗官即民间文学的搜集整理工作者。而所谓的小说家齐谐、夷坚、虞初之流,也即当时著名的民间故事家。[②]刘守华甚至直接把宋代笔记小说《夷坚志》称作"宋代的民间故事集成"[③]。周楞伽也说:"小说,说之小者也。准此,则先秦诸子书中的神话、传说、寓言、故事,无一不是小说。"[④]

从西汉到清代,正统文人笔下的故事、小说两个概念的变化都不大,基本沿袭上面几种用法。比如,清代钱大昕的《元史艺文志》、魏源的《元史新编》均设有"故事类",依然将其置于"史类""志"的大目之下。

近代丁传靖的《宋人轶事汇编》中设有故事类编,但他对"故事"的解释是:"事无主名,不能以人系者,辑为故事、杂事两门,统朝野记之。常然者入故事,偶然者入杂事。"[⑤]说白了,故事就是尚未写入正史的潜规则、日常琐事。算是传统故事观的一种解读。

二 明清白话小说中的"故事"

那么,老百姓口头文学中的"故事"概念该从哪里找呢?最好的办

[①] 一般来说,小说作者极少有以创作者自居的,多是搜集整理式的"记闻"。如段成式《酉阳杂俎·序》:"饱食之暇,偶录记忆,号《酉阳杂俎》。"洪迈《夷坚志·自序》:"若予是书,远不过一甲子,耳目相接,皆表表有据依者。"俞樾《右台仙馆笔记·序》:"笔记者,杂记平时所见所闻,盖《搜神》、《述异》之类,不足,则又徵之于人。"

[②] 祁连休认为,《庄子》中的"齐谐"、《孟子》中的"齐东野人"、《列子》中的"夷坚","实际上是先秦时期生活在人民群众里面的民间故事的讲编者和传承人。"(祁连休主编:《中华民间文学史》,河北教育出版社1999年版,第288页)

[③] 刘守华:《宋代的民间故事集成"夷坚志"》,《高等函授学报》1999年第2期。

[④] 殷芸编纂,周楞伽辑注:《殷芸小说》前言,上海古籍出版社1984年版,第1页。

[⑤] 丁传靖:《宋人轶事汇编》,中华书局2003年版,第1085页。

法是从明清白话小说中找，因为白话小说面向市民、面向市场，多是"街谈巷语，道听途说者之所造"，是文学大众化的文本体现，正如吴承学指出的："在中国古代文学史上，明清文学与现代文学的联系最为紧密直接。……不同之处在于，晚明的变革只是中国传统内部的一次自我调整，而'五四'则是一场思想文化的革命，其思想原动力主要来自近代西方。在思想上，大众化是现代性的一个重要表征。'五四'新文学所谓口语化、走向民间等思潮，就是在文学上的大众化表现。"①

现存最早的话本小说《清平山堂话本》并没有出现文学意义上的故事概念。② 但是，到了冯梦龙的"三言"拟话本，故事开始脱离历史的窠臼，逐渐向文学靠拢。在最早成书的《喻世明言》中，故事尚是文学化的历史，如："沈炼每日间与地方人等，讲论忠孝大节及古来忠臣义士的故事"（《沈小霞相会出师表》），"如今在下说一节国朝的故事"（《滕大尹鬼断家私》），"我今日说一节故事，乃是张道陵七试赵升"（《张道陵七试赵升》），而在最晚成书的《醒世恒言》中，故事的内涵越发多样，虚构文学的意味更加浓烈，如："方才说吕洞宾的故事，因为那僧人舍不得这一车子钱，把个活神仙，当面错过"（《一文钱小隙造奇冤》），"若有别桩希奇故事，异样话文，再讲回出来"（《徐老仆义愤成家》），"我又闻得一个故事"（《大树坡义虎送亲》），在这里，既有"说故事""讲故事"，也有"闻故事"，故事是作为一种"说""讲"的文学形式被言说的。

但故事并不指称口头讲说的全部叙事文学，而是特指讲述"希奇事"的文学作品，所谓"世上希奇事不奇，流传故事果然奇，今朝说出希奇事，西方活佛笑嘻嘻"③，指的就是故事的传奇性特征。

最能体现明清以来民间文学故事观的白话小说，当属艾衲居士的《豆棚闲话》。艾衲居士可能是明末清初的杭州遗民，其"闲话"即是故事。该书开篇即说，夏天的豆棚下，"那些人家或老或少，或男或女，或

---

① 吴承学：《明清诗文研究七十年》，《文学遗产》2019 年第 5 期。
② 偶有出现"故事"处，如："县内有一座山，唤做寿安山，其中有万种名花异草。今时临安府官巷口花市，唤做寿安坊，便是这个故事。"（洪楩辑，程毅中点校：《清平山堂话本》，中华书局 2012 年版，第 135 页）"这个故事"当以"这段历史"解。
③ 清同治丙寅（1866 年）刻本《希奇宝卷》1b，《中国宗教历史文献集成·民间宝卷》第 15 册，黄山书社 2005 年版，第 367 页。

拿根凳子，或掇张椅子，或铺条凉席，随高逐低坐在下面，摇着扇子，乘着风凉。乡老们有说朝报的，有说新闻的，有说故事的"。在这里，故事与新闻并举，或许"旧事"的意味重一些。《红楼梦》第三十九回凤姐对刘姥姥说："你住两天，把你们那里的新闻故事儿说些与我们老太太听听。"

对于听众来说，无论故事还是新闻，关键在于"异闻异见"，并不讲究其真实性。正如听众鼓励说故事的人："如当日苏东坡学士，无事在家，逢人便要问些新闻，说些鬼话。也知是人说的谎话，他也当着谎话听人。不过养得自家心境灵变，其实不在人的说话也。"那讲故事的人也解释说："在下幼年不曾读书，也是道听途说。远年故事，其间朝代、官衔、地名、称呼，不过随口揪着，只要一时大家耳朵里轰轰的好听，若比那寻了几个难字，一一盘驳乡馆先生，明日便不敢来奉教了。"① 这段解释，上升到故事理论的高度，就是普罗普的形态学观点："（故事中）变换的是角色的名称（以及他们的物品），不变的是他们的行动或功能。……对于故事研究来说，重要的问题是故事中的人物做了什么，至于是谁做的，以及怎样做的，则不过是要附带研究一下的问题而已。"② 可见，在明清时期的杭州，人们对故事的理解已经非常接近现代故事观念。

《豆棚闲话》通过小说中的人物对话，指出了故事的口传特征、传奇性特征、变异性特征，以及职业故事人现编现创的创作特点等。比如，在第八则故事中，讲故事的少年解释其故事"我是听别人嘴里说来的，即有差错，你们只骂那人嚼蛆乱话罢了"，众人则解释"不管前朝后代，真的假的，只要说个热闹好听便了"。在少年的故事中，又出现一个名叫孔明的瞽目说书人，自称"品竹弹弦打鼓，说书唱曲皆能"，试演时，"孔明也就把当时编就的《李闯犯神京》的故事，说了一回。又把《半日天》的戏本，唱了一出"，这段描写说明，听众是认可现编现说故事的。

但小说毕竟是文人创作的，所以，在这些白话小说中，正统文人的故事观与民间文学的故事观往往交替出现。正统文人的故事观将故事视作常

---

① 艾衲居士：《豆棚闲话》，上海古籍出版社1983年版，上述引文分别见第2、35、22、35页。

② ［俄］弗拉基米尔·雅可夫列维奇·普洛普：《故事形态学》，贾放译，中华书局2006年版，第17页。

态的、循例的事务,因此常常出现"虚应故事"(敷衍了事)的说法,如:"若官府不甚紧急,那比较也是虚应故事。"① 但在另一方面,作者又会依着民间故事观,将故事视作非常态的、例外的事务,因此又会出现"闹故事"的说法。如《红楼梦》第六十一回:"每日肥鸡大鸭子,将就些儿也罢了。吃腻了膈,天天又闹起故事来了。"第六十二回:"我说你太淘气了,足的淘出个故事来才罢。"

三 晚清报刊的汉译"故事"

从《豆棚闲话》可知,现代文学意义上的故事概念,至迟在明末已经在杭州一带成型,可是,与故事同义或近义的概念语词还有很多,如说话、轶事、异闻、奇谈、趣谈、传奇、古话、闲话、瞎话等,为什么这些语词没有成为通行的文类概念,只有故事一枝独秀,成为现代学术的研究对象?

故事成为通行文类概念,与外来宗教的传教策略有关。外来宗教传入中国,在传教策略上有许多相似之处。比如,佛教进入中国的时候,大量借助变文、说唱等通俗文学进行宗教宣传。基督教进入中国之后,一样要向潜在的信众讲述一些通俗易懂、便于传播的宗教事迹。这些与神及其信徒相关的神异事迹,他们称之为"故事"。

1875 年,美国长老会牧师范约翰(T. M. W. Farnham)在上海创办了近代中国第一份儿童画报《小孩月报》,成为近代史上坚持时间最长、影响最大的儿童读物。该刊文字浅近易读,内容丰富多彩,图文并茂,可谓老少咸宜,大别于晚清各文言报刊。其刊名刻意不用"儿童"而用"小孩",已经明确地昭示其通俗化、大众化的民间风格。在选择 Story 的汉译词汇时,《小孩月报》选中了口头传统中的故事一词。他们将歌曲 I Love To Tell The Story 译成《主的故事》:"我爱说主的故事,论人眼见之外,论我荣耀的牧师,论耶稣大慈爱,我狠爱说那故事,因我知道是真,

---

① 艾衲居士:《豆棚闲话》,上海古籍出版社 1983 年版,上述引文分别见第 83、89、95 页。

凡言莫如此故事，能满足我的心。"①

《小孩月报》创造了一种与"记""传""说""论""近闻""笔记""寓言""问答"平行的"故事"文类，专门讲述基督信徒信教得福的神异事迹，如《祈祷有验故事》②《美国小孩得救的故事》③ 等，都放在头条位置刊发。《申报》将之誉为"启蒙第一报"："沪上有西国范牧师创设《小孩月报》，记古今奇闻轶事，皆以劝善为本，而其文理甚浅，凡稍识之无者皆能入于目而会于心，且其中有字义所不能达之处，则更绘精细各图以明之，尤为小孩所喜悦，诚启蒙之第一报也。"④

一旦确立了 Story 与故事之间的对译关系，天主教系统在华影响最大的报纸《益闻录》《圣心报》等，也大量使用"某某故事""某某的故事"作为神奇叙事的文章标题，如《圣心报》的《故事》，单讲一个中国的满洲小王，因为与汤若望交好，将汤若望赠送的宗教礼物贴身佩带在身上，结果在征战之时，小王连中三箭，直透内衣，但是身体却未伤分毫，自此笃信耶稣。⑤范约翰创办的另一份影响巨大的《图画新报》，其中一个专栏名称就叫"祷告故事"。

晚清报刊无论是教会背景的，还是非教会背景，即使由中国文人编辑的白话报刊如《杭州白话报》《敝帚千金》等，这一时期但凡以"某某故事"为题的文章，多是中译的外国故事，而且热衷于相互转载，反复强化了故事作为一种叙事文类的公众印象。如《外国故事演义》系列、《讲波兰灭亡故事》系列、《三大陶工故事》系列（《绍兴白话报》1900—1903），《波兰的故事》系列（《杭州白话报》1901），《埃及故事》（《春江花月报》1901），《外国故事》系列（《童子世界》1903），《毕士马克故事》《爱国女子若安达克的故事》（《敝帚千金》1903—1906），《外国故事》系列（《童子世界》1903），《西事拾异：无穷故事》（《月月小说》1907）等。就连 1897 年创刊的《蒙学报》，也已经意识到通俗的儿童教育对于救亡图存的重要意义，在其栏目中加设中西故事图说，如《母仪故事图说》《师范故事图说》等。

---

① 佚名：《主的故事》（*I Love To Tell The Story*），《小孩月报》1877 年第 3 卷第 4 期。
② 道姑娘：《祈祷有验故事》，《小孩月报》1879 年第 4 卷第 9 期。
③ 九江：《美国小孩得救的故事》，《小孩月报》1881 年第 6 卷第 9 期。
④ 佚名：《阅〈小孩月报〉记事》，《申报》1879 年 1 月 9 日。
⑤ 佚名：《故事》，《圣心报》1888 年第 2 卷第 18 期。

吴趼人1906年创办的《月月小说》，英文刊名叫 The All-Story Monthly，可见在这一时期"故事＝Story＝小说"，故事和小说的位置，正在发生微妙的转换。最有意思的是中国留日学生编发的《大陆报》，1902—1903年连发了一系列"小说：故事"体的文章，如：《小说：一千一夜：渔翁故事》《小说：一千一夜：希腊王及医生杜笨故事》《小说：一千一夜：商人遇魔故事》等。孙毓修更是将童话、故事称作"儿童小说"："儿童之爱听故事，自天性而然，诚知言哉。欧美人之研究此事者，知理想过高，卷帙过繁之说部书，不尽合儿童之程度也。乃推本其心理之所宜，而盛作儿童小说以迎之。说事虽多怪诞，而要轨于正，则使闻者不懈而几于道，其感人之速、行世之远，反倍于教科书。"①

四　"童话研究"的提倡

《小孩月报》等教会杂志的盛行强烈地刺激着中国知识分子，争夺儿童，开启民智，成为晚清知识界的热门话题。1900年，"梁启超的《少年中国说》与江南书局第一套儿童寓言故事书《中西异闻益智录》的出版，拉开了20世纪中国儿童文学的大幕"②。1901—1903年相继创刊的《杭州白话报》《绍兴白话报》《中国白话报》，都非常注重白话故事对儿童的启蒙意义。晚清对于故事文类的倡导，起于传教士，盛于报章杂志，有识之士多是从教育一途着手，看重其与儿童教育的关系，认为儿童教育"最宜注意者，宜采用童话，不宜多用文言，俾儿童易于领悟。非然者，则诲者谆谆，听者藐藐"③。

孙毓修1907年入职商务印书馆编译所，1908年始主持编写《童话》丛书。他参照《泰西五十轶事》等西欧童话，编写了《无猫国》《大拇指》等一百余种儿童读物，被誉为"中国童话的开山祖师"。

周作人认为："童话这个名称，据我所知，是从日本来的。"④ 他受到

---

① 孙毓修：《童话序》，《东方杂志》1908年第5卷第12期。
② 王泉根：《百年中国儿童文学编年史》，湖南少年儿童出版社2017年版，第2页。
③ 不堪：《论说教授幼稚生宜多用童话说》，《龙门杂志》1909年第3期。
④ 周作人：《童话的讨论》，《晨报附刊》1922年1月25日。

孙毓修童话书的激发，写了《童话研究》和《童话略论》，提倡"童话研究，当以民俗学为据，探讨其本原，更益以儿童学，以定其应用之范围"。因文章对孙毓修有所批评，周作人担心商务印书馆不愿刊发，于是投给中华书局办的《中华教育界》，但还是被退稿了，可见当时人们还不能接受"童话有研究价值"的观念。后来因教育部编纂处要办一个杂志，周作人就把稿子投向这份寂寂无闻的新报刊。

周作人童话观与孙毓修童话观差得比较远，孙毓修的童话指的是单纯的儿童文学，而周作人的童话指的是狭义的民间故事，认为其读者（听众）也包括成年人。周作人将广义的故事分为三种，神话、世说、童话："神话者元人之宗教；世说者其历史；而童话则其文学也。"① 这种划分，类似我们今天所说的神话、传说以及狭义故事。

周作人认为，童话反映了原始人的思维和习俗，是上古文化的遗留物，而儿童又与早期人类有心理上的相通之处："童话作于洪古，及今读者，已昧其指归，而野人独得欣赏。……童话者，幼稚时代之文学，故原人所好，幼儿亦好之，以其思想感情，同其准也。"周作人以《蛇郎》和《老虎外婆》《老虎怕漏》等故事为例，就其中的神异母题与欧美、日本的同类故事进行比较，指出："童话取材，大旨同一，而以山川风土国俗民情之异，乃令华朴自殊，各含其英，发为文学。"②

周作人将童话分为两类，由传说转化而来的"纯正童话"（由原始思想转变而来的、解释历史文化遗留的），以及纯娱乐的"游戏童话"（含动植物故事、笑话、复叠故事）。他认为，随时代和风俗变迁，今人以为诡异的故事母题，只有使用民俗学、人类学的理论和方法，才能理解其真谛，"举凡神话、世说，以至童话，皆不外于用以表见元人之思想与其习俗者也"③。周作人将民间童话称作天然童话、民族童话，与之相对，他将作家创作的童话称为人为童话、艺术童话，并且认为安徒生的童话写得最好。至于其功能，他认为，虽然童话成人也爱看，但主要还是用于儿童教育。

---

① 周作人：《童话略论》，《教育部编纂处月刊》1913 年第 1 卷第 8 期，上述引文分别见附录第 1、2 页。

② 周作人：《童话研究》，《教育部编纂处月刊》1913 年第 1 卷第 7 期，上述引文分别见附录第 11、13 页。

③ 周作人：《童话略论》，《教育部编纂处月刊》1913 年第 1 卷第 8 期，附录第 4 页。

《童话研究》纯粹基于人类学派的故事观虽然有些偏颇，但仍可称为中国现代学术史上第一篇故事学论文，万建中认为，正是这篇论文"正式拉开了我国现代民间故事研究的帷幕"①。可惜的是，论文在当时并没有产生什么社会反响，周作人意兴阑珊，"于是趁此收摊，沉默了有六七年"②。但是，这些观点却触动了另外一位编辑家、民间文艺学家赵景深的注意，1922年，两人相约在《晨报附刊》连载《童话的讨论》。赵景深开篇就说："就'童话'二字说来，许多人以为就是神仙故事，不过译的不甚恰当。"这段话正说明童话、故事作为一种报刊文类，在一般人心目中，是与译介文化紧密相关的。周作人则在回信中进一步解释说，"童话"一词，源自日本小说家山东京传的发明，"童话的训读是 warabe no monogatari（日语：儿童物语），意云儿童的故事；但这只是语源上的原义，现在我们用在学术上却是变了原义，近于'民间故事'——原始的小说的意思。童话的学术名，现在通用德文的 Marchen 这一个字，原意虽然近于英文的 Wonder-tale（奇怪故事），但广义的童话并不限于奇怪"③。

　　周作人心目中的"童话学"，方法论上用的是欧洲的人类学、民俗学方法，而研究对象却是由日本人限定的童话，目的是做中国故事研究。也就是说，周作人试图用欧洲的螺丝，配日本的螺帽，用于中国物事。这显然是世界上不曾存在的一种学问，它只是周作人的个人倡导，或者说个人理想。

五　中国"故事学"的建立

　　一门学问的创立，将起点划在概念的提出，以及倡导、呼吁，还是划在研究范式、示范文本的出现，体现着不同的学术史观。多数学术史家将故事学的创立划定在周作人《童话研究》的发表，而本书则将故事学的建立划定在顾颉刚《孟姜女故事的转变》的发表。

---

① 万建中：《20世纪中国民间故事研究史》，北京师范大学出版社2011年版，第3页。
② 周作人：《〈儿童文学小论〉序》，张明高、范桥编《周作人散文》第2集，中国广播电视出版社1992年版，第24页。
③ 赵景深、周作人：《童话的讨论》，《晨报附刊》1922年1月25日。

故事学的兴起，无疑是"眼光向下的革命"的一部分。孙毓修、周作人将革命的目光投向了儿童，顾颉刚则将革命的目光投向了所有的普通民众。与多数知识分子不一样的是，周作人和顾颉刚都不是从"故事教育"的角度来关注故事，而是从"故事真相"的角度来关注故事，只不过两人分取了两条完全不同的求真途径，周作人取的是西方人类学派的路子，顾颉刚取的是自创的"历史演进法"。顾颉刚说："民间故事无论哪一件，从来不曾在学术界上整个的露过脸；等到它在天日之下漏出一丝一发的时候，一般学者早已不当它是传说而错认为史实了。我们立志打倒这种学者的假史实，表彰民众的真传说；我们深信在这个目的之下一定可以开出一个新局面。"①

我们无法确知顾颉刚是否读过周作人系列童话研究的论述，可以肯定的是，顾颉刚对周作人没有认同感，他曾经写文章公开讥讽"周不是一个办事的人"②。顾颉刚的故事研究，从文类的定名，到研究方法，以至对象范畴，完全无视周作人提倡的童话学，他另辟蹊径，开辟了一条纯中国式的"历史演进法"。1924年11月23日，顾颉刚在《歌谣》周刊发表《孟姜女故事的转变》，刘半农大为感叹："你用第一等史学家的眼光与手段来研究这故事；这故事是二千五百年来一个有价值的故事，你那文章也是二千五百年来一篇有价值的文章。"③随后，顾颉刚利用《歌谣》周刊的巨大影响力，展开了一系列讨论："我们深信孟姜女的故事研究清楚时，别种故事的研究也都有了凭藉，我们现在尽出孟姜女专号，并不是心目中只有一个孟姜女，我们只是借了她的故事来打出一条故事研究的大道。"④ 这段话中，顾颉刚开疆拓土、倡学立说的雄心昭然若揭。

从顾颉刚的系列孟姜女故事研究及讨论中，我们可以归纳出如下几点顾颉刚故事学的基本观点：（1）故事是不断变异的，它没有固定的体，故事的体就表现在前后左右的种种变化之上。（2）故事的变异是有规律可循的。（3）中国的古史（传说）是层累地造成的。（4）变动不居的故事中，也有不变的"中心点"。（5）故事中人物的角色是类型

---

① 顾颉刚：《孟姜女故事研究集·第一册·自序》，叶春生主编《典藏民俗学丛书》上册，黑龙江人民出版社2004年版，第30页。
② 顾颉刚：《新潮社》，刘俐娜编《顾颉刚自述》，河南人民出版社2005年版，第65页。
③ 刘复1925年1月2日致顾颉刚信，《歌谣》周刊第83号，1925年3月22日。
④ 顾颉刚：《孟姜女专号的小结束》，《歌谣》周刊第96号，1925年6月21日。

化的。(6)主流文化的话语霸权对于故事传播具有深刻影响。(7)故事传播的中心点会随着文化中心的迁流而迁流。(8)时势和风俗的变化影响着故事的变异。(9)民众的情感诉求推动着故事的变化发展。(10)情节的自我完善的需求推动着故事的丰富和发展。

顾颉刚的系列孟姜女故事研究，不仅奠定了故事学，也奠定了民俗学"变"（变异、变迁、转变）的研究范式。此后，模仿"变"的历史演进法以探讨故事变异、风俗变迁的论文成为民俗学的主流研究范式，仅以1928—1929年的《中山大学语言历史学研究所周刊》为例，就有潘家洵的《观世音》，杨筠如的《春秋时代男女之风纪》《尧舜的传说》《姜姓的民族和姜太公的故事》，吕超如的《战国时代的风气》，余永梁的《西南民族起源的神话——盘瓠》，方书林的《孔子周游列国传说的演变》，等等。陈槃甚至说："用了顾先生给我们辨伪史的工具——以故事传说的眼光来理解古史，于短期间写成这篇文字。若是这篇文字写得不好，这是我学力所限，但这个原则和工具是不会错误的。"①

同一对象折射在执着于不同学术眼光的学者眼中，会产生截然不同的提问方式和解题方式。作为经史学家的郑樵、顾炎武、姚际恒等古代学者，也都先后发现了孟姜女故事的种种变化，但是，他们以经史的眼光看故事，从故事的演变中发现这是一出"无稽之谈"；而顾颉刚以故事的眼光看故事，却从故事的演变中发现了"无稽的法则"，由此创立一门全新的学科。同样，周作人用了童话学的眼光，看到的故事都叫童话，而钟敬文用了故事学的眼光，看到的童话都叫故事，以至于把格林兄弟著名的《德国儿童与家庭童话集》都称作《民间故事集》。② 正是因为有了顾颉刚的孟姜女故事研究，学者们看待故事的眼光发生了革命性的转变，从此有了中国故事学。

---

① 陈槃：《黄帝事迹演变考》，《中山大学语言历史学研究所周刊》第28期，1928年5月9日。

② 钟敬文：《中译本序》，[德]艾伯华《中国民间故事类型》，商务印书馆1999年版，第1页。

六 "故事研究"对"童话研究"的兼并

前面我们已经说到，无论故事还是童话，作为文类概念的出现，均与通俗文化的崛起、外来文化的介入、报纸杂志的盛行、启蒙教育的诉求、文化先驱的提炼与倡导密切相关。如果将故事视作所有"口头散文叙事作品"的总称，那么，用童话来指称狭义民间故事尤其是幻想故事，无疑会更加合适，可是，为什么现代民俗学者宁可采用广义故事、狭义故事的含混概念，也不采纳故事、童话的清晰概念呢？

采纳哪个名词作为学术定名，其实并不取决于名词的合理程度，而是取决于推广使用者的话语权。周作人想法多，声望高，但并不擅长主事，1913年的童话研究倡议没有得到理想的社会反响，他很快就泄气了，并没有持续投入这项工作，他对童话的界定也游移不定。比如，赵景深说："有些人把童话分为两类，神秘的称为童话，不神秘的称为故事，似乎郑振铎君是这样分法。"周作人回复说："童话与故事的区别，我想不应以有无超自然的分子为定，最好便将故事去代表偏重人物的历史的传说，便是所谓 Saga 这一类的作品。……至于寓言与童话，因为形式上不同，似乎应当分离。动物故事原是儿童文学的一支，但是文章简短，只写动物界的殊性，没有社会的背景，因此民俗学家大抵把他分出，不称他作童话了。"① 文中多是"我想""最好""所谓""似乎""大抵"之类的不确定性表述，既没有对童话做明确限定，也没有出示可供模仿和操作的研究范式，也就占了个较早提倡的先机。

周作人涉猎广博，到处蜻蜓点水，他的确为童话研究写过不少文章，也有不少好的见地，但多是提倡式、评点式的，他不容易同意别人，自己又不从事实际操作，不同文章的观点还前后不大一致，童话研究事业后继无人是其必然命运。赵景深大概是周氏童话学最忠实的接力者，但他的童话学理念与周作人还是有些出入，况且赵景深自己也在童话学与故事学两可之间反复游移。

顾颉刚的做法完全不同，"孟姜女故事研究"根本就不做拖泥带水的

---

① 赵景深、周作人：《童话的讨论二》，《晨报附刊》1922 年 2 月 12 日。

概念辨析，开篇单刀直入："孟姜女的故事，论其年代已经流传了二千五百年，按其地域几乎传遍了中国本部，实在是一个极有力的故事。"① 等他把故事的来龙去脉给厘清了，读者惊喜、叹服的同时，突然意识到"小小的一则民间故事，竟然可以做出这样的大文章来"②，一时好评如潮。顾颉刚并没有止步于此，而是借着《歌谣》周刊的影响力，掀起一股孟姜女故事讨论热潮，吸引了大批追随者。顾颉刚自始至终都没有讨论孟姜女故事到底应该叫故事还是童话，抑或野史、传说、戏曲、宝卷。他只管领着大家往前走，并不在意走出来的路该叫什么路名。相比之下，周作人更像一个旁观的智者，指着一片荒野对路人说："其实那边也可以去试试，兴许能闯出一条叫做童话研究的道路来。"

到了中山大学时期，顾颉刚更是借助其学术与行政的双重影响力，招兵买马，成立民俗学会，创办《民俗》周刊，出版"民俗学小丛书"，团结了一大批学术同道。"民俗学小丛书"第一本是杨成志、钟敬文翻译的《印欧民间故事型式表》，共收录了 70 个故事类型。这些故事是最符合周作人童话理念的，而早年的杨成志、钟敬文都是周作人的粉丝，他们特地在第 67—70 型式的故事名称后面加注了"（重叠趣话）"③，这正是周作人"游戏童话"中的一个类别，可是译者并没有将书名译为"童话型式"，而是译成"故事型式"。钟敬文、容肇祖、刘万章先后编辑的《民俗》周刊，大量刊载故事素材及故事研究的文章，甚至连"童话"一词都罕见提及，原因非常简单，编辑者都在顾颉刚的麾下，理所当然应该沿着顾颉刚开拓的学术大道前行。

钟敬文离开中山大学之后，虽然他的故事学思想逐渐丰富成熟，对于故事概念的内涵外延也有了新的设想，但他始终高举着故事研究的大旗。钟敬文在杭州发起成立的"中国民俗学会"也办了一份《民俗周刊》，发表了三十四则故事（幻想故事为主），多以"某某故事"为题，彻底抛弃了童话概念。在故事研究的强势话语中，作为周作人童话学最忠实的追随者，赵景深孤掌难鸣，也只能将童话研究纳入故事研究的旗帜下求其友

---

① 顾颉刚：《孟姜女故事的转变》，《歌谣》周刊第 69 号，1924 年 11 月 23 日。
② 陈泳超：《顾颉刚关于孟姜女故事研究的方法论解析》，《民族艺术》2000 年第 1 期。
③ ［英］约瑟雅科布斯（Joseph Jacobs）：《印欧民间故事型式表》，杨成志、钟敬文译，中山大学语言历史学研究所 1928 年版，第 58—60 页。

声。1930年的"民俗学小丛书"中有赵景深的《民间故事丛话》,收录了他过去两年间的十篇故事学书评和笔记,其中就有《亚当氏的中国童话集》《白朗的中国童话集》《孙毓修的童话的来源》等多篇童话文论,尤其是《俄国民间故事研究》一文,题名"故事研究",内文其实是对《俄国童话集》的类型比较,文章中交替使用了故事与童话两个概念。

小结 学术史的因果与逻辑

上述"故事"的故事,貌似各自独立,实则有其内在的发展理路与逻辑结构,相互之间构成了一种微妙的竞争关系。

(一)在正统文人的故事观与民间文学的故事观之间,正统文人对于故事内涵的坚持,体现了传统精英文化尊古守制、敬重传统、崇尚文字传承的特征,而自明末至清末的白话小说中所记录、摹状的,出自老百姓街谈巷议的,对于故事内涵的解读和阐释,则体现了民间话语生动活泼、与时俱进,不断适应民众精神生活需求的特征。正是后者,使故事作为通用文类成为可能。

(二)近代通俗报刊注重以民间故事开拓市场。西方传教士修建育婴堂,兴办白话报,用通俗易懂的故事点化和启蒙中国儿童,他们对于儿童生命价值和启蒙教育的重视,以及对白话故事教化功能的开掘,一方面让故事以读者喜闻乐见的面目成为报章杂志的常见文类;另一方面启发了中国知识分子对于故事文类的高度重视。以1897年创刊的《蒙学报》为例,作为维新变法时期重要的儿童启蒙刊物,虽然还放不下文言叙事的臭架子,但也注意到了故事文类的作用,刊发了许多图文并茂的"师范故事图说"进行爱国主义教育,其欲与西方传教士争夺儿童启蒙话语权的拳拳之心,彰明昭著。商务印书馆更是尤为重视儿童市场,他们另辟蹊径,以孙毓修为核心,编译了大量童话(包括故事、儿童小说),培育了一个巨大的故事市场。

(三)故事市场的发育必然导致故事研究的跟进。"五四"运动前夜,知识分子对于平民文化的关注已渐成燎原之势,周作人、赵景深对童话研究的提倡,与顾颉刚、钟敬文对故事研究的大力推广,都是这一趋势的必然响应。作为研究对象的童话或者故事,对于对象名称的隐形较量,则反映了同为进步知识分子的童话学团队与故事学团队之间对于学术话语权的争夺。

故事学作为一门新兴的现代学术，就是在这样一种正统文化与民间文化、西方传教士与中国知识分子，以及不同学术共同体之间的话语争夺中不断推进，逐渐建立起来的。正是不同文化层级之间的各种竞争，推动了文化的进步，也推动了学术的进步。

（本章原题《故事概念的转变与中国故事学的建立》，原载《民族艺术》2020年第1期）

第二章

"历史演进"故事学范式回顾与检讨

——以顾颉刚的孟姜女故事研究为中心

导　读

尽管顾颉刚不断强调自己只想做个史学家,民间文学的研究只是其副产品,但正是这些天才的副产品,开始了中国故事学乃至民俗学的历史纪元。[①]

1924年,顾颉刚《孟姜女故事的转变》甫一出世,就被刘半农誉为"二千五百年来一篇有价值的文章"[②]。此后几年,他又展开了一系列的孟姜女故事研究与讨论:"我们深信孟姜女的故事研究清楚时,别种故事的研究也都有了凭藉。……我们只是借了她的故事来打出一条故事研究的大道。"[③] 后来,他又以相似的方法写出《嫦娥故事之演化》《羿的故事》《尾生故事》等系列论文,以及大量涉及叙事模式的读书笔记,奠立了中国故事学的理论基础,"标志着中国现代民间文学研究新范式的建立"[④]。

以顾颉刚系列孟姜女故事研究为代表的"历史演进法"不仅在史学

---

① 按现行的学科分类,民俗学、民间文学、故事学之间是这样一种关系:故事学从属于民间文学,民间文学从属于民俗学,但在民俗学草创时期,学科划分并没有这么细,所以,以下讨论以及部分引文中,有借用民俗学发展状况讨论故事学发展的情况。同样,由于学术界对传说与故事两种文体也未能清晰划分,引文中大量出现的"传说"一词,可以作广义的"故事"理解。
② 刘复1925年1月2日致顾颉刚信,《歌谣》周刊第83号,1925年3月22日。
③ 顾颉刚:《孟姜女专号的小结束》,《歌谣》周刊第96号,1925年6月21日。
④ 户晓辉:《论顾颉刚研究孟姜女故事的科学方法》,《民族艺术》2003年第4期。

领域具有重要意义,也奠定了中国故事学最坚实的学科范式,提出了一套具有普遍意义的故事学理论命题,但是,由胡适提倡,顾颉刚实践的"演进公式",其局限性也是非常明显的。局限性主要表现为一源单线的理论预设与故事生长的多向性特点之间的不相符、故事讲述的复杂多样与文献记载的偶然片面之间的矛盾,以及在材料解读过程中基于进化论假设的片面性导向。

顾颉刚故事学范式的科学贡献在于,它突出体现了合情推理诸形式在人文科学中的恰当应用。虽说基于合情推理的上古史研究在理论上是永远不可能被证实的,但是,学术研究的尊严不在于是否能找到一个终极结论,而在于具体的研究方法与是否体现了时代的科学水平,研究过程是否合乎学术规范,研究成果是否充分体现了人类思考问题和解决问题的能力、闪烁出人类智慧的光芒。

一 顾颉刚故事学范式的确立与传播

顾颉刚的孟姜女故事研究与他的古史研究基于同样的学术理念,也即"用历史演进的见解来观察历史上的传说"①,试图从故事的变迁中寻找古史传说演变的一般规律。胡适从"禹的演进史"中替顾颉刚归纳出一个"颠扑不破的""愈用愈见功效的"演进公式:

1. 把每一件史事的种种传说,依先后出现的次序,排列起来。
2. 研究这件史事在每一个时代有什么样子的传说。
3. 研究这件史事的渐渐演进。由简单变为复杂,由陋野变为雅驯,由地方的(局部的)变为全国的,由神变为人,由神话变为史事,由寓言变为事实。
4. 遇可能时,解释每一次演变的原因。②

以胡适的学界地位及其哲学高度,这一归纳无疑使顾颉刚的历史演进

---

① 胡适:《古史讨论的读后感》,顾颉刚《古史辨》第一册,朴社1926年版,第192页。
② 胡适:《古史讨论的读后感》,顾颉刚《古史辨》第一册,朴社1926年版,第193页。

法具有了方法论上的指导意义，系列孟姜女故事的研究成果更是将这一范式发挥到了淋漓尽致。此后，模仿历史演进法以探讨风俗变迁及传说变迁的文章一时蜂起，仅以 1928—1929 年的《中山大学语言历史学研究所周刊》为例，就有潘家洵的《观世音》，杨筠如的《春秋时代男女之风纪》《尧舜的传说》《姜姓的民族和姜太公的故事》，吕超如的《战国时代的风气》，余永梁的《西南民族起源的神话——盘瓠》，方书林的《孔子周游列国传说的演变》①，等等，《民俗》周刊所刊载的相关文章，质量虽有不如，数量却更在其上。容肇祖说："由顾先生的历史与民俗的研究，于是近来研究民俗学者引起一种的历史的眼光，知把民俗的研究和历史的研究打成一片，而在我国，可以使尊重历史的记录，而鄙弃民间的口传的人们予以一种大大的影响。我的《占卜的源流》，和钱南扬先生的《祝英台故事集》，等，便是其应声。"②

顾颉刚没有就传说演变和古史演变作明确的区分，大约时人也以两者均为史学之一法，不加区别。陈槃在《黄帝事迹演变考》的文后附了一段话："我很愉快，我能捉住顾颉刚先生告诉我们的伪古史的原则——'层累地造的'；又用了顾先生给我们辨伪史的工具——以故事传说的眼光来理解古史，于短期间写成这篇文字。若是这篇文字写得不好，这是我学力所限，但这个原则和工具是不会错误的。"③

顾颉刚早在厦门的时候，就已写出了《天后》一文，在《民俗》周刊第 41 期、第 42 期合刊发表以后，又一次掀起了历史演进法对神的研究的热潮。

《天后》不厌其烦地罗列所能搜到的不同时代对"天后"的记载和封谥，制成表格，通过比较、分析，提出看法，指出其随时代的演变规律。容肇祖在同期《民俗》所发表的《天后》则是对顾文的进一步补充和完善，将顾氏"不能加上许多新材料"加了上来，结论更细致，主要思路也是"证顾颉刚先生所说"④。之后，直接因《天后》而引发的对天后的研究就成了《民俗》周刊"神的研究"的一个小高潮。如周振鹤就在他

---

① 以上文章均见 1928—1929 年《中山大学语言历史学研究所周刊》。
② 容肇祖：《我最近对于民俗学要说的话》，《民俗》周刊第 111 期，1933 年 3 月 21 日。
③ 陈槃：《黄帝事迹演变考》，《中山大学语言历史学研究所周刊》第 28 期，1928 年 5 月 9 日。
④ 容肇祖：《天后》，《民俗》周刊第 41 期、第 42 期合刊，1929 年 1 月 9 日。

的《天后》中说:"喜欢步人家的后尘的我,记得图书集成里也有关于海神的一部;打开来一看,却很杂乱;于是吾把有关于天妃的各种记载也做成一张年表,同顾容二位做的年表很有些补益和互证的地方。"① 把容肇祖的细致更向前推进一步。后来魏应麒又使用同样的方法,再著文纠正周的观点。

魏应麒在对"郭圣王"的研究中,也是照用历史演进法的思路,先罗列所能搜到的不同时代对"郭圣王"的记载和封谥,制成表格,然后分析,他的结论的第一条是:"年代愈后,神的威灵愈显赫,此可备证明颉刚师的史迹层积的一种理由。"② 不仅使用了顾的方法,还使用了顾的理论。这一类文章基本上代表了《民俗》周刊的最高水平。

顾颉刚本人也有意推广他的历史演进法,他曾在民俗学传习班上讲过《整理传说的方法》,以孟姜女故事研究为例,专讲故事传说演变和如何进行整理,可惜未有讲稿留传。但从他在给夏廷棫的一封信中,我们可以大致了解其教学方式:

> 你这篇"水道自然之变迁与禹治水之说",可在此间所藏滨江河之各府县志中广搜材料。又"洪水"是常有的事,亦可在各史五行志及通志灾祥略中集材料。
> 研究"庄子里的孔子"我意可照下列次序做去:
> 1. 将庄子中说及孔子的话完全录出。
> 2. 将抄出的材料,分为三类:
> (1) 与论语相同者(即儒家之孔子)。
> (2) 讥诮孔子者(即道家反对儒家的话)。
> (3) 与道家说相同者(即把孔子道家化的话)。
> 3. 加以评论:
> (1) 证明孔子面目之变化。
> (2) 证明庄子非一人所著。
> (3) 证明战国各家学说之冲突。
> 我们千万不要希望可以从庄子一书中得到孔子的真相,因为战国

---

① 周振鹤:《天后》,《民俗》周刊第 61 期、第 62 期合刊,1929 年 5 月 29 日。
② 魏应麒:《郭圣王》,《民俗》周刊第 61 期、第 62 期合刊,1929 年 5 月 29 日。

学者本无求真的观念,要怎么说就怎么说。我们只能知道古人对于孔子的观念曾经有过那样一套,如庄子中所举。①

历史演进法最大的优点是条理分明,顾颉刚认为:"在极琐碎的事物中找出一个极简单的纲领来,那才是最有趣的事情。"② 从上面这封信可以看出典型的顾氏作文的思路和方法。方书林受到这封信的启示,很快写出了一篇《孔子周游列国传说的演变》。③ 当时身受顾颉刚教诲的学生,总是对顾氏的提携充满感激,陈槃在《黄帝事迹演变考》中说:"我对于顾先生尤其感谢的是他的勤勤诱导,诲人不倦,鼓舞着我使我内心充满了创作的热力,很大胆地来尝试这篇文字。"④

历史演进法作为一种史学范式确立之后,被广泛运用于文史领域,许多文学史大家如郑振铎、游国恩、钟敬文、浦江清、赵景深等或多或少受到影响,写出过一些堪称经典的佳作。历史演进法滋养了中国文史研究将近一个世纪,尽管史学界近年有些反对的声音,但其典范地位在文学领域却从未动摇。进入 21 世纪,钟敬文先生在他生命的最后阶段仍然强调说:"有些经典的论著可以一印再印,《论语》就有很多版本,《孟姜女故事研究》,我们这个学科的人都要有。"⑤

二 顾颉刚故事学范式所遵循的游戏规则

顾颉刚做孟姜女故事研究,几乎穷尽了宋以前的所有相关载录,算上宋以后的资料,搜罗几达百万言。其研究历程跨越了半个世纪,他不仅从历代史书、笔记、类书、文学作品中找出大量的记录材料,还广泛从社会收

---

① 顾颉刚致夏廷棫信,《中山大学语言历史学研究所周刊》第 23 期,1928 年 4 月 3 日。
② 顾颉刚:《两个出殡的导子账》,《歌谣》周刊第 52 号,1924 年 4 月 27 日。
③ 方书林:《孔子周游列国传说的演变》,《中山大学语言历史学研究所周刊》第 70 期,1929 年 2 月 27 日。
④ 陈槃:《黄帝事迹演变考》,《中山大学语言历史学研究所周刊》第 28 期,1928 年 5 月 9 日。
⑤ 钟敬文病中谈话录音,相关言论由施爱东整理为《女娲不曰其为人也——探问因病住院的钟敬文先生》,经钟先生审阅后刊于《民俗学刊》第一辑,澳门出版社 2001 年版。

集,凡神话、传说、歌谣、戏曲、说唱、宝卷等等,都成为他关注的对象。

但个人的搜集无论如何都是有限的,当他在 1924 年 11 月 23 日出版的第 69 号《歌谣》周刊上刊出《孟姜女故事的转变》之后,全国各地的学者、民俗学爱好者纷纷响应,来信对他的研究工作表示敬意和支持,并热情地为他提供了大量的材料和线索,这些材料大大地开阔了他的眼界和思路。《歌谣》周刊先后共出了九次"孟姜女专号",历时 7 个月,出版了 80 个版面约 12 万字,这种专项课题研究的材料之丰富,波及研究者之广泛,在世界民俗学史上,也是极为罕见的。顾颉刚打了一场漂亮的"人民战争"。

在几近完美的文献资料基础上,顾颉刚对孟姜女故事的演进历史展开了天才的考辨工作。但究其目的,则是欲为历史研究打开一条新的通道。顾颉刚一直站在史学的立场,似乎无意于建立一门叫作"故事学"的学科门类,他说自己研究古史愿意承担的工作,只是"用故事的眼光解释古史的构成的原因""把古今的神话与传说为系统的叙述"①。

但无论对民俗学或者对其"子学科"故事学的建设来说,这一招都可谓歪打正着。

北大《歌谣》时期,也即民俗学发生期的现实处境是:提倡民俗学的诸多学者,基本上都还停留在动员、鼓吹的"运动"层面上,论到实际成绩,也就是搜集整理、分类讨论,至于学术研究,则乏善可陈。

从科学哲学的角度来看,任何学科的建立与学术的发展都是基于既有的学术条件,也即库恩所说的"按我们确实知道的去演进"②。所谓既有学术条件,主要是指研究素材的占有、理论与方法的应用。而民俗学作为一门新兴的学科,在中国既没有现成的资料,也没有现成的理论和方法可资借鉴。

顾颉刚对此有非常清醒的认识,因而尤其重视早期民俗学的资料积累,他一再强调:"凡是一种学问的建立,总需要有丰富的材料。有了丰富的材料方才可以引起人家的研究兴味,也方才可以使人家研究时有所凭

---

① 顾颉刚:《答李玄伯先生》,《现代评论》第 1 卷第 10 期,1925 年 2 月 14 日。
② [美]托马斯·库恩:《科学革命的结构》,金吾伦、胡新和译,北京大学出版社 2003 年版,第 153 页。

藉。"① 所以，他反复呼吁各地知识界的精英分子加入民俗学的建设，群策群力："明了自己的责任，各各作整理方法的训练，各各规定了工作的范围而致力，在一个团体之中分工合作。要待我们亲手收拾的民俗学的材料有灿烂的建设时，我们才得放了胆说，这些田地确是我们的产业了！"②

但是，充分发挥每一个人的作用并不等于每一个人的工作都必须是等效的，顾颉刚日记中有这样一段话："傅（斯年）在欧久，甚欲步法国汉学之后尘，且与之角胜，故其旨在提高。我意不同，以为欲与人争胜，非一二人独特之钻研所可成功，必先培育一批班子，积叠无数资料而加以整理，然后此一二人者方有所凭藉，以一日抵十日之用，故首须注意普及。普及者，非将学术浅化也，乃以作提高者之基础也。"③ 显然，顾颉刚认为在一个学术共同体之中，学术分工是明确的，应该有人从事资料的搜集，有人从事基础的研究工作，有人从事提高的研究工作。

与资料搜集工作不一样的是，在理论与方法的开拓上，顾颉刚并不寄希望于地方精英，反而认为这是"此一二人"的工作，而且，他毫不客气地把自己定位在"此一二人"之中。所以，他有意识地把自己的孟姜女故事研究当作一种研究范式来进行推广："我们共同开辟这世界，开到现在，已经粗粗地造成一个新市了。我深信这个新市的造成一定给别地方的人以一种兴奋，他们或照样地建筑，或想出更好的方法来建筑。"④ 事实也是如此，"这一时期，比较为后人称道的民间文学研究，主要是顾颉刚的一些论文，尤其是关于孟姜女故事的研究，为中国现代民间文学提供了第一个研究典范"⑤。

"五四"时期的学者在民俗学的鼓吹与建设过程中，只是从西方借鉴了"folklore"这样一个具有"眼光向下"启蒙意义的新名词，具体的学科理论与研究方法并没有来得及与思想观念同步介绍到中国来。⑥ 此时，

---

① 顾颉刚：《序》，谢云声《闽歌甲集》，中山大学语言历史学研究所1928年版，第1页。
② 顾颉刚：《民俗学会小丛书弁言》，顾颉刚、刘万章《苏粤的婚丧》，中山大学语言历史学研究所1928年版，第2页。
③ 顾潮：《顾颉刚年谱》，中国社会科学出版社1993年版，第152页。
④ 顾颉刚：《小序》，《孟姜女故事研究集》第三册，中山大学语言历史学研究所1928年版，第1页。
⑤ 陈泳超：《作为运动与作为学术的民间文学》，《民俗研究》2006年第1期。
⑥ 详见施爱东《民俗学是一门国学——中山大学民俗学会的工作计划与早期民俗学者对学科的认识》，《民俗学刊·第三辑》，澳门出版社2002年版。

依靠早期民俗学者的知识与智慧开辟新的学术道路，事关民俗学在整个现代学术格局中是否具有存在的合理性。"我们没有锄头，犁耙等等工具便不能种田造林；我们没有镰刀，剪子，筐篓，绳索等等工具便不能割禾剪果，装篓束捆。所以我们有了这个开辟土地的野心，就应该去修缮工具，更应该去作应用工具的训练，使得我们对于这些材料实施工作的时候不至于无法应付。"[1] 面对日益喧嚣的歌谣运动的推进，能否找到一种合适的研究方法，使民俗学走出"资料学"的困境，就成了最大的学术难题。

顾颉刚将民俗材料与治史目的相结合的做法，正好为处于鼓吹阶段的民俗学开辟了一条极富中国特色的研究之路：把清代以来盛行的源流考镜方法引入民俗研究。孟姜女故事研究的成功，更是极大地提升了民俗学在普通学人心目中的地位。

无论是就清代考据学还是就西方实证史学的角度来看，顾颉刚的孟姜女故事研究都可说几近达到了一种学术可能的极致。陈泳超对此曾有一段精辟的议论："现存的文献资料对于真实的（假如真的有这样一种'真实'的话）历史演变过程来说可能只是挂一漏万，但是当你将这些'残剩'的资料搜罗殆尽之后，所编织出来的'历史的系统'就几乎具有了学术的尊严，因为它即使与真实的历史演变相去甚远，却终究是学者之能事已尽的了。"[2]

我们知道，一切科学都是特定范式之中的科学，历史科学也不例外，如果我们认定了考据学或实证史学的范式就是故事学历时研究的游戏规则，那么，《孟姜女故事研究》就是在此一游戏规则之下的登顶之作。所以，顾颉刚很自豪地说："我们在今日能够做到这样，我们在今时的时代里，也可喊一声小小的成功了。"[3]

这一成功在后人的眼中呈现着无限丰富的历史哲学的意味。王学典、李扬眉认为顾颉刚"通过'不立一真，惟穷流变'的致知取向……向世人揭示了自己的哲学归属：他把自己放置进了源远流长的经验主义的求知行列之中。……躲避、绕开了或者说搁置了'实体'的存在问题。……

---

[1] 顾颉刚：《民俗学会小丛书弁言》，顾颉刚、刘万章《苏粤的婚丧》，中山大学语言历史学研究所1928年版，第1页。

[2] 陈泳超：《作为运动与作为学术的民间文学》，《民俗研究》2006年第1期。

[3] 顾颉刚：《小序》，《孟姜女故事研究集》第三册，中山大学语言历史学研究所1928年版，第1页。

轻松地走在没有本体论重负的经验之路上"①。吕微则认为："如果海登·怀特对顾颉刚当年的假说有所知晓，他一定要奉顾氏为后现代史学的一代宗师，因为海登同样认为，历史所呈现给我们的只是叙事的话语，至于历史的本来面目其实已经过历史学家以及无数的历史叙述者们的过滤，从而不再是客观的事实。就历史通过叙事向我们呈现而言，历史已经是故事，是传说，或者说历史的形式从来就是传说故事。"② 对于顾颉刚孟姜女故事研究的史学史意义，无论横看侧看，总能成岭成峰。

三　历史演进法的局限

顾颉刚《孟姜女故事研究》的发表，曾让我们耳目一新，奉为故事研究之圭臬。但以实证史学的方法治故事学，其局限性也是非常明显的：片断、偶然的文字记载，永远无法复原故事流变的路线图。

以下我们从三个方面来讨论这一研究范式的局限。

（一）我们必须看到，历史演进法有一个明显的预设前提，即："一元发生"和"线性生长"（一源单线）。这在近现代历时研究中，是个很普遍的预设。但是，以今天的故事学理论来看，这一预设本身的合法性是可以受到质疑的。

在讨论孟姜女故事结局的时候，顾颉刚认为：

> 负骸骨归之说，在"秦始皇欲纳孟姜"之说未起时确是一个重要的说法。……因为这是滴血之后的一个重要的任务……孟姜女的死有三个时期的不同，第一时期是崩城后而投水，第二时期是负骸归家而力竭，第三个时期是不受秦始皇的要挟而自杀。③

---

① 王学典、李扬眉：《"层累地造成的中国古史"———一个带有普遍意义的知识论命题》，《史学月刊》2003年第11期。
② 吕微：《顾颉刚：作为现象学者的神话学家》，《民间文化论坛》2005年第2期。
③ 顾颉刚：《案〈哭泉孟姜女祠记及其他〉》，《孟姜女故事研究集》第三册，中山大学语言历史学研究所1928年版，第131—132页。

事实上，据不完全统计，在20世纪80年代以后的调查中，陕西①、河北②、浙江③、台湾和闽南等地④都发现了孟姜女负骸归家故事的流传，湖北还有孟姜女把丈夫骸骨收回家后放在阴床上救活了的说法。⑤ 可见"负骸归家"的故事从来就未曾让位于"自杀"的故事。多种说法长期共存于民众口头传统之中，未必是一种前后承接的历时关系。我们至多只能说，孟姜女"自杀"的故事晚出于"负骸归家"的故事，而且逐渐占据了主流。

但是，出于"线性生长"的预设，顾颉刚忽视了同时共存的多种可能性，先验地把各种异文"合理化"地投射在一维的时间坐标上，无形中赋予了异文之间必然的前后承接或替代关系。

我们可以从"孟姜女故事史"的复杂性与多样性的角度来讨论"一源单线"故事史的局限：

1. 从故事发生的角度来看。每一条"河流"（成型故事）都是由许多的细小"支流"（故事母题）融汇而成的。理论上说，每条支流都可以看作是这一故事的源头之一，反过来我们也可以说，每条支流都不能被看作唯一的源头。杞梁妻故事可能只是孟姜女故事渊源较深的一支源头，因为顾颉刚的偶然发现和着力挖掘，我们就把它视作了唯一的源头。

杞梁妻故事在从春秋至唐的1000多年间一直变化缓慢，除了不断加大杞梁妻哭的力量，最终哭崩城墙或梁山，没有大的变化，而且文献资料比较丰富，所以，顾颉刚把它的变化轨迹一步步梳理得非常清晰。而唐代的孟仲姿故事从一开始进入文献（目前可知较早的文献是《琱玉集》）就已经有了丰富传奇、成熟稳定的情节构成，故事重点偏于"窥浴成亲"和"滴血认亲"。杞梁妻故事与孟仲姿故事之间，除了"寡妇哭夫"还有些共同点之外，从内容到结构到主题，都已经面目全非了。《琱玉集》是

---

① 赵映都讲述，黄卫平记录：《哭泉》，中国民间文学集成陕西卷编辑委员会《中国民间故事集成·陕西卷》，ISBN中心1996年版，第196页。

② 王连锁讲述，刘如芳记录：《孟姜女的来历》，袁学骏、刘寒主编《耿村一千零一夜》第二卷，花山文艺出版社2006年版，第139—140页。

③ 林爱伦讲述，王月仙记录：《孟姜女和土地公婆》，中国民间文学集成浙江卷编辑委员会《中国民间故事集成·浙江卷》，ISBN中心1997年版，第297页。

④ 黄瑞旗：《孟姜女故事研究》，中国人民大学出版社2003年版，第231页。

⑤ 萧国松整理，刘守华主编：《孙家香故事集》，长江文艺出版社1998年版，第76页。

一本类书，它把杞梁妻故事和孟仲姿故事归在一起，文后特别声明"二说不同，不知孰是"。这说明唐代的学问家就没有搞清楚两个故事之间有什么源流关系，只是把同时存在的两个相类的故事放在一起做个简单的归类（说不定正是这种归类，促成了两个故事的合流）。

顾颉刚认为孟仲姿故事是由杞梁妻故事变化而来的。但是，杞梁妻故事从《左传》的"知礼"到刘向的"哭夫崩城"，其变化步步为营清清楚楚，何以到了文献更加丰富的西汉以后，从刘向到唐代的600多年间，突然一变而为孟仲姿（或孟姿）故事，却一点中间线索都找不到？日本故事学家饭仓照平推测，在孟仲姿故事正式被载录之前，在民间就已经有了其他源头的某种定型的民众艺术版本，而且他倾向于认为这种版本可能源自于南方地区。①

也就是说，成熟的孟姜女故事未必从杞梁妻故事单线发展而来，更可能是哭夫崩城故事与其他如窥浴成亲或滴血认亲等故事的合流。我们用"反事实"的思考方法做一假设：如果我们从汉唐文献中找出了足够充分的窥浴成亲故事，我们就有可能梳理出另一种源头的孟姜女故事迁流路线图。

2. 从故事的流布结构来看。成熟的孟姜女故事是一个集多种主题和多种情节类型于一体的庞大的同题故事群，不仅在历时的长河中呈现着"多源分流"的特征，即使是在同一时代，也是异文繁多，关系错综复杂，甚至互相排斥，没有一个故事具有充分的理由可以用来作为某一个时代的代表，更何况是一些偶尔被文人记录的个别故事。

顾颉刚后来也意识到了这个问题，他在《孟姜女故事研究的第二次开头》中说道：

> 上一年中所发现的材料，纯是纵的方面的材料，是一个从春秋到现代的孟姜女故事的历史系统。我的眼光给这些材料围住了，以为只要搜出一个完全的历史系统就足以完成这个研究。这时看到了徐水县的古迹和河南的唱本，才觉悟这件故事还有地方性的不同，还有许多

---

① ［日］饭仓照平：《孟姜女故事的原型》，原载日本《东京都立大学人文学报》，国内有王汝澜译本，收入陶玮编《名家谈孟姜女哭长城》，文化艺术出版社2006年版，第104页。

横的方面的材料可以搜集。①

这一认识比起"上一年"自然有了进步,但是,限于知见的范围,顾颉刚只是把错综复杂的故事史进行了单纯的"纵"和"横"的切割。大量的田野调查发现,所谓"横的方面"也即民间故事的"地域系统"未必能够成立。即使是同一地区,也同时流传着不同类型的孟姜女故事。故事不仅随时间、空间而变异,也随不同讲述主体的知识结构、讲述目的及讲述语境而变异,甚至同一讲述者的两次讲述也会变更部分情节。民间故事在今天的流传状况是如此,在过去的流传状况当然也是如此。当我们从文献中找出了唐代流传于陕西的故事 A,宋代流传于浙江的故事 B 时,可能会误以为 A 代表唐代或陕西,B 代表宋代或浙江,甚至以为 B 是由 A 变化而来。可是,田野实践告诉我们,A 只能代表记录 A 的作者的知见,B 只能代表记录 B 的作者的知见,严格的说法只能是这样:至迟在唐代的陕西已有 A 流传,至迟到宋代的浙江已有 B 流传。

顾颉刚在论述孟姜女故事的"地域系统"时说:"福佬民族对于这件故事的传说,是:秦始皇有一宝鞭,给他一打,天下的石都归到长城下。"但他对自己的断语并没有足够的信心,所以又说:"读者不要疑我为假谦虚;只要画一地图,就立刻可以见出材料的贫乏,如安徽、江西、贵州、四川等省的材料便全没得到;就是等到的省份也只有两三县,因为这两三县中有人高兴和我通信。"② 后来的调查证明了顾颉刚的心虚不是多余的。秦始皇使赶山鞭的故事,不仅流传于两广的福佬民系,也广泛流传于北京、河北、辽宁、湖南等地,③ 甚至早在唐初《艺文类聚》中就记载了神人助秦始皇驱石下海的故事。④

3. 从故事异文的生长来看。民间故事的生长具有多向性的特点,即使在同一时代同一地区也可能会生长出不同的异文,而每一种异文,都有可能分别嫁接不同的新母题,甚至成长为不同的故事类型。故事的演变过

---

① 顾颉刚:《孟姜女故事研究集》第二册,中山大学语言历史学研究所 1929 年版,第 22 页。

② 顾颉刚:《孟姜女故事研究》,《孟姜女故事研究集》第一册,中山大学语言历史学研究所 1928 年版,第 86、113 页。

③ 参见黄瑞旗《孟姜女故事研究》,中国人民大学出版社 2003 年版,第 230—245 页。

④ 欧阳询:《艺文类聚》第 79 卷,上海古籍出版社 1999 年版,第 1347 页。

程，就如同一棵长势旺盛的生命树，树上分干，干上分枝，枝上分叶，总体上呈现为杂乱无序的生长状态。①

我们从历代文献中所看到的，显然只是民间叙事这棵庞大生命树上的几片树叶，这些树叶可能是生长在不同树枝上的互不相干的个体，但是，按照胡适所归纳的演进公式，就应该把这些长在不同树枝上的树叶投射到一根枝条上，按被记载的先后顺序进行线性排列，于是，给人造成故事是单线生长的错觉。顾颉刚有时会被这一错觉所迷惑，这时，他看到的不是一棵枝繁叶茂的生命树，而是一根变色龙式的生命枝。或者说，历史演进法预设了一棵大树上的所有树叶，都长在同一根枝条上面。

以故事女主人公名称的讹变为例：唐宋间敦煌写本有孟姜女小唱，首次出现了"孟姜女"的名称；中唐类书《珮玉集》把女主人公名称写作"孟仲姿"；一本初唐李善及五臣所注的《文选集注》中把女主人公名称写作"孟姿"。于是，顾颉刚认为：

> 这些名字可以分作两种猜想：
> (1)先为孟姜，变为孟姿，再变为仲姿。
> (2)先为仲姿，变为孟姿，再变为孟姜。②

首先，我们无法断定三个名称之间的传播关系，它们可能是另一未知源头的三个不同分支，也可能是不同地域的许多名称中偶然被文人记载的任意三个。其次，即便它们被确认为一种传播关系，那也未必是顾颉刚所认定的两条"一源单线"的传播路线，还有可能"一源多线"，即所有名称都从"孟姿"派生：

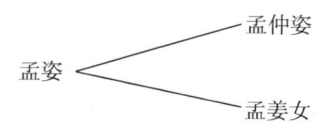

```
         ┌── 孟仲姿
孟姿 ──┤
         └── 孟姜女
```

---

① 这一方面的理论著述可参见刘魁立《民间叙事的生命树——浙江当代"狗耕田"故事情节类型的形态结构分析》，《民族艺术》2001年第1期；施爱东《故事的无序生长及其最优策略——以梁祝故事结尾的生长方式为例》，《民俗研究》2005年第3期。

② 顾颉刚：《唐代孟姜女故事的传说》，《孟姜女故事研究集》，上海古籍出版社1984年版，第283页。

（二）我们还可进一步讨论：假设"一源单线"的预设能够成立，历史演进法的局限性在哪？

基于该预设，故事演进的路线是由既得材料的时代先后勾勒出来的。假设我们得到了不同时代的"孟姜女故事"材料 A、B、C，如果我们把它投射在历时的一维坐标中，我们就会得到这样一条故事的演进路线：

$$A \to B \to C$$

依据这一路线，我们再来进行社会学与文化学的解释，我们得到了 A→B 的解释 α，B→C 的解释 β。于是，我们得到一个封闭而完整的研究结果：

$$A \xrightarrow{\alpha} B \xrightarrow{\beta} C$$

可是，从学理的角度来说，历时研究所需要的材料，是永远无法穷尽的。事实上，每一次新材料的出世，都可能打乱原有的演进路线。

顾颉刚其实已经意识到了该演进法对于材料的过度依赖和困惑，但他对此表现得似乎有些无能为力：

> 材料愈积愈多，既不忍轻易结束，尤不敢随便下笔。我的坏脾气老是这样：一个问题横在心中，便坐立不安，想去寻找材料；等到材料多了，愈分愈细，既显出起初设想的错漏，又惊怖它的范围的广漠，而且一个问题没有解决，连带而起的问题又来要求解决了，终至于望洋兴叹，把未成之稿束在柜子中而后已。①

假设我们在资料的搜集过程中又得到了一份材料 X，X 在历时坐标中介于 A 与 B 之间。于是，我们可以将演进路线改写为：

$$A \to X \to B \to C$$

那么，基于 A→B 的解释 α 就会变得没有意义。于是，我们又得重新给出新的解释：

$$A \xrightarrow{\gamma} X \xrightarrow{\delta} B$$

问题在于，这一新的演进路线 A→X→B→C 是否能反映"真实"的变迁史呢？

---

① 顾颉刚：《启事》，《歌谣》周刊第 83 号，1925 年 3 月 22 日。

我们无法给予肯定的回答。"第一,'史料'永远残缺不全;第二,有幸保存下来的史料是前人选择过的并认为'有意义'的东西;第三,凭借这种残缺不全的史料叙述历史的历史学家要完成这种'叙述',首先必须依赖一系列前提假定,其次必须发挥丰富、高远的想像能力,再次还必须依赖历史学家对人性和生活的体验深度,等等。"① 且不说经由文字所传承的材料难以穷尽,事实上,作为一种口头文化,未被文字所记录的文本更是浩瀚无际,顾颉刚自己也说道:"春秋以前的材料找不到了,宋以后则笔记流传较多,在书籍上看只有这一些事实而已。民众的事实能够侥幸写上书籍的,未必有十万分之一,书籍又因日久而渐失传,我们不能起古人于九原而问之,这许多好材料是终于埋没的了。"②

顾颉刚在写作《孟姜女故事的转变》时,根据邵武士人《孟子疏》中的一条材料推断说:

> 杞梁之妻的大名到这时方才出现了,她是名孟姜!这是以前的许多书上完全没有提起过的。自此以后,这二字就为知识阶级所承认,大家不称她为"杞梁之妻"而称她为"孟姜"了。③

后来因为刘半农"在巴黎国家图书馆所藏敦煌写本中,抄到几首唐宋间的小唱",发现"'孟姜'二字用作杞梁妻之专名,远在邵武士人之前"④。于是顾颉刚在《孟姜女故事研究》一文中修正说:

> 敦煌石室中的藏书是唐至宋初所写的。里边有一首小曲,格律颇近于捣练子;曲中称杞梁为"犯梁",称其妻为"孟姜女"……这是开始从"夫死哭城"而变为"寻夫送衣",孟姜女一名也坐实了。⑤

---

① 王学典、李扬眉:《"层累地造成的中国古史"——一个带有普遍意义的知识论命题》,《史学月刊》2003年第11期。
② 顾颉刚:《序》,钱南扬:《谜史》,中山大学语言历史学研究所1928年版,第3页。
③ 顾颉刚:《孟姜女故事的转变》,《歌谣》周刊第69期,1924年11月23日。
④ 刘半农:《通讯》,《歌谣》周刊第83期,1925年3月22日。
⑤ 顾颉刚:《孟姜女故事研究》,《孟姜女故事研究集》第一册,中山大学语言历史学研究所1928年版,第48页。

刘半农的发现当然具有偶然性，我们无法保证再没有新的材料出现，更无法保证敦煌写本写定的年代，就是孟姜女一名坐实的年代。我们只知道，至迟在宋初"已经有了"孟姜女这个专名。

可见，即使如顾颉刚所设 ABC 位于同一条传承路线上，依"一源单线"的方式而传播，在 A 与 B 之间，也可能有过无数次未被载录的传播和变异。直接地把 A 到 B 的演进解释为 α，或者 γ 与 δ 之和，都可能是错误的。

这是基于历史演进的文化解释学所无法避免的致命伤。而我们从 A→X→B→C 的演进中所能确切知道的，仅仅是"演进"以及这种演进的"趋势"，而不是演进的具体步骤和对这些步骤的解释。如此，胡适所总结的"演进公式"，就更难成立了。

当我们把因果关系界定为一种历时关系的时候，我们也许可以判断一对先后发生的事件 A 和 B 之间确实具有因果关系，但是，我们很难确证这种关系是不是唯一的因果关系，甚至不能确证这种关系是不是必然的、最重要的关系。因为每一次新材料的出现，都有可能打破我们已经建立的因果关系。因果关系的每一个路口，都布满了疑云与风险。历时研究的种种公案，一再地呈现着这个难题。所以顾颉刚说："当我去年作《故事转变》一文时，自以为很是小心，不料没有过几天就发现了两处很大的错误。"[①]

1924 年年底某一天，顾颉刚偶翻《全唐诗》，发现李白《东海有勇妇篇》起句云："梁山感杞妻，恸哭为之倾。"人们过去只知道杞梁妻哭夫崩"城"，这是顾颉刚第一次看到哭夫崩"山"的说法，顿时"感到一种说不出的快意和惊骇，仿佛探到了一个新世界似的"。但顾颉刚式的谨慎还是让他"很怀疑这种传说的曾经成立，因为在别处绝没有见过"。后来郭绍虞给他抄来《曹子建集·黄初六年令》中的一条材料："杞妻哭，梁山为之崩。"顾颉刚兴奋极了，以为有了这条材料，就可以证明"此种传说自汉魏至唐未尝歇绝，不过古籍缺佚，找不到详尽的记载罢了"。待到自己认真一核，发现原文其实是一段四言排比句，应该标点为"杞妻哭梁，山为之崩"。于是问题又来了："这篇中的'梁'字是人名呢，还是地名呢？如是地名，则此句应解作杞妻哭于梁山。如是人名，则此句应解

---

① 顾颉刚：《杞梁妻哭崩的城》，《歌谣》周刊第 93 号，1925 年 5 月 31 日。

作杞妻哭杞梁。地名与人名分不清楚，便不能断定所崩之山是梁山。"顾颉刚不甘心，又找来丁晏《曹集诠评》细找，结果在《精微篇》中找到了"确实的证据"："杞妻哭死夫，梁山为之倾。"按理说，考证至此，应该没有问题了。可是，细心的顾颉刚又从李白诗的题注中发现"李白这诗是模仿曹植而作的"。于是他感叹道："我们安知这种传说不是只在曹植时一现，并没有很久的历史，而李白诗中只因摹古之故而又一提呢。我上次说的'乃知此种传说自汉魏至唐未尝歇绝'，自己又觉得不敢坚持了！"①

（三）"层累造史说"具有相对性。当胡适把"历史演进"表述为"由简单变为复杂，由陋野变为雅驯"的时候，他还有一个隐含的预设，也即基于"进化"的假设：以现在的故事形态作为标准形态，去衡量古代的故事形态。当顾颉刚使用这一标准看待故事的时候，往往只能看到故事中不断增添和不断丰富的一面，看不到故事中不断遗失和不断减弱的其他方面，因而认为"古史是层累地造成的"②。

如果从"现代"往前看，现代的故事形态是在早期故事的基础上逐步累积、放大而形成的，也即"层累造成"（层累造史说在数学上并不存在问题，因为"前代信息+后代信息"的总和肯定要大于"前代信息"，除非"后代信息"为零）。但是，如果从"古代"往后看，我们就会发现，并不是早期故事形态中所有的信息都得到了放大，部分信息被放大的同时，另一部分信息却在传播中有意无意地被忽略了。

杞梁妻故事在春秋战国时期的主题是"知礼"。这故事最早出现在《左传》时，共156字，到了战国中期的《檀弓》，只剩下78字，其间显然忽略了许多信息。可是，顾颉刚却只看到了增加的部分，没有看到遗失的部分，因而认为《檀弓》"较《左传》所记的没有什么大变动，只增加了'其妻迎其柩于路而哭之哀'一语"③。这一故事到了东汉蔡邕著《琴操》时，虽然比春秋战国时期增加了"自投淄水而死"的情节，但另一方面却连"知礼"的主题都丢掉了。到了中唐《琱玉集》的孟仲姿故事，故事丰满成型了，但是，这时已经连《左传》中杞梁妻故事的影子都找

---

① 顾颉刚：《杞梁妻的哭崩梁山》，《歌谣》周刊第86号，1925年4月12日。
② 顾颉刚：《自序》，《古史辨》第一册，朴社1926年版，第52页。
③ 顾颉刚：《孟姜女故事的转变》，《歌谣》周刊第69期，1924年11月23日。

不着了。也就是说，当我们从春秋战国往后来看杞梁妻故事的时候，就会发现，故事不是层累递增，而是逐步递减。

如图2—1，假设源故事是AB，下一阶段的故事变成了BC，于是，根据胡适的"演进公式"以及顾颉刚的"层累造史说"，我们会认为故事是由B演进到了BC，故事中累加了C的因素。但是，历史演进法根本没有理会故事传播过程中A的遗失。可见，历史演进法讨论的只是"增"的部分，而对"减"的部分视而不见，并且由"增"引出了"进"的方向判断。

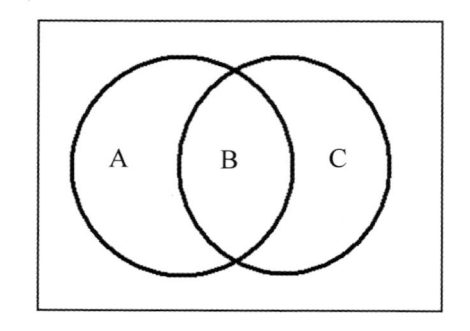

图2—1 故事"位移"示意图

从书写传统的角度来看，文化有一个历时进化的过程，但如果从口头传统的角度来看，我们没有任何理由认为文化是单向进化的。"人类在使用文字记载历史之前，就早已在用口头语言记忆其历史了，先民们用口头语言讲述宇宙万物的来历、民族的起源与迁徙、诸神的奇迹、祖先的业绩、英雄的壮举等等。"[①] 在书写传统欠发达的社会，口头传统是人类主要的文化形态，口传文化理应比今天更加丰富。那些靠口传记忆的历史细节与故事情节，与其说在历史进程中层累递增了，不如说更多的是遗失了。不同时代的传播者总是会依据自己的当下诉求，不断地对既有故事进行重新理解和重新表述。重述导致了故事的不断"演变"，而不是胡适所认为的"演进"。

当然，也许有人说早期的叙事比较简单，而经由宝卷及戏曲唱本的演

[①] 刘宗迪：《古史、故事、瞽史》，《读书》2003年第1期。

绎，敷衍成了"万千言"。但要注意，这种敷衍主要体现为文体的变化，也即由日常口头传统向商业演唱文本的变化，而不是基本情节的递增。逆向地看，洋洋洒洒的商业唱本一经普通民众的口头转述，同样可以迅速精简为短小精悍的民间故事。从20世纪80年代以来民间文学普查的结果看，日常口头传统中的孟姜女故事依然保持在极短小的篇幅，这在各省陆续出版的《中国民间故事集成》中一目了然。我们看到，现代民间口头流传的孟姜女故事，并不比唐代记录的孟仲姿故事复杂或雅驯。我们不能使用明清的宝卷或戏曲唱本去比照汉唐的经史笔记，从而引出"由简单变为复杂"的结论。文体的差异本身就存在繁与简的差异，即便用今天的孟姜女唱本比照今天的孟姜女故事，同样可以看出繁与简的巨大差异。

另一方面，由于书写传统以及印刷技术的日益发达，加上保存年代的不同，后代记录的孟姜女故事在数量上肯定会远远超过前代记录的孟姜女故事。故事群的总体容量当然会远远超过单个故事的个体容量。我们不能用后代多个文本的"综合整理"去比照前代个别文本的"单项记录"。

所以说，胡适的演进公式在理论上是立不住脚的。在这一点上，顾颉刚显得比胡适更加谨慎，他往往使用"演变"而不是"演进"来表述故事的变化。一字之差，折射了学术态度的差异。故事的历时变异，是由AB到BC的"位移"，而不是从B到BC的"演进"。正如主人公姓名是从"杞梁妻"到"孟姜女"的位移、演变，而不是从"杞梁妻"到"杞梁妻孟姜女"的叠加、演进。

小结　顾颉刚故事学范式的科学贡献

顾颉刚晚年曾感叹说："予一生好以演变说明事物，而新、旧两方多见抵斥，盖惟堆砌事实，不能从原理上说明其所以演变之故也。"[①] 他一生都在追求科学方法，却常常苦于没有接受过系统的科学训练："我常说我们要用科学方法去整理国故，人家也就称许我用了科学方法而整理国故。倘使问我科学方法究竟怎样，恐怕我所实知的远不及我所标榜的。我

---

① 顾颉刚：《顾颉刚读书笔记》第七卷"汤山小记"，联经出版事业公司1990年版，第5230页。

屡次问自己，'你所得到的科学方法到底有多少条基本信条？'"

顾颉刚认为自己对科学方法的了解非常有限：一是从动植物表解及矿物学讲义上学到了分类和排列的方法；二是从化学课上学到了如何通过一事物与他事物的化学反应来判定事物的原质；三是从名学教科书上了解到唯有用归纳的方法可以增进新知；四是知道科学的基础必须建立于假设之上，从假设去寻求证据，再从证据去修正假设；五是接受了胡适的影响，认为研究历史的方法在于寻求一件事情的前后左右关系，而不把它看作突然出现的。

> 老实说，我的脑筋中印象最深的科学方法不过如此而已。我先把世界上的事物看成许多散乱的材料，再用了这些零碎的科学方法实施于各种散乱的材料上，就喜欢分析，分类，比较，试验，寻求因果，更敢于作归纳，立假设，搜集证成假设的证据而发表新主张……但是我常常自己疑惑：科学方法是这般简单的吗？只消有几个零碎的印象就不妨到处应用的吗？①

顾颉刚尽管未能受到系统的科学训练，却能始终坚守"求是"的科学精神，不断反躬自省、反复修正前说，这在中国近现代学人当中非常特出。顾颉刚故事学范式的革命性意义至少在以下几个方面依然是难以动摇的：

（一）揭示和证明了民间故事不断演变的运动特征

顾颉刚说自己"敢于作归纳"。所谓归纳，也即对于同类事实材料之共性的抽象概括。严格说来，归纳推理不是必然的逻辑通路，只具有或然性，不具有必然性。归纳推理既依赖归纳者的理论基础与学术眼光，也依赖归纳者的抽象概括能力。

顾颉刚说："我的研究孟姜女故事，本出偶然，不是为了这方面的材料特别多，容易研究出结果来。至于现在得有许多材料，乃是为我提出了这个问题，才透露出来的。"② 正是这种天才的学术眼光与他所提出的

---

① 顾颉刚：《自序》，《古史辨》第一册，朴社1926年版，上述引文分别见第94、95页。
② 顾颉刚：《自序》，《孟姜女故事研究集》第一册，中山大学语言历史学研究所1928年版，第4页。

"这个问题",将客观事实纳入了科学领域,成为学术研究中的经验事实,洞开了一片全新的学术领域。

杞梁妻却郊吊的记载,随着时代的发展,由知礼而善哭,然后崩城、崩山,继而有窥浴成亲、送寒衣、哭长城等各种情节不断叠加其上;杞梁妻原本连名字都没有,后来却能成为风靡全国的故事主角,形象日益丰满,事迹愈传愈多,成了一个箭垛式的美丽而不幸的下层妇女的典型。当顾颉刚把这些不同时代的孟姜女故事翻检出来罗列在一起的时候,即使只是使用最简单的归纳法进行描述,他就已经科学地论证了故事的不断演化的大趋势,从而摆脱了传统史学对于故事"真伪问题"的纠缠与指责,改写了史学学术史,走出了中国故事学的第一条阳光大道。甚至所谓民间文学四性特征之一"变异性"的提出,也在很大程度上依赖于顾颉刚的这一成果。

刘宗迪认为:"正是凭借(顾颉刚)这种(故事学的)眼光,传统的史官史学或正统史学的虚幻和偏狭才被彻底揭穿,中国史学才走出王道历史的狭小天地,走向风光无限的民间历史,原先被视为神圣不可侵犯的古圣先王被赶下神坛,为荐绅君子所不屑的民众野人成为历史图景和历史叙述的主角,原先被深信无疑的圣书经典遭到了前所未有的怀疑和诘问,落于传统史学视野之外的野史村俗却被当成活生生的史料。"[1]

(二) 论述了故事变迁与多种外在条件之间的相关性

所谓规律,也即被视为原因的现象与被视为结果的现象之间的相关性呈现为比较高的概率。在现象 a 与现象 b 之间,我们很难确认它们之间具有稳定的相关性。但是,如果 a 与 b 之间的类似关系一再呈现的话,它们就具有了统计学上的科学意味,两者之间不再表现为"单个现象 a"与"单个现象 b"之间的关系,而是表示为"A 集合"与"B 集合"的关系,从概率论的角度来看,集合之间的关系是一种相对稳定的大概率事件,其相关性可以得到统计学的强力支持。

尽管历史演进法存在诸多可以商榷的问题,顾颉刚对个别材料 a 与 b 的关系判断可能失之武断,但当他集合了大量文献对 A 与 B 之间的关系

---

[1] 刘宗迪:《用故事的眼光解释古史:论顾颉刚的古史观与民俗学之间的关系》,《合肥联合大学学报》2000 年第 6 期。

进入考察时,他发现了故事传播中的许多规律性特征。他发现了变动不居的故事中,也有不变的中心点,比如,他在考察"羿的故事"时,注意到尽管不同文献对于羿的品性、事迹有着千变万化的说法,但始终有一个中心点——"善射"是不变的,正如孟姜女故事中的"哭倒城墙"是不变的。他发现了故事传播的中心点会随着文化中心的迁流而迁流:春秋战国间,齐鲁文化最盛,所以孟姜女故事最早由齐都传出;西汉以后,历代宅京长安,故事的中心转移到了西部;北宋建都河南,故事中心移到了中部;江浙是南宋以来文化最盛的地方,所以那地的传说虽后起,但在三百年间竟有支配全国的力量;北京自辽建都以来,成为北方的文化中心,所以它附近的山海关成为孟姜女故事最有势力的根据地。很显然,这是文化的话语霸权在地区差异上的一种表现。因此顾颉刚说:"我看了两年多的戏,惟一的成绩便是认识了这些故事的性质和格局,知道虽是无稽之谈原也有它的无稽的法则。"[①] 顾颉刚所提出的这些"无稽的法则",早已成为中国现代民间文艺学的基础理论,至今未有动摇。

(三) 革命性地发展了王国维的"二重证据法"

王国维关于中国古史研究中纸上材料与地下新材料相互参证的二重证据法,在近现代中国古史研究领域产生了巨大的反响。后世学者每发现一类新的材料,就可以在此基础上再加一等,无上限地命名为三重证据法、四重证据法等等。尽管二重证据法曾经为转型期的史学研究指出了一条新的史料途径,但是,取材途径的增加并不具有方法论上的意义,新材料在使用方法上与传统史料并无二致。因此从科学哲学的意义上说,所谓的"二重证据"并不能称作"法"。

顾颉刚则在系列神话、传说及故事研究的基础上,进一步从方法论上进行了思考。1930年,他说:"我们现在受了时势的诱导,知道我们既可用了考古学的成绩作信史的建设,又可用了民俗学的方法作神话和传说的建设。"[②] 1935年又进一步把史料分类为三:"一类是实物,一类是记载,再有一类是传说。这三类里,都有可用的和不可用的,也有不可用于此而

---

① 顾颉刚:《自序》,《古史辨》第一册,朴社1926年版,第22页。
② 顾颉刚:《自序一》,《中国上古史研究讲义》,中华书局1988年版,第1—2页。

可用于彼的。"① 从以上表述来看，顾颉刚把"民俗学的方法"类同于"考古学的成绩"，似乎并没有意识到自己与王国维的不同。后来王煦华将之概括为"三重论证"，认为顾颉刚"比王国维又多了一重"②。

不同材料具有不同的功能。文献与古物是可以直接应用于论证过程的直接材料，民俗材料虽然有利于对古代材料的理解，但由于其古今变异的巨大，不可能直接应用于论证过程。如果所谓"民俗学的方法"只是提供一类新的直接材料，那就没有任何方法论的意义。顾颉刚的革命性贡献在于，他不是直接以民俗材料作为论据代入论证过程，而是通过对当代社会民俗生态的考察，将之升华为"人同此心，心同此理"的一般文化形态，看成一种古今共通的文化模式，以此作为考察工具，重构古代社会的文化生态，做出合情推理。

从科学哲学的角度说，顾颉刚是把研究对象当成"原型"，而把相似条件下的现代民俗现象当成了"模型"，通过研究模型以及模型与原型之间的关系，达到对于原型的一般性认识。

顾颉刚认为，古今传说故事的生产者"虽彼此说得不同，但终有他们共同遵守的方式，正如戏中的故事虽各各不同，但戏的规律却是一致的"。他从大量的戏曲故事中发现了程式化的结构形态，意识到"薛平贵的历尽了穷困和陷害的艰难，从乞丐而将官，而外国驸马，以至做到皇帝，不是和舜的历尽了顽父嚚母傲弟的艰难，从匹夫而登庸，而尚帝女，以至受了禅让而做皇帝一样吗"。顾颉刚认为，这些故事如果用了史学的眼光去看，"无一不谬"，但如果用了故事学的眼光去看，就是"无一不合"了。所以说："我们只要用了角色的眼光去看古史中的人物，便可以明白尧舜们和桀纣们所以成了两极端的品性，做出两极端的行为的缘故，也就可以领略他们所受的赞誉和诋毁的积累的层次。只因我触了这一个机，所以骤然得到一种新的眼光，对于古史有了特殊的了解。"③ 他利用当代吴歌及其语境对《诗经》展开的研究，同样取得了很好的效果。20

---

① 顾颉刚：《战国秦汉间人的造伪与辨伪》，吕思勉、童书业编著《古史辨》第七册（上），上海古籍出版社 1982 年版，第 1 页。

② 王煦华：《〈秦汉的方士与儒生〉导读》，顾颉刚《秦汉的方士与儒生》，上海古籍出版社 1998 年版，第 5—6 页。

③ 顾颉刚：《自序》，《古史辨》第一册，朴社 1926 年版，上述引文分别见第 43、40、41 页。

世纪 30 年代,哈佛学者帕里和他的学生洛德正是从史诗研究中意识到了这种程式化的结构特征,把它发展成为著名的"帕里—洛德理论"。

从这个角度说,顾颉刚的主张比王国维的主张更具有方法论的革命意义。这一思想在当时无疑已经具有了文化人类学的学术眼光。① 顾颉刚对材料的选用及其研究方法与成绩,在传统的文史学领域具有科学革命的意义。

(四) 指出了民众感情在故事演变中的作用

如果我们长期执着于一种研究范式,那么,学术的精进势必只能依赖于新材料的发现,但正如我们前面已经分析的,就算有了新材料的出土,我们也不能从根本上解决顾颉刚在孟姜女故事史上所提出的一系列问题。事实上,我们错过了历史,也许就永远无法"复原"那些早已遗失的过程。我们能做的,就是尽最大的可能"重构"一个孟姜女故事史,而判断重构是否"合理"的标准,就是我们当下学术的游戏规则。这种游戏规则就是"合情推理"。

科学推理主要区分为论证推理与合情推理。论证推理是必然推理,它为严格的逻辑规则所限制,它本身不允许任何不确定的东西;合情推理则是一种或然推理,"它的标准是不固定的,而且也不可能像论证推理那样确定,以至毫无例外地得到大家的承认。合情推理实际上是由一些猜想所构成的"②。我们前面谈到的顾颉刚故事学范式诸问题,本质上都是合情推理。或者可以说,人类所有的知识都是首先经过合情推理而获得的,人文科学尤其如此。

顾颉刚认为秦始皇及其长城之所以会被组织到孟姜女故事中,是因为"六朝隋唐间,人民苦于长期的战争中的徭役,一时的乐曲很多向着这一方面的情感而流注,但歌辞里原只有抒写泛的情感而没有指实的人物。'此中有人,呼之欲出',于是杞梁妻的崩城便成了崩长城,杞梁的战死便成了逃役而被打杀了。同时,乐府中又有捣衣,送衣之曲,于是她又作送寒衣的长征了……民众的感情与想象中有这类故事的需求,所以这类故

---

① 详见陈泳超《关于"神话复原"的学理分析——以伏羲女娲与"洪水后兄妹配偶再殖人类"神话为例》,《民俗研究》2002 年第 3 期。

② 刘大椿:《科学哲学》,人民出版社 1998 年版,第 241 页。

事会得到了凭借的势力而日益发展"①。这一观点在 20 世纪 20 年代的中国社会无疑是石破天惊的。

这就是顾颉刚的天才论断：民众情感的态度会改变历史、神话与传说的叙述。但是，这一观点是无法逻辑论证的。即使我们能够找到支撑这一观点的直接材料，我们仍然无法从逻辑上证明这些材料不是代表了文献作者的个人见解而是代表了历史的必然趋势。长时段的故事流变是无法直接观测的，任何一个文献作者都不具备比顾颉刚更优越的身份，因而也就无法成为顾颉刚论述的依据。一万个合情推理也无法取代一个论证推理。

学术研究的任务，就在于为各自研究领域中的"问题"找到一个"最合理的解释"。通过寻找线索和材料，充分运用我们理解和想象的智慧，生产各种知识，从而构建一种人类文化。人文科学要对人类社会的种种问题做出回答，往往只能借助于合情推理。合情推理是否可信不是取决于该推理是否绝对为真，而是取决于该推理是否合乎当今学术的游戏规则、是否具有说服多数同行的力量。到目前为止，顾颉刚对于孟姜女故事流变与民众情感关系的论述依然是最有说服力的，我们尚未找到足以动摇这一论断的反证论据。

（五）遵循科学原则，不断验证与修正自己的假设

顾颉刚长于假设，敢于假设，他说："固然我的假设也许是极谬误，我的证据也许是很薄弱，但总还有些引起我建立假设的主要理由在。"②事实上，合情推理的假设是无法得到逻辑论证的。如果一个假设不能被论证，它就必须能够接受相关事实材料或者追加信息的检验。当我们不能直接检验该假设时，就应该检验与之相关的逻辑推论。总之，科学假设必须具有检验蕴涵。所以顾颉刚说："我知道我所发表的主张大部分是没有证实的臆测，所以只要以后发见的证据足以变更我的臆测时，我便肯把先前的主张加以修改或推翻，决不勉强回护。"③

顾颉刚推测"禹或是九鼎上铸的一种动物"，又据《说文》等文献假

---

① 顾颉刚：《孟姜女故事研究》，《孟姜女故事研究集》第一册，中山大学语言历史学研究所 1928 年版，第 116—119 页。
② 顾颉刚：《答柳翼谋先生》，《古史辨》第一册，朴社 1926 年版，第 224 页。
③ 顾颉刚：《自序》，《古史辨》第一册，朴社 1926 年版，第 83 页。

设禹的早期形象"以虫而有足蹂地,大约是蜥蜴之类"①。钱玄同则认为《说文》中的解释"殆汉人据讹文而杜撰",顾颉刚接受了钱玄同的意见,"知道《说文》中的'禹'字的解释并不足以代表古义,也便将这个假设丢掉了"②。

孟姜女故事是一个自上古延伸到当代的话题,因而有一些对当代现象的假设是能够被证实的。顾颉刚因为得到一册广东刻本的《孟姜女宝卷》,惊奇于广东的宝卷却以江浙作为故事背景,而且不含广东方言,因而认为该宝卷"决非出于广东人之手",并假设"江浙唱本的势力的广大,可以远及两粤"。过了不久,这一假设基本得到证实:

> 这本宝卷说孟姜女是苏州人,我因疑为苏州人所作,托人到苏州专卖经忏善书的玛瑙经房去问,那知回信说没有。正在惆怅间,忽在一堆乱书目中找出一纸上海城隍庙中翼化堂善书坊的书目,内有《孟姜女卷》一条,大喜,即托人去买。上星期寄到,取来与广东刻本一校,文字,行格,图画,完全一样。翼化堂本是"壬子(1912)仲秋新镌"的,广东明星堂本是"民国乙卯年(1915)冬月重刊"的,更足以证明广东本即是用上海本翻刻的。③

但我们必须注意,"具有检验蕴涵"不等于"可证实性",前者是形而上的、思辨的,后者是经验的、感性的。当我们指出顾颉刚诸假设具有检验蕴涵的时候,并不意味着这些假设都是可以证实的。事实上,基于合情推理的上古史研究,理论上是永远不可能被证实的。因此,我们只能运用"假设—否定"的反向途径对上古史诸假设进行检验,对那些不能被否定的命题做出肯定的判断。

学术研究的尊严不在于结论是否为"真",而在于研究方法是否合乎时代规范,研究过程是否充分体现了人类思考问题和解决问题的能力,研究成果是否闪烁了人类智慧的光芒。通俗地说,学术研究的成败标准可以表述为:有没有遵照当代学术的游戏规则,把研究工作做到最好。顾颉刚

---

① 顾颉刚:《与钱玄同先生论古史书》,《古史辨》第一册,朴社1926年版,第63页。
② 顾颉刚:《答柳翼谋先生》,《古史辨》第一册,朴社1926年版,第227页。
③ 顾颉刚:"孟姜仙女图说",《歌谣》周刊第86号,1925年4月12日。

故事学范式显然还有可商榷的空间,但在顾颉刚时代的学术条件下,顾颉刚的工作无疑是出色而伟大的。

(本章原题《顾颉刚故事学范式回顾与检讨——以"孟姜女故事研究"为中心》,原载《清华大学学报》2008年第2期)

第 三 章

"层累造史"的加法与减法

——以西王母的形象变迁为例

导 读

西王母的原始身份，一直就说不清道不明，"到底是巫师、巫王在祭仪中的行法形象？抑是西方某一部落中的神秘女王？至今仍难以从文献或文物中证实其历史的真相"[①]。但是，对于西王母从战国末期到北宋年间的形象变化，却可以通过画像、文献尤其是道教文献勾勒出一个大概。

用顾颉刚"层累造史"理论来分析西王母形象的变迁，我们看到，随着西王母政治地位的不断攀升，其居住条件、仪仗规格、座驾档次、侍从人数等各项政治待遇也得到大幅度提升，甚至连自身的音色、相貌等，也发生了由老变少、由野入文的巨大变化。可是，我们同样看到了层累造史的另一面：当西王母戴上"太真晨婴之冠"之时，也是"胜"被摘下之时；当身边站满美貌侍女之时，也是三足乌下岗之时。"层累造史"的过程中，虽然加法是主要方面，可减法也不可忽视。在历时的维度上，我们正是通过对各个局部"弃胜加冠"结果的有序排比，来完成对于整体"层累造史"的叙述。

在本章的素材取样中，考虑到画像呈现的西王母形象比较复杂，既有

[①] 李丰楙：《多面王母、王公与昆仑、东华圣境——以六朝上清经派为主的方位神话考察》，收入李丰楙、刘苑如主编《空间、地域与文化——中国文化空间的书写与阐释》上册，"中央研究院"中国文哲研究所2002年版，第49页。

时代差别，又有地域差别，① 同时考虑到画像和文献所呈现的西王母形象不大一致，② 文献中的西王母形象没有明显的地域差别，本章主要立足于文献梳理，借助顾颉刚的"层累造史说"，讨论西王母形象的历时变迁。

一　西王母的政治地位

西王母从一开始就是个神秘人物，"坐乎少广，莫知其始，莫知其终"③，有效信息十分缺乏，目前我们只能从《山海经》看到一些信息片段。西王母的早期身份似乎只是昆仑丘④原住民的管理者之一，初始职位并不高，"其状如人，豹尾虎齿而善啸，蓬发戴胜，是司天之厉及五残"⑤；政治待遇不算优厚，"梯几而戴胜杖"⑥而已；手下的侍从不多，好像只有"三青鸟"（可能是三只青鸟，也可能是一只三足乌）⑦平时给西王母找点吃的。

郭璞解释"司天之厉及五残"即"主知灾厉五刑残杀之气也"⑧，知、司，都是掌管的意思，说明西王母是天界司法机构的领导干部。因为没有更多的同类信息，我们只能结合其豹尾虎齿的形象来理解其职司，赵宗福认为西王母"必是主管刑杀的死亡之神无疑"⑨，钟宗宪进一步推测

---

① 参见李淞《论汉代艺术中的西王母图像》，湖南教育出版社2000年版；新疆天山天池管理委员会编：《西王母文化研究集成·图像资料卷》，广西师范大学出版社2009年版。

② 参见［美］简·詹姆斯《汉代西王母的图像志研究》，贺西林译，《美术研究》1997年第2期。

③ 孙通海译注：《庄子·大宗师》，中华书局2007年版，第124页。

④ 刘宗迪《昆仑原型考》（《民族艺术》2003年第3期）认为昆仑本非山名，实为观象明堂之别名，很有见地。赵宗福《昆仑神话与中国人的河源昆仑意识》（《文史知识》2006年第2期）则从更广阔的视野中全面梳理了"昆仑"两字的各种内涵，以及昆仑山作为黄河之源的发现历程。由于本章只是借用作为"帝之下都"的昆仑丘，讨论神话和仙传文学中的西王母形象，所以只使用引证文献的字面意义。通俗地说，本章不讨论"本来是什么"，只讨论"被描述成是什么"。

⑤ 袁珂：《山海经校注·西次三经》，巴蜀书社1992年版，第59页。

⑥ 袁珂：《山海经校注·海内北经》，巴蜀书社1992年版，第358页。

⑦《大荒西经》称："三青鸟，赤首黑目，一名曰大鵹，一名少鵹，一名曰青鸟。"（袁珂：《山海经校注》，巴蜀书社1992年版，第457页）但后世也有人将三青鸟理解为三足乌。

⑧ 袁珂：《山海经校注·西次三经》，巴蜀书社1992年版，第60页。

⑨ 赵宗福：《西王母的神格功能》，《寻根》1999年第5期。

西王母很可能是昆仑神话体系下的司命神。① 总之，多数学者倾向于认为早期西王母是一位凶神。②

汉代文献中没有明确提及西王母在天界的行政职务，但在《淮南子》中记载了"羿请不死之药于西王母，姮娥窃以奔月"③ 的故事。这个故事在汉代影响甚大，此时的西王母，已经辞去司法部门的领导职务，改任仙药管理部门的总经理，"在其身边聚集了专门制造长生不老仙药的玉兔、蟾蜍以及采集原料或传播仙药的青鸟等等。两汉时期的人们崇拜和信仰西王母，主要是为了长生不老或起死回生"④。

汉武帝时，司马相如写过一篇《大人赋》，讲述一位"大人"遨游在天地之间的见闻和感受："排阊阖而入帝宫兮，载玉女而与之归。舒阆风而摇集兮，亢乌腾而一止。低回阴山翔以纡曲兮，吾乃今目睹西王母曜然白首。戴胜而穴处兮，亦幸有三足乌为之使。必长生若此而不死兮，虽济万世不足以喜。"⑤ 从这段文字我们可以看出：第一，西汉时期的西王母尚未搬入瑶池，依然满头白发，处在戴胜穴居的在野状态；第二，西王母大概掌握了长生不死的秘诀，故而人莫知其始，亦莫知其终；第三，西王母清静淡泊，手下侍从极少，平时只有三足乌为她提供日常服务。

西汉晚期，西王母的神职大概有所扩展，工作也忙碌起来。汉哀帝年间，由于持续干旱，终于在公元前3年爆发了一场末世恐慌，人们争相传递一种"西王母筹"，称只有佩戴西王母诏筹，才能躲过此劫："关东民传行西王母筹，经历郡国，西入关至京师。民又会祠西王母，或夜持火上屋，击鼓号呼相惊恐。"⑥ 到了夏天，京师百姓聚会为西王母设张歌舞，传书称："母告百姓，佩此书者不死。不信我言，视门枢下，当有白发。"⑦ 这次事件持续了半年多，直到秋天才歇息。可见当时西王母的地

---

① 钟宗宪：《死生相系的司命之神——对于西王母神格的推测》，《青海社会科学》2010年第5期。

② 但也有许多学者持不同观点，如刘锡诚认为西王母的原形是昆仑山神，经过神话历史化的演进，被指实为昆仑丘原始部落的酋长（刘锡诚：《神话昆仑与西王母原相》，《西北民族研究》2002年第4期）。

③ 张双棣：《淮南子校释·览冥训》卷6，北京大学出版社1997年版，第710页。

④ 张从军：《画像石中的西王母》，《民俗研究》2004年第2期。

⑤ 司马迁：《史记·司马相如列传》卷117，中华书局1959年版，第3060页。

⑥ 班固撰：《汉书·哀帝纪》卷11，中华书局1962年版，第342页。

⑦ 班固撰：《汉书·五行志》卷27下之上，中华书局1962年版，第1476页。

位已经得到大幅度提升，变身为末世度劫的救世主。

六朝以后，道教体系化的过程中，热衷于收编民间信仰中的各路大神，并将他们编入道教神仙谱系，借此扩大道教在民间社会的影响力。《山海经》中的怪物很多，进入信仰层面的怪物却不多，西王母大概是很特别的例子。由于昆仑山在东汉以后的道教神仙世界占有非常重要的位置，建构道教仙界所依赖的基本群众力量——昆仑山原住民，自然要被道教安置到改造后的昆仑仙界担任一定的仙职，西王母是作为原住民代表而被委以重任的。

其实《大荒西经》曾经提及昆仑山还有一位比西王母地位更高的神："昆仑之丘。有神，人面虎身，有文有尾，皆白，处之。其下有弱水之渊环之，其外有炎火之山，投物辄然。有人戴胜，虎齿，有豹尾，穴处，名曰西王母。此山万物尽有。"① 这位人面虎身的"神"名叫陆吾，② 原本是昆仑山的一把手，后来不知道犯了什么错误，没人拿他当干部，汉代以后渐渐被人淡忘了。倒是这位虎齿豹尾凶巴巴的"人"——西王母，成了昆仑山的原住民代表，作为一方诸侯而进入道教"全仙界中央委员会"。

无论是神还是人，一旦成为政治家，总是要不断漂白身世，美化形象。西王母当然也不例外。将西王母描绘成"虎齿豹尾"的《山海经》，虽然很得神话学者们重视，其实极少被东汉以后的道教文献所引用。

他们引得最多的，是另外几篇与西王母有关的仙传文学——《穆天子传》和《汉武故事》《汉武帝内传》。这三部著作的作者都有疑问，因而成书年代也很成问题，但是三者之间的前后顺序大致没有问题。我们就依这个次序来分头讨论西王母形象之变迁史。

---

① 袁珂：《山海经校注·大荒西经》，巴蜀书社1992年版，第466页。
② 《西次三经》称："昆仑之丘，是实惟帝之下都，神陆吾司之。其神状虎身而九尾，人面而虎爪；是神也，司天之九部及帝之囿时。"（袁珂：《山海经校注》，巴蜀书社1992年版，第55—56页）郭璞怀疑陆吾即肩吾，袁珂则疑为开明兽，也有学者认为三者是同一位神。总之有一点可以肯定，昆仑丘的主要领导原本不是西王母。

二　西王母的仪仗规格

《穆天子传》是一部记录周穆王西巡故事的著作，西晋太康二年（281）出土于今河南汲县。对于此书之真伪，虽然一直存有争议，但就算是一部伪书，至晚也可定为太康二年的作品。

周穆王西巡见西王母一事，《史记》也曾记载，但很简单："缪王使造父御，西巡狩，见西王母，乐之忘归。"[①] 忘归之乐究为何乐，太史公并没有明说，《穆天子传》却顺理成章地将之敷演成一出带有暧昧色彩的缠绵故事。

周穆王见西王母，大概是西汉求仙诸传说中的一种。汉武帝或许正是因为听过这个故事，所以对于见西王母一事耿耿于怀，"他晚年伐大宛以求天马，也有期冀乘天马登昆仑山寻西王母的用意"[②]。虽然汉武帝终其一生未见西王母，但在他去世一百多年后，逐渐有方士开始虚构一些安慰性故事："元光中，帝起寿灵坛。至夜三更，闻野鸡鸣，忽如曙，西王母驾玄鸾，歌春归乐，谒乃闻王母歌声而不见其形。"[③] 听到了西王母的歌声，虽然还是没见着，但已经有些眉目了。

到了西晋张华的《博物志》，汉武帝终于见着了西王母："汉武帝好仙道，祭祀名山大泽以求神仙之道。时西王母遣使乘白鹿告帝当来，乃供帐九华殿以待之。七月七日夜漏七刻，王母乘紫云车而至于殿西，南面东向，头上戴七种，青气郁郁如云。有三青鸟，如乌大，使侍母旁。"[④] 这时的西王母已经配备了紫云车，但主要侍从依然是三青鸟，而且是只有乌鸦般大小的三青鸟。[⑤] 张华的寥寥数语，后来被敷衍成《汉武故事》中最

[①] 司马迁：《史记·赵世家》卷43，中华书局1959年版，第1779页。

[②] 黄景春：《汉武帝：从历史人物到小说形象》，《上海大学学报》2009年第4期。

[③] 郭宪撰，王根林校点：《汉武帝别国洞冥记》，《汉魏六朝笔记小说大观》，上海古籍出版社1999年版，第125页。

[④] 张华撰，范宁校证：《博物志校证》，中华书局1980年版，第97页。

[⑤] 东汉中后期的部分画像已经出现西王母的侍女，但形诸文字似乎略晚一些。参见李凇《从"永元模式"到"永和模式"——陕北汉代画像石中的西王母图像分期研究》，《考古与文物》2000年第5期。

引人遐想的部分。

《汉武故事》世传为班固所作,但许多学者认为不大可能,因为故事中的许多内容与《汉书》相抵牾,以其行文风格,当为六朝作品。作品中提及西王母见汉武帝时,已经很有排场。西王母提前五年就派了个"短人"来见汉武帝:"王母使臣来,陛下求道之法:唯有清净,不宜躁扰。复五年,与帝会。"临期,又遣使者预发了一份通知,要求汉武帝提前做好准备工作。到了七月七日,汉武帝一早就坐在承华殿斋事等候:"日正中,忽见有青鸟从西方来集殿前。上问东方朔,朔对曰:'西王母暮必降尊像上,宜洒扫以待之。'"当晚夜漏七刻,西王母才姗姗来迟:"乘紫车,玉女夹驭,载七胜,履玄琼凤文之舄,青气如云,有二青鸟如鸟,夹侍母旁。"①

这副排场到了《汉武帝内传》,更加登峰造极。首先是更换使者,古怪的短人不见了,换成"着青衣,美丽非常"的墉宫玉女王子登,东方朔解释其身份"是西王母紫兰室玉女,常传使命,往来榑桑,出入灵州,交关常阳,传言元都"。七月七日二更之后,先是天色变化,预示王母将至:"忽天西南如白云起,郁然直来,径趋宫庭间。"紧接着传来一阵天乐:"须臾转近,闻云中有箫鼓之声,人马之响。"还飘来一阵带香味的云彩:"云彩郁勃,尽为香气。"这还不够,还得再等候半顿饭的时间,打前站的是数万群仙的豪华车队:"复半食顷,王母至也。县投殿前,有似鸟集。或驾龙虎,或乘狮子,或御白虎,或骑白麟,或控白鹤,或乘轩车,或乘天马,群仙数万,光耀庭宇。既至,从官不复知所在。"

如此千呼万唤折腾大半天,主角这才出场:"唯见王母乘紫云之辇,驾九色斑龙,别有五十天仙,侧近鸾舆,皆身长一丈,同执彩毛之节,佩金刚灵玺,戴天真之冠,咸住殿前。王母唯扶二侍女上殿,年可十六七,服青绫之袿,容眸流盼,神姿清发,真美人也。"考虑到许多普通神仙都有驾龙的资格,为了凸显西王母座驾的超级豪华,特意挑选了一批长相漂亮的九色斑龙为母前驱。

那三只勤勤恳恳为西王母服务了千百年的青鸟(按司马相如的理解,所谓三青鸟,其实不是三只青鸟,而是一只三足鸟),大概因为相貌上无

---

① 佚名撰,王根林校点:《汉武故事》,《汉魏六朝笔记小说大观》,上海古籍出版社1999年版,第173页。

法与时俱进，也只能下岗，换成两个"真美人"贴身侍女。至于西王母本尊，当然得更高贵更典雅，所以被塑造成一个端庄的中年少妇模样："视之可年卅许，修短得中，天姿掩蔼，容颜绝世，真灵人也。"①

唐宋以来，对西王母威仪的描写基本稳定在《汉武帝内传》所奠定的这个基调上。李丰楙认为，《汉武帝内传》将诸仙真定型化，对于后世文人创作具有不可忽视的影响力，这是叙述文学发展的通例。②

三 西王母的居所

西王母最早的居所在玉山。《西次三经》说：昆仑丘是天帝下都，由陆吾管理；昆仑丘西行370里，是乐游山；再沿水路西行400里，叫流沙；"又西350里，曰玉山，是西王母所居也"③。可见在当时的地理概念中，西王母所住的玉山离帝都昆仑丘还有1120里。不过，考虑到昆仑山"广万里，高万一千里"④，因此有广义和狭义之分，《大荒西经》把玉山归在广义的"昆仑之丘"范围内，说西王母住在昆仑山也没错。换个通俗的说法，早期的西王母虽然号称住在昆仑帝都，但只是住在帝都的郊区，大概相当于今天北京的门头沟吧。另外，住宿条件也不大好，《大荒西经》称其"穴处"，住在山洞里。直到西汉年间，西王母还没有搬出来，司马相如的《大人赋》明确提到了这点。

在《穆天子传》中，西王母已经不再穴居，而是搬到了瑶池。她在欢送周穆王的酒会上唱了一首歌，对自己的新居作了简单勾勒："徂彼西土，爰居其野。虎豹为群，于鹊与处。嘉命不迁，我惟帝女。"⑤ 可见此时西王母虽已搬至瑶池，但这个瑶池并不是什么金碧辉煌的皇宫大宇，只是个与虎豹乌鹊共处的空间而已。

六朝时期托名东方朔的《海内十洲记》记载，西王母曾经亲口告诉周穆王，昆仑"其一角有积金，为天墉城，面广千里，城上安金台五所，

---

① 班固撰：《汉武帝内传》，（上海）商务印书馆1937年版，上述引文均见第2页。
② 李丰楙：《六朝隋唐仙道类小说研究》，台湾学生书局1986年版，第85—86页。
③ 袁珂：《山海经校注·西次三经》，巴蜀书社1992年版，第59页。
④ 张华撰，范宁校证：《博物志校证》，中华书局1980年版，第7页。
⑤ 郭璞注：《穆天子传》，（上海）商务印书馆1937年版，第16页。

玉楼十二所"①，其北"又有墉城，金台玉楼，相鲜如流"，她的治所就在这里。② 这时西王母的行政职务大概还只相当于昆仑帝都某城区的区长。

杜光庭曾为墉城区的领导干部写过一部《墉城集仙录》，原书10卷，共收录109位女仙。可惜此书已佚，不过关于西王母的传记因被其他著作反复转录，保存比较完整。道教神仙谱系建立之后，将所有女仙的户口都落到了墉城区，这样一来，西王母自然就由墉城区区长一跃而成为全仙界妇联主席："位配西方，母养群品。天上天下，三界十方，女子之登仙得道者，咸所隶焉。"当然，也不排除另一种可能：道教先内定了由西王母担任妇联主任，所以提前把所有女仙的户口都迁到了墉城区。

正如宋江招安之后就由"呼保义"变成"武德大夫"一样，西王母被道教收编之后，也被授予一串拗口的道号。杜光庭记录者有："西王母者，九灵太妙龟山金母也，一号太灵九光龟台金母，亦号曰金母元君，乃西华之至妙、洞阴之极尊。"

自从成为仙界中央领导之后，西王母的住所也在瑶池的基础上进行了大规模的改造和扩建，形成琼楼玉宇层叠交错的新格局："所居宫阙，在龟山之春山，西那之都，昆仑玄圃，阆风之苑。有金城千重，玉楼十二，琼华之阙，光碧之堂，九层玄台，紫翠丹房，左带瑶池，右环翠水。其山之下，弱水九重，洪涛万丈，非飚车羽轮不可到也。"③ 扩建之后，原来的瑶池变成了墉城区的一小部分，墉城区居于昆仑帝都一角，昆仑帝都则挪到了中国的中央位置。④

---

① 东方朔撰，王根林校点：《海内十洲记》，《汉魏六朝笔记小说大观》，上海古籍出版社1999年版，第70页。

② 所以后来人们又把"金台"称作"王母台"。

③ 杜光庭：《墉城集仙录》，张君房纂辑《云笈七签》，华夏出版社1996年版，上述引文均见第718页。

④ 据《云笈七签》："中国四周百二十亿万里，下极大风泽五百二十亿万里。昆仑处其中央，弱水周匝绕山。山高平地三万六千里，上三角，面方长万里，形似偃盆，中央小狭，上广。其一角正北，千辰星之精，名曰阆风台；一角正西，名曰玄圃台；其一角正东，名曰昆仑宫。一处有积金为天墉城，面方千里。城上安金台五所，玉楼十二。其北户山、承渊山并其支辅。又有墉城金台、玉楼，相似如一。"（张君房纂辑：《云笈七签》卷22天地部，华夏出版社1996年版，第129—130页）

四　西王母的仪容

将仙人想象成非人的怪物，大概是东汉以前的普遍图式。王充在《论衡》中特别提到："图仙人之形，体生毛，臂变为翼，行于云，则年增矣，千岁不死。"接着他又质疑说："禹、益见西王母，不言有毛羽。"①可见东汉人画西王母，还曾有过身上长毛，手臂画成翅膀的阶段。出土的东汉中后期画像可以证明这一点，山东、浙江、四川、陕西、山西以及朝鲜，均有长着翅膀的西王母。②

从文献的角度，我们可以借助表 3—1 来展示西王母容貌及着装的不断改良和更新。

表 3—1　　　　　　　　西王母的仪容

出处	容貌	着装
《山海经》	1. 西王母其状如人，豹尾虎齿而善啸 2. 虎齿，有豹尾，穴处，名曰西王母	1. 蓬发戴胜 2. 西王母梯几而戴胜杖
《大人赋》	西王母皬然白首	载胜而穴处
《论衡》	体生毛，臂变为翼	不详
《博物志》	不详	头上戴七种，青气郁郁如云
《汉武故事》	不详	载七胜，履玄琼凤文之舄，青气如云
《汉武帝内传》	视之可年卅许，修短得中，天姿掩蔼，容颜绝世，真灵人也	着黄锦袷襦，文采鲜明，光仪淑穆。带灵飞大绶，腰分头之剑，头上大华结，戴太真晨婴之冠，履元璃凤文之舄

---

①　王充：《论衡·无形篇》，黄晖《论衡校释》第一册，中华书局 1990 年版，第 66—67 页。

②　关于王充此说的画像证据，参见叶舒宪《牛头西王母形象解说》，《民族艺术》2008 年第 3 期；李凇《从"永元模式"到"永和模式"——陕北汉代画像石中的西王母图像分期研究》，《考古与文物》2000 年第 5 期。

续表

出处	容貌	着装
《墉城集仙录》	可年二十许，天姿奄蔼，灵颜绝世，真灵人也	带天真之策，佩金刚灵玺，黄锦之服，文彩明鲜，金光奕奕，腰分景之剑，结飞云大绶，头上大华髻，戴太真晨缨之冠，蹑方琼凤文之履

从表3—1中可以一目了然地看出，西王母的衣服越穿越多，饰品越来越累赘，而容貌则越来越美丽。行政职位越来越高，相貌却越来越年轻。官做到最大时，相貌上已经返老还童为一个20岁左右的大姑娘。

有汉一代，"戴胜"一直是西王母的标志性装束。这一点，文字记载与图像资料基本吻合。"胜"是一对像天平一样挂在头部两侧的饰物，在汉代人心目中，或许有代表平衡、秩序的意思。《淮南子》说，夏桀之时，主暗晦而不明，致使"西老折胜，黄神啸吟"。东汉时高诱注曰："西王母折其头上所载胜，为时无法度。黄帝之神，伤道之衰，故啸吟而长叹也。"[①] 可见这对"胜"不仅仅是一种装饰，还有些神异功能。

后汉文学家们已经开始对"胜"进行美化和升级，由普通的"胜"升级为"玉胜""七胜"。可是，只要"戴胜"，就很难与"蓬发"，乃至"豹尾虎齿"脱离干系。大概是为了避免后人的这种联想，从《汉武帝内传》开始，道教文学家们干脆对西王母进行了脱胎换骨的大洗底，甚至把她的标志性饰物"胜"都给撤掉了，换上一顶"太真晨缨之冠"，进行全方位的整容和改装。

可是，《山海经》言之凿凿地说西王母豹尾虎齿、蓬发戴胜，这事如何解决呢？杜光庭在《墉城集仙录》中给出了一个合理的解释："又云西王母蓬发戴胜、虎齿善啸者，此乃王母之使，金方白虎之神，非王母之真形也。"[②] 给西王母找了一只"代丑"的白虎神。至此，西王母的动物形象就算彻底洗白了，此后一直以雍容华贵的形象示人。

[①] 张双棣：《淮南子校释·览冥训》卷6，北京大学出版社1997年版，第699页。
[②] 杜光庭：《墉城集仙录》，张君房纂辑《云笈七签》，华夏出版社1996年版，第718页。

五　西王母的座驾

西王母的座驾同样经历了一个从无到有、由俭入奢的过程。从汉至唐，短短数百年间，王母座驾迅速升格，唐前即已登峰造极。

在《山海经》和《大人赋》中，西王母麾下侍从极少，我们只看到一只为西王母取食的三足乌（或三青鸟）。这只可怜的三足乌有时想到地下吃点芝草，还老被人蒙住眼睛不让吃。① 干宝《搜神记》和吴均《续齐谐记》都讲到西王母使者曾被一只普通猫头鹰追杀的故事：汉代杨宝，九岁时曾见一只黄雀被猫头鹰猎捕，掉在树下，为蝼蚁所困，杨宝将黄雀带回，疗养百余日。多年以后，杨宝夜半读书，有一黄衣童子前来赠宝，自报家门说："我西王母使者，使蓬莱，不慎为鸱枭所搏，君仁爱见拯。实感盛德。"② 由此可见，直到东晋时期，西王母的使者还非常弱势，不仅被猫头鹰追杀，连一群蝼蚁都玩不转。

西汉时期，我们还找不到西王母配备专车的确凿记载。大概迟至东汉后期，我们才从后汉郭宪的《汉武别国洞冥记》③ 中了解到，西王母配置了两辆云车，一辆叫玄鸾，一辆叫灵光辇。另外还有一匹拉车的马，可是，这匹马很快就被人偷走了。事情是这样的：有一次东方朔从吉云之地带回一匹神马，汉武帝问："是何兽也？"朔答："昔西王母乘灵光辇以适东王公之舍，税此马游于芝田，乃食芝田之草。东王公怒，弃此马于清津天岸。臣至王公之坛，因骑马返，绕日三匝，然入汉关，关门犹未掩。臣于马上睡，不觉而至。"汉武帝又问："其名云何？"朔答："因疾，为名

---

① 据《汉武帝别国洞冥记》：武帝暮年，好仙术，与朔狎昵。一日谓朔曰："吾欲使爱幸者不老，可乎？"朔曰："臣能之。"帝曰："服何药？"曰："东北地有芝草，西南有春生之鱼。"帝曰："何知之？"曰："三足乌欲下地食此草，羲和以手掩乌目，不许下，畏其食此草也。鸟兽食此，即美闷不能动。"

② 干宝撰，曹光甫校点：《搜神记·黄衣童子》，《汉魏六朝笔记小说大观》，上海古籍出版社1999年版，第431页。

③ 《汉武别国洞冥记》旧题郭宪撰，郭宪事迹见《后汉书·方术传》，但也有学者疑为六朝伪书。此书无论是否郭宪所作，至少可断为六朝时期作品。

步景。"①

俗话说，打狗还得看主人。西王母的马，只因为在东王公的芝田吃了点芝草，先是被东王公赶到天岸边，接着又被东方朔偷骑了去。主要是因为西王母手下侍从太少，虽然置了一部灵光辇，可是没有得力的马车夫，一个不小心，连马都被人偷走了。

到西晋张华写《博物志》的时候，这一情况已经有所改善，虽然西王母身旁的侍者还只有三青鸟，但从西王母的使者"乘白鹿"可知，西王母的"紫云车"肯定比白鹿车要高档得多。《汉武故事》中的座驾虽然尚未更新，可是明确规定了座驾的司乘编制，即"乘紫车，玉女夹驭"，另有"二青鸟如乌，夹侍母旁"。从出土的以西王母为主体的汉代画像来看，围绕着西王母的部属或侍从，也多是动物精怪，如四川彭县出土的画像砖上，"西王母正面端坐，四周围侍九尾狐、青鸟、玉兔、蟾蜍、神虎等"②，其他汉代的西王母画像也大同小异，其中三青鸟和捣药玉兔是最常见的陪侍。

从《汉武故事》到《汉武帝内传》，西王母的政治待遇发生了质的变化。首先是提升座驾级别，明确座驾后缀为"辇"或"舆"，不再使用"车"，这是中央领导的舆制后缀。其次是更换了座驾的动力系统，将马更换成龙，而且是九色斑龙，如此具有身份标识意味的动力装置，就如卫星定位系统，再也不用担心被人偷走。最后是乘务员编制得到大大扩充，五十位身穿豪华制服的天仙只能在鸾舆侧边随时听候盼咐，只有两位最漂亮的侍女才有资格为主人提供贴身服务，不仅如此，对乘务员的身高、年龄、相貌均有严格要求。

在《墉城集仙录》中，虽然座驾级别没法再作提升，可是换了一套动力系统，将九色斑龙更换成了同样豪华的九色斑麟。可见西王母不仅拥有一支豪华的仪仗队伍，而且至少拥有一支同样豪华的预备役队伍。

---

① 郭宪撰，王根林校点：《汉武帝别国洞冥记》，《汉魏六朝笔记小说大观》，上海古籍出版社 1999 年版，第 130 页。

② 王子今、周苏平：《汉代民间的西王母崇拜》，《世界宗教研究》1999 年第 2 期。

六　西王母的歌声

在《汉武帝内传》中，西王母的仪仗队伍之豪华，已经接近极限，很难再作提升。这种极限化的写作固然强化了西王母的至尊女王地位，也给后世仙传文学设置了一种"身份障"，让她只能以中央领导的身份板着面孔出现，很难展开其独立的性格特征和个性风采。

北宋以前的仙传文学中，西王母身上唯一可寻的个性特征就是喜欢唱歌。这个特征大概也是《穆天子传》所奠定的。穆王十七年西巡时，饮宴瑶池，西王母曾经为他清唱一曲《白云在天》："白云在天，丘陵自出。道里悠远，山川间之，将子无死，尚能复来。"[1]《汉武帝别国洞冥记》更是着力描写了西王母的曼妙歌声。有一次汉武帝建寿灵坛以迎西王母，到了半夜三更时："闻野鸡鸣，忽如曙，西王母驾玄鸾，歌春归乐，遏乃闻王母歌声而不见其形。歌声绕梁三匝乃止，坛傍草树枝叶或翻或动，歌之感也。"[2]

再远一点，爱唱歌的特征还可追溯到《山海经》对于西王母"善啸"的描述。《诗》称"其啸也歌"[3]，可见啸和歌大概都是一种表达情绪的歌唱形式。据前秦王嘉《拾遗记》："西方有因霄之国，人皆善啸。丈夫啸闻百里，妇人啸闻五十里，如笙竽之音，秋冬则声清亮，春夏则声沉下。人舌尖处倒向喉内，亦曰两舌重沓，以爪徐刮之，则啸声逾远。故《吕氏春秋》云'反舌殊乡之国'，即此谓也。"[4] 因此，作为西方昆仑原住民的管理者，西王母善于"其啸也歌"是很正常的。六朝以降，由于西王母不断贵族化宫廷化，尤其是母仪天下之后，当然不方便在人前展示其"以爪徐刮之"的啸歌本色，改为歌、谣、吟等更加斯文一些的歌唱形式，这也是可以理解的。

---

[1]　郭璞注：《穆天子传》，（上海）商务印书馆1937年版，第15页。

[2]　郭宪撰，王根林校点：《汉武帝别国洞冥记》，《汉魏六朝笔记小说大观》，上海古籍出版社1999年版，第125页。

[3]　《毛诗正义·国风·江有汜》，《十三经注疏》上册，中华书局1980年版，第292页。

[4]　王嘉撰，王根林校点：《拾遗记》，《汉魏六朝笔记小说大观》，上海古籍出版社1999年版，第527页。

"西王母见汉武帝"系列仙传多为道教上清经系所撰,上清经系多士族出身,奉紫虚元君魏夫人为祖师,尤其崇奉女仙,通过存思"天上人间"人神交接来达到修炼目的,所以特别热衷于将女仙存思为年轻貌美的贵族士女。上清经系笔下的天界女仙,一方面固然美丽端庄,另一方面也都具有清丽妩媚的特征。西王母作为女仙领袖,虽然相对端庄呆板些,但也偶尔露峥嵘,喜欢酒后飙歌,高兴时还能随歌舞上一段。

西王母最喜欢唱的是红歌,而且是歌颂她自己的红歌,通过红歌来炫耀自己的威仪,她特别喜欢唱唐代著名诗人孟郊专门为她创作的《金母飞空歌》:"驾我八景舆,欻然入玉清。龙群拂霄上,虎旗摄朱兵。逍遥玄津际,万流无暂停。哀此去留会,劫尽天地倾。"[1]

所谓八景舆,大概就是八彩日光或八彩之气,已经脱离了具体的座驾形态,进入一种"控飙扇太虚,八景飞高清"的境界。这么一来,漂亮的龙色斑龙,以及豪华的紫云辇,全都下岗了。表面上看起来八景舆的技术更先进,境界更高,可是,八景舆不像九色斑龙紫云辇,没有了特定的型制,也就等于取消了级别限制,只要修炼的时间足够长,普通神仙也能乘坐。可见,科技进步之后,基于旧式仪礼制度的等级界线反而模糊了,领导干部的威仪受到一定损害也是难免的。

七　西王母的社会关系

类似于《汉武帝内传》对于西王母威仪的铺张描写,在文学作品中偶尔出现一两次就够了,反复铺陈是很令人生厌的。此后的仙传文学,除了引述文字,很少另起炉灶重作铺陈,一般只是简单交代"王母乘九盖华舆,众真侍卫",或者"葆盖沓暎,羽旌荫庭"[2]之类。

《汉武帝内传》之后的仙传文学,西王母的权威主要不是通过仪式直接呈现,而是借助其侍从、使者、下属的神力和威仪来得到间接体现。比如讲到黄帝讨蚩尤之战,这时的西王母,已经不是当年接待穆天子时那个西陲边地的地方官员了,而是全仙界的中央领导成员,所以无须亲自接见

---

[1] 李昉等编:《太平广记》第1册卷11,中华书局1961年版,第79页。
[2] 李昉等撰:《太平御览》第6册卷677、678,中华书局1960年版,第305、316页。

黄帝，只是派了一个披着玄狐之裘的使者，"授"给黄帝一张 0.027 平方米（广三寸，长一尺）的佩符，然后，命令一个人首鸟身的九天玄女"授"予黄帝三宫五意阴阳之略，而黄帝仅凭西王母两名使者的帮助，就把蚩尤打得血流漂杵。"其后虞舜摄位，王母遣使授舜白玉环。舜即位，又授益地图。"① 只要看看这些仙传文学中的动词"授"（唐以前一般用"献"），就能看出此时西王母高高在上"母养群品"的仙界地位。

按照我们对于中国历史的一般理解，黄帝在中国历史上的地位应该远高于穆天子，可是，为什么西王母对穆天子如此彬彬有礼，而对黄帝却如此托大倨傲？说到底，还是因为层累造史所形成的。虽然传说中黄帝的年代在前，穆天子的年代在后，可是，传说的形成却是倒过来的，穆天子的传说出现在先，黄帝的传说出现在后。

我们前面提到，穆天子与西王母的暧昧关系，是早在汉代之前就已经基本确定了的，而黄帝与西王母并没有建立直接联系。② 黄帝与九天玄女的工作关系倒是不晚，据《大荒北经》："有人衣青衣，名曰黄帝女魃。蚩尤作兵伐黄帝，黄帝乃令应龙攻之冀州之野。应龙畜水，蚩尤请风伯雨师，纵大风雨。黄帝乃下天女曰魃，雨止，遂杀蚩尤。"③ 可是，唐代以后，西王母升任全仙界妇联主席，天女魃只得了个九天玄女的封号，自然也就成了西王母的下属。这样一来，原本属于天女魃的工作业绩，自然也得算上领导一份。作为中华始祖的黄帝尧舜等上古帝王，因为没能买中潜力股，错过了王母微时，所以在仙界反倒不如穆天子、汉武帝、唐玄宗吃香。

可见，西王母在仙界地位的不断提升，同时带动了与她有密切交往的一些人间帝王在仙界地位的提升。同样，如同唐代科举之"门生"攀附"座师"，许多仙人都巴望着能投身西王母门下，迅速提升其仙界地位。比如，六朝以来，上清经派创作了一批关于西王母提携茅君三兄弟的传

---

① 李昉等编：《太平广记》第 2 册卷 56，中华书局 1961 年版，第 345 页。
② 宋以后，有方士杜撰《黄帝内传》，仿《汉武帝内传》，述西王母会黄帝事，因其书过于荒诞不经，不为人重。
③ 袁珂：《山海经校注·大荒北经》，巴蜀书社 1992 年版，第 490—491 页。

说，进行广泛宣传。① 据说西王母憨茅盈之勤志，不仅动员诸位帝君授予茅盈仙界官职，还特意"为盈设天厨酺宴，歌玄灵之曲。宴罢，王母携王君及盈，省顾盈之二弟，各授道要。王母命上元夫人，授茅固、茅衷《太霄隐书》《丹景道精》等四部宝经。王母执《太霄隐书》，命侍女张灵子执交信之盟，以授于盈、固及衷，事讫，西王母升天而去"②。作为回报，已经身居要职的茅盈，每逢庆典，还会鞍前马后为母前驱。在唐传奇《嵩岳嫁女》中，我们就看见"东岳上卿司命真君"茅盈居然在西王母的帷前充任侍者角色。③ 对于西王母来说，拿领导干部当侍者，当然比拿漂亮女孩当侍女更威风。

另外一种很有中国特色的强化领导权威的方式，就是把自己的子女安插到不同的仙界岗位上，担任一定的领导职务。据统计，在《墉城集仙录》仅存的 37 位女仙传记中，就有 5 位是西王母的女儿，分别是南极王夫人、云林右英夫人、紫微左宫夫人、太真王夫人、云华夫人等。④

有唐一代，西王母在仙传文学中的个人政治地位已经奠定，社会关系网络也已织成，其仙界威仪已达到极致。由于东王公的地位在六朝以后逐渐衰落，入唐以后，西王母和东王公基本处于分居状态。宋以后，西王母改嫁玉皇大帝，强强联合的结果，使其封建专制力量得到进一步加强，思想日益保守，面目日趋刻板，终于引发孙悟空大闹天宫，甚至自己的女儿们也纷纷私奔出走，如织女私奔牛郎，七仙女私奔董永，等等，那是后话。

小结 "层累造史"与"弃胜加冠"必然相伴而行

顾颉刚"层累地造成中国古史"的理论，被后人简称为"层累造史

---

① 一般认为《茅君内传》的出现晚于《汉武帝内传》，而李丰楙却怀疑《茅君内传》早于《汉武帝内传》的出现，但未出示直接证据（李丰楙：《六朝隋唐仙道类小说研究》，台湾学生书局 1986 年版，第 28 页）。

② 李昉等编：《太平广记》第 1 册卷 11，中华书局 1961 年版，第 79 页。

③ 李昉等编：《太平广记》第 2 册卷 50，中华书局 1961 年版，第 310 页。

④ 杨莉：《墉城中的西王母：以〈墉城集仙录〉为基础的考察·续》，《宗教学研究》2000 年第 4 期。李丰楙著有专论——述及西王母的这五个女儿，见李丰楙《西五母五女传说的形成及其演变》(《误入与谪降：六朝隋唐道教文学论集》，台湾学生书局 1996 年版）。

说"。此说最早是在他给钱玄同的一封信中提出来的，后来加了一个按语，以《与钱玄同先生论古史书》为题，发表在《努力》增刊上，当时就造成了巨大轰动。按语中他说很想做一篇《层累地造成的中国古史》，主要论述三个意思：（一）时代愈后，传说的古史期愈长；（二）时代愈后，传说中的中心人物愈放愈大；（三）我们在这上，即不能知道某一件事的真确的状况，但可以知道某一件事在传说中的最早的状况。[1]

后来顾颉刚并没有做成这篇文章，没有更精细地阐释自己的理论，后人只能就着信中的有限表述，望文生义地从"层累"两字上进入理解，认为："这个理论的基本内容，是认为先秦的历史记载是一层一层累积起来的，后人不断添加新的材料，使它越来越丰富。"[2]

在顾颉刚自己的阐述中，他使用了"譬如积薪，后来居上"来说明"时代越后，知道的古史越前；文籍越无征，知道的古史越多"[3]的道理，基本上只讲了"层累""积薪""重复""愈放愈大"的一面。胡适又把这种过程归纳为"演进"。单从这些表述来看，后人的理解也基本没有违背顾颉刚的意思。

事实上，顾颉刚在孟姜女研究的系列文章中，更多地强调了"变"。他在对故事"演变"的表述上，曾先后使用过"演化""变化""迁流""变迁""讹变""纷歧""改变""发展""转变""转换"等不同的术语。

既然是"变"，当然既包含着"加法"的变，也包含着"减法"的变，而不是单纯层累叠加的"譬如积薪"。可是顾颉刚本人并没有专门论述过加减法的问题，他只提到过"累""积""增""加"等加法词，在"变"的意义上，也只使用了"讹""歧""改""转""换"等中性词，从未提及作为减法的"弃"，所以后人往往以单纯的"层累递加"来理解顾颉刚的层累造史说。

从西王母形象的变迁中我们看到，并非所有功能都是可以累加的，"弃"是故事演变中必不可少的一环。虽然顾颉刚本人从未阐述过"弃"

---

[1] 顾颉刚：《古史辨》第1册，朴社1926年版，第59页。
[2] 袁征：《二十世纪中国史学理论的重要创见——层累造史理论及其在历史研究中的作用》，《广东社会科学》2001年第3期。
[3] 顾颉刚：《古史辨》第1册，朴社1926年版，第65页。

的命题，但是笔者相信，"弃"是"演进""演变"中必然包含的子命题。

所谓"弃"，也就是说，在进行加法运算的同时，还得有相应的减法运算。当道士们给西王母戴上一顶"太真晨缨之冠"的时候，他们也必须摘下西王母头上戴了上千年的"胜"。从"胜"到"冠"，并不是一个不断累加或逐渐完善的"量变"过程，而是一个"弃胜加冠"的"质变"过程。

从"胜"到"玉胜""七胜""七种"，是一个层累增饰的过程，但是，从"胜"到"太真晨缨之冠"，却不是单纯地将新冠加到西王母头上，同时暗含了将旧冠放弃的过程。所以说，在"层累造史"的过程中，"加"是显性的，是有明文说明的过程，而"弃"却是隐性的，是内含在过程之中，没有明文说明的过程。传说的演变，既是一种大张旗鼓地、明文宣示地累加新说的过程，同时也是一种静悄悄地、不声张地抛弃旧说的过程。

"加冠"是显性的，"弃胜"是隐性的。当西王母由凶神转向善神，转向经营长生不死药的时候，人们只宣传了她掌握不死药的一面，却从来没有谁提及她辞去"司天之厉及五残"职务的问题；当西王母改任墉城区区长的时候，也没有文件表明她已经不再经营不死之药；当西王母荣任全仙界妇联主任之后，再也没有人提及墉城区的管理问题；当西王母改嫁给了玉皇大帝之后，再也没有人提及可怜的东王公怎么办。

从文献中我们只看见西王母座驾越来越豪华，侍从人数越来越多，侍从品貌越来越靓丽，也就是说，我们只看见了"层累递加"的一面，却没有看见"层累递减"的一面也在静悄悄地发生着。随着西王母政治待遇的不断提高，先是那只为她服务了上千年的三足乌下岗了，那个丑陋的短人下岗了，紧接着，天马下岗了，过了几百年，顶替天马的九色斑龙也下岗了，还有九色斑麟，刚刚参加工作，就跟着九色斑龙一起下岗了。它们走得悄无声息，连一份下岗的凭据都没有。

从西王母自身素质来说，既有不断美化的"加冠"进程，也有不断洗底的"弃胜"进程。先是剪了豹尾，拔了虎齿，接着剃掉体毛，修掉翅膀，甚至连善啸的习惯都抛弃了。所有这一切，都在文本的背后悄悄地发生着。

当然，将"层累递加"比作量变，将"弃胜加冠"比作质变，并不体现为我们在哲学课本上见到的"量变积累，导致质变"，它们之间体现为一种复杂纠结的关系。

（一）量变和质变之间的界限很难确定。比如，西王母由"司天之厉及五残"的凶神，过渡到经营不死之药的善神，表面上看，似乎是一次质变。可是根据钟宗宪的研究，西王母掌管天厉五残，本来就是司命神，而在战国时期，司命神是"主宰人类寿夭荣辱的生命之神或命运之神"[1]，大司命主司"长养"，少司命主司"杀害"。这么说来，西王母经营不死之药，本来也是她职责范围内的一部分，只不过是将原来倾向少司命的一面，更多倾向了大司命而已。赵宗福也认为，作为经营长生药的吉神，正是从掌管死亡的功能中延伸出来的。[2] 因此，就这种变化定性为量变似乎也没问题。

（二）质变的发生不一定是量变结果。比如，从胜到玉胜，再到七胜，或许可以看作是一种量变的过程，可是，太真晨婴之冠却不是从胜到七胜累变的结果，而只是根据道教女真的装束规范，为西王母配备的道教制服中的一部分。换成制服并不以此前的服饰量变为前提，也就是说，即使没有木胜、竹胜的量变过程，也会一步到位地换成太真晨婴之冠。

（三）不同方面的量变和质变不同步展开。当这一方面的特征已经发生弃胜加冠的质变时，另一方面的特征也许还在层累递加地量变着，甚至原封不动。比如，从《汉书》中我们可以看到，早在西汉末年，西王母的地位已经得到大幅度提升，变身为末世度劫的救世主（分散性宗教角色），可是，围绕在西王母周围的侍从，仍旧只是一些三足乌、九尾狐、青龙、白虎、玉兔、蟾蜍之类，其中玉兔和蟾蜍都只是兼职侍从，主要工作是药品加工。可是，当西王母从救世主转任为墉城区区长时（制度性宗教角色），仪仗的档次和侍从的素质反而得到大幅度提升，开始享受制度性宗教的职级待遇。

（四）量变不必然引发质变，也可能维持在一个稳定的极值点上。比如，西王母的相貌，始于虎齿豹尾，凶相可怖；到司马相如时变成"皬然白首"，一副与世无争的老妇人模样；再到《汉武帝内传》，变成"可

---

[1] 钟宗宪：《死生相系的司命之神——对于西王母神格的推测》，《青海社会科学》2010年第5期。

[2] 赵宗福：《西王母的神格功能》，《寻根》1999年第5期。

年卅许，修短得中"，一副端庄中年少妇的模样；在《墉城集仙录》中，变成了"可年二十许，天姿奄蔼"的灵人。此后的西王母，基本维护在可年二三十岁"真灵人也"的相貌上，这是一个稳定的极值点。此后西王母既没有进一步朝着十几岁少女、几岁幼女的路线上继续层累地年轻化，也没有质变成"非女"。

（五）我们对整体量变的描述是由局部质变的有序串联构成的。过程是最难观测的，通过文献钩沉过程更是难上加难。文字记录永远只是实际变化中的一些片段，而我们所能看到的，又只是片段中的碎片，碎片与碎片之间的过程早就遗失了，所以说，我们所能看到的每一块碎片其实都是质变的结果。理论上说，质变是量变的结果；可在现实的文史研究中，我们却只能依据时间的先后，通过排比不同局部质变的结果，来完成对于整体量变的描述。

将以上五点嵌入"层累造史"理论，可作如下表述：在历时的维度上，我们正是通过对各个局部"弃胜加冠"结果的有序排比，来完成对于整体"层累造史"的描述。再通俗一点说，"层累造史说"揭示了"时代愈后，传说中的中心人物愈放愈大"，总体上做的是"加法"，而"弃胜加冠"则指出，在每一个具体的细节上，给西王母加上一顶"冠"，同时也必然会给她减去一顶"胜"。冠与胜是不能重叠使用、同时出现的，有加法必有减法。

（本章原题《"弃胜加冠"西王母——兼论顾颉刚"层累造史说"的加法与减法》，原载《民俗研究》2011年第5期）

第 四 章

"四大传说"的经典生成

导　读

　　作为文体概念的"故事"和"传说"都是"五四"新文化运动以后的新生知识。民间文学和作家文学不一样，只有异文，没有定本，每一次讲述都是一次新的创造，异文和异文之间是平行关系，没有高下之别，要在民间文学作品中评出四大代表作，在理论上是很难实施的。可是，孟姜女、牛郎织女、梁山伯与祝英台、白蛇传并称"四大传说"，如今已是家喻户晓的共同知识。那么，到底是谁，出于什么目的，如何选出四大传说，又是如何将之推广为全民共同知识的？[①]

　　经典知识的生成并不是从现象到本质的逻辑推导，而是客观性、主观性和偶然性接力形成的结果。四大传说概念的生成，经历了一个从知识生产到知识改装，再到知识普及的复杂历程。本章将这一概念的知识生成模式归纳为一种"烟花商模型"，划分为四个阶段：生产期（1957—1962）、存储期（1963—1978）、推介期（1979—1982）、燃放期（1983）。生产期和存储期主要是上海民间文艺工作者罗永麟的个人努力；在推介期，罗永麟不断抓住机遇，三度北上，借势发力；到燃放期，最终点燃知识烟花的

---

　　① 本章写作中所依据的各地民间文艺资料本，多半由四大传说专门研究家贺学君老师无偿提供。写作中曾请教前辈学者如刘魁立、刘锡诚、马昌仪、车锡伦、祁连休、贺学君、汤学智、陈勤建、刘铁梁、程蔷、李稚田、仁钦道尔吉、马靖云、肖莉、马汉民等，也求助于同辈好友郑土有、徐国源、黄景春、毛巧晖、陈泳超等。本章访谈、思考和写作的全程均与陈泳超商议进行。谨此对以上师友表示衷心感谢！

并不是烟花商,而是烟花用户。对于概念生产者来说,用户如何改装和使用产品,是他无法主导,也难以预料的。

一 "孟姜女故事学术讨论"对四大传说概念的推广

在1983年8月16日的"孟姜女故事学术讨论会"召开之前,虽然已有四大故事或四大传说的提法,但是罕见于正式出版物,多数民间文艺工作者并不使用这个概念。会议结束后,《光明日报》《北京日报》《民间文学》《秦皇岛日报》,以及香港《大公报》《文汇报》《中报》等均据新华社电讯发布了消息,特地提到:"孟姜女故事是中国四大著名传说之一(编者注:其他三个传说是《梁山伯与祝英台》《牛郎织女》和《白蛇传》)。这个故事不但在我国各族人民中广为流传,而且受到了日本、苏联等国家的学者和民间文艺专家的注意。"[1] 自此,四大传说的提法得到迅速传播。

会议之后,秦皇岛市文联印制了两本资料集。一是《孟姜女故事学术研究资料集》,该集收录了17篇"近年来有关孟姜女的评述"[2],其中无一提及四大传说,说明在此之前四大传说的提法还非常罕见。二是《孟姜女故事学术讨论会资料汇编》,该集共收录综述及领导讲话5篇、论文16篇,其中提及"四大传说"的文章共4篇,我们依序列为表4—1。

表4—1　　　孟姜女学术讨论会提及"四大传说"的文章

作者	作者身份	文章标题	提及四大传说之引文
魏茂林	中国民研会河北分会副主席	《孟姜女故事学术讨论会开幕词》	孟姜女的传说是中国四大著名故事之一,几乎家喻户晓,妇孺皆知,在国外也有影响

---

[1] 李荣琨、王胜君:《我国第一次"孟姜女故事"讨论会在秦皇岛举行》,《光明日报》1983年9月8日。

[2] 中国民研会河北分会、秦皇岛市文联编:《孟姜女故事学术研究资料集》(内部资料),1983年,"前言"第1页。

续表

作者	作者身份	文章标题	提及四大传说之引文
程远	中国民研会书记处书记	《孟姜女故事——人民智慧的结晶》	我刚从事民间文学工作……但对我国人民的这个四大传说之一的孟姜女故事,一直很感兴趣
杜树起	秦皇岛市文联编辑	《谈谈孟姜女故事的主题思想》	我国古代四大民间故事——按产生的大概年代说,该是这样的顺序:《天河配》《孟姜女》《梁山伯与祝英台》《白蛇传》
李荣琨	新华社记者	《中国举行首次"孟姜女故事"讨论会》	"孟姜女故事"是中国古代四大著名传说之一(另三大传说是《白蛇传》《牛郎织女》《梁山伯与祝英台》)

表4—1中的作者身份是最值得我们关注的。本次提交论文的十几位学者,无一人提及四大传说;而作为会议主办方,从中国民间文艺研究会(以下简称"中国民研会")领导,到河北民研会领导,再到秦皇岛文联编辑、新华社记者,都着重提到了四大传说(来自北京的程远和李荣琨称四大传说,来自河北的魏茂林和杜树起称四大故事)。由此可见,这是由会议主办方官方着力推广的一个概念。

最有意思的是广西师范学院教授过伟,他在去秦皇岛开会之前还没听过四大传说的提法,所以论文中第一句话是:"孟姜女是我国各族人民众口传讲津津乐道的传说故事。"[①] 秦皇岛会议之后,他马上把这句话改成了"《孟姜女》是广泛流传于汉族地区的四大传说之一"[②],将文章投给正在筹办《民族文学研究》的中国民研会负责人贾芝。20世纪80年代

---

① 过伟:《孟姜女传说在壮、侗、毛难、仫佬等族民间文学中的变异》,收入中国民研会河北分会、秦皇岛市文联编《孟姜女故事学术讨论会资料汇编》(内部资料),1983年10月,第69页。

② 过伟:《孟姜女传说在壮、侗、毛难、仫佬族中的流传和变异》,《民族文学研究》1983年创刊号(1983年11月)。

初，四大传说的概念对于多数民间文艺工作者来说还比较陌生，许多知名学者都没听过这个概念。比如，中国社会科学院研究员马昌仪回忆说，20世纪80年代初（记不起具体时间），她从干校回来后，有一次去上海，看见钱小柏家的阳台上堆满了资料，其中一堆据说全是"四大民间故事"资料，她当时觉得这个提法很新鲜，还在日记中记了一笔。①

那么，秦皇岛会议上的四大传说概念又是从哪里来的呢？细读"资料汇编"，我们可以找到两条线索：一是苏浙沪民研会的联动；二是中国民研会主要负责人贾芝（1913—2016）的提倡。

图4—1　1983年8月，在秦皇岛举行的孟姜女故事学术研讨会上，与会人员参观孟姜女庙，中间打伞者罗永麟，左二过伟（郑土有供图）

---

① 2019年3月16日，与马昌仪老师的电话访谈。

二　线索一：罗永麟与苏浙沪白蛇传研究小组

秦皇岛文联负责人在会议"汇报发言"中特别提到："去年（1982年）8月，在河北民研会于承德举行的'民间文艺'首届年会上，我们提出了开展孟姜女故事学术研究活动的意见……上海、浙江、江苏《白蛇传》讨论组，闻讯要求参加讨论；上海华东师大教授罗永麟先生亲笔撰写论文万言。"① 这里提到的两省一市《白蛇传》研究小组，以及罗永麟教授，正是推动南方四大传说（苏浙沪民间文学工作者称"四大故事"或"四大传说故事""四大神话传说故事"等，名称不大统一）概念传播最重要的两股力量。

罗永麟（1913—2012）是四大传说最著名的研究者和推动者，贺学君称之为"中国四大传说研究的一位专家"②。罗永麟从20世纪50年代开始就致力于民间文学代表性作品的研究，他说："我国民间文学如此丰富多彩，浩如烟海，又当从哪里入手呢？前人经验告诉我们，应当从有代表性的作品入手。"③ 他的《试论〈牛郎织女〉》写于1957年。《试论梁山伯与祝英台故事》写于1964年（1978年修改，1980年发表）。

罗永麟最早提及四大传说的公开论述，首先是1980年发表的《试论梁山伯与祝英台的故事》："梁山伯与祝英台故事是我国广大人民群众喜闻乐见的民间传统四大故事之一。"④ 其次是在1982年苏浙沪《白蛇传》学术研究预备会的发言中，他数次提及"汉族四大民间故事中，我以为最有价值的是《白蛇传》"，并对会议筹备组提出要求："下次学术会，一定要能够提供《白蛇传》的新（即没有上过文献的）资料，好比考古学

---

① 王岳辰：《孟姜女故事学术讨论会上的汇报发言》，收入中国民研会河北分会、秦皇岛市文联编《孟姜女故事学术讨论会资料汇编》（内部资料），1983年10月，第6—7页。
② 贺学君：《中国四大传说》，浙江教育出版社1995年版，第111页。
③ 罗永麟：《论中国四大民间故事》，中国民间文艺出版社1986年版，前言第3页。
④ 中国民间文艺研究会上海分会、上海文艺出版社编：《中国民间文学论文选（1949—1979）》下，上海文艺出版社1980年版，第131页。

中的'新出土文物'。"①

　　罗永麟为何如此强调"新出土文物"的重要性？因为很多民间文艺工作者不认为白蛇传是民间文学，所以亟须"新出土文物"以证明白蛇传的民间文学身份。他在杭州大学一次讲座中说："现在很多搞民间文学研究的同志，常常怀疑《白蛇传》的属性，因为现在流传的《白蛇传》作品，不是戏曲，就是弹词及其他说唱文学……就因为《白蛇传》现在流行的资料，大多是戏曲和说唱文学，而且这些东西，又大都是下层文人和文人所作，对象又是一般市民……所以从现象上看问题，就容易不承认它是民间文学，这也难怪。"②

　　有鉴于此，浙江民研会于1982年春季开始向全国征集白蛇传资料。为了强调白蛇传的文化价值及重要性，他们在各种印刷品的显要位置反复强调白蛇传是"四大民间故事"之一。1982年印出的《〈白蛇传〉资料索引》以及1983年印出的《〈白蛇传〉故事资料选》，两种小册子都在封底印有《征集启事》，起首即为"《白蛇传》为我国四大神话故事之一"③，其《前言》第一句话也是强调"《白蛇传》是我国四大民间神话传说故事之一"④。几乎同时，江苏省民研会也在积极展开搜集整理，于1982年印出《白蛇传（资料本）》，该资料本没有前言，但其"编后语"第一句就说："《白蛇传》为我国著名的四大神话故事之一，主要流传的发生地区在江苏、浙江、四川等地。"⑤ 注意，这里除了江苏和浙江，单单只提到罗永麟的家乡四川，可见其受罗永麟影响之大。

　　由上述引文比对可知，苏浙沪民间文艺工作者明显是在联手推广四大传说概念。可是，由于大家对这个概念还比较陌生，所以，各人的提法略有出入，罗永麟说的是"四大民间故事"，浙江和江苏说的是"四

---

　　① 罗永麟口述，钟伟今记录：《我对〈白蛇传〉学术研究的几点意见——在〈白蛇传〉学术研究预备会上的发言》，《民间文学论坛》1982年第4期。
　　② 罗永麟：《论中国四大民间故事》，中国民间文艺出版社1986年版，第137页。
　　③ 中国民间文艺研究会浙江分会：《〈白蛇传〉资料索引——〈白蛇传〉研究资料之一》（内部资料），1982年7月。
　　④ 中国民间文艺研究会浙江分会：《〈白蛇传〉故事资料选——〈白蛇传〉研究资料之二》（内部资料），1983年5月。
　　⑤ 江苏省民间文学工作者协会、江苏省民间文学工作者协会镇江分会：《白蛇传（资料本）》（内部资料）。该书未标示印制时间，但书中所标资料搜集时间，最晚一条是"1982年2月1日下午"，由此估计该书在1982年春夏间印制。

大神话故事",但有时又会说成"四大民间神话传说故事",名称尚未统一。可是,这些小册子制作粗糙,地方性强,发行量小,在全国的影响不大。

1981年夏,苏浙沪三地民研会联合成立了"两省一市民间文学吴语协作区",白蛇传研究就是协作区成立后的重点协作课题之一。由于白蛇传主要流传在吴语方言区,当时北方学者对白蛇传研究不多,1955—1966年全部107期《民间文学》杂志中,没有出现过一篇与白蛇传相关的文章。要将四大传说概念输送到北方文化圈,无疑需要采取更积极更主动的联动方式,因此,以罗永麟为代表的白蛇传研究小组就做出了主动北上"传经送宝"的行动。据亲自参加1983年秦皇岛"孟姜女故事学术讨论会"的苏州市民研会干部马汉民说:"秦皇岛那边消息比较闭塞,他们对四大传说不了解的,是我们主动去跟他们交流,他们一听就对我们的工作非常认可的。"①

孟姜女学术讨论会筹备小组之所以能够跟白蛇传研究小组一拍即合,高度认同四大传说的概念,也跟孟姜女传说的多舛命运有关。早在20世纪50年代,孟姜女就因为反对秦始皇(被疑为影射最高领导人)而受到质疑、批评,比如,有人认为:"秦始皇是暴君不错,可他到底统一了中国,许多措施在客观上是符合人民长远利益的。就说长城,那是多伟大的工程,你弄个孟姜女去哭倒一截,那怎么行!违反历史进程,没有进步意义,也没什么思想性。"② 到了1960年5月,又出了一个新插曲,"林彪跑到长城脚下,朝拜'孟姜女庙',凭吊孟姜女,发泄他对秦始皇的仇恨"③,受此牵连,孟姜女在所谓"儒法斗争"的舆论讨伐中受到严厉批判。据说1966年"破四旧"时,"红卫兵迫令望夫石大队砸烂孟姜女塑像,社员们迫不得已用绳子拉塑像,嘴里还不停地念叨:'姜女姜女你别怪,上指下派叫我拽。拽、拽、拽!'庙内扫荡一空,成了大队办公室"④。

一个是急于取得北方学界认可白蛇传地位的苏浙沪白蛇传研究小组,

---

① 2019年3月17日,与马汉民先生的电话访谈。
② 林昭:《从孟姜女谈起》,《光明日报》1956年12月29日。
③ 北京汽车制造厂工人理论组:《读〈封建论〉》,《光明日报》1974年7月1日。
④ 王岳辰:《孟姜女故事学术讨论会上的汇报发言》,收入中国民研会河北分会、秦皇岛市文联编《孟姜女故事学术讨论会资料汇编》(内部资料),1983年10月,第8页。

一个是急于为孟姜女打翻身仗的河北民间文艺工作者，两者惺惺相惜，来自苏浙沪民间文艺工作者的四大传说概念，经由秦皇岛会议上新华社记者的强大影响力，迅速传到了全国各地。

图4-2　苏浙沪"两省一市民间文学吴语协作区"印发的三大传说采风资料，唯独缺少牛郎织女的资料（施爱东摄）

三　线索二：贾芝与《民间文学》

一个来自地方学者的民间文学概念，如果不能得到中国民间文艺研究会的认可，要想借助主流媒体成为公共文化知识，是很难想象的。四大传说之所以能够得到中国民研会多数领导和专家的认可，关键还在于四大传说都是异文丰富的大容量民间传说，深受广大民众喜爱，具备多种面向的可塑性，经过适当的编选和阐释，有利于宣传和推广民间文学在社会主义精神文明建设中的重要作用。

作为中国民研会的主要负责人，贾芝对"孟姜女故事学术讨论会"的召开起到了重要的推动作用，他因故未能赶上开幕式，但还是匆匆来到会场，做了题为《关于孟姜女故事研究》的专题报告，特地提到四大传说，并且说："大约在1954年，我提议发动搜集四大传说，曾由《民间文学》发了一个征集启事，收到了一部分各地流传的孟姜女故事以及关于孟姜女的碑文记载。可惜后来未能坚持征集，十年动乱中又丧失了大量资料。"①

贾芝的记忆可能有误，《民间文学》创刊于1955年，不可能在1954年发征集启事。但这是一条不容忽视的重要线索。笔者翻遍1955—1966年107期《民间文学》，没有找到这则征集启事，只有两则疑似征集启事的"编后记"，集中出现在"百花齐放、百家争鸣"的1957年。

《民间文学》杂志最值得学术史家关注的是其"编后记"。一般来说，每期"编后记"都会解释该期文章的编发动机，以及相应的评论和倡导，以期引领中国民间文学的走向。1957年第3期刊发了河北民间曲艺《哭长城》，"编后记"中提到："汉族的有名的传说故事如孟姜女、梁山伯与祝英台、牛郎织女（'牛郎织女'最初是神话）……虽然已经有过不少记录本，但是还有许多不同的说法在口头流传着，现在的材料还远远不能满足整理和研究的需要。像关于牛郎织女，对它的主题、情节，有过一些不同看法，但是大家所依据的材料太少，特别是直接从口头记录的材料太少，到现在还未看到十分有说服性的结论。"② 1957年第6期"编后记"也有相似内容："这一期发表了两个著名的汉族传说的记录，'孟姜女的故事'和'天牛郎配夫妻'，这两个材料都记得相当朴素。关于汉族的一些重要的传说，如孟姜女、牛郎织女、梁山伯祝英台、鲁班……我们收到的资料还不是很多。我们再一次在这里宣告，征集这样一些传说、故事的资料，希望大家踊跃寄赠。"③ 但在1958年之后，"大跃进"运动开始，《民间文学》全面转向歌谣运动和革命故事、新故事的挖掘整理，很少编发传统民间文学作品。

中国社会科学院文学所研究员祁连休在与笔者共同分析这两则"编后记"时认为，这里两度提及孟姜女、梁祝传说、牛郎织女，偏偏缺少白蛇传，反而插入鲁班传说，恰恰说明直到1957年为止，在主流的民间

---

① 贾芝：《关于孟姜女故事研究》，收入中国民研会河北分会、秦皇岛市文联编《孟姜女故事学术讨论会资料续编》（内部资料），1983年12月，第24页。
② 佚名：《编后记》，《民间文学》1957年第3期。
③ 佚名：《编后记》，《民间文学》1957年第6期。

文艺研究界还没有形成"孟梁牛白"四大传说的提法。只能说明孟姜女、牛郎织女、梁山伯与祝英台、鲁班传说在当时已经被认为是最重要的一批传说，但是并没有被打包捆绑成一个"四大"的专有名词。

　　事实上，按照钟敬文《民间文学概论》的定义，鲁班传说才是最符合"劳动人民口头创作"的民间文学作品，在 107 期《民间文学》中的出现频率稳居第一，数量上远远超过四大传说相加的总和。从流行程度上看，由于工匠行业的广泛分布，鲁班传说的流传区域也远胜于四大传说中的任何一个。这一点，我们从钟敬文 1980 年的《民间文学概论》就可以看出来，其"民间传说"部分列举了近 200 人次传说案例，其中出现最多的如鲁班传说 9 次，孟姜女传说 6 次，梁祝传说 5 次，包公传说、白蛇传说各 4 次，刘三姐传说、岳飞传说、李冰治水传说、董永传说、李闯传说、干将莫邪传说各 3 次，而牛郎织女传说仅 1 次。尤其在北京，广泛流传着鲁班助建北京城的传说，鲁班被认为是劳动人民聪明才智和创造力的杰出代表。如果让北京民间文艺界来评选四大传说，鲁班传说一定能入选，而主要流传于吴语方言区的白蛇传则很可能落选。

图 4—3　贾芝，中国社会科学院荣誉学部委员、中国文联第八届荣誉委员、中国民间文艺家协会名誉主席（网络图片）

四　相提并论的重要传说与"四大"成立的印象基础

20 世纪 50 年代，将"孟梁牛白"任意两个放在一起相提并论是很常见的，将其中三个放在一起也偶或能见，如路工《孟姜女万里寻夫集》序言："我们的做法，大致上按故事作单元，如'梁山伯·祝英台''白蛇传''孟姜女'……不加任何删改，同时印上原书的插图、书影，以供研究者的参考。"① 此序只缺牛郎织女。又如，人民日报社论《重视戏曲改革工作》（1951 年）只缺孟姜女，周扬《改革和发展民族戏曲艺术》（1952 年）只缺孟姜女，吕霜《略谈中国的神话与传说》（1954 年）只缺白蛇传，曹道衡《批判胡风对祖国文学遗产的虚无主义态度》（1955 年）只缺牛郎织女，北京大学中文系二年级一班翟秋白文学会《评郑振铎先生的"中国俗文学史"》（1958 年）只缺梁祝传说。但是，要在一篇文章中将四大传说放在一起全论及，却极其罕见。笔者所能找到的，只有梅兰芳《中国戏曲艺术的新方向》（1952 年）、程毅中《从神话传说谈到"白蛇传"》（1954 年）。上述七文之中心思想，大约可以梅兰芳一文为代表。

> 优美的民间传说也是戏曲艺术的宝贵遗产之一。如表现反抗封建婚姻制度的"梁山伯与祝英台"，表现反对暴政（徭役）的"孟姜女"，表现鼓励劳动的"天河配"，都是非常可喜的剧目。坚贞纯朴的爱情穿插着曲折动人的故事，无怪它们能够博得广大观众的欢迎。我们在剧改中处理这些民间传说的剧目，反对反历史的反现实的创作方法。如有人改编"白蛇传"把白蛇改为普通的人，改编"天河配"，牵强附会地穿插一些我们现在的生活内容和思想意识，机械地结合现代生活这些错误，都受到了批判和纠正。我们现在所要做的和正在做的就是尽量恢复这些民间传说的纯朴、优美的本来面目，保存其传统的、美丽的、富有想象的故事，加以正确的分析

---

① 路工编：《孟姜女万里寻夫集》，上海出版公司 1955 年版，"序"第 5 页。

处理。①

由此可见，所谓四大传说，全是戏曲艺术中的常见剧目，并不是典型的口头文学作品。这些戏曲作品之所以被视作重要传说，与民研会的人事组成有关。1950年3月29日成立的中国民间文艺研究会，下设5个专业组：民间文学组、民间戏剧组、民间音乐组、民间美术组、民间舞蹈组。其中民间文学组和民间戏剧组共享着大量的俗文学作品，关系最为密切，因此，俗文学中的戏曲唱本和弹词、宝卷，都被当作"民间文学资料"得以印行，如《孟姜女万里寻夫集》主要收录了"孟姜女哭倒长城故事的各种民间传唱文学，从敦煌石室发现的唐曲子起，到本世纪初年的宝卷，共计36种。表现的形式，有民间歌曲、传奇、鼓词、宣讲、南词、宝卷等"②。

20世纪50年代尚未展开大规模的民间文学调查，在民间文学的文化遗产清理中，主要还是以整理旧唱本为主，这就导致了说唱资料占主导地位的民间文学遗产格局。上海出版公司印行的"民间文学资料丛书"几乎全是说唱资料，《梁祝故事说唱集》《白蛇传集》《孟姜女万里寻夫集》《董永沉香合集》之外，连《西厢记说唱集》都被当成了民间文学。这套"民间文学资料丛书"很可能是"孟梁牛白"被捆绑打包最重要的印象基础。

另一个有助于将这四个传说捆绑在一起的参考文献是北京师范大学中文系55级学生集体编写的《中国民间文学史》。③ 这是1980年之前唯一公开出版的民间文学专史，在全国民间文艺学界产生了很大影响，赵景深还为此写过书评。该书为七大故事列出了专节：梁山伯与祝英台、牛郎织女、花木兰、孟姜女、岳飞故事、杨家将、白蛇传。这七个故事中有四个爱情故事，单独拎出来捆成一组，是很容易想到的组合方式，至少为后来四大传说的通行提供了印象基础，排除了拒斥障碍。

---

① 梅兰芳：《中国戏曲艺术的新方向》，《光明日报》1952年9月3日。
② 路工编：《孟姜女万里寻夫集》，上海出版公司1955年版，扉页"本书提要"。
③ 北京师范大学中文系55级学生集体编写：《中国民间文学史》，人民文学出版社1959年版。

五　线索三：中国社会科学院研究生招生试题

　　1980年之后，出现四大传说专名的最早文献，是一份"中国社会科学院1980年招考研究人员中国民间文学专业基础课试题"，该试题的第二道大题是："简论汉族的四大传说故事（《牛郎织女》《孟姜女》《白蛇传》《梁山伯与祝英台》）。（25分）"① 据该院原科研管理干部马靖云回忆，中国社会科学院从未以考试的形式面向社会招收研究人员，这份试题应该是研究生入学试题。经过多位前辈学者的反复回忆，最终确认出题者是祁连休。

　　对于四大传说概念的来历，祁连休说："四大传说的试题，很可能是我出的，但不是我首先提出的，何人首先提出，我真记不起了。在四大传说研究中卓有建树的罗永麟先生，使用的术语却是四大故事。"② 刘魁立则说："印象中文革前就有这种说法。"③

　　笔者在与几位前辈学者的交流中表达了如下意见：20世纪50年代的公开出版物中，从未出现过类似于四大故事或四大传说的提法，如果这一时期没有形成四大传说的概念，1958年之后提出的可能性就更小了，因为1958年"大跃进"开始，民间文学工作重心已经转向"新民歌运动"。1966年掀起了"破四旧、立四新"运动，在这之后的十年时间，更加不可能针对这些具有"封建迷信"色彩的传统民间文学提出一个四大传说的专有名词。所以说，四大传说作为专名的公开化，大概率出现在1978年之后。

　　祁连休、马昌仪在与笔者的讨论中，也表达了相似的如下意见：20世纪50年代，四大传说的提法应该尚未形成；1978年之前，即使有个别地方、个别学者提出了四大传说的说法，也是地方的、小范围的，至少没有在北京的民间文艺界形成大的影响；1978年到1980年之间，是否有学

---

　　① 兰州技术经济学会编：《招收文科专业研究人员研究生试题选编》（内部资料），1982年，第161页。
　　② 2019年3月15日，与祁连休老师的微信访谈。
　　③ 2019年3月13日，与刘魁立老师的电话访谈。

者在文章中明确表达过类似提法，现在不能确定，但这一时期的学术会议上，肯定有人提过，具体是谁，在哪次会议上提出这个概念，已经很难记起来了。

说到四大传说的研究，老一辈民俗学者都认为罗永麟用力最专。但是，罗永麟在1980年之前只写过《试论〈牛郎织女〉》和《试论梁山伯与祝英台故事》，后者虽然提到了"民间传统四大故事"，但其公开发表比祁连休使用"四大传说"出试题还晚几个月。那么，1978—1980年之间，罗永麟和祁连休有什么学术关联呢？

郑土有在"罗永麟从艺大事记"中提到："1979年10月30日—11月16日，出席在北京召开的中国文学艺术界联合会第四次代表大会。11月4日—11月10日，出席在西苑饭店举办的中国民间文艺研究会中国民间文学工作者第二次代表大会，当选为理事。本次会议讨论了新时期民间文学工作的任务，制订了工作规划。"①

在罗永麟参加的这次大会召开之前，"为孟姜女平反"的呼声就已经在高层响起。贾芝在1978年的一次发言中说："'四人帮'鼓吹'儒法斗争'，竟对民间传说《孟姜女》大加讨伐，根本否定了封建社会农民与地主阶级的基本矛盾，也根本否定了民间创作。"② 钟敬文也在大会召开之前发表了著名的《为孟姜女冤案平反》，指出："孟姜女故事的被围攻、被判处死刑，正是这方面无数冤案里的一个。有恶必揭，有冤必伸。"③ 在代表大会的系列讨论中，广大民间文艺工作者对以孟姜女为代表的几大重要传说进行了热烈讨论。虽然大家都想不起四大传说是不是在这样的会议上被首次提出，但可以肯定的是，在这样的会议上被提起过。

祁连休对这一话题的回应是："我也参加了这次文代会，具体细节不记得了。"不过，祁连休在分析自己的出题初衷时说："正因为那时候四大传说的提法还不怎么流行，所以才需要在括号中将四个传说一个个罗列出来；再有，试题中用的是'四大传说故事'，这也说明四大传说的术语

---

① 郑土有：《问道民间世纪行·罗永麟》，上海锦绣文章出版社2011年版，第175页。
② 贾芝：《努力做好民间文学工作》，《光明日报》1978年6月24日。
③ 钟敬文：《为孟姜女冤案平反——批驳"四人帮"追随者的谬论》，《民间文学》1979年第7期。

当时还没有定型。"①

六 四大传说概念的发明

20世纪80年代初"四大传说的术语没有定型"的状况跟上海文化圈的概念使用有关。这一时期，上海是民间文艺研究最活跃的地区之一，仅次于作为全国文化中心的北京。

早在中华人民共和国成立之初，上海就有两所大学开设了民间文学课程，据罗永麟回忆："当时钟敬文先生在北京师范大学，赵景深先生在复旦大学，震旦大学就是我教，当时开民间文学课最早就是我们三个人，那是1951年。"② 因为没有统编教材，三人各有一套民间文学概念体系和结构体系。钟敬文的概念体系中严格区分了神话、传说和故事的并列关系，赵景深则将故事区分神话与童话两类，罗永麟的分类与赵景深相近，但他是以故事来统称神话以外的所有口头散文叙事作品。所以，罗永麟自始至终从未用过"四大传说"这个专名，而是顽强地使用"四大民间故事"或"民间传统四大故事"。受到罗永麟的影响，苏浙沪的民间文艺工作者基本上也不区分传说和故事，统一归入故事范畴。而北京的民间文艺工作者接受的是钟敬文的概念体系，因此传说和故事区分得比较清楚。

在1983年秦皇岛"孟姜女故事学术讨论会"之前，除了祁连休的那份研究生试题，所有提及四大传说的文献资料，几乎全都指向以上海为中心的苏浙沪民间文学吴语协作区，不过，他们当时主要使用"四大故事"的说法。也就是说，四大传说很可能是源于以罗永麟为代表的上海民间文艺工作者。

复旦大学郑土有教授曾经专门就这个问题请教过罗永麟："据罗永麟回忆，中国四大民间故事的说法是在20世纪50年代中期所写的一篇谈个人研究计划的文章中首先提出来的，该文发表在中国民间文艺研究会的一份内部通讯上。但由于资料保管的原因，目前该通讯尚未找到，似乎要成

---

① 2019年3月15日，与祁连休老师的微信访谈。
② 郑土有：《问道民间世纪行·罗永麟》，上海锦绣文章出版社2011年版，第5页。

为一个文学史之'谜'了。"① 可是，罗永麟的记忆或许有误，因为当时的民研会通讯从不发表个人研究计划。笔者请教过许多前辈民俗学者，包括专门从事四大传说研究的贺学君，以及民间文学学术史家刘锡诚等，他们对罗先生的"研究计划"没有任何印象。

不过，据华东师范大学陈勤建教授回忆："有一件事情我记得很清楚，大概在1977年，或者1978年的时候，（华东师范大学）中文系派我担任罗先生的助手，徐中玉找我谈话，他反复提到一点：'你跟着罗先生搞民间文学，要多向他学习，但是呢，像他那样专搞四大传说也是不够的，不能只停留在一个方面。'可见这个时候大家都已经认定罗先生主要搞四大传说了。"当我询问是否能找到罗永麟提出四大传说的文献依据时，陈勤建回答说："他是不是把这个概念写到文章中我记不起来，但我的确是听他讲过几次：这四个传说他要一个个写过来。说这话大概就是在1978年到1979年之间。他说中国的传说很多，但很多问题都可以体现在四大传说里面。我想啊，罗先生这个提法，有可能是在开会时候讲的，倒未必是论文，他平时讲话是讲过的。反正我过去就有这么一种模模糊糊的感觉，四大传说就是他提出来的。当时中文系有些老师好像还不大看得起罗先生，觉得你讲来讲去就是四大传说。"② 三天之后，陈勤建再次电话告知：据20世纪50年代末听过罗先生民间文学课程的一些老校友回忆，罗先生讲课的时候，内容就是以四大传说为主，其他一些老师还颇有微词，觉得他学术视野太窄。③

也有朋友分析说，罗永麟自己说过他从小就听祖母讲四大传说，④ 也许民间早就有这个说法。上海另一位较早在论文中提及四大传说的故事学者任嘉禾，在接受记者采访时也说到他从小就对四大传说很有兴趣。⑤ 但是，这些材料并不能用以说明四大传说专名的出现时间，我们应该区分四

---

① 郑土有：《问道民间世纪行·罗永麟》，上海锦绣文章出版社2011年版，第65页。
② 2019年3月16日，与陈勤建老师的电话访谈。
③ 2019年3月19日，与陈勤建老师的电话访谈。
④ 罗永麟《论中国四大民间故事》"自序"第3页："对我国家喻户晓的四大故事：牛郎织女、孟姜女、梁祝故事、白蛇传，从小就听祖母一再讲述，印象很深。同时这些故事又为老百姓所喜闻乐见，千古流传……于是我就开始对四大故事的研究。"
⑤ 马信芳《民间故事库的大推手任嘉禾》（《新民晚报》2018年10月27日）："任嘉禾从小就对《白蛇传》《孟姜女》《牛郎织女》《梁祝》四大民间故事很有兴趣，当他还是宜兴文化馆馆长时，就热衷于收集流传于民间的故事。"

个著名的传说，以及作为专名的四大传说之间的区别。两人的回忆只是表明他们从小就听过这四个且不限于这四个著名传说，并不意味着这四个传说当时已被捆绑打包成一个排他性的专门概念。

任嘉禾的回忆大概属于事后追述，事实上，在苏浙沪一带，牛郎织女传说并不盛行。两省一市民间文学吴语协作区曾先后展开过白蛇传、梁祝传说、孟姜女传说专项调查，却从未做过牛郎织女专项调查。协作区主要倡导者姜彬1989年接受访谈时还反复强调吴语方言区是以"三大传说"为主："那么，以长篇吴歌，白蛇传、孟姜女传说、梁祝传说三大民间传说和新故事为中心的民间文学，到一定时期，也会成为全国乃至世界学者所注目的一个研究对象的。"① 江苏长大的陈泳超教授分析说，三大传说是符合吴方言区实际的，四大传说反而不大可能由吴方言区的地方学者提出来，因为牛郎织女传说在这边远远不能跟另外三大传说相提并论，倒是罗永麟这样的四川人，作为外来学者，反而更有可能提出一个更具全国覆盖率的新概念。

七 解开罗永麟的文学史之"谜"

就在笔者山穷水尽一筹莫展，只能依靠合情推理来弥合历史证据链的时候，中国社会科学院民族文学研究所毛巧晖研究员找出一份《上海文学研究所民间文学组1962—1971年工作规划》，其规划要点中提到："有重点地进行专题性的理论研究，如'历代民间歌谣的思想倾向''我国四大传统故事的特点'等。"② 踏破铁鞋寻觅的文件终于出现了！从规划书中的选题计划可以看出，该民间文学组的成员应该包括姜彬、赵景深、罗永麟、洪汛涛、魏同贤、任嘉禾、皮作玖七人。那么，这份工作规划有没有可能是七人共同商议拟定的呢？就在笔者努力寻找新线索的时候，陈泳超来电告知，车锡伦刚刚提供了一条重要信息。

---

① 涂石：《姜彬：倡导区域文化与民间文艺学新体系的民俗学家》，《上海采风》2016年第8期。

② 佚名：《上海文学研究所民间文学组1962—1971年工作规划（草案）》，收入中国民间文艺研究会研究部编《民间文学参考资料》第二辑（内部资料），1962年7月，第2页。

车锡伦1955年考入复旦大学,1960年跟着赵景深读民间文学研究生,赵景深就对他说,应该多向罗永麟请教学问。于是车锡伦就经常去罗永麟家,两人也很谈得来,罗永麟那时就经常说到四大民间故事。这个时期刚好有一个契机,中国民间文艺研究会当时在上海还没有成立分会,罗永麟老想在上海成立一个民间文学的研究组织,就想在上海作协下面建一个民间文学组,因为当时是姜彬担任上海作协的党组书记兼秘书长①。既然要成立民研会,当然就得向组织汇报他们将要从事哪些工作。当时罗永麟给作协写过好几次工作计划,可惜那些计划都找不着了。在这些计划里面,罗永麟就会把四大民间故事的调查研究计划写进去,这个事,罗永麟跟车锡伦提到过好几次,他记得很清楚。1962年的时候,上海召开第二次文代会,当时罗永麟、车锡伦都是特邀代表,车锡伦当时虽然还只是学生,但他是很活跃的学生,所以也受邀参会了。文代会本来没有民间文学方面的代表,他们因为想要成立民间文学研究会,所以也受到邀请。不过,由于种种原因,最后好像也没成立得了。但是在1960年前后,罗永麟递交过好几份计划书,都讲到要做四大民间故事。②

车锡伦的口述史与毛巧晖的资料高度吻合,现在就只剩下一个关键问题:上海文学研究所与"上海作协"是什么关系?据陈勤建介绍,在上海市社会科学院成立之前,上海文学研究所是上海市作家协会下属的一个研究机构,民间文学组就是挂靠在这里的。1980年,民间文学组被并到上海市文联,这才成立中国民间文艺研究会上海分会。

来自不同渠道的信息在此完全吻合!现在可以确定无疑地说,这份规划书正是出自罗永麟之手。车锡伦的记忆只有一点不大确切处,民间文学组在1962年不仅成立了,还取得正式编制,诗人皮作玖就是这年正式调入该组的。赵景深也在这年的一篇文章中说:"上海文学研究所已经建立了民间文学的部门,群众艺术馆也已成立了民间文学组。"③

---

① 据姜彬履历,当时应为中国作家协会上海分会党组副书记、书记处书记。
② 2019年3月18日,车锡伦电话口述(陈泳超记录并转述)。
③ 赵景深:《民歌杂谈》,《文汇报》1962年5月11日。

那么，这份工作规划是不是罗永麟生前感叹"似乎要成为一个文学史之'谜'"的那份"个人研究计划"呢？答案也是肯定的，证据有两条：第一，在这份规划书的末尾有"研究选题及出版计划"，其中"我国四大传统故事研究，1962—1963 年进行"就只归在罗永麟个人名下；第二，同书还有赵景深的一篇《开展上海民间文学工作》，其中提到："我们民间文学工作者在几次的会上大都表示了愿望……华东师范大学罗永麟教授准备编写民间文学概论的详细提纲约五六万字，还准备完成四大民间故事研究十万字，其中的梁祝故事已经写成，可以供给剧曲界参考。"[①] 可见，规划书中关于四大传说的部分，就是罗永麟的"个人研究计划"。事实上，罗永麟迟至 1980 年发表的《试论梁山伯与祝英台故事》文末附注"1964 年 2 月 28 日初稿，1978 年 9 月 18 日修改"，可见此文曾经反复修改，至少经历了 1962 年、1964 年、1978 年三稿。

八　从"四大故事"到"四大传说"的转化

最早将四大传说用做文章标题的，是李稚田 1983 年发表的《中国民间四大传说》。四大传说这类"叫起来比较响亮，也比较简洁"[②] 的"小知识"，正迎合了 20 世纪 80 年代初全民知识饥渴阶段的知识速成诉求，加上此文发表于风靡全国的科普杂志《百科知识》，很快就被各种文化普及性书刊加以改编，竞相转载，如《中国民间的四大传说》（《解放军报通讯》1984 年第 5 期）、《中国民间四大传说》（《沙堆侨刊》1985 年第 9 期）、《我国民间四大传说》（《常用知识手册》，延边人民出版社 1985 年版）、《四大民间传说和四大谴责小说》（《中学生》1985 年第 1 期）等。

在 1983 年的"孟姜女故事学术研究会"和李稚田《中国民间四大传

[①] 赵景深：《开展上海民间文学工作》，收入中国民间文艺研究会研究部编《民间文学参考资料》第二辑（内部资料），1962 年 7 月，第 8 页。

[②] 罗永麟说四大民间故事的提出"参照了'十大喜剧''十大悲剧''四大古典名著'的说法，以'四大民间故事'来合称这几个著名的故事，叫起来比较响亮，也比较简洁，同时也可以提高其认知度"。（郑土有：《问道民间世纪行·罗永麟》，上海锦绣文章出版社 2011 年版，第 66 页）

说》基础上，从 1984 年开始，四大传说（而不是"四大故事"）作为一个民间文学专有名词，不仅被写入刘守华的《民间文学概论十讲》（湖北教育出版社 1985 年版），甚至被当作"科学文化知识"编入《全国知识竞赛题解汇编》（安徽科学技术出版社 1984 年版）、《全国百科知识竞赛大全》（海洋出版社 1985 年版）等。

对于四大传说专名的习得渠道，李稚田只记得是读研究生的时候在课堂上听老师提过，后来《百科知识》杂志约稿，他就以此为题写了一篇文章。李稚田的同学程蔷也记得，她在北京师范大学读研究生的时候就听说过四大传说，但当时关心的重点不在"四大"，而在传说与故事的区别，按钟敬文先生的定义，这四个作品理应属于传说。

李稚田的另一位同学刘铁梁更清楚地记得，那是在 1979 年，他们研究生刚入学不久，[①] 在钟敬文先生的课堂上讨论的，许钰和陈子艾两位老师也在。"之所以要讨论四大传说，是为了讨论传说和故事的区别。当时有同学提出来，这四大传说，单拎出来，谁也比不上许钰老师的鲁班传说大，因为许钰老师有一篇写鲁班传说的论文，[②] 大家都看过。甚至有同学认为这四大传说连王昭君传说都比不上。钟先生一般不说话，他的意思是，所谓四大故事或四大传说，只是个噱头，为什么是四大而不是五大，为什么是这四大而不是那四大，这不是一个学理问题，没有讨论价值，应该讨论的是它们到底是传说还是故事。通过这样的案例讨论，大家对于传说和故事就区分得比较清楚了，也认识到这四个都是传说。"[③]

也就是说，在北京师范大学的课堂上，罗永麟的"四大民间故事"是被当作反面例子，用来教育研究生如何区分传说和故事的。刘铁梁的回忆清楚地解释了为什么上海的四大故事传到北京就变成了四大传说，同时也解答了笔者心中一个隐隐的疑惑：钟敬文似乎不大喜欢四大传说的提法。整个 20 世纪 80 年代，钟先生从未在任何一篇文章中使用过这个概念，直到 1990 年，他才用不大情愿的语气在文章中提到一句"例

[①] 虽然刘铁梁老师记不起准确时间，但是很容易让我们联想到，这正是在中国文学艺术界联合会第四次代表大会之后。罗永麟、钟敬文、祁连休都参加了这次漫长的大会。这次大会很可能是"四大民间故事"概念复苏的一次大会。

[②] 许钰：《民间文学中巧匠的典型——关于鲁班传说》，《民间文学》1963 年第 2 期。

[③] 2019 年 3 月 20 日，与刘铁梁老师的电话访谈。

如现代号称四大传说之一的孟姜女故事"①，隐隐点出四大传说是一个现代发明的新概念。

钟敬文是中国传说学的主要倡导者，早在1931年，他就在《中国的地方传说》中对传说特点做出过概括。20世纪30—40年代，钟先生先后在浙江民众教育实验学校、中山大学、香港达德学院讲授过民间文学课程，②其结构体系中就包括了传说体裁："民间文学这一科印的共有两类，一类是神话、传说、童话、歌谣、谚语等民间作品选，另一类是关于这种作品说明研究的论文。"③ 50年代以来，其民间文学结构体系调整为"神话、传说、民间故事；各类歌谣和故事歌；谚语、谜语；民间戏剧"等，④ 传说学始终占有一个突出的位置。1984年启动的"民间文学三套集成"，钟敬文担任故事卷主编，采用的就是神话、传说、故事三分法，毫不客气地将其分类体系落实到了全国故事普查工作当中，彻底压倒了赵景深和罗永麟的分类体系。

可见，对传说概念的捍卫，就是对钟敬文民间文学理论体系的捍卫，在这个问题上，钟敬文是毫不含糊的。来自罗永麟民间文艺学体系的四大故事，不断北上的结果，在遭遇了钟敬文的冷遇之后，最终不得不以四大传说的身份立住脚跟。

1983年之后，四大传说逐步取代四大故事，成为主流称呼。虽然上海地区的一些民间文艺工作者多年以后仍坚持使用四大故事的提法，但从全国范围来说，1985年之后，四大传说的提法已经占据压倒性的优势。

---

① 钟敬文：《洪水后兄妹再殖人类神话》，杨利慧编《钟敬文学术文化随笔》，中国青年出版社1996年版，第45页。
② 许钰：《民间文艺学的开拓者和引路人——钟敬文先生教学和研究活动简介》，董晓萍编《钟敬文教育及文化文存》，南海出版公司1991年版，第204—205页。
③ 钟敬文：《民间文艺新论集·付印题记》，中外出版社1950年版，第1页。
④ 许钰：《北师大民间文学教研室的昨天与今天》，董晓萍编《钟敬文教育及文化文存》，南海出版公司1991年版，第213页。

图4—4 1981年5月18日，罗永麟参加二十所高校民间文学教学座谈会期间与钟敬文先生交流（郑土有供图）

小结　烟花商模型：知识生成模式的一种

追踪了四大传说的知识生成，有必要再按时间顺序做一个简单梳理，方便读者理解从知识生产到知识接受，再到知识普及的经典生成脉络。

（一）生产期（1957—1962）

中华人民共和国成立初期，最早开设民间文学课程的三家大学，没有统编教材，各自使用不同的民间文学分类体系。其中早稻田大学农业经济专业出身的罗永麟因为爱好民间文学，被贾植芳拉进教学队伍。罗永麟计划从民间文学的代表性作品入手，从个案研究上升到系统研究，建立自己的民间文学理论体系。1957年罗永麟写成《试论〈牛郎织女〉》，翌年发表，开启了四大传说的研究。

罗永麟很早就萌生了"建立具有中国特色的民间文艺学"① 的雄心，努力促成了上海民间文学研究机构的成立。在机构申办过程中，他将自己对"四大传统故事"的研究设想嵌入研究机构的工作规划，上报给中国民研会。民研会将这份工作规划刊载于内部发行的《民间文学参考资料》，这份内刊虽然发行量不大，却很受民间文艺工作者重视。

　　"四大传统故事"的提出，在1962年是不合时宜的，当时没有引起任何反响，许多民间文艺工作者甚至都想不起曾经见过这份规划书。但是，它在这些同行的记忆深处，埋下了一些隐约的印象，以至于多年以后再次被提及的时候，刘魁立、祁连休都没有觉得太陌生，谁也想不到这是罗永麟的个人发明，只是觉得"印象中文革前就有这种说法"，因而很容易默认为一种"传统"。

（二）存储期（1963—1978）

　　罗永麟这份不合时宜的"工作规划"虽然没有引起反响，但也没有影响他对四大传说的继续思考和研究。1964年，他完成了第二篇论文《试论梁山伯与祝英台故事》的初稿，可是，当时的学术环境已经无处可以发表了。这一沉寂，就沉寂到了1978年，就如做好的产品，被压在仓库，一压就是十几年。

（三）推介期（1979—1982）

　　1979年，已经退休的罗永麟重获教职。这一年，罗永麟参加了在北京举行的中国民间文学工作者第二次代表大会，这次会议热烈地讨论了以孟姜女为代表的传统民间文学的研究问题，以及新时期的工作任务和规划。虽然没有人记得到底是谁在会上提出了四大传说的话题，但从当时罗永麟的学术地位，及其积极推广四大传说的强烈意愿来看，他一定在大会上努力推销过他的"四大民间故事"计划。1981年，罗永麟参加在北京召开的中国民间文艺研究会首届年会，当选大会主席团成员，提交论文《论〈白蛇传〉》，继续北上推销。

---

① 罗永麟《论中国四大民间故事》"自序"第3页："我以为应当紧密结合中国民间文学实际，以民俗学、文化人类学作为辅助而进行研究，建立具有中国特色的民间文艺学是可以取得一定成绩的。"

四大传说中有三大传说盛行于吴语方言区，20 世纪 80 年代初，"吴语协作区相继召开了数次中国四大民间故事的学术研讨会，这都与罗永麟的推动有密切的关系"[1]。在这些研讨会的筹备会上，罗永麟都一再强调四大传说，相应的，各地民研会为了突出当地传说的重要性，也会在参考资料中说明该传说是"我国著名的四大神话故事之一"。由于这些参考资料都只在内部发行和寄赠，虽然加深了部分民间文艺工作者对四大传说概念的印象，但并没有获得大范围的传播。此外，四大民间故事、四大神话故事、四大传统故事之类的混乱名称，也妨碍了这一概念的传播效力。

（四）燃放期（1983）

1983 年，"孟姜女故事学术讨论会"的召开、主流媒体的报道，以及《中国民间四大传说》在《百科知识》的发表，终于让四大传说像烟花一样在中国优秀传统文化的大家庭里绚烂绽放，逐渐定格为一组文化经典。

而 1983 的三大传播事件，恰恰不是罗永麟能主导的。罗永麟恰如一名烟花生产商，其产品自从生产出来之后，就一直储存在寂寞的阁楼上无人问津，必须熬到春节来临，他才有机会积极地四处推销。而最终点燃这些烟花的，并不是烟花商（罗永麟），也不是他的客户（白蛇传研究小组、钟敬文），而是客户的客户（新华社记者、赵仁珪、李稚田）。对于烟花商（罗永麟）来说，他只是设计产品（反复修改论文）、推销产品（三次北上），至于产品落入哪一级分销商，是否重新贴牌包装（改装成四大传说），用哪种方式来营销和使用（新华社通稿、初中语文教辅、《百科知识》），则是他无法掌控，也难以预料的。

正如他永远不会想到的，"四大民间故事"被钟敬文当成课堂上文类教学的反面案例，却被学生批判地正面吸收，糅合罗派"四大"与钟派"传说"，以"中国民间四大传说"的响亮标题，在 50 万发行量的《百科知识》上高调推出。他更想不到，一个并非民间文学专业的青年教师，会将四大传说写入初中语文教辅，成为最有效力的积极传播者。他孜孜不倦推了二十多年没有成功的事业，在他 70 岁这一年，突然就像烟花一样绽放，照亮了他的整个学术生涯，至今依然闪耀在民族文化的灿烂星空下。

---

[1] 郑土有：《问道民间世纪行·罗永麟》，上海锦绣文章出版社 2011 年版，第 77 页。

图4—5　1989年6月，罗永麟第二次白蛇传会议期间考察镇江金山寺（郑土有供图）

经典知识的生成并不是从现象到本质的必然逻辑推导，而是客观性（传说本身的价值）、主观性（罗永麟的偏爱）和偶然性（三大传播事件）接力而成的结果。尤其在文学艺术领域，知识生产并不受到科学法则及辩证逻辑的必然约束，一个在学理上"没有讨论价值"（钟敬文观点）的"四大××"话题，在全民知识饥渴的20世纪80年代，却是一剂解渴甘霖，一经媒体传播，可以迅速成为社会共同知识。

（本章原题《"四大传说"的经典生成》，原载《文艺研究》2020年第6期，收入本书有修订）

第五章

牛郎织女传说研究批评

导 读

　　学界对牛郎织女口头传统的归类比较复杂。多数民间文学教科书都把它列为中国的"四大传说"之一，也有学者使用广义的"故事"概念来指称，但是，大多数民间文学研究目录索引却把相关研究成果归在"神话学"领域，而与这一口头传统相关的风俗研究则把它视为"岁时民俗"或"时间民俗"中的仪式部分或历史记忆。进入21世纪之后，许多地方文化工作者倾向于将传说的起源和流变看成一个历史文化事件，试图借助历史人类学方法把它落实到地方文化建设当中。

　　基于研究对象的复杂性，许多论文只好用"神话传说""神话故事""传说故事"这样一些奇怪的定性词来指称有关牛郎织女的口头传统。本章不拟武断地把它划入任何一种体裁或形式，只以"牛郎织女"作为这一口头传统的通称。

　　牛郎织女研究大约兴起于20世纪20年代，兴盛于20世纪80年代，产出了大量的传说学论文。可是，这些论文多数乏善可陈，其种种流弊，折射出整个人文科学研究中普遍存在的诸多问题。诸如重复操作、不尊重前人劳动成果、不合逻辑的材料堆砌、牵强附会、二手三手材料的反复转用，乃至以讹传讹，等等，都在牛郎织女研究中表现得淋漓尽致。

一　牛郎织女研究简史

　　关于牛郎织女的载录或介绍，以及歌咏、鉴赏，自古迄今未尝断绝。近人关于牛郎织女的研究，似乎起于1917年日本学者长井金风的《天风姤原义（牵牛织女由来）》。①1928年1月，钟敬文发表《七夕风俗考略》②，这是较早对七夕风俗进行研究的论文。同年，出石诚彦发表《牵牛织女说话的考察》③，此文材料丰富，全文注释凡45条，还摹印了汉代石刻画像中的牵牛织女星象，很得赵景深推崇。同年10月，玄珠（茅盾）在东京写成《中国神话研究ABC》，该著在谈到"星的神话"时对牛郎织女神话进行了源流分析。出石诚彦与茅盾的观点有些相近之处，两者是否有过相互影响的关系，尚需进一步考证。

　　1933年，钟敬文发表《中国的天鹅处女型故事——献给西村真次和顾颉刚两先生》④，从故事类型的角度探讨了牛郎织女的结构特征。作为钟敬文的代表作之一，此文曾先后收入多种文集，在海内外有很大影响。赵景深读了钟著之后，"遍检广州、杭州、南京、厦门等处的《民俗》刊物和单行本，找到四篇是该文不曾说过的异文"⑤，写了一篇短文《牛郎织女故事》，对钟著进行了补充。

　　国内较早的专项研究是欧阳飞云发表于1937年的《牛郎织女故事之演变》⑥，其他虽有些许诸如《七夕考》《七夕的民间传说考证》之类的文章发表在《时事新报》等各种报章杂志，但大都泛泛而谈，虽名"考证"，有名无实。1949年之后的最初几年，最值得一提的是1950年陈毓

---

　　① ［日］长井金风：《天风姤原义（牵牛织女由来）》，京都文学会《艺文》第八年第四号，日本鸡声堂书店，1917年4月，第20—25页。
　　② 钟敬文：《七夕风俗考略》，《国立中山大学语言历史研究所周刊》第11、12期合刊，1928年1月16日，第252—266页。
　　③ ［日］出石诚彦：《牵牛织女说话の考察》，日本早稻田大学文学部《文学思想研究》第八，1928年11月。此文收入作者《支那神话传说の研究》，（东京）中央公论社1943年版，第111—138页。
　　④ 此文作于1932年夏天，最早发表于杭州《民众教育季刊》第3卷第1号，1933年1月。
　　⑤ 赵景深：《民间文学丛谈》"解放前辑存"，湖南人民出版社1982年版，第180页。
　　⑥ 欧阳飞云：《牛郎织女故事之演变》，《逸经》文史半月刊第35期，1937年8月5日。

黑的《谈牛郎织女的故事》①，以及 1955 年范宁的《牛郎织女故事的演变》②。

1956 年，李岳南的一篇《由〈牛郎织女〉来看民间故事的思想性和艺术性：就初中〈文学〉课本的一篇谈起》③ 引发了一场关于民间文学搜集整理工作的大讨论，先后有刘守华的《慎重地对待民间故事的整理编写工作》④、李岳南的《读"慎重地对待民间故事的整理编写工作"后的几点商榷》⑤ 等一批论争文章，但这些讨论主要是针对搜集、整理、改写工作与民间文学的科学性、普及性之间的关系而言的，牛郎织女只不过是借以发表观点的一个载体而已。

1957 年，罗永麟发表其代表作《试论"牛郎织女"》⑥，此文收入其个人专著《论中国四大民间故事》⑦，后又收入陶玮选编的《名家谈牛郎织女》⑧，是海内外学者讨论牛郎织女最主要的参考文献之一。

大陆学界在 1958—1980 年的 20 余年中，对牛郎织女的研究基本处于停滞状态，具有学术价值的论文目前只能检到一篇，即汤池的《西汉石雕牵牛织女辨》⑨，其他都是些感想式、议论性的文章。

20 世纪 70 年代最突出的成果是台湾学者王孝廉的《牵牛织女的传说》⑩，此文随后收入《中国的神话与传说》⑪、《中国的神话世界》⑫ 等数种个人神话专集，在中国神话学界影响比较大。

进入 20 世纪 80 年代，大陆学界的牛郎织女研究开始复苏，如《牛郎

---

① 陈毓罴：《谈牛郎织女的故事》，《光明日报》1950 年 5 月 28 日。
② 范宁：《牛郎织女故事的演变》，《文学遗产增刊》第一辑，作家出版社 1955 年版。
③ 李岳南：《由〈牛郎织女〉来看民间故事的思想性和艺术性：就初中〈文学〉课本的一篇谈起》，《北京文艺》1956 年第 8 期。
④ 刘守华：《慎重地对待民间故事的整理编写工作：从人民教育出版社整理的〈牛郎织女〉和李岳南同志的评论谈起》，《民间文学》1956 年第 11 期。
⑤ 李岳南：《读"慎重地对待民间故事的整理编写工作"后的几点商榷》，《民间文学》1957 年第 1 期。
⑥ 罗永麟：《试论〈牛郎织女〉》，《民间文学集刊》第二册，上海文化出版社 1958 年版。
⑦ 罗永麟：《论中国四大民间故事》，中国民间文艺出版社 1986 年版。
⑧ 钟敬文等著，陶玮选编：《名家谈牛郎织女》，文化艺术出版社 2006 年版。
⑨ 汤池：《西汉石雕牵牛织女辨》，《文物》1979 年第 2 期。
⑩ 王孝廉：《牵牛织女的传说》，《幼狮月刊》46 卷 1 期，1974 年 7 月。
⑪ 王孝廉：《中国的神话与传说》，联经出版事业公司 1977 年版。
⑫ 王孝廉：《中国的神话世界》，作家出版社 1991 年版。

织女故事的产生、流传和影响》①、《〈牛郎织女〉的历史演变》②、《天河恨 长城泪——〈牛郎织女〉、〈孟姜女〉比较赏析》③ 等，但仍以介绍和综述为主，并未突出作者自己的观点和发现。

1983 年以后，这一课题的研究逐渐进入精细化阶段，各种不同的意见开始见诸专业学术期刊。孙续恩相继发表了一系列牛郎织女的论文，如《关于"牛郎织女"神话故事中的几个问题》④《"牛郎织女"神话故事三议》⑤ 等，姚宝瑄发表《"牛郎织女"传说源于昆仑神话考》⑥《〈召树屯〉〈格拉斯青〉与〈牛郎织女〉之渊源关系——兼谈中国鸟衣仙女型传说对古代印度的影响》⑦，肖远平发表《试从系统观点看民间传说故事〈牛郎织女〉的魅力》⑧。

孙续恩之后，相继有几位文学研究者着力于牛郎织女研究，发表了一系列相关研究成果，如徐传武的《漫谈古籍中的银河牛女》⑨《漫话牛女神话的起源和演变》⑩，赵逵夫的《连接神话与现实的桥梁——论牛女故事中乌鹊架桥情节的形成及其美学意义》⑪《论牛郎织女故事的产生与主题》⑫《汉水、天汉、天水——论织女传说的形成》⑬《况澍的集〈诗〉

---

① 吕洪年：《牛郎织女故事的产生、流传和影响》，《语文战线》1980 年第 7 期。
② 葛世钦：《〈牛郎织女〉的历史演变》，《教学通讯》1981 年第 7 期。
③ 谭学纯：《天河恨 长城泪——〈牛郎织女〉、〈孟姜女〉比较赏析》，《江苏大学学报》1984 年第 3 期。
④ 孙续恩：《关于"牛郎织女"神话故事中的几个问题》，《孝感师专学报》1983 年第 2 期。此文随后收入《湖北省民间文学论文选》，1983 年 7 月。两年后，又发表于《武汉大学学报》1985 年第 3 期。
⑤ 孙续恩：《"牛郎织女"神话故事三议》，《民间文学论坛》1985 年第 4 期。
⑥ 姚宝瑄：《"牛郎织女"传说源于昆仑神话考》，《民间文学论坛》1985 年第 4 期。
⑦ 姚宝瑄：《〈召树屯〉〈格拉斯青〉与〈牛郎织女〉之渊源关系——兼谈中国鸟衣仙女型传说对古代印度的影响》，《民族文学研究》1987 年第 5 期。
⑧ 肖远平：《试从系统观点看民间传说故事〈牛郎织女〉的魅力》，《广西民间文学丛刊》（十三），广西民间文学研究会编印，1986 年。
⑨ 徐传武：《漫谈古籍中的银河牛女》，《枣庄师专学报》1988 年第 8 期。
⑩ 徐传武：《漫话牛女神话的起源和演变》，《文学遗产》1989 年第 6 期。
⑪ 赵逵夫：《连接神话与现实的桥梁——论牛女故事中乌鹊架桥情节的形成及其美学意义》，《社会科学》1990 年第 1 期。
⑫ 赵逵夫：《论牛郎织女故事的产生与主题》，《西北师大学报》1990 年第 4 期。
⑬ 赵逵夫：《汉水、天汉、天水——论织女传说的形成》，《天水师范学院学报》2006 年第 6 期。

"七夕"诗》①，李立的《汉代牛女神话世俗化演变阐释》②《从牛女神话、董女传说到天女故事——试论汉代牛神话的变异式发展》③，杜汉华的《"牛郎织女""七夕节"源考》④《"牛郎织女"流变考》⑤，等等。

20世纪80年代牛郎织女研究最引人注目的成果还数台湾大学洪淑苓的《牛郎织女研究》⑥，该书不仅讨论了牛郎织女的体裁、形成、流变，还结合董永故事进行了研究，以牛郎织女为例，讨论了民间故事的成熟机制、情节单元、类型、主题、价值，并与小说戏曲进行了比较，是一部集大成、全景式专著。

关于牛郎织女源流、演变方面的历史考证在进入20世纪90年代之后，几乎没有任何新的进展，但这一方面的论文却并不见少，多数只是在前人成果的基础上重组文字重新表述，做些介绍性的工作，如《论〈牛郎织女〉故事主题的演变》⑦《牛郎织女神话传说的流变及其文化意义》⑧《牛郎织女神话传说的演变》⑨，等等。

20世纪90年代之后，随着网络和电子资料库的蓬勃发展，人文科学已经进入了"e—考据时代"⑩，许多古代类书及传世文献相继被开发，利用关键词检索古代文献成为文化研究的时尚手段，于是，大量的古文献被分门别类地挖掘出来，然后被阐释、重组、写入论文。这一时期最突出的现象是：断代的、相同主题的诗词类分析文章特别多，如《牵牛织女遥

---

① 赵逵夫：《况澍的集〈诗〉"七夕"诗》，《中国韵文学刊》2007年第1期。此文又以《跂彼织女，在水之湄——读况澍的集〈诗〉"七夕"诗》为题发表于《天水师范学院学报》2007年第3期。

② 李立：《汉代牛女神话世俗化演变阐释》，《洛阳师专学报》1999年第2期。

③ 李立：《从牛女神话、董女传说到天女故事——试论汉代牛神话的变异式发展》，《孝感师专学报》1999年第5期。

④ 杜汉华：《"牛郎织女""七夕节"源考》，《襄樊职业技术学院学报》2004年第5期。

⑤ 杜汉华：《"牛郎织女"流变考》，《中州学刊》2005年第4期。此文略做修改后，又更换作者名"华汉文"发表于《中南民族大学学报》2005年第S1期。

⑥ 洪淑苓：《牛郎织女研究》，台湾学生书局1988年版。洪淑苓现为台湾大学教授。该书系洪淑苓1987年完成的硕士论文，指导老师曾永义教授。

⑦ 王雅清：《论〈牛郎织女〉故事主题的演变》，《玉溪师范学院学报》1994年第5期。

⑧ 胡安莲：《牛郎织女神话传说的流变及其文化意义》，《许昌师专学报》2001年第1期。

⑨ 刘晓红：《牛郎织女神话传说的演变》，《徐州教育学院学报》2003年第4期。

⑩ 黄一农：《两头蛇：明末清初的第一代天主教徒》，上海古籍出版社2006年版，第64页。

相望——谈中国古典诗歌中"牛女七夕"原型》①《落入人间的仙子——论汉魏诗歌中的织女》②《从"牛郎织女"等意象看中国古典诗歌的原型特性》③《论牵牛织女爱情题材诗歌的形成与流变——兼议宋代"七夕"诗的创新》④《七夕诗织女原型解读》⑤《牛郎织女恨,〈鹊桥仙〉中情——宋代〈鹊桥仙〉七夕相会词的情感内涵及审美效应》⑥,等等。这类文章一般都是在简述牛郎织女流变史之后,结合具体朝代的所谓"社会特点",借助作家文学的分析方法,或者原型理论等,对相关古诗词做些鉴赏性的分析,方法老套,内容也了无新意,因而很难在专业学术期刊上发表,多发表于地方高校学报。

进入 21 世纪之后,由于世界范围内保护非物质文化遗产运动的展开,一些地方文化工作者为了配合地方政府进行非物质文化遗产项目申报,特别注意从历史考古的角度,把各种神话传说落实到本地区的自然或人文景观之中,由此出现了一大批相关的考释文章,这类文章大多断章取义、牵强附会,几乎清一色发表于省级以下地方高校学报或者旅游及文化普及类期刊,乃为弘扬地方文化计。

另外,关于七夕与情人节的关系,也成为一个热门话题,这一方面的论文在 20 世纪 90 年代之后,可说数不胜数,较早的论文如汪玢玲发表于 2000 年的《织女传说与中国情人节考释》⑦,而最有代表性的论文莫如刘宗迪的《遥看牵牛织女星》⑧。鉴于七夕专题论文数量繁多,需另立专题详加讨论,本章略去不谈。

---

① 张喜贵:《牵牛织女遥相望——谈中国古典诗歌中"牛女七夕"原型》,《克山师专学报》1996 年第 1 期。

② 冯光明:《落入人间的仙子——论汉魏诗歌中的织女》,《闽西职业大学学报》2001 年第 2 期。

③ 洪树华:《从"牛郎织女"等意象看中国古典诗歌的原型特性》,《江汉论坛》2003 年第 10 期。

④ 樊林:《论牵牛织女爱情题材诗歌的形成与流变——兼议宋代"七夕"诗的创新》,《辽宁大学学报》2003 年第 5 期。

⑤ 张爱美:《七夕诗织女原型解读》,《中国石油大学胜利学院学报》2007 年第 1 期。

⑥ 卢小燕:《牛郎织女恨,〈鹊桥仙〉中情——宋代〈鹊桥仙〉七夕相会词的情感内涵及审美效应》,《四川教育学院学报》2007 年第 5 期。

⑦ 汪玢玲:《织女传说与中国情人节考释》,《广西梧州师范高等专科学校学报》2000 年第 1 期。

⑧ 刘宗迪:《遥看牵牛织女星》,《读书》2006 年第 7 期。

二 牛郎织女的渊源与流变研究

这是牛郎织女研究类目中文章数量最多、历时最长的一项。

20世纪20年代以降，继顾颉刚层累造史观的提出，"演变""演化""演进"几乎成为知识考古话题中最热门的学术用语。茅盾的《中国神话研究ABC》把牛郎织女传说界定为"现所存最完整而且有趣味的星神话"，此书在简单的文献梳理之后，得出结论说"可见牵牛与织女的故事是渐渐演化成的"，并且断定"在汉初此故事已经完备了"[①]。茅盾的这一早期论断似乎从一开始就成为定论，尽管许多学者在此基础上进行了精细化作业，在断代问题上也与茅盾略有出入，但主要观点并未偏离这一论断。

茅盾在该书中罗列了许多涉及牵牛与织女的材料："（一）《诗经·小雅·谷风之什·大东》；（二）古诗十九首里的《迢迢牵牛星》；（三）曹子建的《九咏》；（四）梁吴均的《续齐谐记》；（五）《风俗记》和《荆楚岁时记》；（六）《李后主诗》《艺文类聚》所载古歌、宋张邦基《墨庄漫录》、周密《癸辛杂识》、白居易《六帖》等。"[②] 这些材料几乎全都成为后辈学者反复引证的主要论据，甚至他对"织女又名黄姑"的论述，都被后辈学者反复征用，但是，绝大多数学者都未在文中提及"茅盾"二字。

其中被引证次数最多的是茅盾注明出自《荆楚岁时记》中的一段：

> 天河之东有织女，天帝之子也；年年织杼劳役，织成云锦天衣。天帝怜其独处，许嫁河西牵牛郎。嫁后遂废织。天帝怒，责令归河东，使一年一度相会。

有趣的是，罗永麟早在1958年就已经指出："近人玄珠的《中国神话研究ABC》、范宁的《牛郎织女故事的演变》以及初中《文学》第一

[①] 茅盾：《茅盾说神话》，上海古籍出版社1999年版，第83—84页。
[②] 赵景深：《民间文学丛谈》，湖南人民出版社1982年版，第57页。

册《教学参考书》都注明引自《荆楚岁时记》。但查该书《汉魏丛书》、《宝颜堂秘笈》和《四部备要》各版本，均无此段文字，是传抄之误，或别有所本（逸文），尚待考证。"①

孙续恩认为这段文字乃出《佩文韵府》，并且认为："《佩文韵府》所引，当是佚文。"② 我们且不说《佩文韵府》乃清代类书，核书不精、错讹杂出、删改亦多，难以为学术引证所据，就算可据引证，其引《荆楚岁时记》"佚文"最后一句为："责令归河东，唯每年七月七日夜，渡河一会。"与茅盾所引不合，明显多出了"七月七日"的时间节点。但这并不妨碍后来的学者继续将这段文字作为考察牛郎织女的重要材料，而且全都绕开茅盾，言之凿凿地直接注明出自《荆楚岁时记》，可见多数"学者"都是抄来抄去，连随手翻一下《荆楚岁时记》的功夫都不做。

很少学者引证欧阳飞云的《牛郎织女故事之演变》③，但这篇论文"可能"影响了著名神话学家王孝廉，因而对后世学者的潜在影响不可低估。欧阳飞云对"演变"的追踪是从星名"牵牛""织女"开始的："牵牛、织女的名见著于最早的是诗经，小雅大东章云：'睆彼牵牛，不以服箱'；又云'跂彼织女，终日七襄'，是周以前就有这两个星名的酝酿了，不过它是只具有一个雏形而已，还没有指出他们是神仙，也没有说出他们是否有夫妻关系，只是一些诗人随意拈来想象语罢了。"作者认为司马迁作《史记》时织女刚刚人格化为"天帝外孙"，推测"鹊桥"传说始于《淮南子》，至于牵牛，晚至晋初才与织女发生男女关系，"于是这故事就渐渐组织得较具体了"。

欧阳飞云将牛郎织女的"演变"分为五个时期：（1）胚胎：带有两性名词的星名发现；（2）雏形：织女渡河与牛女相会；（3）具体：结婚后废弛工作被限制会期；（4）进化：杂以理想主义描写而生枝添叶；（5）脱形：以见不到（天上）进而为见得到（人间）的言情故事。

尽管王孝廉并未在其长文《牵牛织女的传说》④ 中提及欧阳飞云，但

---

① 罗永麟：《试论〈牛郎织女〉》，《民间文学集刊》第二册，上海文化出版社1958年版。
② 孙续恩：《关于"牛郎织女"神话故事的几个问题》，《武汉大学学报》1985年第3期。
③ 欧阳飞云：《牛郎织女故事之演变》，《逸经》文史半月刊第35期。
④ 王孝廉：《牵牛织女的传说》，最初发表于《幼狮月刊》46卷1期，1974年7月，后收入《中国的神话与传说》，联经出版事业公司1977年版。此文较多地引证了日本学者的相关研究成果。

是，从观点、材料，以及材料顺序、行文结构上，我们都可以把王孝廉文看作是在欧阳飞云文基础上的铺陈和发展。有意思的是，王孝廉猜测"在成为星名以前的牵牛是古代中国农耕信仰中被视为谷物神倾向的神圣动物"，"织女在成为星名以前的原始意义当是农耕信仰中被视为神圣树木桑树的桑神"。也即是说，牵牛是一头神牛，而不是一个穷小子；织女是一尊树神，而不是天帝的女儿。这一猜测也为许多学者所接受。但是，正如王孝廉没有在文中提及欧阳飞云一样，多数学者在论及这一观点时也未提及王孝廉。

和欧阳飞云相似，王孝廉把传说的形成过程划分为胚胎、雏形、具体三个阶段：

"胚胎"主要是指《诗经》到王逸（公元89—158）的时代，这一时期的牵牛、织女还只是天上互不相干的两组星辰的名称，至班固（公元32—92）时期，牵牛才开始逐渐人格化。

"雏形"主要是指王逸到曹丕（公元187—226）的一百多年间，这一时期，人们开始对牵牛和织女有了许多凄美的爱情联想，但也许只是人间无数别离的情人的象征，还没有具体故事产生。

"具体"主要指建安以后到南北朝之间（约在公元226—563之间），这时，不仅有了七夕相会，连使鹊为桥的内容也出现了，《荆楚岁时记》的出现标志了牵牛织女传说的正式形成。

王孝廉在文中对天河、七夕、乞巧、鹊桥进行了分头考辨，对唐宋以降文人的诗词歌赋以及民间异文进行了简单梳理，提出了许多有意思的话题。

汤池的《西汉石雕牵牛织女辨》[①]试图通过文献与实物的相互印证，说明现存于陕西长安县境内的两尊石雕就是文献记载中汉武帝元狩三年（公元前120）立于昆明池畔的牵牛织女像。可是，从作者提供的资料看，两尊石雕不仅雕刻风格很不一样，石质和风化程度也明显不同，要论证两尊石雕原为"一对"，恐怕还有些难度。

尽管这一考释是否可靠还有待进一步商榷，但并没有妨碍它成为20世纪80年代后牛郎织女研究中引证率最高的论文。其实，我们有足够的文献可以用来说明牵牛在汉武帝时已经人格化，并有人形石像与织女并列

---

① 汤池：《西汉石雕牵牛织女辨》，《文物》1979年第2期。

于昆明池畔。至于文献记载的两尊石雕是否留存至今,是否就是现存于长安县的两尊石雕,那是另外一个话题,它既不妨碍也不会有助于我们对于牛郎织女起源和流变的研究。多数学者对于论据功能的分辨能力不足,眉毛胡子一把抓,拿着鸡毛当令箭,以为有实物就能把话说死,其实,不可靠的实物不仅无助于论证,甚至可能混淆了我们对于牛郎织女流变史的认识。

小南一郎的《中国的神话传说与古小说》① 日文版首发于1984年,开篇第一节即为"牵牛织女故事"。该书虽然未能就牛郎织女的来龙去脉做出什么明确的结论,但他综合利用了文献和考古资料,对所引材料进行了反复推敲,显示了强劲的文献功底和考辨能力,其谨慎的行文比前人的大胆猜测显得更加可靠,因而其材料与辨析也就显得更有力度。

在此基础上,洪淑苓的硕士学位论文《牛郎织女研究》就成为集大成的研究专著。作者行文规范,注释详尽,借鉴前人研究又能有所辨析和生发。作者把牛郎织女的产生划分为胚胎、雏形、形成三个时期:(1) 胚胎期,先秦时代含藏的基因;(2) 雏形期,汉魏时代人形化与离别象征的发展;(3) 形成期,魏晋时代相会之说与梁朝故事的写定。

关于牛郎织女早期流变的考察,至王孝廉和洪淑苓基本已达高峰,自此以降,多年不见高水平的研究成果。大陆学界经过了"文化大革命"浩劫,20世纪80年代以后的研究工作基本上是重起炉灶重打地基,也就谈不上在前人基础上"更上一层楼"。

孙续恩的《关于"牛郎织女"神话故事的几个问题》② 承继前说,认为:"牛郎织女故事,汉魏时期已基本完成。故事中诸如牛郎织女结为夫妇,他们隔河相望,只能每年七月七日相会,相会时要由乌鹊填河等主要情节,当时文人诗文中都有歌咏或记载。比较完整地记叙了这故事的则是梁任昉的《述异记》和宗懔的《荆楚岁时记》。流传到宋朝,故事增加了某些情节之后,定型了。"

孙续恩在文中试图回答三个问题:(1) 牛郎织女故事是怎样产生的?作者认为:"在这种人与身外世界的自然力量和社会力量矛盾斗争中产生的。"(2) 为什么选定七月七日为相会佳期?作者认为:"七月七日是个

---

① [日] 小南一郎:《中国的神话传说与古小说》,孙昌武译,中华书局1993年版。
② 孙续恩:《关于"牛郎织女"神话故事的几个问题》,《武汉大学学报》1985年第3期。

吉庆日子、欢乐日子,适宜于相会的缘故。"(3)为什么选定乌鹊填河?作者认为:"乌鹊即喜鹊。它在古人乃至今人的心目中,是一种极笃于爱情、具有很好的建筑技能、而又能给人带来吉祥的鸟。"由于南人北人对乌鹊的看法不同,因此有了关于乌鹊好坏的不同异文。

前两个问题的回答只是一种"合理化"联想,带有想当然的因素,比如我可以问:"正月十五(或者其他任意一个'宜嫁娶'的日子)也是个吉庆日子、欢乐日子,也适宜于相会,为什么相会佳期没有安排在正月十五呢?"按作者的逻辑显然无法回应类似的质疑。

杨旭辉的《牛女故事中鹊桥、蜘蛛意象探析》[1]就孙续恩的第三个问题进行了更细密的发挥,杨文认为使鹊为桥是因为"鹊本身具有高超的建筑本领",它的巢又大又好,有象征家庭的意义,鹊在古代还被视作相思之鸟,后来,"鹊和鹊巢成了家庭的保护神,人们也就自然会赋予它整合家庭的功能"。

但是,宣炳善的《牛郎织女传说的鹊桥母题与乌鸦信仰的南北融合》[2]提出了截然相反的看法。宣炳善认为乌鹊并不专指喜鹊,而是乌鸦与喜鹊的合称:"在宋代以前的北方,乌鸦的神圣地位是任何鸟类所不能匹敌的。汉代介入牛郎织女传说的鸟,是乌鸦,而不是喜鹊。"

宣炳善由乌鸦、喜鹊在南北方地位与功能的差异,推测牛郎织女是由北向南传播的:"因为北方人在宋代以前一直是讨厌喜鹊,喜欢乌鸦的,而南方人却是喜欢喜鹊而讨厌乌鸦的。当通过移民的途径,南北文化混合的时候,乌鸦和喜鹊也就混合在一起变成一起搭桥了,统称为'乌鹊桥',这当然是历史的将错就错的小细节,而后来就变成了'鹊桥'。"

宣炳善关于牛郎织女"北南传播"的路线图对我们很有启发作用,但要借助由"乌鹊桥"到"鹊桥"的变化来描绘这条路线图,证据稍嫌不足。如果说"乌"代表北,"鹊"代表南,那么,从一开始,"乌鹊"(北南)就是一起出现的,并没有一个纯粹的"乌"(北)的时期。除非宣炳善能够向我们提供一批早于"乌鹊桥"出现的、纯粹叫作"乌桥"

---

[1] 杨旭辉:《牛女故事中鹊桥、蜘蛛意象探析》,《镇江师专学报》1995年第2期。
[2] 宣炳善:《牛郎织女传说的鹊桥母题与乌鸦信仰的南北融合》,《"全国首届牛郎织女传说学术研讨会"论文提要》,中国民俗学会、山东大学民俗学研究所、沂源县人民政府编印,2007年8月13—16日。

的文本，否则，就不能强把"鹊"的时期排在"乌"之后。

王帝的《牛郎织女神话传说及其演变》① 在许多方面沿袭了孙续恩的思路，认为牛郎织女在汉代定型"有它产生的社会现实原因"：首先是当时的社会背景所决定的；其次是融入了人民最普通的生活愿望。作者由此生发说，大量的"后世文学作品"甚至如《红楼梦》金陵十二钗的女性形象都受到织女形象的深深影响。不过，作者没能为这一论断提供任何直接的证据。

在述及牛的作用时，作者只是说："从男耕女织这一生活生产方式可知，他们所处的自然经济时代劳动人民对牛的依赖与崇拜。正是出于这种原因，牛被赋予了神的意义，也就具有了神性与神力。"而对鹊桥的由来，作者主要从瑞鸟崇拜的角度来谈。对于"佳期相会缘何选定为七月初七"，则通过罗列几则有关七月七日的风俗材料，得出结论说："以上几例显示：七月七日在汉魏晋时代已形成习俗，而且均是欢乐吉祥的日子。"

这些问题和观点，许多都是孙续恩在《关于"牛郎织女"神话故事的几个问题》中已经谈及过的，但是，王帝在他的"参考文献"中却只字未提及孙续恩的贡献。如果作者没读过孙续恩的论文，那就说明作者写作的前期准备不足，以至于重复劳动而不自知；如果作者读过孙续恩的论文而不提及，那就说明作者的学术道德有待加强。

姚宝瑄的《〈牛郎织女〉传说源于昆仑神话考》材料丰富，用力颇深，可惜作者想法过于简单，居然把不同时代、不同源地的上古文献视为同质时空中的系统文件。作者预设了这些文献的"系统关系"，从中精心挑选了一些略略相关的叙述进行互证，以"织女"为中心构筑了一个错综复杂的家族谱系。对于一些无法论证的地方，作者往往略去论证直接做出断语，如"天帝即黄帝，蓬莱仙人将黄帝请来作为中央天帝，后在民间演变为玉皇大帝"，只轻轻一句话，就把玉皇大帝定为黄帝了。此文虽旁征博引、纵横捭阖，但总体上给人以刻舟求剑的感觉。

郑慧生的《先秦社会的小家庭制与牛郎织女故事的产生》② 从婚姻史

---

① 王帝：《牛郎织女神话传说及其演变》，《贵州文史丛刊》2006 年第 1 期。
② 郑慧生：《先秦社会的小家庭制与牛郎织女故事的产生》，《华侨大学学报》1997 年第 3 期。

的角度来考察牛郎织女的成型,认为:"先秦社会实行的是小家庭制,东汉以后才实行大家庭制。由于是小家庭制,所以普遍不存在父母干涉子女婚姻的问题。汉代以后,有了大家庭制,才产生父母干预子女婚姻的问题,所以才产生了牛郎织女的故事。"在结论中,作者混淆了"牛郎织女故事"与"父母干涉婚姻母题"的关系,简单地用后者替代了前者。文章能说清楚的,充其量只是"父母公婆干涉儿女婚姻的事,不出现在汉代以前"。

赵逵夫在《论牛郎织女故事的产生与主题》①一文中认为:"牵牛、织女的最早命名,是指某一民族的祖先,或传说中有所发明造作的人。我认为这两个星座名,同商先公王亥及秦民族的祖先女脩有关。"作者花了许多笔墨谈论有关王亥与女脩的各种文献,唯独没有拿出证据来说明王亥与女脩如何变成了牵牛与织女,最后只以一句"当牵牛、织女作为星名被越来越普遍地接受,它们本来的含义,它们最早所具有的纪念意义,便越来越淡漠"轻轻跳过,直接把王亥、女脩与牵牛、织女对应起来。论文将想象当成论证,用眼花缭乱的旁征博引,掩盖了逻辑的缺失。

有意思的是,十六年后,赵逵夫在《汉水、天汉、天水——论织女传说的形成》②中彻底抛弃了牵牛的"王亥说",认为"牵牛的原型来自周先民中发明了牛耕的杰出人物叔均"。而论据却只不过是"叔均发明牛耕,见于《山海经·大荒西经》《大荒北经》《海内经》"。这和作者上一篇论文仅仅依据"《世本·作篇》说:'胲作服牛。'胲即王亥,是见之于甲骨文的殷先公。'服牛'即可以驾耕服用的牛"的立论方式一模一样,只是把王亥换成叔均而已。作者不断更换"偶然联想",却一再论证其"必然联系"。

侯佩锋的《"牛郎织女"神话与汉代婚姻》③认为:"牛郎织女神话在汉代的世俗演化,使这一神话传说从人物形象到故事情节再到情感内涵,都体现为一种向汉代民间世俗生活的演变。"全文比较简略,其核心论述也不够严密,如作者试图借助《岁时广记》卷二六引《荆楚岁时

---

① 赵逵夫:《论牛郎织女故事的产生与主题》,《西北师大学报》1990年第4期。
② 赵逵夫:《汉水、天汉、天水——论织女传说的形成》,《天水师范学院学报》2006年第6期。
③ 侯佩锋:《"牛郎织女"神话与汉代婚姻》,《寻根》2005年第1期。

记》:"尝见道书云:牵牛娶织女,取天帝二万钱下礼,久而不还,被驱在营室。"用来说明:"汉代嫁娶奢靡的社会风俗和择偶的种种要求在牛郎织女故事中都有所反映。"且不说《岁时广记》乃宋代笔记,引述《荆楚岁时记》是否可靠尚有疑问,即便其引述可靠,《荆楚岁时记》成书于北朝,从汉末至南北朝,中间经历了三国两晋十六国,数次改朝换代,历时300余年,如何能跨越300多年将故事中牛郎织女的婚姻状况指实为汉代的婚姻习俗?再退一步,即便汉代风俗与北朝风俗完全相同,"久而不还"也未必是"久而不能还",也许是"久而不愿还"或者"久而拒不还"呢?是天帝逼债导致悲剧,还是牛郎无赖导致悲剧,从目前的文献中很难得出结论,因而也就得不出这样的结论:"牛郎织女形象更成为汉代普通人寄托情感、消解痛苦的对象,从而使这一传说故事从真正意义上归属人民。"

另一篇有意思的论文是龙文玲的《〈诗经〉与牵牛织女故事——与李山先生商榷兼谈〈诗经〉的文本研究问题》[①],此文主要针对李山的《一段考古,两件文物,一首美丽的诗》[②]而发。李山认为出土的汉代石像牵牛、织女隔水相望这一点,无可犹豫地令人联想到了文献中反复出现的周代辟雍,而昆明池正是在西周辟雍的基础上扩建的:"可以肯定的是,西周时不仅有了人是星辰变的说法,而且牵牛、织女的传说也早就广为熟知了。"进而推测说:"原来牵牛、织女竟应对的是姬、姜两姓的婚配。"但是,龙文玲通过对传统文献的互文辨析,反驳了李山的观点:"汉代的昆明池建造绝非循周、秦辟雍或灵台旧制,在《诗经》时代牵牛织女故事并未成型,李山先生的《蒹葭》是表现牛郎、织女传说,《大东》的牛、女二星应对的是姬、姜两姓婚配的观点证据不足。解释《诗经》,宜力求贴近诗歌文本,难坐实处,不妨存疑。"

刘晓红的《牛郎织女神话传说的演变》[③]一依前说,全文内容与结论基本上都是前人早已述及的,此文只是做一简单复述,毫无发明发现,更大的缺点是,全文"参考文献"只注了王孝廉一本《中国的神话世界》。

[①] 龙文玲:《〈诗经〉与牵牛织女故事——与李山先生商榷兼谈〈诗经〉的文本研究问题》,《广西师院学报》2003年第1期。

[②] 李山:《一段考古,两件文物,一首美丽的诗》,《文史知识》2001年第8期。

[③] 刘晓红:《牛郎织女神话传说的演变》,《徐州教育学院学报》2003年第4期。

在对牛郎织女的源流考镜中，许多学者往往只是凭借一些生活常识，或者普识性的社会进化理论，就敢于大胆做出一些"合乎常理"的推论。"许多人在解读神话时不仅望文生义，而且会产生诸多误读，误解作为叙事艺术的神话与历史的关系。"① 这些结论表面上看似乎也没什么大错，但也没多大学术价值。我们已经远离了牛郎织女起源的历史，我们永远也不可能知道哪种结论是"对"，哪种结论是"错"。我们只能以今天的学术规范来衡量，看一篇历时作业的学术论文是否论据可靠、逻辑严密、论述清晰，然后做出结论是否"可靠"的评判。从这个角度来看，目前的牛郎织女研究，多数都是"不可靠"的。

历史研究贵在过程，而不是结果。因为从历史哲学的角度来说，所谓的"历史事实"是不可捉摸的、在逻辑上无法证明的，我们当然不能用一种不可捉摸的"历史事实"来作为评判研究结果的标准，我们只能用一套可操作的学术规范来作为评判研究过程的标准。

三　牛郎织女的主题分析

赵景深曾经指出："牛郎织女神话是劳动人民创造出来的。农民终年受地主压迫，娶不到妻子，只好在幻想中求得满足，于是就产生了《牛郎》《董永》《田螺姑娘》这一类的神话。"②

田富军的《牛郎织女故事与"仙女下嫁穷汉"原型新探》③ 试图借助弗莱的"神话—原型批评理论"来解释赵景深所指出的这一文学现象，认为："中国古代文学中有这样一类作品，它总是热衷于描写神仙鬼狐无条件地嫁给穷苦的农民、商人、知识分子之事。追根溯源，我们发现它们是由牛郎织女神话演进来的一个原型：仙女下嫁穷汉原型。它的最本质的特征是想象和幻想。"可是，作者始终没有提供任何证据说明"仙女下嫁穷汉原型"如何由牛郎织女神话演进而来。

---

① 王宪昭：《神话的虚构并非历史的虚无》，《民族文学研究》2021 年第 4 期。
② 赵景深：《民间文学丛谈》，湖南人民出版社 1982 年版，第 59 页。
③ 田富军：《牛郎织女故事与"仙女下嫁穷汉"原型新探》，《零陵学院学报》1998 年第 2 期。此文又发表于《濮阳教育学院学报》2001 年第 2 期。

作者借用了原型概念，却未能理解原型的本义。所谓原型，指的是文学作品中反复出现的、代表人类基本文化形态的形象，或者现实生活中具有某种突出特征的类型人物、事象或观念，也即原本的类型或模型，我们甚至可以这么理解：原型本身就是某种文学意象的源头。可作者却硬是要给"仙女下嫁穷汉原型"再找一个特定的神话源头，于是，生硬地把牛郎织女拉来凑数，本末倒置地论断为："仙女下嫁穷汉原型，就是由早期牛女神话朝着理想化的方向使内容程式化而来。"这种以"相似性"作为推源依据的思路是很不值得提倡的。我用脚走路，你也用脚走路，难道只是因为我们行为相似，加上我的年纪比你大，就能说明是我教会了你用脚走路吗？

而作者所能生出的感慨是："由于中国的封建社会相当漫长，下层劳动人民或知识分子因为社会结构等原因，使他们的生活中一直存在着各种各样的苦难，即使上层社会的人，也有各种各样的不如意，在现实中这些困厄无法解除，欲望无法满足，他们便另辟蹊径，通过文学的形式，创造出仙女下嫁穷汉这样的艺术原型，达到灵魂的超越，这对于饱受煎熬的中国下层人民来说是非常重要的。"这样意思的话几乎适用于所有的文学作品。如果学术研究只是说一些谁都能说得出、哪里都能贴得上的话，那还不如直接请一些经验丰富的"劳动人民"自己来谈谈他们的人生感悟好了。

胡安莲的《牛郎织女神话传说的流变及其文化意义》① 在重述了牛郎织女故事流变之后，对所谓的"文化意蕴"进行了阐释，得出诸如此类具有"思想意义"的结论："这种婚姻是'不平等'的，织女出生于拥有神界和人间最高权利的家庭，为金枝玉叶，而牛郎则是一个一无所有的穷小子，所以门不当，户不对，且事先并未征得王母、玉帝的同意，最后终被拆散。但二人最后终于可在七月七见面，反映出人间青年男女为争取自由、幸福的爱情不屈不挠的斗争精神，为这个神话传说本身抹上了一道亮光。"这是典型的用分析作家文学的思路分析口头文学作品。

稍有口头传统常识的学者都应知道，牛郎织女有无数异文，异文之间并无高下主次之分，强以某一（或某类）文本作为分析对象，若是不结合这一（类）文本的具体语境，其分析往往无的放矢，或者以偏概全。

---

① 胡安莲：《牛郎织女神话传说的流变及其文化意义》，《许昌师专学报》2001年第1期。

难道因为我们周围的小伙伴都是单身汉，就可以得出"人类不存在婚姻"的结论吗？我们只需更换几个讨论文本，就可以得出完全相反的结论，比如王雅清的文章。

　　王雅清的《论〈牛郎织女〉故事主题的演变》① 的分析对象是"中原地区牛郎织女故事异文"，作者总结该异文几个特点是：（1）牛郎娶妻完全是神的安排，牛郎事先并不知道自己将要和谁成亲；（2）牛郎盗得仙衣，织女是迫于无奈才与牛郎结合；（3）神牛教导牛郎把仙衣藏好，千万不能让织女知道，否则织女随时会飞走；（4）牛郎织女已经生有一男一女，织女仍然向牛郎索要仙衣，牛郎不给，两人吵翻了，牛郎这才把仙衣交出，织女穿上仙衣飞去；（5）牛郎骑牛皮快追上织女时，织女拔下头上金簪，划了两道天河阻止牛郎；（6）牛郎用牛索掷向织女，织女也用织布梭掷牛郎，两人大打出手。

　　作者据此得出结论："在牛郎织女故事产生的较为原始时期，即这个故事的原始形态中，主题不是反封建的而是反映了在农耕文明时代，人们的婚姻爱情及生活都必须服从于神的意志及魔法的力量，它反映了我国早期农业经济出现前后的生产关系及人们的原始宗教崇拜，这正是牛郎织女故事的最初主题。"此文论据、论点基本来自张振犁的《中原古典神话流变论考》②，结论倒是作者自己总结的。可是，分析对象既然是"在中原地区采集到的《牵牛憨二》和《牛郎织女》等神话"，就说明这正是现时代采集的活生生的当代口头传统，为什么偏偏要用来代表"原始时期"和"原始形态"，而不是代表现代社会呢？虽然"以今证古"的想法是张振犁本人在书中暗示过的，但是，张振犁谨慎而不敢挑明的意思，却被作者摆到了明处。作者或许没能理解张振犁"话到嘴边留三分"的良苦用心，这种武断的观点是不能挑明了说的，一说，肯定出错。

　　赵卫东、王朝杰的《牛郎织女传说与审美意象的外化》③ 认为："对于牛郎织女传说的研究，仅从史家观点和幻化形式入手，是偏颇和形而上学的，并使之失去了反封建意义。其'鸟鹊添河'（按：作者文中反复出

---

① 王雅清：《论〈牛郎织女〉故事主题的演变》，《玉溪师范学院学报》1994 年第 5 期。
② 张振犁：《中原古典神话流变论考》，上海文艺出版社 1991 年版，第 169—174 页。
③ 赵卫东、王朝杰：《牛郎织女传说与审美意象的外化》，《洛阳工学院学报》2002 年第 3 期。

现的'鸟鹊添河'疑为'乌鹊填河'之误）幻化形式乃是一定历史阶段审美主体审美意象外化的一种特殊形式。在审美角度阐释牛、女爱情故事及外在形式，具有更为直接和普遍的意义，并能感性地揭示其反封建主题。"而此文立论的依据，是基于如下观念："作为剥削阶级压迫下的劳动人民的情感，必将渗透着鲜明的反封建色彩。因此以情感为线索以审美意象的外化形式作为手段，以广大群众的审美意识为出发点，来重新探讨该传说的主题意义和形式，便成了通向研究深化的有效方法和途径。"

此文泛泛而谈，文句错讹也多，比如开篇第一句话："牛郎织女之神话传说是一个在民间广为流传的比较完整、富有趣味而且反封建色彩颇浓的故事。"我们把这个句子的主谓宾画出来，就变成了："神话传说是故事。"这种句子的出现既反映了作者语文能力的缺陷，更反映了作者对于民间文学基本概念的无知。而作者所持理念，既可用以分析说明牛郎织女，也可套用在其他许多文学作品中，论述既不具体，也缺乏针对性。

屈育德通过分析江苏泗阳和苏州一带流传的异文，指出确有一类牛郎织女专讲"夫妻反目，关系破裂"[1]，其中泗阳的一则异文甚至揭示织女变心的原因是因为婚后见牛郎累得又黑又瘦，认为配不上自己，因而主动向天帝提出要回天宫，当牛郎追赶上来时，她便拔下头上银钗，划了一道银河。洪淑苓也归纳了一种"夫妻反目式"故事类型，按河北束鹿的一则异文，牛郎到了天宫之后，"因不惯天宫生活，所以常和织女吵架"[2]，两人大打出手，互掷牛弓和织布梭，这才引发了王母娘娘划天河。可见，牛郎织女夫妻反目也是常见的故事类型，其婚姻悲剧未必是天帝或王母这些"剥削阶级"造成的，牛郎织女也未必要有什么"鲜明的反封建色彩"。研究者如果没有掌握足够多的故事异文，就难以理解民间文学的多样性特质，只能做点盲人摸象式的研究。

郑顺婷的《论〈郭翰〉对"牛郎织女"神话的解构》[3] 是一篇有意思的文章。作者在《太平广记》中发现一篇题为《郭翰》的唐代小说，讲的是年轻貌美的织女仰慕太原才子郭翰倜傥清风，不耐旷居，夜夜皆来

---

[1] 屈育德：《神话·传说·民俗》，中国文联出版公司1988年版，第285页。
[2] 洪淑苓：《牛郎织女研究》，台湾学生书局1988年版，第160页。
[3] 郑顺婷：《论〈郭翰〉对"牛郎织女"神话的解构》，《沧州师范专科学校学报》2006年第1期。

相会，后因帝命有程，便作永诀，欢后履空而去的艳事。作者奇怪牛郎织女口头传统源远流长，织女在历代文学作品中都是作为正面形象出现的，但是，《郭翰》中的织女为何会以一个用情不专、风流放浪的形象出现。作者结合唐代的社会背景与文学观念，认为这是一种反传统的改写方式："与唐代特定的社会背景、文化精神，以及唐代小说这一特殊的体裁有着密切的关系。"

主题分析是作家文学研究中的常见范式，但在民间文学的研究中，这一研究范式就显得极为落伍。

我们知道，口头传统是一种带有随机性的个性化讲述，每一个讲述者的每一次讲述，都是一次创造性的发挥，都生产了一个独立的文本（异文）。正如我们前面分析到的，不同异文之间的主题思想甚至可能完全相反。倾向佛教的讲述人可以借《白蛇传》把道士描摹得如"终南山道士"般狼狈不堪，倾向道教的讲述人可以借《白蛇传》把和尚描写成如"法海禅师"般心狠手辣。

口头传统没有固定文本，也没有固定的讲述者，更不存在固定的讲述语境，不同身份、不同目的的讲述者人人都有资格用自己的方式讲述同一个故事，因而要为一个不断变幻的口头传统归纳出一个稳定的主题思想就显得极其外行。

比如，大多数学者在对牛郎织女的主题分析中"认为王母娘娘破坏了牛郎织女幸福的生活，她是牛郎织女爱情婚姻悲剧的罪魁祸首，是面目狰狞的卫道士"，可是，据山东大学民俗研究所的调查，山东沂源一带的民众"普遍持相反的态度，他们并没有因王母娘娘划天河分隔牛郎织女而怨恨王母"，沂源的王母娘娘更像一个为女儿幸福着想的慈爱母亲，她不仅没有气势汹汹，反而表现为温情脉脉。[①] 所以说，如果主题分析不能结合具体讲述者的具体身份和具体语境，就会显得很"自作多情"，也很容易被推翻。

如此，我们也就很容易理解为什么关于牛郎织女的主题分析类文章很难发表于专业的学术期刊，而只能发表在一些边缘的地方性综合学术刊物。因为地方性综合期刊的编辑多数不具备专业的学术眼光。

[①] 任双霞、卢翱等：《山东省沂源县燕崖乡牛郎官庄民俗调查报告》，山东大学民俗学研究所、山东省沂源县文化局印制，2006年12月，第161页。

四　牛郎织女的类型与比较研究

比较总是基于类别（当然，出于不同的比较目的，"类"的内涵和外延是可伸缩、变动的），类型研究是比较研究的重要基础。只有按某一标准，具有同类特征的文本才具有可比的价值，否则，就只能牛和马比、猪和狗比，比出一堆毫无意义的结论。

目前学界普遍把牛郎织女划入"天鹅处女型故事"，这一工作起于钟敬文1933年的《中国的天鹅处女型故事——献给西村真次和顾颉刚两先生》[①]。钟敬文主要依据西村真次教授的意见，认为天鹅处女型故事的"本来形态"主要包括了以下五个母题：

1. 天鹅脱了羽衣，变成天女而沐浴。
2. 男人盗匿羽衣，迫天女与之结婚。
3. 结婚后，生产若干儿女。
4. 生产儿女之后，夫妇间破裂，天女升天。
5. 破裂原因，即由于发见了"在前"为"结婚原因"的被藏匿的羽衣。

而在我们国家广泛流行的牛郎织女故事，正是这一故事类型的典型形态之一。钟敬文对不同异文进行了归纳提炼，认为典型的牛郎织女故事大致包含如下7个母题：

1. 两兄弟，弟遭虐待。
2. 分家后，弟得一头牛。
3. 牛告以取得妻子的方法。
4. 他依话做去，得一仙女为妻。

---

①　钟敬文：《中国的天鹅处女型故事——献给西村真次和顾颉刚两先生》，以下引文据《钟敬文文集·民间文艺学卷》，安徽教育出版社2002年版，第584、602页。此文作于1932年夏天，最早发表于杭州《民间教育季刊》1933年1月第3卷第1号。

5. 仙女生下若干子女。
6. 仙女得衣逃去。他赶到天上被阻。
7. 从此，两人一年一度相会。

漆凌云曾在天鹅处女型故事的专项研究中将钟敬文的分类进行了细化，把牛郎织女归入"得妻类天鹅处女型故事"的"沐浴系列"，作者共搜集了45则此类异文，认为"该型式是个典型的复合型故事，融入了我国自先秦以来流传的牛郎织女传说、毛衣女故事、两兄弟故事的形态结构，有的还把英雄和神女故事、藐视鬼屋里妖怪的勇士等故事复合进来。"①

范宁的《牛郎织女故事的演变》是早期牛郎织女研究的一篇力作，尽管作者未能专门从故事类型学的角度谈牛郎织女，但已经敏锐地觉察到了不同类型的牛郎织女口头传统在历时流变中分别与董永故事、毛衣女故事、梁祝故事之间发生的"混杂"关系。作者认为唐宋以后，牛郎织女可以分为"天鹅女郎型""山伯英台型""乌鹊填河型"三种，"但是其中只有'乌鹊填河'型才属于这个神话的传统形式"②。

赵仲邑的《牛郎织女故事的演变》③也对牛郎织女进行了相似的分类处理，作者将所见的文本简单分成了三种类型：（1）与《荆楚岁时记》所见同一系统的；（2）与梁祝传说相结合的；（3）与两兄弟型故事和女鸟型故事合流的。后来小南一郎为他补充了一条："到牛郎那里去的织女，后来又嫌恶牛郎而回到天上了。"④赵仲邑的分类是一种经验分类，主要用来条理作者自己的写作思路，在学术研究中的意义不大。

洪淑苓的分类更多地结合了故事的生活功能。甲类：大约等于钟敬文所提出的"牛郎型"，以表现牛郎织女的爱情故事为主；乙类："语源解释型"，以解释故事中相关事物为主，如七夕为什么下雨之类；丙类：

---

① 漆凌云：《中国天鹅处女型故事研究》，博士学位论文，北京师范大学，2005年9月，第35页。
② 范宁：《牛郎织女故事的演变》，《文学遗产增刊》第一辑，作家出版社1955年版，第433页。
③ 赵仲邑：《牛郎织女故事的演变》，《随笔》1979年第2期。
④ ［日］小南一郎：《中国的神话传说与古小说》，孙昌武译，中华书局1993年版，第12页。

"地方风物型",以说明地方风物之来由为主,如某地为何盛产织绣品等。作者在每一大类之下又分若干小类,如"牛郎型"又可分为"两兄弟式""谪仙式""夫妻反目式",并为它们排列出"情节公式"①,如此,就为牛郎织女整理出一个相对完整的谱系。

有关牛郎织女的比较研究主要有两类:一是牛郎织女与本土其他爱情故事的比较研究,二是牛郎织女与其他国家相近文本的比较研究。但是,大多数学者因为不懂类型研究,因而也就无法理解钟敬文的工作,很少学者能够站在巨人的肩膀上继续往前走,多数学者都是重起炉灶,盲目进行"比较"。

较早的作品比较如谭学纯的《天河恨 长城泪——〈牛郎织女〉、〈孟姜女〉比较赏析》②。文章着重从六个方面比较了《牛郎织女》和《孟姜女》:(1)比较故事主人公性格,认为前者是追求型,而后者是反抗型的;(2)比较两者思想意义,认为前者表现了人民群众对美好生活的向往,而后者表现了对封建暴政的抗争;(3)比较故事结构,认为前者是牛郎与织女两条线分合交错发展,后者基本是一条线单向延伸;(4)比较现实与超现实的关系,认为前者主要是超现实的幻想,后者主要是现实的叙述;(5)比较美感,认为前者画面清新瑰丽,后者画面沉郁悲壮;(6)比较源流,认为前者源于诗,后者源于史。

20世纪80年代的学术研究还比较幼稚,所谓比较研究,基本上是想到什么比什么,完全没有"可比性"的学理思考。既不考虑比较的目的,也不考虑比较的基础。这让我想起20世纪90年代的中山大学中文系,有一位陈姓教授给学生上课,比较《林海雪原》与《红日》的差别,比较的结果是:(1)题材不同;(2)人物不同;(3)事件不同;(4)年代不同……下面就有学生七嘴八舌地接着说:(5)封面不同;(6)书名不同;(7)字数不同;(8)作者不同……这种不同几乎可以无限延伸。单项的作品与作品之间的比较,往往会陷入这种个别偶然的差异性比较,这是"比较文学"很难避免的误区。

---

① 洪淑苓:《牛郎织女研究》,台湾学生书局1988年版,第150—170页。
② 谭学纯:《天河恨 长城泪——〈牛郎织女〉、〈孟姜女〉比较赏析》,《江苏大学学报》1984年第3期。

邱福庆的《中国爱情文学中的牛郎织女模式》① 通过比较《孔雀东南飞》和《牛郎织女》,认为:"这两个故事的结构模式是完全相同的:两情相悦—棒打鸳鸯—无奈相离—以另一种生命形态相聚。应该说,前三个环节是人间情爱情景的实象铺叙,而后一环节则很典型地表现出了中国民族特有的情态方式。"作者归纳的这个结构模式,内涵太少,外延太广,以至于几乎所有的爱情悲剧都可以纳入类似的结构模式。作者不仅未能更细致地在"共同模式"与"具体结构"的比较中对这一模式进行深入挖掘,反而对此展开了"探原分析"。作者的探原分析主要借助了自己对社会、人生与文学的理解,对几个环节进行了文化学的简单阐释,作者试图通过这些阐释说明:"《牛郎织女》的故事在汉末形成,是现实生活与原始思维模式相结合的产物。这个故事沉淀着三个重要因素:1. 天命意识;2. 圆形回归模式;3. 男女社会地位成内在美质的倾斜性。《牛郎织女》所形成的这一模式对中国的爱情文学发生了重大影响,一直延续到《红楼梦》。"

作者不了解结构分析与探原分析是互不相容的两种研究范式,强把两者捏在一起,不仅割裂了上下文之间的内在逻辑关系,而且两者都难以深入,这是此文一大失策。至于文末武断地认为牛郎织女影响或者延续到《红楼梦》,则更是典型的画蛇添足。

毛雨先的《试论牛郎织女神话》② 认为,我国存在着民间版和文人版这两种不同的牛郎织女神话,民间版的更古老,影响也更大。通过对两种版本的比较,作者得出了社会地位、婚姻性质、悲剧原因、思想倾向四种不同。作者还通过牛女神话与"四大民间故事"中其他故事的比较,得出一些既非主题的,也非结构性的结论,全文没有主线,论述比较散漫。

一个更根本的问题是,作者所谓的民间版,主要只是袁珂的《神话传说辞典》,而所谓的文人版则是殷芸的《小说》。同是署名文人,作者凭什么认为袁珂就代表了民间,殷芸却代表着文人?文章并没有予以论证。这种划分既没有事实依据,也没有理论依据,纯粹是作者的臆想。事实上,我们从郭俊红、郭贵荣撰写的《山东省沂源县牛郎织女传说文本

---

① 邱福庆:《中国爱情文学中的牛郎织女模式》,《龙岩师专学报》1999 年第 4 期。
② 毛雨先:《试论牛郎织女神话》,《江西教育学院学报》2004 年第 5 期。

及传承人调查报告》①中很清楚地看到，毛雨先所谓的"民间版"和"文人版"水乳交融地共存于沂源民众的口头传统之中。

　　冯和一、胡杰的《牛郎织女神话与孝子董永的整合文化意义》②认为："汉末魏晋南北朝时期具有丰富文化蕴含的人神鬼恋故事，不仅与原生态的牛郎织女神话故事相映生辉，而且还通过各种'沟通的基点'互为影响，衍生整合。牛女故事的原生态则在衍生整合之中遵循着一种神话素材的保存原则，最终完成了传说故事牛郎织女之基本形态的建构。"作者关于"沟通的基点"观点的提出是一个可挖掘但没能具体挖掘的闪光点。

　　李立的《从牛女神话、董女传说到天女故事——试论汉代牛神话的变异式发展》③通过历时的比较研究，认为："牛女神话在汉代发展、演变过程中，以其为母体，呈现了数个阶段的变异式。"比如，牛郎织女分别变身为董永与天女的传说、弦超知琼传说（《搜神记》）、毛衣女传说（《玄中记》《搜神记》）。"每一次变异式发展，牛女神话作为母基因也便随之减少。每一次变异式发展，又无疑使一个与母体既有联系，又有区别的新的变体获得了生命。"

　　如果仅从李立所列的样本来讨论，这种归纳也颇有道理，但如果我们认真读过了钟敬文的《中国的天鹅处女型故事》，我们也许会意识到，李立所列举的只不过是大量人神恋"类型故事"中的几则具体个案而已，这一类型的故事在世界范围内不胜枚举。作者取用的样本数量不足，其结论的可靠性当然也就大打折扣。另外，即使样本数量充足，我们也不能把同类故事在时间上的先后关系理解成一种"母子"传承关系。

　　如果说牛郎织女的比较研究有什么成绩的话，主要是表现在跨文化的比较研究之中。

---

　　① 郭俊红、郭贵荣：《山东省沂源县牛郎织女传说文本及传承人调查报告》，山东大学民俗学研究所、山东省沂源县文化局印，2007年6月。

　　② 冯和一、胡杰：《牛郎织女神话与孝子董永的整合文化意义》，《重庆科技学院学报》2007年第2期。

　　③ 李立：《从牛女神话、董女传说到天女故事——试论汉代牛神话的变异式发展》，《孝感师专学报》1999年第5期。

于长敏的《日本牛郎织女传说与中国原型的比较》[1] 试图通过中日两国流传的牛郎织女传说，及举行的纪念活动，对日本牛郎织女传说进行辨析，借以探讨日本传说与中国原型的异同，追踪其变化过程及社会背景。这篇文章给我们提供了许多日本方面的异文，这些异文大多可以归入天鹅处女型故事，但在具体情节甚至主人公的名称上与中国流传的文本有些差距，正如作者指出的："日本关于牛女二星的传说及诗句也是研究中日文化交流的一个重要史料，能使我们重新认识古代文化交往的某些特点，是一个颇有研究价值的课题。"

金东勋在《朝汉民间故事比较研究》中提出："奇怪的是，韩国有牛郎织女型传说而没有牛郎织女型天鹅处女故事存在。"作者根据在吉林省集安县出土的《七月七日在鹊桥相遇的牛郎与织女》墓画，给出了这样的解释："在中国，牛郎织女型故事与《毛衣女》故事相结合产生了牛郎织女型天鹅处女故事，而在朝鲜半岛，没有与《毛衣女》型故事相结合产生新的故事。"[2] 也就是说，他认为朝鲜的牛郎织女保持了更为古老的形态。这一结论对于我们研究牛郎织女的流变有一定启发作用。

贺学君在《中国四大传说》中也述及朝鲜的《牛郎织女》："在这里，牛郎织女已不是耕作、织布的能手，不是普通劳动者，而是公主和王子。但他们在婚姻中的遭遇却和普通老百姓是一样的。"因为公主和王子的身份改变了天鹅处女型故事的人物设置和驱动设置，所以也就没有了老牛和喜鹊两个神奇助手的形象，但在王子和公主之间多了一位好心肠的天使："正是这种主要思想、情节基本不变前提下具体细节的自由变化，才使作品有别于中国的'原型'，而成为朝鲜人民喜闻乐见的新葩。"[3]

贺学君借鉴钟敬文的天鹅处女型故事研究成果，指出菲律宾的《七仙女》在一些主要情节上同我国的《牛郎织女》极为相似。另外还指出，日本的"七夕型"故事往往与难题型相混杂，大都是因难题没有解决而导致失败，夫妻分离成了七夕型，这和我国苗族、布依族的《牛郎织女》极为相似。[4] 可惜的是，贺学君点到为止，未能就此做更深入的探讨。

---

[1] 于长敏：《日本牛郎织女传说与中国原型的比较》，《民间文化》1998年第2期。此文又刊于《日本学论坛》1999年第2期。
[2] 金东勋：《朝汉民间故事比较研究》，辽宁民族出版社2001年版，第284、285页。
[3] 贺学君：《中国四大传说》，浙江教育出版社1995年版，第86页。
[4] 贺学君：《中国四大传说》，浙江教育出版社1995年版，第85—91页。

吕超的《一半是天使　一半是魔巫》①认为"织女"是中西文学中的重要意象之一："在中国农桑社会背景下，它起源于民间传说中的织女原型，多体现温柔、勤劳、善良的传统女性气质；在西方，它则和古希腊神话中的命运三女神以及复仇女神有着千丝万缕的联系，象征着命运、死亡和复仇，血腥色彩非常浓重。"作者话分两头，各表一枝，通过对两种意象的分头描述，认为织女这一名称与形象，本身就包含大量的文化印记，无论是将织女或美化为天使，或丑化为魔鬼，其最终决定因素都是男性作家所掌握的话语霸权和想象定势，更多体现了父系社会的男权视角。此文提供了一些新的信息，站在女性主义的角度收束全文，亦有新鲜可取之处。

陈兰娟的《从牛郎和织女到丘比特（Cupid）和普赛克（Psyche）》②认为，东西方两个神话"牛郎和织女"以及"丘比特和普赛克"讲述的是同一种故事模式：凡人与神仙相爱。但是两者结局却是迥然不同：牛郎和织女永远被银河相隔两边，每年只能相会一次，而丘比特和普赛克却在众神的祝福中结婚，过着幸福的生活。"为什么相似的爱情模式会出现截然不同的结局？"对这类问题的回答，我们根本用不着往下看就可以知道标准答案，作者无非是从东西方爱情与婚姻观念的差异、东西方人神关系或者说等级观念的差异等三两个方面来展开讨论。

五　地方学者的知识考古

进入 21 世纪以来，出于各地申报"非物质文化遗产名录"的需要，许多地方文化工作者充当了地方文化资源的挖掘者和阐释者，他们纷纷撰文，乐于把自己家乡塑造为某一口头传统的发源地。

在 2007 年的"国家级非物质文化遗产名录"申报工作中，将"牛郎织女"列入申报计划的就有 11 个地区，河北邢台、山东沂源、陕西西

---

① 吕超：《一半是天使　一半是魔巫——中西文学中的织女形象》，《世界文化》2005 年第 9 期。

② 陈兰娟：《从牛郎和织女到丘比特（Cupid）和普赛克（Psyche）》，《太原城市职业技术学院学报》2006 年第 1 期。

安、江苏太仓、湖北襄阳、河南南阳等地向文化部进行了申报，最终是山东沂源、山西和顺两地的牛郎织女传说入选。

张振犁是较早介绍"地方性"牛郎织女的，他在《中原古典神话流变论考》中提到，在南阳流传的牛郎织女有五个特点：（1）牛郎名叫如意，是南阳城西桑林村人，他之所以得老牛相助，是因为早先救助过伏牛山的老黄牛；（2）织女从天上来到人间，与牛郎成亲时，把天蚕种子带到了人间，还偷来织布机、织布梭，教会了南阳人养蚕、抽丝、织绸缎；（3）织女和这一带老百姓很要好；（4）他们生下的孩子，男的叫金哥，女的叫玉妹；（5）人们想念牛女，每天晚上在茶豆架下向天上望。"这样，这则古老的神话故事由于在南阳生了根，所以才形成南阳一带每年七夕，男女青年都要在茶豆架下讲牛女故事的习俗。"①

尽管张振犁是个地方色彩非常浓重的学者，但他也只能点到为止，说明这则古老的神话故事"在南阳生了根"，不敢断言南阳就是牛郎织女的发源地。可是，后来的学者就不同了，许多地方学者竭尽所能要把牛郎织女说成"非我莫属"，试图将自己家乡或所在地说成这一文化形态的唯一发源地。

（一）汉水流域说

杨洪林的《汉水、天汉文化考——兼论〈牛郎织女〉神话故事的源流》②是较早提出牛郎织女源于汉水流域的，作者紧紧牢扣的主要依据只是："牵牛星、织女星与天汉有着密切联系……'汉'字的本意是指汉水。"作者的结论是："（炎帝神农氏）这位生于汉水流域随州厉山的农业创始人，逐渐地把农耕文明从汉水流域传播到东方，同时也把牛郎织女这样的民间神话故事一道儿输出过去。"不仅画出了传播路线，连传播者都虚拟出来了。

杜汉华等的《"牛郎织女""七夕节"源考》③说："牛郎织女传说故事和七夕节起源于中国，这是没有多大争议的。日本名著《万叶集》中

---

① 张振犁：《中原古典神话流变论考》，上海文艺出版社 1991 年版，第 15 页。
② 杨洪林：《汉水、天汉文化考——兼论〈牛郎织女〉神话故事的源流》，《武当学刊》1993 年第 4 期。
③ 杜汉华、汪碧涛、余海鹏：《"牛郎织女""七夕节"源考》，《襄樊职业技术学院学报》2004 年第 5 期。

有许多咏牛郎织女的诗篇，日本人传说牛郎织女的故事就发生在日本福冈小钧市，这表现了日本人民对牛郎织女故事的热爱，因而把自己身边生活过的某些环境，自认为和牛郎织女生活的环境十分相像，就当成了牛郎织女故事发生的地方。这种态度，我们中国人也一样。近年来，河北省鹿泉市在当地的抱犊寨开发了牛郎织女景点；江苏太仓也将开发牛郎织女的景点，大抵都是源于同样的原因。"刚刚说了说别人家的事，作者一转头就把故事的发源地安到了襄阳和南阳："牛郎织女传说故事和七夕节的主要发祥地是汉水流域的襄阳、南阳，其母体为'郑交甫会汉水女神'和'穿天节'。"而作者的论据则大都是以相关性来凑合的，其逻辑关联也多以联想的方式来建构。

为了强化这一"发现"，杜汉华后来又撰写了《"牛郎织女"流变考》①，声称："经考证表明牛郎织女传说孕育起源于汉水流域的襄阳、南阳。东汉末年、南北朝、唐宋和明清时期传说在这里不断发展演变并向中原和江南传播。"而作者紧紧抓住的最坚实的证据也只是一个"汉"字："汉水之名，最早叫'汉'。天上的银河，就由汉水比附而来。"

银河又名天河、天汉、河汉、云汉、星汉，但到底是天上的银河以"汉"为名在先，还是地上的"汉水"得名在先，目前尚无定论。我们退一步说，就算天汉就是得名于地上的汉水，这一"事实"能用来说明牛郎织女起源于汉水流域吗？

我们知道，早在《诗经》时代，用"汉"来指代银河，就已经是古代先民的共同知识，成为各地共享的文化传统，任何一个时代，任何一个地域的先民都有可能利用这一既有的文化传统来建构新的文化传统。老百姓只不过借用天上银河做个故事道具，至于天上银河还有一个什么别名，这个别名又是如何得名，这与讲故事的老百姓是哪里人又有什么逻辑关系呢？打个比方，某人喜欢吃红薯，这与红薯又名番薯，番薯原产于"番"又有什么关系呢？这根本就是毫不相干的两个问题，难道我们能说喜欢吃红薯的都是"番人"吗？

---

① 杜汉华：《"牛郎织女"流变考》，《中州学刊》2005年第7期。

（二）"沂源说"

齐会兰的《织女洞探幽》[①] 介绍说："山东沂源县的织女洞，那里山清水秀、景色绮丽，既有丰富的历史、神话、人文遗址，又有奇特的山、水、洞、泉、花、木等自然景观。古往今来，织女洞曾令多少文人墨客流连忘返，它以独特的魅力吸引着广大游人，是一个名副其实的人间仙境。"丁若亭、李潇泉的《织女洞·天河配：古典爱情故乡》[②] 则有更详细的介绍：织女洞在山东沂源县燕崖乡，洞里供奉着织女神位，另据洞内现存石碑记载，"织女洞"早在唐宋时即已得名，至今每逢初一十五，都有村民来此拜谒。而织女洞前有一条河，名为白马河，是沂河的支流。河对岸有一个村庄叫"牛郎官庄"，村民们世代以牛郎的后人自居，村西原有一座建于明万历年间的牛郎庙，后毁于"文化大革命"期间。巧的是，依山东方言，沂河与银河谐音。以上种种，正应了牛郎织女隔河相望的传说。因此文章认为，牛郎织女发源地"最被公认的当数山东沂源"。

根据这些介绍材料，我们至多只能说沂源的牛郎织女口头传统很深厚、很丰富，而传统是否丰富深厚与"发源地"在哪里却不是一回事。中国是手机用户最多的国家，但并不意味着手机就是中国人发明的。

（三）"太仓说"

朱自元的《牛郎织女故事在太仓》[③] 认为："这一传说降生于江苏太仓南郊胜昔村。"作者的主要依据是，南宋龚明之的《中吴纪闻》与范成大的《吴郡志》都有关于太仓建有牛郎织女庙的文字记载。如《吴郡志》云："父老相传，尝有牵牛织女星精降焉，女以金篦划河，河水涌溢，今村西有百沸河。乡人异之，为立祠。旧列牛、女二像，后人去牵牛，独祠织女，祈祷有应。"

凌鼎年的《牛郎织女传说降生太仓说》[④] 介绍说，1988年年初，太仓县民间文学协会理事长陈有觉在《中国民间文学集成》的普查活动中，

[①] 齐会兰：《织女洞探幽》，《森林公安》2004年第3期。
[②] 丁若亭、李潇泉：《织女洞·天河配：古典爱情故乡》，《旅游时代》2006年第7期。
[③] 朱自元：《牛郎织女故事在太仓》，《档案与建设》2004年第5期。
[④] 凌鼎年：《牛郎织女传说降生太仓说》，《黄河之声》2007年第1期。凌鼎年曾有同名文章发表于泰国《新中原报》1997年9月。

发现黄姑庙、织女庙条目中有"牛郎织女精降生太仓黄姑"的说法，立即敏感地意识到这是条有价值的线索，1988年3月，他深入太仓南郊胜泾村、胜昔村以及嘉定娄塘一带采访了多位七八十岁的老人，并实地勘察了当地的环境，绘制了古今对照的地图，于1988年4月写出了《牛郎织女降生太仓的调查报告》，发表在《江苏民间文艺》上。凌鼎年在简单的分析之后，最后将重心落在了文化旅游的话题上："据了解河北石家庄召开过一次'牛郎织女传说'的研讨会，山东也有旅游部门在开发牛郎织女景点，看来关于这份文化遗产的争夺战马上要拉开了。我们如果不抓紧时间挖掘、包装、宣传，到时就被动了。"另据文中介绍："太仓文化主管部门还把'牛郎织女在太仓的传说与七夕乞巧的民俗'一起申报了非物质口头文化遗产。现乞巧节已被列为国家级非物质文化遗产。"

（四）"蒲州说"

任振河的《舜居妫汭是"牛郎织女"爱情故事的发源地》[①] 认为，织女是山西蒲州姑娘，是舜帝的孙女、王母娘娘的外孙女。蒲州姑娘织女与牛郎结为夫妻，是人神恋爱与天神斗争，大获全胜的美丽动人的爱情故事。此文把现阶段的民间传说当成历史资料，春秋战国的生活场景如在眼前，结合作者的各种猜测，得出结论："由于西汉统治者标榜孝道，主张以孝治天下，所以，儒家文人刘向等把牛郎织女反天命、争自由的爱情故事，篡改成为明显的带有劝人行孝的'董永与田仙'的说教，讹传误导人们两千余年之久。并对有悖于三纲、五常等封建伦理道德的牛郎织女爱情故事发源地多所隐蔽、篡改和删削，遂成千古之谜。经考证与研究，其发源地在山西蒲州——舜居妫汭。"

（五）"和顺说"

《科学大观园》2006年发表综述《牛郎织女爱情文化源地在哪》，文中提到两个地方：一是山东沂源，二是山西和顺。"山西省和顺县委、县政府组织的中华爱情故事牛郎织女起源地研讨会及新闻发布会在太原举

[①] 任振河：《舜居妫汭是"牛郎织女"爱情故事的发源地》，《太原理工大学学报》2006年第3期。作者将此文略加修改，更名《蒲州是牛郎与织女爱情故事的发源地》发表于《文史月刊》2006年第11期。

行，来自省社会科学院、省文化厅等单位的领导和专家学者参加了研讨会，牛郎织女故事源于和顺县境内南天池、牛郎峪村一带的认识趋于一致。"①

小结　在既有条件基础上做能做的学问

　　现当代学者在牛郎织女研究中表现出来的种种问题，折射出人文科学研究中的诸多弊端，而重复描述与二手三手材料的反复转用，乃至以讹传讹，则显得尤为突出。在文献引证方面还有一个怪现象：对于一些不大常见的研究成果，有些真正受到了该成果影响的人往往不说明自己所受到的影响；而一些没见过该成果的人，却喜欢拿二手材料冒充原始材料，将原始出处直接标注在论文中。前者是见过装作没见过，后者则是没见过装作见过。

　　从目前的研究资料与研究范式来看，至少在牛郎织女研究领域，传统的历时研究已经走入穷途末路，资料匮乏，明显不足以支持更深入细致的研究工作，多年未有高质量的学术论文发表。事实上，即使偶有个别新材料出土，也难以改变牛郎织女的历时研究中资料过少、文本过简的现实。

　　关于文本过简的问题，赵景深先生曾经指出，《牛郎织女》"与《梁祝》和《白蛇传》不同，它在小说戏曲方面极少影响。我们几乎找不到一种现存的元曲或明清杂剧传奇是写牛郎织女的"②。牛郎织女口头传统流传极广，可由于该传统未能在小说戏曲中流行，③ 因而显得文本过于简单，变数欠丰富。古人笔记多寥寥数语，述其梗概，如果没有足够数量的同类文本做比较分析，单凭少数几个文本以及简单的故事梗概，研究工作难免捉襟见肘。

　　从学术研究的资源储备来看，目前可见的牛郎织女文献资料非常有

---

① 《科学大观园》编辑部：《牛郎织女爱情文化源地在哪》，《科学大观园》2006 年第 19 期。
② 赵景深：《民间文学丛谈》，湖南人民出版社 1982 年版，第 58 页。
③ 欧阳飞云《牛郎织女故事之演变》及王孝廉《牵牛织女的传说》都曾提到明末太仪朱名世的《新刻全像牛郎织女传》，但从上述两文辑录的卷名来看，此书可能真如王孝廉所说，"是明末无聊文人的想象创作"，因而没能得以流行，罕见著录。

限，对这些资料的大量重复阐释足以湮没任何零星的创造性意见。资料的匮乏明显不足以支持更深入细致的研究工作，正因为如此，实地的田野研究与活形态共时研究就有了别开生面的意义。这种意义不仅体现为新材料的进入，也体现为研究范式的转换。所以说，在田野调查的基础上不断增补资料，创造新的条件，在既有条件基础上做能做的学问，不仅是切实可行的进路，可能也是目前最好的选择。

2006年，山东大学民俗学研究所组织一批研究生对沂源牛郎官庄展开了详细的民俗调查，写出了《山东省沂源县燕崖乡牛郎官庄民俗调查报告》。该报告分析了该村11则牛郎织女异文，发现即使在同一村庄，村民们对牛郎织女所持的态度、叙事方式与文本构成也大相径庭，具体分歧体现在8个方面：（1）牛郎的身份；（2）织女的身份；（3）牛女相遇恋爱的原因；（4）牛郎没有追上织女的原因；（5）天河形成的原因；（6）七夕见面与天河雨干涸的原因；（7）当地人对王母娘娘的态度；（8）讲述的文本形式。"人民群众在记忆这些民间口头故事的时候总是习惯记取其中最重要最精华的部分，然后再在这个精华部分的基础上扩充若干个小故事，使这个故事不断发展壮大，逐渐形成一个围绕本地生活习惯、联系本地群众生活的故事群。"

更有趣的是："当地的许多老人直接就把牛郎认定是自己的祖先，认为牛郎姓孙，叫孙守义，是本村人。村民的这种将传说中的人物定格为现实生活中某个具体人的做法，使传说故事更富于生活气息和真实感，从中我们可以看出传说就是通过奇情异事反映生活的本质，表达人们的美好愿望的实质。"如果我们联系到河南鲁山县的调查报告，就会发现这是一个非常有意思的话题。鲁山有一种说法："牛郎叫孙如意①，就是当地孙庄人，这一带还有牛郎洞和九女潭（九仙女洗澡的地方）等遗迹。"② 另外，西安市长安区斗门镇也把牛郎叫作孙守义，甚至有一种说法认为织女名叫玫芝，是玉皇大帝的女儿七仙女。

虽然从这些有限的调查报告中我们还不能匆忙做出什么结论，但起码呈现出了一些有意思的问题，而这些问题的提出，离开了具体细致的田野

---

① 据河南籍学者黄景春介绍，河南还有一些地区也把牛郎叫作"孙守义"，孙如意或许是孙守义的讹名。

② 张振犁：《中原古典神话流变论考》，上海文艺出版社1991年版，第14页。

研究是难以想象的。

　　如果我们能暂时搁置这一文化形态的起源、流变诸问题，直接切入到这一文化形态对于当下民众文化生活的意义，也不失为一条可行的研究进路。作为民间文学的从业者，我们当然希望西安、鹿泉、太仓、襄阳、南阳等地都能把目光放在当代，切实地挖掘更多的口头传统资料，以利于后人更好地理解这一重要的民族文化形态，展开更深入的研究，而不是绞尽脑汁把自己强说成所谓牛郎织女的"起源地""源发地"，尽干些经不起推敲的无用功。

　　（本章原题《牛郎织女研究批评》，原载《文史哲》2008 年第 4 期，《新华文摘》2008 年第 20 期全文转载，收入本书有修订）

第六章

北京"八臂哪吒城"传说演进考

导 读

关于明成祖朱棣的二位军师刘伯温与姚广孝进行设计竞赛，各自依着哪吒的模样，背对背画出了北京城的传说，[①] 现在已经成为北京市的标志性民间传说。文史专家邓云乡说："明清以来民间传说把它演义成为十分离奇的故事，不但在北京民间流传，而且辗转到外国，在法籍传教士的著作里，也说得有来有去。"[②] 可是，这个传说在文献中第一次出现的时间是 1957 年，并不古老。现在的问题是，它到底是不是一个"明清以来"广泛流传的民间传说？

---

① 故事梗概为：明朝永乐帝朱棣想在幽州地界建一座京城，工部大臣奏称："苦海幽州原是孽龙的地盘，这孽龙十分厉害。请先让军师们把孽龙制住，才能建城。"于是永乐帝就派大军师刘伯温和二军师姚广孝同去。二人来到幽州，琢磨着怎么建才能阻止孽龙捣乱。二人都想争头功，刘伯温提议说："你住西面，我住东面，十天后碰头，各自拿出规划图来。"于是二人分别住下，每天察看地形。奇怪的是，二人每天都听见一个小孩的声音："照着我画，不就成了嘛！"他们所到之处，总有一个穿红袄的小孩在眼前。到第五天，二人又都见到小孩，穿着荷叶边的披肩，肩膀两边镶着红绸边，风一吹，披风还卷起一角。这下，二人心中都明白了：这是八臂哪吒。刘伯温心想：八臂哪吒叫我画的图，一定是降服孽龙的城图！而姚广孝也是这么想的，但二人谁也没说。第十天，二人各自拿出图纸，竟然一模一样，都是"八臂哪吒城"，而且都在城墙西北向缺一个角，因为哪吒的披风那时候正好被风吹起。二人哈哈大笑，拿着图纸向永乐帝报告。永乐帝下令照此建城，正阳门是哪吒的头，崇文门、东便门、朝阳门、东直门是哪吒的左四臂，宣武门、西便门、阜成门、西直门是哪吒的右四臂，北边的安定门、德胜门是哪吒的两只脚，被风吹起的那个角，就在积水潭。姚广孝没能夺得头功，就出家当和尚去了。（以上系笔者综合异文缩写）

② 邓云乡：《春雨青灯漫录》，新华出版社 1998 年版，第 136 页。

刘伯温去世的时候，朱棣刚刚 15 岁，离他夺取皇位还差 28 年，刘伯温从未辅佐过朱棣。这则关公战秦琼的传说是何时，何因，如何兴起的？历史学家陈学霖从 1965 年开始关注该传说，于 1994 年写成《刘伯温与哪吒城——北京建城的传说》①，其结论是：传说大约形成于清末民初这一敏感时期，而且与秘密会社"反清复明"的概念生产和舆论宣传有关。

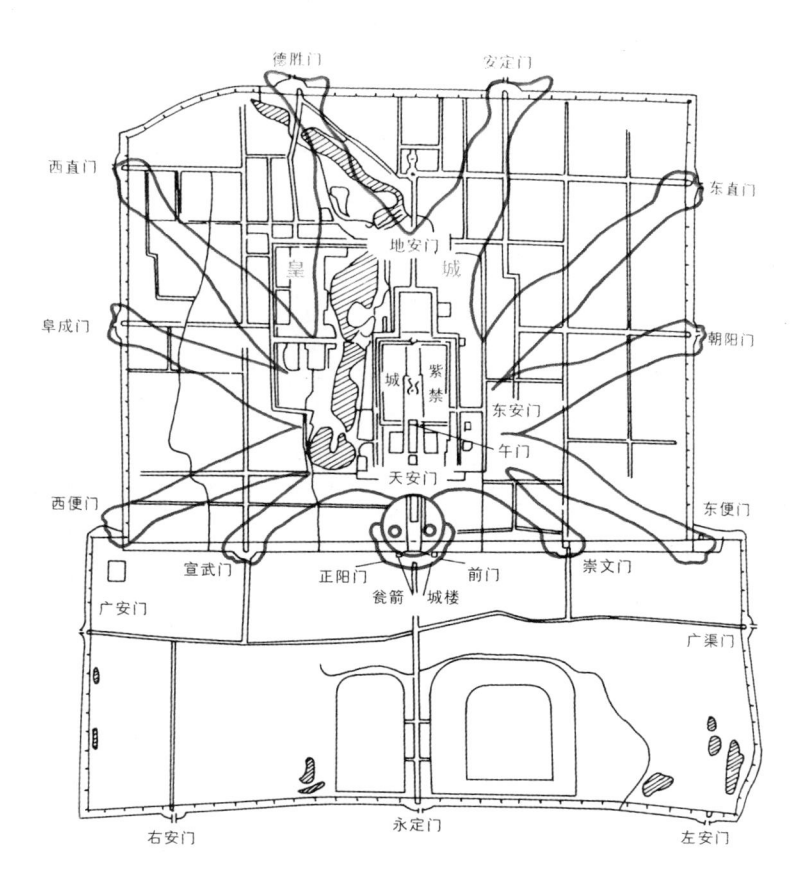

图 6—1　陈学霖依据金受申《北京的传说》所绘制的"哪吒身躯与北京内城相应会意图"（陈学霖：《刘伯温与哪吒城：北京建城的传说》，生活·读书·新知三联书店 2008 年版）

---

① 陈学霖：《刘伯温与哪吒城——北京建城的传说》"自序"，生活·读书·新知三联书店 2008 年版。该书繁体字版本于 1996 年由三民书局出版。

但是，如果我们将陈学霖尚未涉及的曲艺说唱及民间文学三套集成纳入考察范围，对不同异文进行时间排列和文本细读，还可具体划分该传说的不同发展阶段：（1）元末已有北京城是哪吒城的说法，但是只有比附，没有相应传说；（2）明初之后，哪吒城的说法中断了近500年；（3）清代已有刘伯温建北京城传说，主要流行于华北、东北、西北地区；（4）清末民初城墙渐次遭毁，哪吒城概念被重新唤醒，开始与刘伯温挂钩；（5）成熟的八臂哪吒城传说出自曲艺说唱，创作时间较晚，1957年经由金受申整理而扩散。

也就是说，八臂哪吒城传说的产生不会早于20世纪40年代，也不是口口相传、广为人知的民间传说，而是由北京说唱艺人创作，金受申（1906—1968）整理出版，主要经由文人和学者的书面传播而扩散的现代传说。

一　哪吒城之说始于元代

北京城的前身，元大都始建于1267年（至元四年），城址的勘定、宫城的规划主要出自刘秉忠（1216—1274）。[①] 把北京比喻为"哪吒城"，元末已有流播。元末明初杨维桢《大明铙歌鼓吹曲十三篇》直称幽蓟为哪吒城："嗟政不纲可奈何？自底灭亡可奈何？国运倾，六师驻，那吒城。"[②] 元末另一诗人张昱在《辇下曲》中也说："大都周遭十一门，草苫土筑那吒城。谶言若以砖石裹，长似天王衣甲兵。"[③] 明代笔记《农田余话》说得更明白："燕城，系刘太保定制，凡十一门，作那吒神三头六臂两足。世祖庚申即位，到国亡于戊申己酉之间，经一百一十年也。"[④] 幽蓟、大都、燕城，都是北京的历史地名，奇怪的是哪吒城一说主要出现在元末明初，随后就近乎消失，罕见被人提及。

---

① 北京大学历史系《北京史》编写组：《北京史》，北京出版社1985年版，第99页。
② 杨维桢著，邹志方点校：《杨维桢诗集》，浙江古籍出版社1994年版，第454页。
③ 柯九思等：《辽金元宫词》，北京古籍出版社1988年版，第14页。
④ 长谷真逸：《农田余话》卷上，收入《山房随笔（及其他八种）》，中华书局1991年版，第6页。

三头六臂或八臂本是释家用来比喻佛之威严与神通，并非哪吒特有，比如千眼千臂观世音，又如修罗道者"并出三头，重安八臂，跨山蹋海，把日擎云"①。哪吒本是密宗护法神，佛教典籍中着墨不多，仅有名号传世。宋代以来的禅宗开始提及哪吒的三头六臂形象，如《五灯会元》卷十一："三头六臂擎天地，愤怒那吒扑帝钟。"②《碧岩录》第八十七则："忽若忿怒那吒，现三头六臂；忽若日面月面，放普摄慈光。"③ 几乎同时，八臂说也开始流传，如《五灯会元》卷十四："三尺杖子搅黄河，八臂那吒冷眼窥。"卷十八："八臂那吒撞出来，稽首赞叹道难及。"卷二十："赤脚波斯入大唐，八臂那吒行正令。"④ 宋慧开《无门关》："若是个汉，不顾危亡，单刀直入，八臂哪吒拦他不住。"⑤ 南宋以降，哪吒地位逐渐提升，进入道教神灵谱系，受到民间信仰的崇奉。⑥

所谓"三头六臂二足"，无疑是为了对应"京师十一门"之数。刘秉忠基本是按《周礼·考工记》的要求来设计元大都的，但又没有完全遵照其原则。侯仁之说："《考工记》描述'王城'是'方九里，旁三门'，而大都城并非正方形，而是长方形，四面城墙既不等长，北面城墙上又只有两门而非三门，这就是一种创新。"⑦ 创新依据是什么呢？元代黄文仲《大都赋》称："辟门十一，四达憧憧。盖体元而立象，允合乎五六天地之中。"⑧ 意思是说十一是天五地六相合之意。南则五门，取象阳数，北则六门，取象阴数，为象天法地之数。当然，这是精英文化的观念，而民间传统素来好做附会玄想，更愿意将之想象成三头六臂的哪吒。

不过，刘秉忠的知识结构也值得我们注意，他入过全真道，后又出家为僧，法名子聪，精通天文、地理、易经、律历和三式、六壬、奇门遁甲

---

① 释道世著，周叔迦、苏晋仁校注：《法苑珠林校注》，中华书局2003年版，第165页。
② 普济辑：《五灯会元》中册，中华书局1984年版，第686页。
③ 圆悟编著：《碧岩录》卷九，华夏出版社2009年版，第499页。
④ 普济辑：《五灯会元》下册，中华书局1984年版，第893、1172、1372页。
⑤ 李淼编：《中国禅宗大全》，长春出版社1991年版，第488页。
⑥ 郑阿财：《佛教经典中的哪吒形象》，台湾中山大学、新营太子宫管理委员会编《第一届哪吒学术研讨会论文集》，（台北）新文丰出版公司2003年版，第547—548页。
⑦ 侯仁之：《试论元大都城的规划设计》，郑欣淼、朱诚如主编《中国紫禁城学会论文集》第5辑上，紫禁城出版社2007年版，第103页。
⑧ 黄文仲撰，张宁标点：《大都赋》，北京市社会科学研究所《史苑》编辑部编《史苑》第2辑，文化艺术出版社1983年版，第239页。

等卜算之术。① 北方禅宗临济宗领袖海云应召去见忽必烈时，听说子聪和尚博学多才，遂邀其同往。子聪很快得到忽必烈的重用，遂改名秉忠。像刘秉忠这种儒释道三家通吃的政治家，在城建规划上来点故弄玄虚的奇谈怪论是一点也不奇怪的，谁也不能排除刘秉忠的工作团队在设计元大都的时候，有意利用释道两家的神学舆论，将大都十一门附会为哪吒的三头六臂二足。

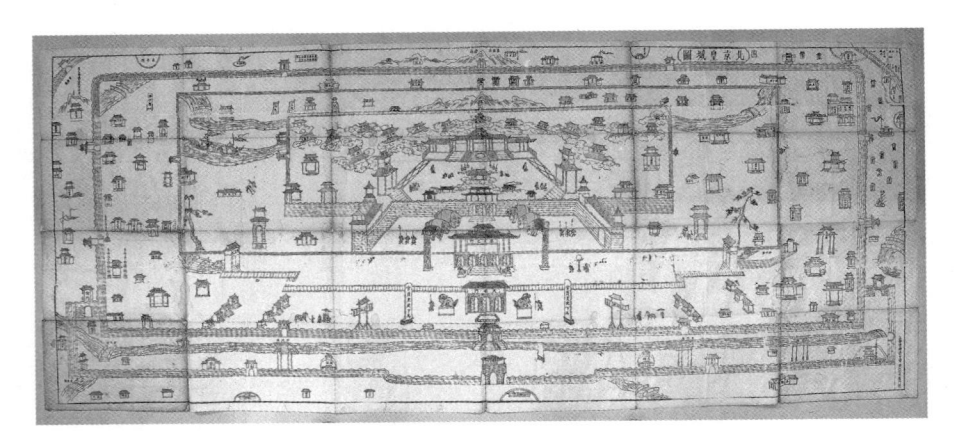

图6—2 东京大学藏《大明北京皇城图》，可以清晰地看见内城九门，依顺时针分别为德胜门、安定门、东直门、朝阳门、海岱门、正阳门、顺城门、阜城门、西直门；外城五门，从西往东分别为西便门、右安门、京城门、左安门、东便门。（东京大学东洋文化研究所藏，施爱东翻拍）

二 毁弃城门，唤醒哪吒

哪吒城的说法在明初之后急剧式微，近乎沉寂500年，究其原因，当与明朝改建北京城有关。朱棣将北京城门由十一门改成了九门，东西各减一门。当城门只剩了九座的时候，无论怎么数，再也拼不出三头六臂二足的样子。传说十一门与现实九门严重冲突，传说的核心依据遭到现实的强势反驳，传说也就没法传承了。

---

① 曹子西主编：《北京历史人物传（上）》，北京燕山出版社2014年版，第247页。

清末民初，北京城墙开始一段段遭到损毁，先是庚子事变几座城楼被焚，接着是北洋军阀修筑铁路拆掉部分瓮城和箭楼。1952年开始，北京城墙被陆续拆除。从某种意义上说，现实城墙的拆除，有利于虚拟城墙的建立。随着城门意义的不断弱化，人们对于内城九门、外城七门的概念开始变得模糊。当金受申讲到"正阳门东边的崇文门、东便门，东面城门的朝阳门、东直门，是哪吒这半边身子的四臂；正阳门西边的宣武门、西便门，西面城门的阜成门、西直门，是哪吒那半边身子的四臂"① 的时候，已经到了1957年，不仅城墙基本被拆光，新北京居民也多是外省人口，许多读者已经意识不到其中不妥之处。没有北京生活经验的香港学者陈学霖也没意识到这一点，他还依此画了一张"哪吒身躯与北京内城相应会意图"② 以佐证金受申的说法。

现在的北京居民可能不大理解，但是生活在明清两代的北京老百姓肯定非常清楚，东便门和西便门根本就不在内城，而是外城东西两端的小偏门，建筑时间比内城九门晚了一百多年，规模也很小，甚至有人戏称这是拉粪便进出的"便门"。东西便门无论从修筑时间，还是作用、规模、建制各方面来说，无一可与都城九门相提并论，不可能被当作哪吒双臂。

所以说，只有当城门逐渐失去作用，淡出人们日常生活的时候，对于哪吒城的想象才会重新回归民众的口头传统。《故都风物》作者陈鸿年说他读初中的时候（大约20世纪20年代）："有位先生讲地理，不知怎么扯到北平城了！他说：'当年刘伯温建造北京城，是按着哪吒三太子的像儿造的'，哪儿是他的什么部位，哪儿又是他哪块儿，说得有鼻子、有眼儿的。记得最清楚的，他说天坛、先农坛，是哪吒两个鬓髻。地坛是足蹬的风火轮，下水道是他肚子里的肠子。前门是哪吒嗓子眼儿，彼时是北平将有电车不久，前门左右掏两个豁子，我这位老师，且喟然而长叹曰：'往后哪儿好得了啊！正嗓子眼儿的地方，叫人掏两个大窟窿！'"③ 我们从"前门是嗓子眼""地坛是足蹬的风火轮"就可看出，这绝不是"八臂哪吒"的形体，否则前门不会是嗓子眼，更不可能把风火轮安在哪吒的

---

① 金受申：《北京的传说》第1集，通俗文艺出版社1957年版，第7页。
② 陈学霖：《刘伯温与哪吒城——北京建城的传说》，生活·读书·新知三联书店2008年版，书前彩页第36页。
③ 陈鸿年：《故都风物》，北京出版社2017年版，第164页。

图 6—3 相对于高大巍峨的都城九门,东便门显得极其矮小、简陋(喜龙仁:《北京的城墙和城门》,林稚晖译,新星出版社 2018 年版)

肚脐上。由此足见当时八臂哪吒城传说尚未出现。正是因为国运日下,毁城墙、切龙脉,引发民众恐慌,以及对于北京城命运的担忧,这才重新唤醒了哪吒城的旧概念。

1935 年《新天津》曾连载杨寿麟的"故都风物"专栏,其中有《哪吒城之八种宝物》:"偶听父老闲谈云,北京之城,形似哪吒,因名之为哪吒城。每个城门之中间,有一中心台,昔建此台之用意者,因每一城与一城之间,相隔约三里,路途遥远,如遇作战时,将卒可顺此中心台之上下道登城应战,取其便利故也。凡内城之中心台外,镶嵌一约二尺之白石,石上刻有轮、伞、盖、花罐鱼等八种物件,分配内城各中心台上。所谓哪吒城(即北京城)之八宝者,即此物也。平日闲人不准任意上城,恐有危险,故余未尝得以饱眼也。"[1] 从这些零星的记载可知,北京城形似哪吒的说法并不是一个公共知识,建城传说更是罕见,或者说,连这些著名的"北京通"都没听说过。

那么,刘伯温到底是怎么建哪吒城的?据陈学霖考证,目前可知最早

---

[1] 杨寿麟:《哪吒城之八种宝物》,《新天津》1935 年 3 月 19 日。

的文献,是英国人 Werner 的《北京城建造的传说》(1924年)。说的是朱元璋第四子朱棣英姿伟岸,受到皇后妒忌,只好离开南京前往燕地,有一位叫刘伯温的道士临行送他一个锦囊,叮嘱他遭遇危难时拆开,依计而行即可。到达燕地之后,发现这里一片荒芜,不禁怆然,拆开锦囊,发现上面写着需要在燕地建一座"哪吒城",而且指示他如何获得建城资金,纸背则是城市蓝图。① 这个故事说明哪吒城的说法已经与刘伯温搭上关系。

瑞典学者喜龙仁1920—1921年旅居中国,对北京城墙展开专门调查,于1924年出版《北京的城墙和城门》,他在"北京内城的城墙"一章说:"中国人为北京城的平面布局、四个城区和各个城门赋予了丰富的象征意义。"说到这里,你以为他要点到哪吒了,可他却说:"他们把都城设计为指向四个主要方位的方形,并不仅仅是从实用角度考虑,而是以天上星宿的排列为参考依据,他们认为只有合乎天道,才能建造一座真正坚固的都城……在最缺乏阳光的西北角,之个方形缺了一大块;与它成对角线的东南角在地势上意味着'下沉'(由于有河道分布,确实如此),但也是中国人观念里阳光最充足的地方,因此古观象台和天坛都位于此。"然后,他又在"北京内城的城门"一章说:"城门可谓是一座城市的嘴巴,它们是这座容纳着五十万以上生命的城市得以呼吸和言语的通道。全城的命脉都集中在城门处,刊出城市的所有生命、物品都必须经过这些狭窄的通道——不仅是人、车、畜,还有思想与欲望、希望与失望,以及婚丧仪礼所蕴含的生与死……脉动赋予了这个极其复杂的有机体以生命和运动的节奏,而这个有机体的名字叫'北京'。"喜龙仁甚至将这个"有机体"比喻为"一位巨人"②,尽管如此,却依然没有提及作为"巨人"的哪吒。至此只能有一种解释,作为北京城墙文化的专门调查者,喜龙仁根本没听过哪吒城传说。

另一佐证事件是,日本学者仁井田陞(1904—1966)于1941—1944年间在北京的手工业行会调查。1944年10月,他两次到绦行祖师庙"哪吒庙"抄写碑文(最早的《绦行恭迎圣会碑记》刻于乾隆四十年),以及

---

① 陈学霖:《刘伯温与哪吒城——北京建城的传说》,生活·读书·新知三联书店2008年版,第83—84页。

② [瑞典]喜龙仁:《北京的城墙和城门》,林稚晖译,新星出版社2018年版,第36、91页。

访问行业会长和相关人士。① 此外，担任翻译的辅仁大学日语教授奥野信太郎（1899—1968）是最早研究《封神演义》的日本学者之一，1931年开始就长住北京，对北京风物传说非常留意，他在《古燕日涉》一文中也记述了这次哪吒庙的考察。但在所有这些材料中，均未提及与刘伯温建城相关的口头传说。哪吒庙的庙祝告诉日本学者，绦行每年在庙里举行两次祭典，农历三月十五是哪吒诞，行会的所有成员都会参加祭典②。1946年的《一四七画报》也有文章谈及哪吒庙，谓"其寓意所本，亦不过《封神演义》而已"③。

北平文人荟萃之地，民国文献浩如烟海，这里芝麻大的事都会被记载和谈论，可却找不到一则八臂哪吒城的传说，甚至相关的蛛丝马迹都很难找到。可见哪吒城的概念虽然隐约登场，但还远未形成共同知识，八臂哪吒城传说更是尚未出炉。

三　刘伯温修下北京城

关于"刘伯温修下北京城"的说法，倒是广泛地流传于华北、东北，以及华东、西北的部分地区，比如1957年沈阳文联编印的《鼓词汇集》就有《十三道大辙》："正月里来正月正，刘伯温修下北京城。能掐会算苗光义，未卜先知李淳风。诸葛亮草船去借箭，斩将封神姜太公。"④

这些唱词的流行年代至少可以追溯到清末民初。日本学者泽田瑞穗20世纪30—40年代常驻北京，收集了海量的俗曲唱本，现藏早稻田大学的"风陵文库"。文库中涉及"刘伯温制造北京城"的唱本非常多，如宝文堂的大鼓书新词《十三月古人名》卷首："正月里来五谷丰登，斩将封神姜太公，洒金桥算命的苗光义，刘伯温制造北京城。"卷末称："我唱

---

① ［日］仁井田陞：《仁井田陞博士輯北京工商ギルド資料集》第6辑，东京大学东洋文化研究所1975年版，第993—1008页。
② ［日］奥野信太郎：《日時計のある風景》，文艺春秋新社1947年版，第208—212页。
③ 痴呆：《哪吒庙》，《一四七画报》1946年第3卷第8期。
④ 沈阳市文学艺术工作者联合会编：《鼓词汇集》（第6辑），沈阳市文学艺术工作者联合会，1957年，第273页。

本是十三月，这本是六十五个古人，名十三道大折。"① 据此可以判断《十三月古人名》也就是东北流传的大鼓书《十三道大辙》。清末剧作家成兆才（1874—1929）的《花为媒》就曾将这首大鼓曲揉进戏中，怀春少女五可在戏中唱道："正月里开迎春春光初正，刘伯温修下北京城。能掐会算苗光义，未卜先知徐茂公。"②

此外，北京学古堂的《绣花灯》中也有相似唱词："正月里来正月正，柏二姐房中叫声春……先绣前朝众先生，刘伯温制造修下北京城。"③《绣花灯》在"风陵文库"存有4种，木刻版书和铅印本各二，唱词基本相同。清末民初，北京打磨厂街有宝文堂、学古堂、文成堂、泰山堂等7家专门出版俗曲唱本的书坊，全都有这类刻本。

《绣花灯》流传于整个北方地区，如山西《绣花灯》："花灯上绣众位先生，刘伯温在早修过北京，能掐会算苗广义，徐茂公有神通。"④ 陕北《绣花灯》："能掐会算的苗广义，刘伯温修下北京城。斩将封神姜太公，那孔明草船借箭祭过东风。"⑤ 吉林《绣花灯》："一绣花灯众位先生，刘伯温修下北京城。能掐会算苗广义，徐茂公，有神通。"⑥ 山西、内蒙古一带的民间小戏二人台，北方秧歌竹板落子，全都一样。在河北邢台、辽宁本溪等地，这首曲子也叫《表花名》《十二月》，曲子巧妙地将十二月的花名与古人名融合在一起。

"刘伯温修下北京城"在劳动号子中也有体现。如山东运河号子："正月里，正月正，刘伯温修补北京城，能掐会算苗广义，未卜先知李谆风。"⑦ 天津打夯号子："正月里来正月正，刘伯温修下北京城，能掐那会

---

① 宝文堂：《十三月古人名》，早稻田大学图书馆藏，编号：风陵文库/文库19/F400/Z367。
② 萍寄庐编辑：《评戏考》第1集，文汇图书局1936年版，第11页。
③ 学古堂：《绣花灯》，早稻田大学图书馆藏，编号：风陵文库/文库19/F400/M101。
④ 中国民间文学集成全国编辑委员会：《中国歌谣集成·山西卷》，中国ISBN中心2009年版，第678页。
⑤ 高万飞辑录：《陕北传统民歌》，苏州大学出版社2014年版，第189页。
⑥ 中国民间文学集成全国编辑委员会：《中国歌谣集成·吉林卷》，中国ISBN中心2005年版，第502页。
⑦ 王映雪主编：《民间文学》，山东友谊出版社2009年版，第565页。

算诸葛亮，斩将那封神姜太公。"① 此外，天津的《风柳子》《莲花落》《十二月花歌》诸曲种也有类似唱词。② 有学者评论说："'正月里来正月正，刘伯温修下北京城，能掐会算苗广义，未卜先知徐茂公。斩将封神姜子牙，孟姜女寻夫她哭倒长城。'这在知识分子看来是没有韵律的瞎编、瞎聊、瞎磕，恰恰得到农民的无比欢迎。许多农民不识字，不读书不看报，也不熟悉历史。看戏记得快、记得牢。有人一说谁有预见性，他一下子就能对出'能掐会算苗广义，未卜先知徐茂公'。有人问到，谁修的北京城？那我知道，'正月里来正月里正，刘伯温修下北京城'。这些数白嘴的戏词，使没上过学的农民增长了见识，得到了历史知识。"③

北方地区早在清代就已经流行刘伯温修下北京城的传说。陈学霖认为："从明末清初开始，刘伯温已俨成传奇的历史人物。到了清末民初，由于秘密会党鼓吹反清复明，崇祀他为翊助革命之护国军师，伯温的传说故事，也就愈变荒诞，成为民间信仰中最玄秘的民族英雄。"④ 比如，在咸丰、同治年间所传抄的天地会文献中，刘伯温就被奉为襄助排满的神机军师，留下锦囊妙计，预言反清复明一定成功；托名刘伯温的《烧饼歌》更是明确预言了清朝的灭亡、国运的更新，甚至邹容《革命军》也引用其"手执钢刀九十九，杀尽胡人方肯休"等谶语，预言革命的成功。原本流行于江南地区的刘伯温传说，明末清初一路北上，其中既有《英烈传》的传播影响，也有反清复明秘密社的宣传之功。

因为有了刘伯温修下北京城的传说，北京城内一切建筑都有可能被附会到刘伯温名下，而一旦这些建筑遭遇变故或面临危机，那些湮没已久的传说就会重新浮现。比如，1935 年计议拆除西直门箭楼的时候，刘伯温就又一次站出来，暂时逆转了箭楼被拆的命运："本市某当局，鉴于平西为北平名胜集中地带，每日前往游览中外人士，不绝于途，故交通极为重要，因之有拆除西直门箭楼之计议。连日工务局派工前往测量，但西直门

---

① 中国民间文学集成全国编辑委员会：《中国民间歌曲集成·天津卷》，中国 ISBN 中心 2004 年版，第 117 页。

② 中国民间文学集成全国编辑委员会：《中国歌谣集成·天津卷》，中国 ISBN 中心 2008 年版，第 642—643 页。

③ 马士伟：《落花人独立》，中国文联出版社 2014 年版，第 92—93 页。

④ 陈学霖：《刘伯温与哪吒城——北京建城的传说》，生活·读书·新知三联书店 2008 年版，第 94 页。

外路南有楼房七所,系刘伯温完成北京城后按照天文形象所兴建者,名曰七星楼,其部位一为北斗。经工务局呈府请示,是否一并拆除,市府为保留古物起见,已决定不动。"①

这则新闻很有趣,因为要保护七星楼,所以顺带保护了西直门箭楼。七星楼是刘伯温建的,难道哪吒城就不是刘伯温建的吗?我们接着追问,刘伯温修下北京城,跟哪吒和姚广孝有关系吗?答案是:至少在1935年,还没发生关系!我们不仅搜检"风陵文库"找不到一本与哪吒城、姚广孝有关的唱本;即便搜遍目前开放的各种民国书刊数据库,也找不到与此相关的任何信息。

事实上,关于刘伯温建造北京城的民间传说,各地异文并不相同。如抚顺的《刘伯温修下北京城》说:过去的北京是一片汪洋大海,刚好刘伯温来到这里,一看是块福地,是个建都的好地方。但是都城不能建在水上,于是刘伯温找到了水源,发现是个大泉眼,堵不住。刘伯温就去向财神爷借来聚宝盆,把泉眼压上,再修通河道把水给排干了,然后在这建起了北京城。②

天津的《永乐爷定都北京》则说:永乐帝平定北方之后,打算寻个好地建都城。他和刘伯温二人微服出行,有一天在路上见到有人家出殡,刘伯温掐指一算,不对,今天本是黑道日,不宜出殡,怪而上前询问为何如何择日,主家说,是潭柘寺的方丈给他择的日子。于是君臣二人找到潭柘寺,发现和尚们早已列队等候他们。二人见到方丈就问,为何选择黑道日让主家出殡,方丈说:"因为天子驾到,黑道日自然也就变成了黄道日。"君臣二人大吃一惊,只好向方丈请教选址之事,方丈说:"由此往东四十里,名曰北平,本是元朝皇城,乃天赐之地。"于是永乐帝就在这里建了北京城。③

就算在北京当地的建城传说中,八臂哪吒城的说法在 20 世纪上半叶

---

① 佚名:《保存七星楼——因系明代刘伯温所建》,《京报》1935年3月8日。
② 抚顺市望花区民间文学集成领导小组编印:《中国民间文学集成·辽宁卷·抚顺望花区资料本》,内部资料,1987年,142页。
③ 中国民间文学集成全国编辑委员会:《中国民间故事集成·天津卷》,中国ISBN中心2004年版,第163—164页。据说潭柘寺与姚广孝关系非常密切,一说姚广孝在此出家,一说姚广孝在此终老。至于故事中的老方丈是否与建城传说中的姚广孝有关联,则是另一个话题,此处不再展开。

也难觅踪影。北京的一则《刘伯温建北京城》就说，燕王要在北方建都城，找来刘伯温，刘伯温让徐达向北射一支箭，说："箭落在哪儿，就在哪儿修建京城。"徐达从南京一箭射到了北京的南苑。南苑的八家小财主吓坏了，拾起箭又把它射到了如今后门桥的地方。刘伯温带人追到南苑，要财主们把箭交出来，财主们说只要不把城建在南苑，他们愿意出钱建城。可是刚建完西直门楼，就把财主们的钱花光了。于是刘伯温又找来沈万三，没钱就打。沈万三被打得死去活来，只好瞎指，结果他每指一处，就能挖到大缸大缸的银子。后来北京城建好了，城里却被挖出许多大坑，这就是今天的什刹海、北海、中南海。①

图6—4　20世纪20年代初西直门南侧所见城门全景（喜龙仁：《北京的城墙和城门》，林稚晖译，新星出版社2018年版）

四　金受申传颂八臂哪吒城

1957年，在没有任何异文的前提下，一则成熟的八臂哪吒城传说由金受申整理问世，② 不过，像陈学霖这样关注该传说的学者并不多。1978年之后，民俗学重焕活力，民间文艺工作者推出了大量民间文学作品集，诸如1982年的《中国地方风物传说选》、1983年的《北京风物传说故事

---

① 中国民间文艺研究会北京分会编：《北京风物传说》，中国民间文艺出版社1983年版，第1—7页。

② 金受申：《北京的传说》第1集，通俗文艺出版社1957年版，第1—8页。

选》等书，不仅收录了金受申的这则传说，而且将其排在首要位置，使这则传说大放异彩。陈学霖的研究更是将传说的文化意义阐释得淋漓尽致。进入21世纪之后，借助非物质文化遗产的春风，该传说遍地开花，日渐奠定其经典地位。

金受申是著名的北京曲艺史家，"九、十岁时即听评书，对评书艺术颇有研究"①，32岁（1938年）开始为《立言画刊》执笔"北京通"专栏，1953年经老舍介绍，调入北京市文联编辑《说说唱唱》（主要刊载说唱文艺）。金受申的身份有助于我们联想到，该传说很可能来自曲艺人的说说唱唱，而不是民间文学的口口相传。刘锡诚就曾指出"金受申这个传说……不是从北京市民的口中搜集采录来的"②。

金受申《北京的传说》一书中，《八臂哪吒城》与《高亮赶水》《三青走到卢沟桥》《北新桥》《黑龙潭》《蜈蚣井》等几则传说，明显是一串环环相扣的故事系列。《八臂哪吒城》结尾处说："刘伯温这么一修造北京城不要紧，没想到惹得孽龙烦恼起来，这才又引起'高亮赶水'一大串故事来。"③《高亮赶水》结尾处又说："甜水呢？甜水叫龙子给带到玉泉山海眼里去啦。龙公呢？'北新桥'故事里再讲。"而在《黑龙潭》的开头则说："咱们不是说过'高亮赶水'的故事吗？……现在说的这个故事，就是打这里说起的……"④ 这种埋下伏笔不在本单元解决，要求且听下回分解的结构方式，显然不是民间故事的典型形态。

《高亮赶水》讲的是哪吒城修建过程中，龙王报复刘伯温，用水篓将水源运走，企图枯竭北京水源，高亮主动请缨，奋力追赶，最终扎破水篓，追回水源，自己却被大水卷走牺牲的故事。这则传说的来历比较清楚，最早出自北京天桥艺人的撂地演出，是为数不多流传至今的鼓曲唱段。⑤ 铁片乐亭大鼓艺人王佩臣（1901—1964）的拿手"蔓子活"中就有

---

① 傅耕野：《"北京通"金受申》，金受申《北京的传说》，北京出版社2018年版，第147页。
② 刘锡诚：《北京传说与京派文化》，《文化学刊》2011年第1期。
③ 金受申：《北京的传说》第1集，通俗文艺出版社1957年版，第8页。
④ 金受申：《北京的传说》第1集，通俗文艺出版社1957年版，第21、91页。
⑤ 中国曲艺志全国编辑委员会：《中国曲艺志·北京卷》，中国ISBN中心1999年版，第245页。

《高亮赶水》①，北京琴书创始人关学曾（1922—2006）在 20 世纪 50 年代末还曾改编《高亮赶水》唱段，②同一时期，戏曲家翁偶虹（1908—1994）也编过《高亮赶水》。③尽管曲艺形态不一，但基本情节却是一致的。《高亮赶水》唱本之所以在 20 世纪 50 年代硕果仅存，不断被改编，得益于故事表现了劳动人民不怕牺牲，勇斗恶龙的大无畏精神，符合当时的文化主流。④

通读金受申《北京的传说》，我们发现几乎所有的北京建城传说都可归入两个故事系列：一是刘伯温、姚广孝与北京自然条件的斗法系列，一是鲁班先师对工匠的点化系列。由此可以推断，这两个传说系列的主要来源是北京曲艺人的商业说唱，当然，不排除部分说唱是对民间口头传统的创造性改编。

我们还可以借助一些间接资料，证明说唱艺人在八臂哪吒城的概念传播中起到了积极的推广作用。比如，老辈相声演员一说到故事热闹处，往往会冲出一段贯口，带出八臂哪吒城的概念："不到一个时辰，就惊动了整个北京城，什么四门三桥五牌楼、八臂哪吒城的人都来看热闹，也不管是什么五行八作、士农工商、回汉两教、诸子墨家、三百六十行、街市上走的人……大伙儿都围过来了。"⑤岳永逸也告诉笔者，他在北京天桥一带的曲艺民俗调查中，有些老艺人就曾提及早期演出曲目中有过《八臂哪吒城》。即使在新兴的网络评书或相声表演中，还有好些与八臂哪吒城传说相关的音频与视频。⑥

---

① 中国曲艺志全国编辑委员会：《中国曲艺志·北京卷》，中国 ISBN 中心 1999 年版，第 704 页。
② 崔维克：《北京琴书》，北京美术摄影出版社 2015 年版，第 185 页。
③ 翁偶虹：《高亮赶水》，北京宝文堂书店 1959 年版。
④ 关于 20 世纪 50 年代民间文学改编问题，参见萨支山《〈阿诗玛〉的改编策略与民间文本的多元传承》，《民间文化论坛》2018 年第 6 期。
⑤ 刘宝瑞经典单口相声《斗法》，"爱奇艺—搞笑"，https://www.iqiyi.com，2017 - 03 - 20。
⑥ 比如：博雅小学堂：《"徐德亮京城小历史"开播 | 北京是个八臂哪吒城》，搜狐—教育，https://www.sohu.com，2016 - 07 - 15。金霏、陈曦相声：《我爱北京·八臂哪吒城》，腾讯视频，https://v.qq.com，2017 - 09 - 25。

小结　曲艺说唱向民间传说的转化

在口口相传的散文叙事作品中，那些冷僻知识很容易被相似功能的共同知识所取代，尤其是人名和地名，这是口头传统很突出的一条传播规律。明清以后，元大都的设计者刘秉忠已经慢慢淡出了普通老百姓的历史记忆，逐渐成为冷知识，与此相反，刘伯温却日渐神化，不断升温为新的热门知识。由于二人的功能、功业十分相似，都是开国君主帝王师、能掐会算、熟稔奇门异术，关键是都姓刘，明《英烈传》甚至直接说刘伯温就是刘秉忠的孙子。在民众口头传统中，故事主人公的冷热替换是十分常见的现象。

作为冷知识的刘秉忠淡出了，可是，同样作为冷知识的姚广孝为啥没有淡出呢？姚广孝虽然在通俗小说和说唱文学中偶或登场，但在民间故事中极少出现，甚至他自己家乡的《中国民间故事集成·江苏卷》都没有收录任何关于他的传说。姚广孝为什么会在传说中占据如此重要的位置呢？不仅如此，传说的情节还十分稳固，异文之间差异很小，这些特征都是有悖于民间口头文学传播规律的。

我们再看哪吒形象。《西游记》中的哪吒是"三头六臂，恶狠狠，手持着六般兵器"。《封神演义》中的哪吒是"八臂已成神妙术，三头莫作等闲看"，无论六臂还是八臂，三头都是固定配置。就算按元大都十一门计算，十一门减去三头，再减二足，哪吒理应只剩六臂，而不是八臂。如果按明清北京城的九门计算，至多也就是一头六臂二足，六臂哪吒城勉强说得通，但八臂哪吒城是无论用哪种组合方式都说不通的，这是一个很容易发现的漏洞。

如果八臂哪吒城传说真是从北京民众的生活经验中自然生长出来的，故事就一定能够在口口相传的民间传承中补足缺失，获得自我优化，[①] 八臂哪吒城就一定会被纠正为六臂哪吒城。正如前引明代《农田余话》早就指明了"燕城，系刘太保定制，凡十一门，作哪吒神三头六臂两足"。

[①] 施爱东：《故事的无序生长及其最优策略——以梁祝故事结尾的生长方式为例》，《民俗研究》2005 年第 3 期。

另外，英国人 Arlington《寻找旧北京》（1935 年）也提到"北京城的型制是要象征哪吒的三头六臂两足"①。但在目前可见的各种哪吒城传说中，哪吒俱为八臂形状，从未出现过六臂哪吒的异文，这种错误形态的高度稳定也是有悖于口头传统的。

综合上述各种有悖于口头传统的特征，结合传说首发者金受申的特殊身份及其知识结构，这些非常现象一再提示我们，元代虽然已有哪吒城的概念，但是并没有配套的故事情节，所谓八臂哪吒城的传说是由北京说唱艺人创作并传播的。

说唱艺人是职业故事家，相当于故事界的"意见领袖"，既要传唱故事，也要发明故事。旧北京的天桥说唱艺人多数靠故事说唱谋生，演出质量既有赖于艺人的表演技艺，也有赖于故事的新鲜热辣。如果故事传唱达到一定时长，逐渐为公众熟知，也就意味着该故事不再具有商业价值。这时，说唱艺人就得及时放弃旧故事，发明新故事，如此不断刷新。因此，从艺人利益的角度出发，他们不愿意故事太快为公众所熟知，这样有利于延长新故事的"有效传唱期"。

说唱艺人的故事一方面要新奇，另一方面还得跟同行的同类故事保持大致一致，否则很容易受到听众质疑，引发同行之间的相互倾轧，所以说，同时代艺人说唱水平之高下，主要体现在个人演出技艺，而不是故事差异（个人创作的、非共享故事除外）。同一门派的共享故事尤其稳定，因为门派既要对外展示其原创性和独特性，又要对内强化其权威性和统一性，最大限度地瓜分市场份额。因此，由说唱艺人创作的故事往往会有一些明显特点，比如，受众范围比较稳定、异文之间差异小、逻辑漏洞被忽视、冷知识能够得到稳定传播等。我们将这些特点对照于八臂哪吒城传说，基本上全都吻合。

目前可知的八臂哪吒城传说源头，几乎全都指向金受申，著名的北京学编辑赵洛在《赵洛讲北京》中提及城门传说时，通篇只引了"金受申说北京城图是刘伯温和姚广孝画的"②，可是金受申却强调说："北京人都

---

① 陈学霖：《刘伯温与哪吒城——北京建城的传说》，生活·读书·新知三联书店 2008 年版，第 86 页。

② 赵洛：《赵洛讲北京》，北京出版社 2005 年版，第 15 页。

知道、都传说：'刘伯温、姚广孝脊梁对脊梁画了北京城。'"① 这里所谓的"都知道"，应该是指他自己生活的曲艺圈周边。著名评书艺人连阔如有一绰号"八臂哪吒"，1939 年的一篇业内软文介绍说："（我们）仿效水浒传点将录的先例，给他加上一个绰号，唤做八臂哪吒。"② 全文丝毫没有涉及"北京人都知道"的八臂哪吒城传说，很可能该传说在 1939 年尚未出现。由该传说在 2 世纪 50 年代尚无其他异文的情况来看，传说在当时应该尚处于"有效传唱期"。由此推测，陈学霖将八臂哪吒城传说的生成时间定位于"清末民初"，还是过于信而好古，八臂哪吒城传说的创作时间不会早于 20 世纪 40 年代。

（本章原题《北京"八臂哪吒城"传说演进考》，原载《民族艺术》2020 年第 3 期）

---

① 金受申：《北京的传说》，北京出版社 1981 年版，第 4 页。
② 播音圈：《八臂哪吒连阔如》，郑远编《立言画刊》1939 年第 66 期。

第 七 章

崇高与灵验：神圣叙事的书写传统与口头传统

导　读

　　我们一般用"民间故事"来指称口头传统中的散文叙事。大多数学者是根据地方文化工作者搜集整理成书面文献的民间故事来展开研究的。虽然有些学者曾经质疑这些搜集整理工作的可靠性，但是仅限于就整理工作者的改旧编新论、精华糟粕论，以及能否再现民间语言风格等问题展开讨论。这种讨论最终指向了一个"是否忠实记录"以及"如何加工整理"的技术问题。

　　我们在粤西冼夫人传说的调查中发现，各种公开发行的书籍中记录的民间故事，与当地民众口头传播的民间故事之间，无论在主题还是形态等方面，都存在巨大差异，甚至几乎没有重合之处。因此，在本章的概念系统中，我们首先要做的是，将传统的"民间故事"概念一分为二。我们把地方文化精英记录整理，发表在正式书刊上的民间故事称作"书写故事"，把口头传统中的民间故事称作"口头故事"。

　　冼夫人是中国隋代的南越首领，一生维护国家统一，死后成为粤西地区最大的女神，直到21世纪初仍专享着近600座神庙。我们通过实地考察，发现故事的书写者与讲述者其实是分属于两个不同的群体，形态差异是由不同叙事主体的价值取向所决定的。对于地方文化精英来说，只有那些有合乎历史进步观的、刻画了冼夫人英雄形象的故事，才是具有文化价值的、值得写进书里的。可是，对于大多数冼夫人的信众来说，只有那些在他们的生活世界中可经验的故事,才是有价值的、值得传播的。而所谓"可经验的故事",主要表现在可经验的时间、可经验的空间、可经验的情感三个方面。

一 冼夫人信仰简介

冼夫人是粤西及海南一带香火最盛的女神,号称"岭南圣母",民间或尊称其为娘娘、太婆、冼太、冼太夫人。世界各地存有以其名号或谥号命名的神庙近600座(也有资料说上千座的),有关冼夫人研究的史料文集与研究著述难计其数。①

冼夫人生前是南方少数民族女首领,中国历史上著名的女英雄,据说曾被周恩来总理誉为"中国巾帼英雄第一人"②,冼夫人信仰也因此获得了官方许可的正统地位。也就是说,冼夫人信仰在当代社会的正统性是依附于冼夫人的历史地位而成立的。

---

① 这些文献和资料的编辑者主要是广东省社科联、中山大学中文系、人类学系的学者,以及广东省电白县、高州市、化州市、海南省琼山县的文化工作者。影响较大的正式出版物有如万绳楠著《冼夫人》(中华书局1980年版)、王兴瑞著《冼夫人与冯氏家族》(中华书局1984年版)、陈雄著《冼夫人在海南》(中山大学出版社1992年版)、文新国著《冼夫人》(解放军文艺出版社1993年版)、钟万全著《高凉女杰冼夫人》(花城出版社1993年版)、张均绍著《冼夫人考略》(广东省地图出版社1996年版)、苏汉材著《冼夫人史略》(香港天马图书有限公司2000年版)、卢方圆、叶春生主编《岭南圣母的文化与信仰》(黑龙江人民出版社2001年版)、蔡智文、周华林主编《冼太夫人史料文物辑要》(中华书局2001年版)、张磊主编《冼夫人文化与当代中国》(广东人民出版社2002年版)、蔡智文主编《冼太夫人研究》(香港国际炎黄文化出版社2002年版)、宋其蕤著《岭南圣母冼夫人》(广州出版社2002年版)、蔡智文主编《冼太夫人史事问答》(香港国际炎黄文化出版社2005年版)、庄昭、高惠冰著《巾帼英雄第一人:冼夫人》(广东人民出版社2005年版)、钟万全著《巾帼英雄冼夫人》(广东人民出版社2005年版)、吴兆奇、李爵勋著《冼夫人文化》(广东人民出版社2006年版)、郑显国著《冼夫人全史》(中国文史出版社2006年版)、欧初主编《"冼夫人文化与建议广东文化大省"学术研讨会论文集》(香港出版社2006年版)、朱爱东博士学位论文《国家、地方与民间的互动——冼夫人信仰研究》(中山大学2006年版)等,各地非正式发行的冼夫人研究著述更多,但这些书写传统多数集中于冼夫人及其家族历史的钩沉,少数关注到了冼夫人信仰的问题,而关于民间故事的记录则寥寥无几。

② 所有正式出版物以及官方文献都引用了周恩来此说以论证冼夫人文化的正当性,但是,笔者至今未能找到周恩来此说的原始出处。

著名历史学家吴晗推测其生卒年大约为公元518—601年。[①] 根据成书于公元636年的《隋书·谯国夫人传》，我们知道，冼夫人家族世代为南越首领，约公元535年与高凉太守冯宝联姻之后，家族势力更是如日中天。冯宝去世之后，冼夫人独当一面，成为岭南地区的女首领。从南北朝时期一直到隋代，无论王朝如何更替，冼夫人始终能与时俱进，拥护当时的中央政权，不仅曾协助丈夫冯宝，还多次指导子孙平定地方叛乱。她的子孙继承了这一传统，始终与中央政权保持一致，避免了岭南地区的分裂割据。

图7—1　电白县山兜村冼夫人庙是"冼夫人故里景区"的核心景点之一（施爱东摄，2008年）

　　冼夫人去世之后，其孙冯盎为之立庙。由于冼夫人极力维护国家统一和地方稳定，千百年来，多次受到历代中央王朝的加封，许多冼夫人庙也因此进入官方祀典，在清代的中后期，地方官员每年春秋仲月二十四日要到冼庙致祭。民间祭祀活动更是蓬勃发展，明清之际达到鼎盛，传说十一月二十四日是冼夫人诞辰之日，因此，各地都要举行盛大的游神诞会，民

[①] 吴晗：《冼夫人》，《光明日报》1961年1月14日。

众倾巢而出，一些青壮年男子要抬着冼夫人的神像四处巡游，神像每到一处，必定锣鼓喧天、车水马龙，常常是树梢、屋顶都爬满了热闹的人群。2001 年开始，海口市官办的"冼夫人文化节"，每年都会吸引上百万人次的信众和游客参与到各种纪念活动中。在冼夫人的故乡电白县，一个由信众自发筹建的"晏公庙"，每年的庙会也能吸引十余万信众，以至于"晏公岭边冇地企（没地方可站），看人坡上人看人"①。

二 冼夫人信仰的书写故事

书写故事中常常把冼夫人的名字写作"冼英"。据 1997 年版《茂名市志·人物传》记载，冼夫人"童名冼百合，又名冼英"②，有学者在论文中也提到"冼太夫人少时名英"③ 的说法。可是，我们在清代及以前的各类正史及地方志中，均找不到"冼百合"或"冼英"的相关记载。

据黄燕茂考证："冼英这名字是熊夏武先生首先编撰出来的。他在 20 世纪 60 年代写剧本《冼夫人》时，觉得高州当地人给女孩起名时惯用'英、芳、珍'之类的字眼，而冼夫人又是历史英雄人物，故认为称冼夫人为'冼英'最恰当。"④ 此后，许多文艺工作者遂将"冼英"当成文学作品中的冼夫人惯用名。高州市冼夫人研究会会长苏汉材也说："冼英只是戏剧及其他文艺作品使用过的名字，并非冼夫人的真实姓名。"⑤ 也就

---

① 吴兆奇、李爵勋：《冼夫人文化》，广东人民出版社 2006 年版，第 80 页。
② 茂名市地方志编纂委员会：《茂名市志》下册，生活·读书·新知三联书 1997 年版，第 1773 页。
③ 陈恩民、陈土富：《冼太夫人与丈夫冯宝世家及其伟大的历史功绩和贡献》，张磊编《冼夫人文化与当代中国——冼夫人文化研讨会论文集》，广东人民出版社 2002 年版，文中注明了"冼英"一名的出处："崔翼周《谯国夫人庙碑铭》，见道光《高州府志》和《电白县志》。"但是，查核崔氏原文为："我郡谯国冼夫人者，英诞高凉，伟钟电白。"冼太夫人史料文物辑要编纂委员会《冼太夫人史料文物辑要》，中华书局 2001 年版，第 12 页，文中"英"与"伟"相应，显然是形容冼夫人之"英伟"，而非指实冼夫人之"少时名"。"冼英"一名应系误读碑铭所致。
④ 黄燕茂：《冼夫人的真名不是"冼英"》，高州市冼夫人研究会编《2005 年高州市冼夫人研究会论文集》，内部发行，2005 年。
⑤ 黄燕茂：《冼夫人的真名不是"冼英"》，高州市冼夫人研究会编《2005 年高州市冼夫人研究会论文集》，内部发行，2005 年。

是说,"冼英"一名,是 20 世纪 60 年代之后由当代地方文化精英杜撰出来的。

可是,我们在翻阅当代出版的各种"民间文学作品集"时,发现"冼英"一名已经被广泛接受。如高州的书写故事《冼太与大谢王比武传说》:"冼太夫人,叫做冼英。她是高凉人。"① 电白县歌谣《丁村出个冼阿英》:"山兜下,南海边,丁村出个冼阿英;她是俚寨统领人,她是岭南大救星。"《郎才女貌好一对》:"丁村妹子冼英,嫁给冯宝结成亲;郎才女貌好一对,恰似牛郎织女星。"② 广西北流市的清湾冼夫人纪念堂则以"冼英"二字制作藏头联:"冼太圣明,感化众生,要好儿孙需从文明礼仪起;英风常沐,恩惠万家,欲高门第还是读书积善来。"

对于冼夫人及其相关文化现象的研究工作,大约兴盛于 1980 年之后。笔者在前往粤西电白、高州等地进行田野考查之前,对于书写传统中的冼夫人故事进行了文本梳理。从中可以看到,这些研究多侧重于文献钩沉与历史还原,尤其集中于冼夫人婚姻及其家族历史的钩沉。关于冼夫人故事的记录整理,也许因为缺乏历史真实性而未能受到足够重视,故事数量不多,倾向于讲述冼夫人少年时期的"早慧"事迹。

以笔者手中现有的 20 余本冼夫人文献汇编及研究资料为据,如果以载录频率排序,载录 2 次以上的书写故事类型有 10 种(这些故事全都是 1980 年之后搜集整理出来的,故事梗概参见附录一:故事 §1.1—§1.10),其流传状况可通过表 7—1 得到反映:

表 7—1　　　　　　　　关于冼夫人的书写故事

故事名	载录次数	故事名	载录次数
§1.1《义务保姆》	8	§1.6《鬼仔城的传说》	3
§1.2《帽归原主》	8	§1.7《驱鬼烧窑》	3
§1.3《牧场辨鸭》	8	§1.8《晏宫庙的传说》	3
§1.4《巧判耕牛》	6	§1.9《冼夫人智灭贼兵》	2
§1.5《冼太与大谢王比武》	4	§1.10《晏镜岭与晏宫庙》	2

① 陈志德讲述,冯作清整理:《冼太与大谢王比武传说》,卢方圆、叶春生主编《岭南圣母的文化与信仰——冼夫人与高州》,黑龙江人民出版社 2001 年版。

② 广东电白县文联搜集整理:《电白俚乡歌谣》,内部发行,2007 年,第 1、3 页。

据此，我们大约可以把有关冼夫人的书写故事分作两类：

（一）历史传奇：《隋书·谯国夫人列传》提到："夫人幼贤明，多筹略，在父母家，抚循部众，能行军用师，压服诸越。每劝亲族为善，由是信义结于本乡。"这段话成了民间文学创作最重要的生长点。故事为了衬托冼夫人的聪明才智与决断能力，往往会用较大的篇幅描写其他人的束手无策，或者对手的自大愚蠢，这些传奇故事活生生地展现了一个聪明伶俐、机智冷静的英雄少女形象。这一类故事有《帽归原主》《牧场辨鸭》《巧判耕牛》《冼夫人智灭贼兵》等。

（二）神灵保境安民的故事：冼夫人为朝廷及史家最看重的，是她与冯宝联姻之后，坚决维护中央王朝的合法地位，多次平息地方势力对中央王朝的叛乱，可是，这一部分历史功绩基本没有反映在民间故事当中。冼夫人保境安民的能力，主要反映在她成神之后的故事当中。这一类故事主要有《义务保姆》《冼太与大谢王比武》《鬼仔城的传说》《驱鬼烧窑》《晏镜岭与晏宫庙》等。

根据以上统计，在书写故事的47次载录中，计有24次是关于冼夫人的历史传奇，约占总载录次数的51%；计有20次是关于冼夫人成神之后保境安民的故事，约占总载录次数的43%。

图7—2　山兜冼夫人庙中庄严肃穆的冼夫人像（施爱东摄，2008年）

三 冼夫人信仰的口头故事

根据笔者 2008 年 4 月在粤西电白县电城、霞洞、沙琅三个镇的调查，共搜集到 72 人次讲述的 36 则故事（不含叙事诗）。① 为了方便讨论，本章依主题差别将这些口头故事分成五类，见表 7—2（故事梗概详见附录二）：

表 7—2　　　　　　　　关于冼夫人的口头故事

故事类别	故事数	讲述人次	故事编号
1. 保境安民的故事	12	26	§2.1—§2.12
2. 建庙以及庙产的故事	12	23	§2.13—§2.24
3. 信众得福的故事	8	16	§2.25—§2.32
4. 游神的故事	2	5	§2.33—§2.34
5. 历史传奇	2	2	§2.35—§2.36

上述共计 72 人次讲述的 36 则口头故事中，第五类"历史传奇"的讲述只有 2 人次，为同一位退休老中医讲述，他是所有受访者中文化程度最高的老人之一。其他四类全是冼夫人作为圣母的"灵验故事"。

在这些灵验故事中，没有一位信众提起过冼夫人的文学姓名"冼英"。多数信众使用的称呼是"娘娘""冼太嬷""太嬷"。对于笔者提出的"是否知道冼夫人小名叫冼英"的问题，约 70% 的信众回答"不知道"。而回答"知道"的，几乎都是当地"有文化的人"②，但即便"知道"，他们也从未在故事讲述中直呼冼英其名。

---

① 故事采集地点：电白县电城、霞洞镇、沙琅镇三个镇的冼夫人庙，以及庙宇附近的乡村，故事讲述者多为 50 岁以上老人，男女性别约为 2∶1，文化程度以文盲为主，少数具有中学文化程度。采集时间：2008 年 4 月 3—6 日。

② 这些"有文化的人"全是电白县文化局副局长陈河介绍给我的受访者，如原乡镇镇长、小学校长、供销社主任、医生等，他们对于冼夫人的历史事迹大多能说上 ABCD。

图7—3 霞洞镇晏宫庙悬挂着上百匹类似的信众送给冼夫人的还愿锦旗，各种诉求五花八门（施爱东摄，2008年）

四 历史的悬置与神性的展开

英雄人物一旦成为信仰对象，关于英雄的故事很快就会一分为二：在以历史学家和文学家为主体的书写传统中，英雄是作为具有非凡业绩的历史人物而被想象和书写的；而在以信众为主体的口头传统中，英雄是作为无所不在的神而被想象和讲述的。在信众的口头故事中，英雄作为历史人物的一面被悬置了，相应的，英雄的神性则不断得到展开和强化。

笔者在山兜、霞洞、沙琅三镇冼庙及其周边所进行的随机访谈中，大多数普通信众对于冼夫人的历史知识几乎一无所知。对于笔者提出的问题："你知道冼夫人是什么人吗？"随机访谈中大致有如下几种答案：

1. （11 次）不知道。
2. （6 次）她不是人，是菩萨（或神仙）。
3. （5 次）是我们的太嬷，就是你们"奶奶"的意思。
4. （4 次）就是观音菩萨（或妈祖）。
5. （2 次）是古时候这里少数民族的首领，一个女英雄。
6. （1 次）是我们电白人，就是我们山兜的。

也就是说，在 29 个受访者中，只有 3 个受访者知道冼夫人曾经是一个历史人物，而不是天生为神。这 3 个受访者中，只有 2 个受访者知道冼夫人是隋朝时期的历史人物。没有一个人能具体说出冼夫人生前的英雄事迹。

虽然冼夫人的历史形象常常通过地方精英撰写的碑文、对联、神弦歌等反复出现在各地冼庙，可是，普通信众却并未通过文字阅读从而习得关于冼夫人的历史知识。对于冼夫人主要的历史功绩，如平定李迁仕、欧阳纥、王仲宣等人叛乱的历史事件，他们或者直接笑答"不知道"，或者只是报以茫然的神情。

1999 年 12 月，笔者曾在高州旧城冼太庙看到一群妇女围坐在冼太像前香炉边诵读一本《三姐下凡降七岁儿童创七字经文新歌》，其中提到冼夫人："带领千军和万马，亲自出仗灭敌人；冼太虽然斯文样，文武双全有佳能；又能飞天又遁地，走遍天下救良民；历朝皇帝和将相，冼太怀念敬起身；朝朝都赠兵和马，赠给冼太太夫人；风灾水灾赶远远，火灾旱灾大海沉。"歌中的敌人、良民、皇帝、将相等，全都是泛指，并未具体落实到冼夫人生活的时代和真实的历史语境之中。即便是最虔诚的信徒，把经文全部背下来，也只能了解冼夫人是一名"为国为家为人民，脚底走穿不计痛，膝头跪烂保子民"的"民族英雄汉"，而无法从经文中获知更多的关于冼夫人历史的知识。

山兜娘娘庙有一副神前对联："跃马挥戈弼辅三朝扫净乱云澄玉宇；行仁伸义融和百越治平恶浪固金瓯。"对联基本上概括了冼夫人一生最重要的历史功绩。笔者想了解普通信众是否能够理解对联中的典故，于是故意装着不认识"弼"字，请一些上香的信士帮助讲解。少数信士只是结结巴巴地帮助笔者将对联念上一二遍，多数信众只是转头看一眼，然后让笔者去问庙祝，结果，庙祝也不知道这个字怎么念，更不知道是什么意思。据庙祝介绍，从来没有信众问过他类似的问题，他每天的主要工作就是给信众解签。① 也就是说，信众本身也没有想了解冼夫人历史功绩的要求和愿望。

在我们的实地考察中，发现除了书写故事中的§1.1《义务保姆》流传比较广，§1.3《牧场辨鸭》和§1.8《晏宫庙的传说》被当地信众所偶尔述及外，其他7则书写故事均未在信众的口头讲述中被述及。

笔者的田野实验是，选择书写故事中篇幅最简短的§1.3《牧场辨鸭》，反过来讲述给受访者听，然后询问他们是否听说过这个故事。回答"听过"的9人，回答"没听过"的12人，差距并不悬殊。

这就呈现出一种现象：许多人其实曾经听过故事§1.3《牧场辨鸭》，却并没有把它们当作一个值得复述或传讲的故事，当笔者请求他们讲述一个关于冼夫人的故事时，他们首先想到的是冼夫人作为神的灵验故事，而不是作为人的传奇故事。更进一步，我们可以说，冼夫人的信众对于冼夫人作为人间英雄的历史事迹并不关心，他们更关心冼夫人作为神到底具有多大的法力，信奉冼夫人可以给他们带来什么样的福祉。

事实上，大多数信众来到冼太庙只是为了与神进行一场交易，他们向神献上自己的贡品，然后要求神给予他们身体和财产的保护。如果神帮助他们实现了愿望，他们就会在下一轮的祭祀活动中献上更加贵重的礼物，也即"还愿"。除此之外，他们还要向更多的信众及潜在信众宣讲神的灵验事迹，以及借助口头赞颂表达他们对于神的感激，也即"千遍万遍来念诵，永远不忘冼太恩"。信众在他们的信仰生活中，"经常互相谈论某一神的灵验，从这些口头描述，来了解神祇行为的原理"②。这些宣讲、赞颂或者口头描述，就是我们搜集到的口头故事，也即本章附录2中的故事。

在信众的口头传统中，冼夫人的历史功绩无关乎他们的现实生活，相反，过于"人格化"反而有损于冼夫人的"神性"。因此，在沙琅镇一带传唱的《颂冼太歌词》中，第一句就强调"冼太本是天上神"，说冼夫人和观音菩萨本是天上玉帝身边的一对好姐妹，"两个法术都高强"，冼夫

---

① 笔者向庙祝求了一套完整的签诗，这套签诗与岭南各地流行的《观音灵签》内容几乎完全一样，只是题名不同。
② [美] 韩森：《变迁之神——南宋时期的民间信仰》，包伟民译，浙江人民出版社1999年版，第11页。

人请求玉帝允许她下凡为民造福,得到玉帝批准后,"身为玉女仙骨缘,下凡投胎在高凉",因此,冼太从一开始就是"出生与人不一样,年尽月过好聪明",如此才能做到"千家有求千家应,万家有求到坛中"。

如果信众们遇到什么不顺心的事,花婆或庙祝就会替他们念诵一段《冼太夫人现秘传咒》:"秉烛焚香叩诸神,洁净椅案接仙真;香烟频频通天界,处处神圣急知闻;急急知闻急急传,传达冼太一夫人;不知仙驾在何处,恳求神圣八方寻;下界弟子有灾难,急请夫人来降临;降落坛庭扶弟子,扶持弟子除灾氛。"咒语要连念36遍或49遍,才能让冼太真神降临。不过,这些咒语与当地的《王母咒》或《通天咒》等其他神庙的咒语并没有本质区别,所不同的,只是神名的差别。

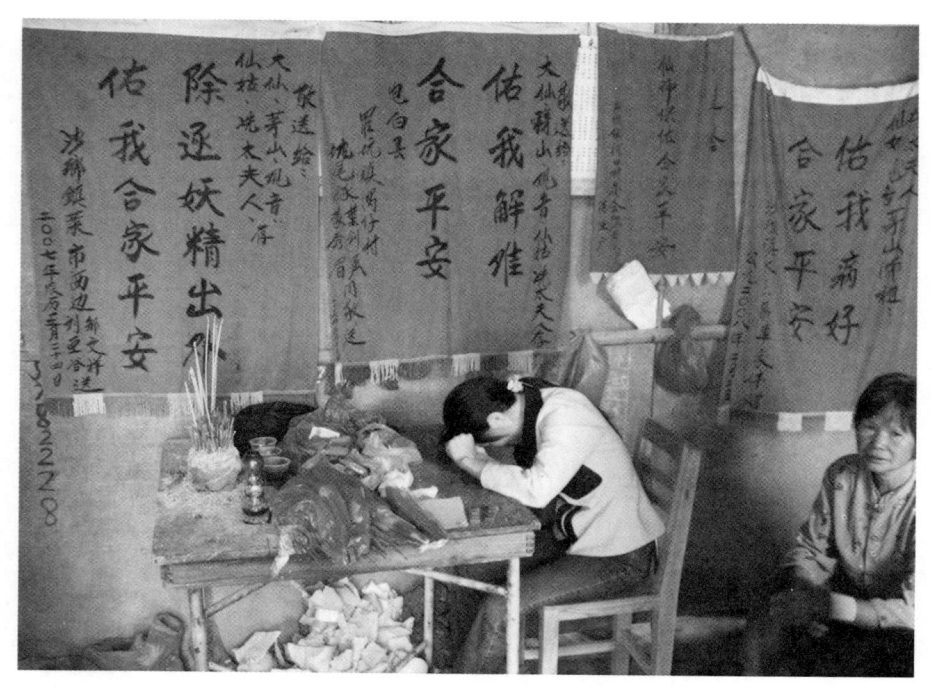

图7—4 一位仙姑正在为信众"降神",求取冼夫人的神谕(施爱东摄,2008年)

在信众的想象中,冼夫人本不该是人间女子,只应是天仙圣母,唯其如此,才有足够的法力聆听每一个信众的愿望与祈求,将福祉播撒到人间的每一个角落。经验告诉我们,我们无法要求一个已经逝去的历史人物穿越时空回到现代，但是，我们可以要求一个无所不能的神为我们每一个人禳灾祈福，神是超时空的存在。所以说，将洗夫人剥离凡尘、剥离历史，恰恰是为了让她更好地落实到与我们的现实生活息息相关的具体时空当中。

五 口头故事的经验化倾向

既然洗夫人无所不在，那么，她也就一定与我们同在。从我们搜集到的口头故事来看，绝大多数的故事，正是为了论证这一点。论证的依据，就是用活生生的经验事实，说明神就活在我们的现实世界当中。因此，绝大多数的口头故事，都有经验化的倾向。

在我们搜集到的36则口头故事中，排除§2.35和§2.36两则历史传奇，余下34则几乎全是灵验故事。从这34则故事来看，洗夫人故事的经验化倾向主要表现在三个方面。

（一）可经验的时间

洗夫人信仰早在隋唐时期就已经以祖先崇拜的形式兴起了，中唐之后一度衰落，北宋时期苏轼曾经咏叹其"庙貌空复存，碑板漫无辞"，因而"铜鼓壶卢笙，歌此送迎诗"①。至明清之际，洗夫人信仰重新大盛于粤西及海南一带，高州东岸洗太庙碑云："自通都大邑，以及小市穷乡，莫不庙祀。"② 各地洗庙存碑和文人记述中，记载着大量有关洗夫人圣显的灵验故事，可是，这些不在信众经验时间之内的灵验故事，完全没有出现在信众的口头故事当中。

灵验故事总是要表达信众的生命经验，描述神灵在可感知的历史时间、现实的信众群体生命中的"圣显"与救赎。34则故事中，只有§2.10是"明代"的故事、§2.14是"古时候"的故事，其他几乎全是当代语境下发生的故事。要么是模糊了时间概念的故事，如"过去人

---

① 王文诰辑注，孔凡礼点校：《苏轼诗集》，中华书局1982年版，第2262页。
② 谭棣华、曹腾騑、冼剑民编：《广东碑刻集》，广东高等教育出版社2001年版，第605页。

们下田了""娘娘正月十七回娘家""一天晚上""每年高考前"等；要么是发生在当代甚至是最近几年的故事，如"2004年春""石角的冼太庙建起来以后""前年三月三做年例演大戏""有一年电视台来采访我"等。

也就是说，信众往往只讲述那些凭我们的经验可以清晰感受得到的事件，这些故事发生的时间都比较近。如果故事发生的时间距离远了，则需要在空间距离上对此进行弥补，故事§2.11讲述的是20世纪30年代的事情，所以，需要借助这一事件与"我们陈家"的关系来加以说明。

（二）可经验的空间

据说冼夫人曾是"中国历史上第一位深得海南民心的政治家"，冼夫人庙遍布海南各地，"民间也流传着不少关于冼夫人的传说"①。可是，我们在高州市和电白县的两次调查中，没有搜集到一则与海南有关的冼夫人故事。

高州市与电白县南北接壤，共处于5000平方公里之内，最大间距不足100公里。可是，无论笔者1999年在高州市的调查，还是2008年在电白县的调查，两地信众都只讲述发生在当地的故事。许多信众甚至只讲述自己以及亲戚朋友的故事，以此证明事出有据、真实可靠。

当一位信众向笔者讲述故事§2.2的时候，笔者告诉她曾经在高州听说过这个故事，这位信众非常不屑地说："高州那边的故事是从我们这里传过去的，以前冼太就在这个庙（晏宫庙）里帮人看小孩，我们这里的人都知道。"②

由于笔者在沙琅镇的调查时间相对长一些，所以，上述36个灵验故事中，出现沙琅镇各村的地名也就相应较多，但这并不说明沙琅镇的冼夫人信仰就比别的地方更兴盛，只能说明沙琅人讲的多数都是近在沙琅的故事。

一般来说，越是文化程度较低的信众，其眼界越狭窄，其故事的时

---

① 陈雄：《冼夫人在海南》，中山大学出版社1992年版，第1页。
② 据天津市南开区文化和旅游局尚洁女士介绍，在天津妈祖庙也流传有妈祖在庙里显圣帮人看孩子的故事，情节与§2.2基本相同。

空跨度也越小，故事发生的时间地点距离他的经验世界越近；越是文化程度较高的信众，其眼界越开阔，其故事的时空跨度也越大，从书写传统中汲取的故事养分越多，他的故事从直接经验延伸到间接经验的可能性也就越大。在我们搜集的口头故事中，§2.24 的讲述者是个文化程度较低的普通村民，而 §2.35 和 §2.36 的讲述者则是一个读书识字爱看戏的老中医。

（三）可经验的情感

当历史被悬置的时候，神的前身行迹和性质就变得不重要了，前身的善恶美丑都被一笔抹杀，我们供奉神的最初动机——对冼夫人丰功伟绩的怀念，也就变得没有意义。作为"中国第一巾帼英雄"出身的"岭南圣母"冼夫人，与专门"索取人命的瘟神"出身的"财神"赵公明[①]也没有多大差别。相反，尽管赵公明出身不好，可是由于财神的主管领域与现实人生的发财愿望密切相关，占了个肥缺，导致财神信仰的广泛性远胜其他信仰。

是否能够得到信众的崇祀，关键不是神的出身与历史，而是神在当下能否为信众带来灵验和福祉。江南地区，五通神专门淫人妻女，曾经恶名昭著，可是，五通神常常主动对信众提出要求："尚能祀我，当使君毕世巨富，无用长年贾贩。""汝能谨事我，凡钱物百须，皆可如意。"[②] 一旦灵验，信众们一样会把这几位出身邪恶的坏小子供上神坛，给他们奉上"五圣"的荣誉称号。

在民间信仰的话语体系中，岭南圣母之"圣"并不指向冼夫人的神圣道德和神圣功业，而是指向她的神圣灵验。绝大多数的冼夫人故事，都是关于圣显的灵验故事。当历史和道德在故事中退隐之后，神在故事中的不端行为也就不再接受人间社会道德规范的约束。故事中神对于人们不敬行为的惩戒也就变得不仅合情，而且合理了。神对不敬者的惩戒，也是神圣之所以成为神圣的一种具体表现。

"据说神祇的言行与人无异，任何人都可以根据自己的经验及其对人

[①] 吕威：《财神信仰》，学苑出版社 1994 年版，第 12 页、第 13 页。
[②] 吕威：《财神信仰》，学苑出版社 1994 年版，第 59 页。

类动机的理解，来解释神的行为，这既不需要受教育，也不需要宗教训练。"① 在故事§2.14 中，冼夫人喜欢晏宫庙这块地，当崔王两人将她抬到这里的时候，她就赖在这里不肯走了。在故事§2.16 中，她巧取豪夺，把朋友的部将抢到了自己手上。在故事§2.24 中，肖老四只不过讲了些不三不四的话，神就让他家破人亡，以致神经错乱。由此可见，神的"圣心"甚至比普通人的心胸还更狭窄。

神一般比较偏爱看戏，大凡给她捐戏的信众，一般都很容易得到她的保佑。正因为信众对于神的贡献是以信众的经济实力为基础的，因此富人总是能比穷人得到更多的保佑。神的嫌贫爱富更甚于人之势利。

图7—5　沙琅镇"三月三农民文化节"期间，冼夫人信众在该镇文化中心戏台正前方搭起一个临时的"玉虚宫"，把冯宝和冼夫人请到现场看戏（施爱东摄，2008 年）

---

① ［美］韩森：《变迁之神——南宋时期的民间信仰》，包伟民译，浙江人民出版社1999 年版，第49 页。

在故事§2.9中，电视台来到电白拍电视，给神拍录像时，天就放晴，不给神拍录像时，天就降雨。什么时候放晴，什么时候降雨，不是由人的需求决定，而是由神随心所欲地决定，基本上没有其他道理可讲。一般来说，神总是喜欢选择在神像开光的时候、在盛大游神活动的时候借助于天气来显示自己的灵验，并以此戏弄信众，如故事§2.15。但是，信众并不会因为神的喜怒无常而有丝毫抱怨，反而认为这是展现"神性"的最佳方式。也就是说，神表现得越自我、自私，信众对神的信仰就会越坚实、越虔诚。

冼夫人有强烈的性别意识、贫富观念。每年更换新衣的时候，男子一律得远离神坛，那些命运多舛的妇女也不得插手扫尘更衣等神圣事务。一切与神亲密接触的事项都只能由好命婆（那些被认为家庭幸福、美满、富裕的女人）进行操作，一个贫穷的女人，无论她的信仰多么虔诚，都不会有资格插手这些内务活动。神与信众的关系，亲疏与贵贱、远近与贫富，都是成正比的。

在口头故事中，冼夫人和我们一样，也喜欢漂亮、喜欢整洁、喜欢看戏、喜欢新衣服、喜欢听好话、喜欢品尝美味佳肴，所以，信众得时时刻刻惦记着冼夫人，天天为她唱颂歌，不断为她打扫香炉、清洁环境，奉上新鲜瓜果、美味佳肴，每年还得为她更换一身漂亮的新衣服。如果有什么好事信众没能想到，她会借助托梦的方式主动提出要求，在故事§2.18中，石角河边的旧庙地势低，她不喜欢，就托梦给道士，要求在她自己选中的地方重新盖个新庙。

一方面，人人都说冼夫人"始终用一好心"；可另一方面，故事中的冼夫人也和我们一样，有爱有憎，也会常常使些小性子。对她喜欢的人一再给予照顾，而对她不喜欢的人则毫不留情地予以惩罚，故事§2.23和故事§2.23就是两个极端的例子。所以说，神也是情绪化的，神的情感也是人可以经验得到的情感，而且是比普通人更加敏感、更加情绪化的情感。人的行为是受约束的，在人之上，"头顶三尺有神明"；可是，神的行为却往往不受约束，在神之上，缺乏一种超越普通神性的行为法则。所以，在口头故事中，神性往往比人性表现得更加脆弱和狭隘，神的情绪化行为不仅不会受到信众的谴责，反而会成为信众颂扬其神性的灵验事迹加以传播。

图7—6 本书作者与沙琅镇冼夫人纪念馆的几位会首合影（陈河摄，2008年）

小结 书写传统与口头传统的价值差异

通过对冼夫人文化的文献阅读与实地考察，我们发现，有关冼夫人的书写传统与口头传统明显地走向了两个不同的方向。

书写传统侧重于历史钩沉，即使是所谓的"民间故事"，也都一直在努力还原一个作为"女英雄"的冼夫人，无论是聪明的、机智的，还是冷静的、果断的，总是离开不英雄人物的"高尚人格"。

而口头传统恰恰放弃了历史叙事，一方面，表现为一种"去人格化"的倾向，以各种事例反复论证冼夫人不是凡间女子，而是一个能够禳灾祈福、有求必应的天仙圣母；另一方面，却表现为一种"经验化"的倾向：每一则故事都与信众的经验世界息息相关，故事总是发生在我们这个年代、发生在我们这个地方，神甚至比普通人更加嫌贫爱富、好听谗言、喜欢享乐、爱憎分明。

对于大多数文化工作者来说，只有那些有合乎历史进步观的、刻画了洗夫人英雄形象的故事，才是有价值有意义的、值得书写的。可是，对于大多数洗夫人的信众来说，只有那些在他们的生活世界中可经验的故事，才是实在的、可信的、有意义的、值得传播的。

那么，为什么书写传统和口头传统中都共同地出现了大量"保境安民的故事"呢？这是由保境安民故事本身所蕴含的多重价值所决定的。在文化工作者看来，保境安民故事体现了洗夫人"对善良人民的满怀同情，对邪恶势力的勇敢斗争"①，这是合乎历史进步观的；在洗夫人的信众看来，保境安民故事正传颂了"洗夫人，活神仙，指天天变晴，指地地显灵，指人人长生，指鬼鬼消亡"②的圣显灵迹，满足了信众对于洗夫人的灵验期待。

通过对于书写传统与口头传统的讨论，我们最终要指出的是，书写故事与口头故事的差异，不是一个"是否忠实记录"以及"如何加工整理"的技术问题，而是体现为选择书写什么，以及选择讲述什么的价值问题。价值取向的不同，决定了口头故事与书写故事形态与类型的巨大差异。

最后需要强调的是，本章所讨论的书面故事，全都来源于1980—2006年间公开出版的洗夫人资料。这些资料集的搜集整理者多数是粤西地区的文化工作者，他们所秉持的价值观念与今天民俗学者们的新价值观念已有不少的差距。随着20世纪以来全世界范围内非物质文化遗产保护运动的逐步展开，民俗文化新观念的逐步下移，地方文化工作者对于神圣空间以及神圣叙事的理解也必将发生变化，越来越多的圣显故事也许会逐步进入新的书写传统，那时，本章所描述的书写传统与口头传统之间的种种差异，也许已经冲淡、转移，甚至不存在了。但是，作为文化工作者的价值理性与价值观念，总是会与普通信众的现实诉求与价值观念保持适当的距离，这种观念上的距离，依然会变换着不同的表现形式，形成书写传统与口头传统的新差异。

也就是说，到了2030年或2050年，当我们回访电白或者高州，再想追寻本章所说的书写传统与口头传统的种种差异时，我们一定会发现，差异的内容发生了变化，而不变的则是差异本身。

---

① 卢方圆、叶春生主编：《岭南圣母的文化与信仰》，黑龙江人民出版社2001年版，第142页。

② 广东电白县文联搜集整理：《电白俚乡歌谣》，内部发行，2007年，第2页。

正因为如此，本章所讨论的书写传统与口头传统的具体差异，只是发生在这一个时代的差异；也正因为如此，本章所搜集的口头传统，既不能与1980年之前的书写传统进行对话，也无法与2010年之后的书写传统进行对话。本章讨论的出发点，是"这个时代的书写传统"与"这个时代的口头传统"，这是一个近似于共时性的讨论，我们讨论的前提是：首先排除不同历史时期不同价值观念的混入。

附录一　书写传统中代表性的冼夫人故事

§1.1《义务保姆》（8次）①：从前，农妇下田干活，都喜欢把孩子放到冼太庙，傍晚再把孩子抱回家去。孩子们在庙里不哭不闹，回家还不饿。有个农妇很好奇，悄悄地从庙门缝里往里看，看见孩子们正围着一个华贵的妇女吃东西、做游戏，非常快乐。这个农妇认为是冼夫人显灵，就把这事告诉大家。可是由于天机被泄露，从此那个贵妇再没出现。

§1.2《帽归原主》（8次）：甲乙两个乡民争夺一顶竹帽。冼夫人听他们各自陈述了自己的理由，难以判定，只好将竹帽充公。对此，乡民乙没有意见，而乡民甲却非常不满。于是，冼夫人认为甲是竹帽的主人，将竹帽还给了甲。

§1.3《牧场辨鸭》（8次）：两个农妇的鸭子混在了一起，分不清谁是谁的。冼夫人让她们分站东西两头，分别以自己的方式呼唤鸭子。于是，鸭子们听到主人的呼唤，有的走向东边，有的走向西边，很快就分清了。

§1.4《巧判耕牛》（6次）：两兄弟分家后，弟弟的牛与哥哥的牛发生角斗，哥哥的牛被推落悬崖。哥哥要弟弟赔牛，弟弟不答应，于是告到官府。冼夫人的哥哥觉得很难判，于是交给冼夫人处理。冼夫人判曰："生者同耕，死者同宰。"于是兄弟两家互相帮助，共渡难关，后来合资又买了一头牛。

§1.5《冼太与大谢王比武》（4次）：大谢岭的大谢王想侵吞冼夫人的高凉岭，于是决定通过比武来判输赢。大谢王举起神铲铲向冼夫人庙，

---

① 括号内的数字表示该故事在本章开篇所列各文献中出现的次数。下同。

冼夫人用纸扇一挡，神铲只铲到了庙前的平地，即今庙塘，铲出来的土落在两华里外，变成今天的陂岭。冼夫人取出一条神鞭，对着大谢岭打了24鞭，将大谢岭打出24条大坑。大谢王输了，从此痛改前非，做了许多好事。

§1.6《鬼仔城的传说》（3次）：明朝年间，冼夫人托梦给一位山兜村民说："鬼仔要在你村边建城设阴阳墟，日间生人趁墟，夜间鬼仔趁墟。如果鬼仔城建城，你村将会鸡不啼、狗不吠，村民会受灾劫。"村民们非常害怕。到了建城的那晚，阴风阵阵，飞沙走石，鬼仔城很快砌出一尺多高。这时，有人发现一道红光降临，冼夫人执剑出现在墙头，使出法术让公鸡半夜打鸣。公鸡一叫，鬼仔们以为天要亮了，不敢逗留，于是，鬼仔城没能建成。

§1.7《驱鬼烧窑》（3次）：南朝时期，为了筑城，需要大量砖瓦，民工们日夜赶制，还是不能满足需求。于是，冼夫人驱使鬼神前来帮忙，命其赶了七七四十九天，终于完成任务。这些鬼神留下了大批古窑，至今仍保存在高州旧城附近。

§1.8《晏宫庙的传说》（3次）：宋朝时期，在外做官的崔本厚卸任回电白，看见一位老太太躺在路边，也是回霞洞的，崔知县就把她扶上轿，自己换成了骑马。两位姓王的轿夫抬着老太太，感觉一点都不费力，来到霞洞狮子岭下，他们掀开轿帘，轿内只有一幅布，上书："合众心，奉一尊，诚可千古，敬可千古；分法相，庇两族，王也万年，崔也万年。""诚敬夫人"是冼夫人的封号，于是，崔王两姓就在停轿处建了一座诚敬夫人庙，也叫晏宫庙。

§1.9《冼夫人智灭贼兵》（2次）：冼夫人派人去告诉贼兵，说明天要去拜访他们。贼兵们以为冼夫人害怕，于是答应了。冼夫人挑选了500壮士，用红布裹枪当扁担，带着礼物上山了。到了山上，壮士们褪下枪上的红布，把贼兵全消灭了。

§1.10《晏镜岭与晏宫庙》（2次）：电白县霞洞堡的农民起义军被清兵围在浮山岭上，危急关头，想到了焚香向冼夫人求助。刹那间天昏地暗、飞沙走石，把清兵砸得乱成一团。起义军突围到了镜岭一带，驻防在镜岭的清兵本来是以一面大镜的开合来发布信号，可是，突然天降大雾，镜面被遮住了，清兵失去指挥，起义军再次顺利逃脱。由于"暗"与"晏"谐音，人们就把镜岭改称为"晏镜岭"，把当地的冼夫人庙改称为

"晏宫庙"。

附录二　口头传统中的冼夫人故事

根据我们在电白县的调查，① 冼夫人的口头故事大致可以分为以下五类：②

（一）保境安民的故事

§2.1（7次）③ 2004年春，有300名港澳学生来电白县种植"爱国统一林"，可是，当天一直下雨，负责这次活动的郑副县长非常着急，让文化局长陈河"想想办法"。陈河马上想到求助于冼夫人，于是来到冼太庙掷杯祈晴，先是求上午9点至下午2点，冼太不许；再求上午10点至下午2点，冼太还是不许；最后掷出中午12点至下午2点，结果灯花闪了，表示冼太同意。于是，大家抓紧时间，抢在下午1点58分结束活动，当最后一个人收队上车的时候，瓢泼大雨倾盆而下，车上所有人都惊呆了，大家一看表，正是2点，分秒不差。（这个故事是我们2008年4月在电白县的调查中，听得最多的一个故事。我们最早是从郑副县长处听到这个故事，后来又从陈副局长本人处听到了，其他受访的官员几乎无一不提及这个故事。民间故事异文间往往大同小异，但这个故事在不同讲述者口中却连细节都惊人的一致。）

§2.2（5次）过去人们下田了，小孩没人管，就让冼夫人管。中午小孩都在庙里睡，也不饿。有个人好奇心，偷偷跑回来看，知道是冼夫人在管小孩。从此冼夫人就不再出现。这是真的，高州那边的故事是从我们这里传过去的。

---

① 以下关于电白县冼太庙的灵验故事主要来自于笔者2008年4月在电白县的调查，尤其感谢郑伟姬副县长、文化局陈河副局长，以及沙琅镇冯振成、霞洞镇戴国秀、电城镇邵叔铿等冼太信士的热心帮助。

② 为了保护受访者以及当事人的个人权益和隐私，文中所涉及的部分姓名均作了变形处理，时间与地名则依照讲述。另外，对于基本情节相近的异文，本章忽略了异文之间的差异，在综合整理之后，只述其故事梗概。

③ 括号内的数字表示在笔者的调查中，向笔者讲述该故事的人次。

§2.3（3次）冼夫人广场没立铜像之前，老是刮台风，2005年在这里立了铜像，台风就不走这里了，到了海边就绕过去了。

§2.4（2次）娘娘正月十七回娘家，为了不惊动沿路百姓，规定不许打灯。这天夜里人们出来担水，路面都是亮的，没灯也能赶路。

§2.5（2次）石角的冼太庙建起来以后，非常灵验。水心村原来年年发大水，有人建议去石角拜拜冼夫人。拜过之后，当年就没有发大水，于是，水心也建了一座冼太庙。水心建庙后，就很少发大水。水心人很多养牛的，偷牛的也很多，庙建成后，有个小偷来偷牛，看到牛两眼放光，旁边有个人，两眼也放光，小偷就再也不敢来了。后来就有"大水不冲冼太庙，小偷不偷水心村"的说法。

§2.6（1次）一天晚上，盗贼准备打劫水心村，突然看到冼太庙放出万丈红光，有千军万马走出来，知道是冼太巡夜，再不敢打劫水心村了。

§2.7（1次）娘娘庙东侧空地，叫求雨坡。每年一求完，雨肯定来，没有一年是不灵的。

§2.8（1次）县里在2003年搞了一次冼夫人出军的大型舞蹈活动，其实就是冼夫人坐马大巡游。春节前一直在下雨，气象局说初一还要下雨，县长叫我去庙里拜一拜。我把时间、活动写在红纸上，然后掷杯。说有雨，灯花不跳；说没雨，灯花就跳。我回来告诉县长说没雨，大家都笑我，不相信。第二天我又去掷杯，冼夫人还是说没雨，政府办主任打电话问气象局，他们说一定有雨，如果没雨，一年的咨询费都不要。最后，县长决定信一次冼夫人，没对外公布停止活动。年三十晚还在下雨，初一上午九点还没停。再问冼夫人，还是说没雨。大家出来排好队，十点钟一到，不但雨停了，太阳也出来了。好事人打电话一问，周边都在下雨，只有我们水东城不下雨。这事个个都知道。

§2.9（1次）有一次电视台来采访我，当时下雨，电视台的人拿着机器要去山兜拍冼庙，我就说了句，你们去山兜时，大概冼夫人会显灵，雨会停的。他们将信将疑，当车开到收费站时，雨就小了，到了山兜，太阳就出来了。他们拍完冼庙，马上就开始下雨了。后来他们还想去水东补冼夫人铜像的镜头，结果一到那里，雨又停了。当时电视台都拍下来了，后来还在电视解说词里面专门讲到这些事。

§2.10（1次）据说明代的时候，在树仔镇登楼村，有一天冼太庙的香炉着火了，就知道有事。当天晚上四更天，海盗进来了。天很黑，海盗什么都看不见，但信众能看见他们。海盗退回船上，想走，突然就刮大风，把海盗全吹到海里，把他们的脚全割烂了。那地方现在还叫沉船口。

§2.11（1次）20世纪30年代，瘟疫流行，水东三个城门，全都打开出死人，光我们陈家就抬了四个出去。有一天，冼太庙的鼓不停地响，到了半夜才停，个个都听到路上有马蹄声，响了一晚，第二天就很少死人了。庙祝说是冼夫人巡城，杀瘟神。于是大家每年都把冼夫人抬出来巡游，那以后就再没有瘟疫了。

§2.12（1次）朱先盛1985年在德胜岭盖了五间平房，入住后，每天夜里都听到有人走路的声音，开始以为是贼佬偷东西，可是开灯又没发现什么东西。2003年3月18日，他老婆来到冼太面前祈请驱鬼。当晚12时，他老婆就听到有人打开他家大门进来，听那人一间一间屋子走，每出一个屋，就拍一拍门头，后来还掀他们的蚊帐，然后就出门去了。第二天他老婆去冼太庙问花婆，知道当晚是冼太去给他们驱鬼，从此他们家就安静了。朱先盛老婆花了六百多元，买了很多礼物来还福。

（二）建庙以及庙产的故事

§2.13（6次）山兜娘娘庙的飞来鼎，听说是隋朝时期留下来的，鼎上的香火就算下雨也不会灭。

§2.14（4次）古时候，霞洞有两个轿夫，一个姓崔一个姓王，有一年正月去高州，回来时抬了一位衣着华丽的女人，说好一千块。两人路上说，今天是赶不上拜冼太了，轿里的女人却说，你们肯定能赶上。两人走得飞快，到了晏宫庙这个地方，却走不动了，他们掀开轿门一看，里面只有一千块钱，那个女人不见了。他们认为是冼夫人显灵，就筹钱在这里建了晏宫庙。后来发家了，两家就开始赛神，哪家跑得快，当年一定大发。

§2.15（2次）霞洞晏宫庙重建开光那天，来山兜娘娘庙取香火。这要用天火，就是用放大镜对着太阳点火。但是天一直阴着，大家就跪下来求娘娘放晴。过了一会，天开了，很快点着火，火一点完，天又阴了，乌云滚滚。马上开车把火送到霞洞去。

§2.16（2次）有个黄十九将军，传说救宋王有功，战死后封为高凉将军，有黄将军庙，黄将军庙和娘娘庙每年都会互相走动。有一年，抬黄将军的人走到半山腰，抬不上去了，后来黄将军把他手下一个将军送给娘娘，这才抬上去。娘娘手下原来只有三个将军，后来就变成四个了。

§2.17（2次）冼夫人墓地这一大片，基本是荒的，以前有的人想在里面种点菜种棵树什么的，谁种谁倒霉，那不是太岁头上动土吗？

§2.18（1次）石角河边原来有个冼太庙，地势比较低，冼太不喜欢。有两个道士，夜晚看到一团火，从旧庙上面冲出来，跌在两百米外，晚上两个都梦见冼太说庙址不靓，要重选火落下来那地方。后来人们就成立筹委会，盖了个新庙。

§2.19（1次）石角建冼太庙的时候，买了很多大木头，堆在河边，大家不知道怎么搬。这天下了一场大雨，把木头托到了庙边，省了许多事。

§2.20（1次）建石角那个庙的时候，每天有50个人上工，可是一到吃饭的时候，点来点去都只有49个人，有一个人硬是查不出。后来大家知道了，是冼太自己在帮助做工，这个庙很快就建成了，建庙后，这里年年风调雨顺、六畜兴旺，从来不发大水。

§2.21（1次）石角和水心各有一个冼太庙。冼太是山兜人，老公是霞洞的，平时住在高州府，她回娘家就要走这里过。有一次回家探亲，刚好冯宝有急事，追她回去办公。走到石角河边，发大水过不了，就在石角住了一晚。冼夫人过河以后，石角人就在河边建一个庙纪念她。石角下边水心村也有一个冼太庙，当时冼太过河以后，在水心休息了一下，人们就在这里也建一个庙。

§2.22（1次）石角和水心庙都在河边，太小气，不合适，大家认为冼夫人功高盖世，就在沙琅镇上又盖了个大庙。老镇长徐树叶建议叫作"冼夫人纪念馆"，纪念巾帼英雄冼夫人，这不是迷信活动。

§2.23（1次）沙琅大迳口2002年立冼太，原来的庙头带了一批人到山兜娘娘庙去接香火，可是接来不久，冼太又回去了。叫花婆问一下，原来冼太不同意这个人做庙头。后来她选中原鱼花大队书记张昭群。正在冼太要进座时，张昭群从深圳打电话来说他的的士车被偷了，让花婆到冼太面前问一下。冼太答复他一办完进座，的士就会回来。他回来后第三天，深圳公司来电说交警已经破案，请他去领车。领回车第三天，又拾到一千多元人民币。

§2.24（1次）前年三月三做年例演大戏，大家都出钱出力，詹屋村的肖老四不捐资不算，还讲些不三不四的话。哪知道冼太显灵了，三月三后，他那贵州买来的老婆跑了，留下一儿一女，对他打击很大。后来就不正常了，三月二十六日早上，他走到庙里，七个香炉盆他打烂六个，就是冼太那个香炉盆，他打了三棍，打不烂；三座神像他打坏两座，就是冼太像，他打了三棍，冼太的鼻子也打不烂。后来他走过医院时，又打烂医院的窗子，被派出所抓起来了。

（三）信众得福的故事

§2.25（4次）选黄道吉日不能只看老皇历，还要问冼夫人。做生意的人没有不信冼夫人的，包工头更是如此，如投标接工程之类的，他们赚了钱还要来还神。

§2.26（3次）每年高考前，都有一批高中生或者家长到冼太庙求签，求冼太保佑，许多人都考上了大学。有些人考了几年都考不上，准备不读了，听人劝就到冼太庙求求，试一下，拜过后再考，结果考中两三个，他们都做了锦旗送庙里了。

§2.27（3次）冼夫人是岭南最大的官，想当官的，都要去求她。许多当官的，每年的初一至十五期间，或者到了换届选举的时候，都到冼太庙求签，许多人求得好签，如愿以偿。

§2.28（2次）我们这里有很多人开车跑深圳，两三千人，没有人敢不拜冼夫人。拜了就不容易出事，平安。

§2.29（1次）1966年"破四旧"，一个叫巫世伟的，是工人纠察队的，他把神像和香炉收起来了，前几年才献出来。他今春刚去世，庙里动用了许多法器给他送行，60岁以上的老人都来给他送行。

§2.30（1次）沙琅家家乐饭店的老板，亏本很惨；他老婆做成衣，生意也不好。有人告诉他塘砥在立冼太、塑金身，叫他去拜一下。他就去了，许愿如果生意做得好，第二年正月二十四要捐一本戏。回来后生意马上好起来，赚了钱，就捐了一本戏，逢人就讲冼太灵。

§2.31（1次）那霍镇梅子浪村肖植贤，突然间病得非常重，快不行了，就派人到根子镇报告他的岳父母。他的岳母马上把他的生辰八字带到浮山岭冼太庙，请冼太救她女婿。第二天，肖植贤就能吃东西了，很快病就好了。肖植贤说，那天早上，他看到有一位妇女到阎王的监狱里，把他放出来，送他到屋门口，还问他认不认得自己回家，然后就不见了。当天那个妇女就托梦说她是冼太。他病好之后，买了一张大锦旗送到浮山岭冼太庙。

§2.32（1次）罗坑镇横山村杨秀士的侄儿，知道绿段岭要在2000

年立冼太，就到绿段岭冼太庙许愿，如果他的儿子能考上大学，一定要答谢冼太。后来他儿子果然考上大学，他就办了三牲，送了一面"佑我儿子上大学"的锦旗。

(四) 游神的故事

§2.33（3次）1957年晏宫庙搞了个大型的祭祀活动，估计不下一百万人，周边的农田都被践踏了，县委查下来，发现有几个主事的是以前加入过国民党、三清团的，因此确认是一起反革命事件，把庙烧了，两个主事的被枪毙了，这事还上了《人民日报》，可以查得到的。后来人们就不大敢搞了，许多老人现在还怕。

§2.34（2次）"文化大革命"时期，人们把冼夫人捧在心口，用衣服包起来，晚上就几个人在街上走，悄悄地游神。如果不游，这地方就会出现瘟疫。

(五) 冼夫人成神之前的传奇故事

§2.35（1次）冼夫人叫冼英，父亲是俚族首领，统领十万户。他父亲训练兵马，冼英是女孩，不能参加，她就偷学，学到十八般武艺样样精通。梁朝时，汉人冯融来高州做刺史，带了他的儿子冯宝来拜访冼英父亲，一看有个女子飞拳打脚，冯宝看她这么漂亮，功夫又好，入了神。冼英见冯宝生得一表人才，也有好感。两人就聊了起来……就这样，冯宝经常来拜访冼英，要求父亲打破汉俚间的界限，向冼家提亲。他们的婚姻对俚族的影响很大，这是争取婚姻自由。冯融退休后，冯宝继位，冼英是当地人，对地方治安很有一套，他们大公无私，许多人都来归附他们。

§2.36（1次）有两家人养鸭子，一个东边养，一个西边养，走到一个塘里，分不开了。冼英父亲不在家，就让冼英断。冼英把鸭子先饿两天，然后分别在两边喂食，东边的鸭子走到东边吃，西边的鸭子走到西边吃，一下就分开了。

（本章原题《圣母故事的经验化讲述——粤西冼夫人信仰的书写传统与口头传统》，德国柏林洪堡大学"社会人类学的民俗视角：迈向汉族社会研究的新范式"国际学术研讨会会议论文，2009年7月9日；又载朝戈金主编《中国民俗学》第一辑，广西师范大学出版社2012年版）

第 八 章

叛逆与顺从:家族史的口头
传统与书写传统

导 读

  在湖南省汝城县（古称桂阳）金山村，盛行一则皇帝剿田心的传说。金山村是一个典型的宗族社会，离县城只有七公里，全村居民以叶姓、卢姓、李姓为主，其中李姓分为两个宗族，分别聚居在南边的井头自然村和北边的田心自然村，称为井头李和田心李。据说被皇帝剿灭的是过去宗族势力最强，现在宗族势力最弱的田心李氏。

  从两家李氏族谱看，井头李氏和田心李氏是同源兄弟，井头李氏比田心李氏还早两辈卜居金山。可是，无论叶氏、卢氏还是井头李氏，都一致认可田心李氏是金山村最早的居民。老人们都说，过去的金山村是个规模非常大的村子，全是田心李家的。曾任田心李氏族长的李铁生老人说得更精确："当时田心李氏有一千八百多户，如果凑齐三百个长胡子，就可以出一个皇帝，当时已经有了九十九个红胡子、九十九个黑胡子、九十九个黄胡子，还差一个红胡子、一个黑胡子、一个黄胡子就可以出皇帝。"[①]但是好事并未发生，由于李家人过于自大，早早就被官兵剿灭了。

  通过对传说和族谱的分析我们发现，一方面是金山村民代代相传，反

---

  ① 本章写作中，故事释读部得到漆凌云帮助，族谱释读部得到王强、张剑帮助，论述过程受到刘魁立、吕微、陈泳超、许晓明、张玮诸位师友的讨论启发，特此致谢！李铁生，田心组村民，田心李氏宗族理事会原理事长，1944年生，文盲，2018年8月24日。

复诉说田心村曾经的辉煌以及惨痛的灭族记忆；另一方面是族史缺断的前提下，田心的宗族精英通过多次联宗合谱，一步步"祖脉接龙"，续上西平王李晟的伟大传统。

口头传统和联宗合谱，形成了田心李氏对于宗族历史截然相反的双向叙事：一个是叛逆色彩强烈的民间传说（自选叙事），一个是深受礼教规约的常规性历史叙事（规范叙事），两者共同构成了"民间性"相辅相成的两个向度——叛逆与顺从。

一　皇帝剿田心的传说

金山村几乎人人都知道皇帝剿田心的传说，核心情节大同小异，下文以田心李氏族长李平良的讲述为底本，与李平良不同的说法以括号标出。

李家人多势众，慢慢地变得狂妄自大，其他村的人办喜事都得请他们喝酒，如果不发请柬，等他们的娶亲花轿打从这里经过的时候，李家人就去抢，要把新娘子留在田心过一夜。其他村的人没办法，只好向上告，皇帝就派兵下来剿灭李氏。

官兵来到田心，发现这里全被一片大雾罩住了（李铁生说是一汪水，看上去一片海；还有的讲述者只说什么也看不清）。这时候有个丫环出来挑水，这丫环是外来女子，平时就受李家人欺负，有时水快挑到家了，碰上李家人走过，他们就在前桶吐一口痰，后桶放一个屁，丫环只得把水倒了重挑。带兵的就问这丫环为什么看不见田心村，丫环就说："田心祠堂里放着一碗水，能出雾，会罩着田心。我们看你们就看得到，你们看我们就看不到。"

带兵的就让丫环去把那碗里的水倒了（李铁生强调，带兵的还许了很多金银给她）。这丫环就偷偷溜进祠堂，把碗里的水倒去一些，雾就散去一些；再倒掉一些，雾又散去一些；总共倒了三次，把水倒光了，田心村就露出来了。

官兵杀进来的时候，发现李氏共有十八厅，灯火辉煌，人们都在猜拳喝酒，根本没有想到大难临头。官兵进了村，见人就杀，一次就把李家人全杀光了（李铁生强调，官兵们进村之后，先把丫环杀掉了)。

　　村里有个孕妇,那天刚好从娘家回来,看到情况不妙,就躲进了一个桥洞。等官兵都走远了,她才逃回娘家,把孩子拉扯大。孩子长大以后老是受人欺负,就向母亲问家世,母亲这才把实情告诉他,于是母子俩又回到田心村。男孩娶妻生子,慢慢又发展起来。①

传说中的孕妇就是田心李氏的"祖婆"。关于祖婆躲避追杀的地点,有说在路上,有说在家里。关于隐蔽的工具,有说石臼的,有说水缸的,还有说灶洞的。叶玉明认为是桥洞:"这个女人爬到一条水沟里的小桥洞下躲起来。她一躲进去,马上就有蜘蛛爬过来,在桥洞上结网。官兵追到这里,一看桥洞上全是蜘蛛网,就没往里看。后来这女人就生下一个男孩,过了好几代才回到田心,慢慢又发展起来。"② 桥洞有可能是主流说法,李鸿标③老人说,大家对这个祖婆的称呼就叫"洞坎婆",村干部卢文磊解释说:"我们汝城话,洞坎(读 hua)就是像桥洞一样的水渠暗道,相对较小的桥洞。"④ 大部分讲述者的故事到这里就结束了。

　　但在李铁生的讲述中,他们祖婆在劫难之后回到娘家。孩子七八岁的时候,其他小孩嘲笑他没有父亲,母亲这才把李家的遭遇告诉他,于是孩子要求母亲把他带回田心。那时候的田心什么都没有了,所有基业都靠母子俩一手一脚重建。孩子的外公心疼外孙,让孩子舅舅和舅妈把母子俩接回去,孩子不肯回,他们想把他硬拉回去,但是孩子的力气非常大,他一甩手,就把舅舅和舅妈摔一个大跟斗。外公只好让舅舅舅妈把各种生活用具,锄头刀镰都送过来,柴米油盐也送过来,帮助母子俩做基业,这个男孩就成为田心再世祖。后来人口越来越多,后代有人做了大官,就做起了现在的祠堂,还改了村子格局。

---

① 李平良,田心一组组长,田心李氏宗族理事会理事长,1973 年生,初小文化,2016 年 8 月 17 日。
② 叶玉明:汉头组村民,叶氏祠堂守祠人,1951 年生,文盲,2016 年 8 月 23 日。
③ 李鸿标:井头组村民,井头李氏宗族理事会成员,1933 年生,初小文化,2016 年 8 月 18 日。
④ 卢文磊答施爱东微信,2020 年 5 月 20 日。

图8—1　李铁生老人站在庙下组圣公庙遗址处说："站在这里,眼睛能看到的田地,过去都是我们李家的。"(施爱东摄,2016年)

二　用"剥笋法"剥出"元传说"

我们现在要做的是,借助容肇祖提倡的"剥笋法"①,把故事中不影响主体结构的,不具备核心功能的衍生母题和观念性演述一一剥离。陈泳超在洪洞的传说研究中,将这种剥去了所有笋衣的最核心的传说形态称为"元传说":"我要减出来的最小值,其实是抽象出来的最简单的结构,即所有传说文本都不会对它发生质疑的基干,或者说所有当地民众都知晓且

---

① 容肇祖:"研究我国古代的迷信与传说,我所用的方法……如说剥笋,一层一层的剥去,其中是极小的或无复余;泥菩萨的衣服,一层一层的剥去,其中只有黏土;周公的伟大,一层一层的分析,只留渺小的周公。"(容肇祖:《迷信与传说》,中山大学民俗学会丛书1929年版,"自序"第4页)容肇祖自称"剥笋法"系化用胡适的"剥皮主义",参见胡适《古史讨论的读后感》(1924年2月《读书杂志》第18期)。

认同的传说骨架。"①

我们暂且把下面这些可以随时剥离的笋衣称作"附着性母题"，它们的主要功能是为了增强故事的传奇性，或者演绎某种共同观念。

（一）强取民女初夜权的压迫母题

关于李家抢别族新娘强行过夜的说法，也是湖南土家人最痛恨的"初夜权"问题。荆楚土家族流传这样一则民谣："天无柄，地无环，土司有个初夜权；谁家姑娘要出嫁，他要先睡头三晚，土家妹妹哪个愿？"②沈从文也曾提到："土司的统治已成过去……但留下一个传说尚能刺激人心。就是作土司的，除同宗外，对于此外任何人新婚都保有'初夜权'。新妇应当送到土司府留下三天，代为除邪气，方能发还。"③

尽管中国古代是否曾有过初夜权习俗尚存争议，但是，这种极端行为却常常被用来作为阶级压迫的象征性情节。极端压迫的结果，一定是受压迫者的极端反抗，所有涉及初夜权的传说，压迫者最终都被杀死或剿灭。灭亡的方式有两种：一是被受压迫者杀死："明洪武年间，湘西俄梯城俄梯土王无道，不但要土民年年进贡，还在实行新婚'初夜权'。王姓首领墨拉秘密邀约土民提前在腊月二十九过年，然后在腊月三十向俄梯土王拜年，轮番进献猪羊果酒，乘其不备将他杀死。"④ 二是被官府剿灭："皇帝得知此事就派兵剿灭，白鼻子土司王一战即败，并在一个小山洞里被杀死。"⑤ 田心村的传说属于第二种。

压迫母题一旦出现在故事开头，往往意味着压迫者必然被推翻、打倒的命运。反过来，当故事要讲述一个家族的衰落命运时，总是要在开头附着一个过失母题——违反禁忌，或者一种不可饶恕的错误。这种过失未必是真实发生的，但可以用来解释其衰落的因由，完成故事逻辑上的自我

---

① 陈泳超：《背过身去的大娘娘：地方民间传说生息的动力学研究》，北京大学出版社2015年版，第96页。

② 聂荣华、万里主编：《湖湘文化通论》，湖南大学出版社2005年版，第10页。

③ 沈从文：《白河流域几个码头》，收入沈从文《湘行散记》，山西人民出版社2018年版，第145—146页。

④ 中国人民政治协商会议湖南省石门县委员会编：《神奇石门·民俗卷》，大众文艺出版社2007年版，第96—97页。

⑤ 田清旺：《"初夜权"：一项污名化的所谓土家族土司特权》，《中央民族大学学报》2015年第4期。

封闭。

(二) 凑足 300 个长胡子可以出皇帝的违禁母题

这是典型的谶语失效的违禁母题，某家族具有某种命运或法力，如果能够等到某项特别的指标得到满足，这个家族就可能出一个皇帝，可惜的是，在指标即将得到满足的时候，由于一次或多次错误行为，该家族命运完全逆转。

浙江省安吉县《独山为啥没有出皇帝》，说的是一个布贩在独山做生意，遇见一个半脸胡子的和一个满脸胡子的人向他赊布，他进村收账的时候，找到半脸胡子，半脸胡子不认账，找到满脸胡子，满脸胡子也不认账。布贩在独山村转了一天，发现这里有十八个半脸胡子，十八个满脸胡子，相貌一模一样，谁也不认账。布贩向县官告状，县官派风水师去看，发现"这三十六个汉子分别就十八个文官和十八个武将，幸好真龙天子尚未出世，等天子出世后就要起来造反"①，于是把独山的风水破了，该地从此破落。

关于配齐红黑黄三色人可以出皇帝的说法，在民间也有流传，比如云南嵩明县的《阿古龙螺峰山》。阿古村有个老头很懂风水，布了一个风水局，但是没有告诉儿子，有一天老人外出，儿媳妇生下三个孩子："一个红脸，一个黑脸，一个黄脸。红脸爬到家堂上笑眯眯地坐着（这就是小皇帝），黑脸骑在门槛上把着门（这是门卫大将军），黄脸爬到灶上坐着（这是管御厨大将军）。"② 蠢儿子不知道这是天降麟儿之异相，误以为"妖逆"，用锄头把三个孩子都打死了。

满足特别指标就能出皇帝的谶语流行于全国各地。比如，福建省惠安县《担山的传说》："大蚱共有九十九个山尖，如果能搬一座山来把东坡这个破口塞住，成了一百个山尖，这里就会出皇帝。"③ 河北衡水县谈庄村旧有老母庙，传说"老母庙共有九十九间房子，当盖上第一百间房子时，冀州就要出皇帝，天下就会大乱"④。

---

① 张西廷编著：《黄浦江源章村镇》，大众文艺出版社 2006 年版，第 100 页。
② 汪俊贤主编：《昆明民族民间文学集》，云南美术出版社 2008 年版，第 273 页。
③ 崇武镇民间文学集成编委会：《惠安县崇武镇民间文学集成》，崇武镇民间文学集成编委会编印，1990 年，第 106 页。
④ 赵云旺：《衡水民俗风物》，河北人民出版社 2016 年版，第 288 页。

典型的违禁灭族故事以湖南"田心乡"的故事为例。传说湖南有四十八座"天子山",山山可以出皇帝,其中安化县的田心乡就有一座。山下有个财主建新房,神仙在他家梁上安了一支箭,告诉财主:"生下孩子三年六个月不开大门,必定是当代天子。"孩子出生三年后,财主过于心急,大门一开,梁上射出一支金箭。可惜神箭发早了,只是射在皇帝的宝座上。皇帝一查是湖南田心射来的箭,马上派兵把田心给剿了。① 湖南各地广泛流传着这类"早发的神箭"故事。这些传说中,都有一个因不知情(或心急)而违反禁忌,导致东窗事发,谶语失效的愚蠢行为。在湖南,这个传说常常用来解释某个族群为什么在当地消失。

问题是,在所有灭族传说中,原因要么是违禁,要么是压迫,没有一则是两者兼容的。事实上在笔者的调查中,多数讲述人都使用了压迫母题,只有李铁生在压迫母题之前,嫁接了一个违禁母题。结合李铁生宗族理事会原理事长的身份,以及他对官兵进村后"先把丫环杀掉"的表述,我们可以理解李铁生对丫环的痛恨以及为李氏先人"去污名化"的努力,他试图用违禁母题来取代压迫母题作为李氏灭族的原因,为祖先洗白罪名。

(三) 咒水作雾母题以及破咒母题

咒水作雾母题在南方民间故事中并不罕见,起源很早,《太平御览》卷十五引虞喜《志林》称:"黄帝与蚩尤战于涿鹿之野。蚩尤作大雾,弥三日,军人皆惑。黄帝乃令风后法斗机作指南车,以别四方,遂擒蚩尤。"② 一些古代小说也保留有咒水作雾的情节,如《荡寇志》第三十八回,陈希真将四十九道符化入水中:"此水能令大雾中视物如同青天白日,少顷我要逼起大雾也。"③ 陈希真念动真言,将水向宋江营里喷去,宋营大雾笼罩,陈希真命令眼睛蘸过法水的兵士杀将过去,如同明眼人杀瞎子,把宋江打个落花流水。这正是田心丫环所说的"我们看你们就看得到,你们看我们就看不到"。湖南民间传说中,现在还存有类似母题,

---

① 安化县民间文学集成办公室编:《中国民间故事集成湖南卷·安化县资料本》,安化县民间文学集成办公室编印,1987 年,第 127—128 页。

② 转引自高等学校民间文学教材编写组《民间文学作品选》上册,上海文艺出版社 1980 年版,第 11 页。

③ 俞万春:《荡寇志》,华夏出版社 1995 年版,第 371 页。

如汝城邻县的《鸡公寨的传说》:"鸡公精有一法宝,他在居室里安装了一座神台,神台上放着一碗清水,清水上安放一个十字架。如果遇到紧急情况,有人偷袭鸡公寨时,他将十字架放入水中,整座山寨立即雾气腾腾,几步开外便看不见人影,撞上机关,使人有进无出。"①

至于破咒的法门则非常简单,把水倒掉即可。湖南靖州《姚法高的传说》中,该母题的讲述与田心村极为相似:"一个女人问看牛伢:'姚法高住在哪里?''就住在山脚下。'看牛伢子回答。'山下海水茫茫,看不见屋在哪里,姚法高的神龛上有什么东西?''有五罐水。''你去把五罐水倒掉一点,我给你一串铜钱。'看牛伢子跑到姚法高家里,趁没有人看见,悄悄把水倒去了一半。那个女人看见了姚法高的屋角,但是还不得进屋,她又对看牛伢子说:'你把那五罐水全部倒掉,我再给你一串铜钱。'看牛伢子只想得钱,又跑去把五罐水全倒干净了,姚法高的屋全部现了出来。"②

(四) 法术破坏者的边缘人母题

民间传说中的神奇法术,常常被路边女人的一句话给破了。"历史上所谓的'女祸',即指由女人的姿色、言行、参与等招致的各种灾祸,大至破家亡国,小至惑人败事。"③ 将灾祸的发生嫁祸于女性,尤其是嫁祸于地位低下的外来女性,是宗族社会最典型的陋俗之一。"禁忌风俗中,有相当一部分是针对妇女的。尤其是在只有成年男子参加的大型活动中,诸如大规模的生产、狩猎活动、战争、祭祀礼仪等,禁止妇女在场。俗信妇女为不祥,恐败大事。"④ 正常情况下,外来的丫环是绝对不能进入宗族祠堂的,一旦丫环进入祠堂,本身就预示了即将到来的宗族灾祸。

在壮族莫一大王的故事中,寡妇母亲也是这样一个法术破坏者。莫一大王本来可以成就一代霸业,如果他能憋足六六三十六天不见生人,他的

---

① 何德甫主编:《中国民间故事集成湖南卷·永兴县资料本》,永兴县民间文学集成编委会编印,1990年,第117页。
② 明泽桂主编:《中国民间故事集成湖南卷·靖州资料本》,靖州苗族侗族自治县民间文学三集成办公室编印,1988年,第41页。
③ 周蜀蓉:《略论"女祸"与女性禁忌》,《四川大学学报》1993年第1期。
④ 万建中:《解读禁忌:中国神话、传说和故事中的禁忌主题》,商务印书馆2001年版,第204—205页。

纸人纸马可以变成真人真马，但在第三十五天的时候，被母亲撞破了；本来每根付够一两银子才卖的竹子里面，都藏着一个士兵，结果被母亲着急地以九钱九分银子卖掉了，里面的士兵全都来不及睁开眼；本来在瓦缸里藏了七天七夜的头颅可以变出兵马为莫一大王复仇，结果在第六天被母亲提前揭开了，兵马变成了蜜蜂，所以"壮族民间传说寡母婆嘴巴毒，气味毒，凡是好事撞到都要倒霉"①。又比如，湖南郴州有个廖太保，本来可以推翻皇帝的，他跟嫂子说："我要睡七天七夜，不等狗上屋背牛跳墙，簸箕打起铜锣响，就不要喊我起来。"可是到了第六天早上，他嫂子就把他叫醒了，结果，他放进竹子里的纸人还在娃娃状态，眼睛眨眨，没有战斗力，最终被彻底剿灭。②

丫环、寡妇、嫂子、看牛伢，在这类故事中的功能是一样的，都是外来人口或边缘人，她们总是作为行动破坏者的角色而存在，是正常行为逻辑中的"反例"。下面我们还将说到，孕妇洞坎婆，也是官方剿灭田心李氏的反例，最终成为复兴田心的祖婆。

（五）蛛网救主母题

关于官兵追捕英雄主人公，主人公逃进一个山洞（或桥洞、破庙等），蜘蛛迅速在洞口织起蛛网，官兵看到蛛网封口，判断洞内无人，主人公因此逃过追捕的故事，唐宋以降代不绝传，遍布全国各地，丁乃通将之编为AT967，③ 较著名的如《湖口城隍庙》，讲述朱元璋躲进城隍庙之后，庙门上迅速布满蜘蛛网，追兵因而放弃入庙搜捕；④《蜘蛛救穆圣》讲述穆罕默德被异教徒追杀，躲进一个山洞，一个蜘蛛赶紧结网封住洞口，鸽子使劲拍打翅膀，把灰尘扇到蜘蛛网上，骗过异教徒的追杀。⑤ 此外，刘邦、赵匡胤、小康王赵构等人，也都有类似的民间传说。⑥ 许多瑶

---

① 兰鸿恩：《广西民间文学散论》，广西人民出版社1981年版，第222页。
② 王远家主编：《中国民间故事集成湖南卷·郴州市资料本》，郴州市民间文学三集成办公室编印，1988年，第182—183页。
③ 丁乃通：《中国民间故事类型索引》，华中师范大学出版社2008年版，第216页。
④ 中国民间文学集成全国编辑委员会：《中国民间故事集成·江西卷》，中国ISBN中心2002年版，第285—286页。
⑤ 中国民间文学集成全国编辑委员会：《中国民间故事集成·四川卷》下册，中国ISBN中心1998年版，第1413页。
⑥ 吕洪年：《万物之灵：中国崇拜文化全览》，浙江文艺出版社2018年版，第134页。

族支系甚至将"蜘蛛纹"当作传统刺绣图案,也是起因于蜘蛛在瑶族先人逃难的洞口织网,帮助他们躲过了仇家土司王的追杀。①

所有这类传说的主人公,一定是暂时落难,否极泰来之后,将会开创一代事业的英雄主人公。当这一母题被附着在洞坎婆身上的时候,也就意味着洞坎婆将会带着她的孩子东山再起、复兴祖业。所以,该母题的唯一功能,是用来预示洞坎婆的未来命运。

(六) 英雄成长母题

至于孩子长到七八岁的时候,被其他孩子取笑没有父亲,以及在争执中稍一用力,就让成年人摔一个大跟斗等细节,则是英雄史诗中最常见的母题。缺失父爱的英雄一般都有着寄人篱下的孤苦童年,但他们从小就会显露出过人的力量和天赋,总能在年轻时开始建功立业。这类母题极其常见,这里不再赘述。

图8—2　祠堂中的宴席(邱海洪摄,2017年)

在皇帝剿田心传说中,剥离了所有附着性母题,元传说就只剩了两层意思:前半部分说明田心村曾经遭遇一次灭族灾难,该灾难很可能来自官

---

① 李筱文:《五彩斑斓:广东瑶绣》,广东教育出版社2012年版,第115—117页。

方镇压；后半部分说明有个孕妇逃脱了屠杀，其儿子回到田心村重建家园。事实上，有些讲述人如井头族长李鸿惠就是这么讲的："金山村以前都是田心的，后来不知道什么事，皇帝就派兵来杀他们，就走掉一个女的，回了娘家，后来带着孩子回来，又建起了田心。"①

三　缺失的族源

皇帝剿田心传说貌似荒诞，可当我们把笋衣剥得只剩下元传说的时候，突然发现，它只是陈述了一件从缺乏到缺乏终止，从毁灭到复兴的简单事件。接着，我们抛开各种附着性母题，就元传说提出一个问题：田心李氏真的遭遇过一次灭族灾难吗？

要解决这个问题，还得看看"家族正史"是怎么说的。按照民国四年田心《李氏族谱》的说法，田心李氏（以下简称"田心"，井头李氏简称"井头"）早在北宋年间就定居汝城。《湖南氏族迁徙源流》称："汝城九塘李氏始迁祖吉甫公，江西崇义县人，官郴州通判，后官庐阳宣尉，宋淳熙时迁汝城。子文琪分徙田心；文璆分徙富处；文献分徙塘头。"②由此可见，田心始祖是李文琪："文琪字奎璧，任大荔县知县，妣曾氏，为田心开基祖。"③

但是，这些由后人追溯的历史一般都不可靠。先说吉甫公，其任职"庐阳宣尉"的说法尤其不可靠。"宣尉"是元代设立的官职，一个南宋淳熙年间（1174—1189）的官员，怎么可能担任了元代的官职？再查万历《郴州志》"秩官表"，除唐代有郴州刺史李吉甫之外，再未出现其他名叫李吉甫的官员。淳熙年间只有一位李姓通判"李绅"，大约淳熙十年（1183）到任。康熙《郴州总志》"秩官志"宋代通判栏也只有"李绅，奉议郎任"，再无其他李姓通判。

再说李文琪，"任大荔县知县"的说法也很难得到史料印证。大荔县古称同州，乾隆《大荔县志》卷十六"秩官"记载历代职官甚详，但是

---

① 李鸿惠，井头李氏宗祠理事会会长，1942年生，初中文化，2016年8月18日。
② 湖南图书馆编：《湖南氏族迁徙源流1》，岳麓书社2010年版，第443页。
③ 嗣孙众：《李氏七房源流序》，汝城田心残谱《李氏族谱》卷一，1915年，第41页。

找不到"李文琪"或"李奎璧"之名。李文琪既是李吉甫的儿子，当然也是生活在南宋时期，但这一时期的同州是由金朝控制的。南宋的李文琪显然不可能跑到金朝去当知县。

从历代族谱序文上看，李文琪之上的历代线索梳理得非常清楚。同治元年《李氏七房源流序》有详细世系描述，为了节省篇幅，我们借助示意图，将井头李氏和田心李氏的世系关系标示如下：

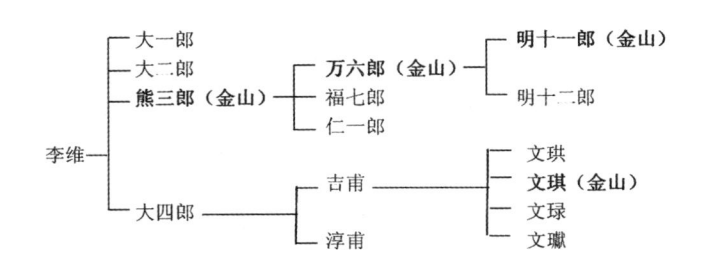

```
                    ┌─ 大一郎
                    │
                    │─ 大二郎                       ┌─ 明十一郎（金山）
                    │            ┌─ 万六郎（金山）─┤
                    │─ 熊三郎（金山）─┤─ 福七郎        └─ 明十二郎
李维 ─┤            │            └─ 仁一郎
                    │                                ┌─ 文珙
                    │            ┌─ 吉甫 ──────────┤─ 文琪（金山）
                    └─ 大四郎 ─┤                   │─ 文珵
                                 └─ 淳甫             └─ 文瓛
```

其共祖李维，依族谱介绍："维公，字光辅，宋绍圣元年（1094）进士，任淮东道江都县令。"① 其中"宋绍圣元年进士"可以对照正史查证，遗憾的是，泰和县历史人物和进士名录中均查不到李维或李光辅，《江西历代进士名录》和《宋代登科总录》中，宋绍圣元年甲戌科毕渐榜倒是有一位来自"江西临川"的进士名叫李维，② 但不是泰和人，仕宦履历也与泰和李维截然不同；同榜虽然还有两位泰和人，但又不姓李。此外，"淮东道"是元代设置的，宋代尚无淮东道的辖区名称。再查历代《江都县志》，宋代李姓知县有李佑之、李齐、李安仁、李处端，均与李维无关，丞、簿、尉诸职官中，也查不到任何与李维相关的信息。

更可疑的是，李维与熊三郎之间存在明显的时间差和空间差。从时间上看，李维是宋绍圣元年（1094）进士，而熊三郎却于宋淳熙朝（1174—1189）由明经辟举河南永宁县主簿，两者时间相差近百年。从空间上看，李维生在泰和，葬在泰和，他的四个儿子也是分头从泰和迁出，

---

① 嗣孙众：《李氏七房源流序》，汝城田心残谱《李氏族谱》卷一，1915 年，第 41 页。
② 北宋末南宋初有进士李维，绍兴间曾仕直秘阁，提点浙江东路刑狱公事。［龚延明、祖慧编：《宋代登科总录（13）》，广西师范大学出版社 2014 年版，第 6895 页］此李维疑即临川李维。

可是，熊三郎却由南安府上犹县灵潭村迁出。所以说李维与熊三郎之间的父子关系很难成立。同理，熊三郎与大四郎之间的兄弟关系就更难成立了。在赣湘粤三省客家地区，进士李维是诸多李氏宗族共用的一个祖先名字，① 可能是个虚构人物，也可能是个箭垛式历史人物。李维上面的世系基本相同，李维下面的世系则各自表述。

再说田心，自李文琪以下是这么表述的："琪传八世，生子兴隆，字子贤，妣朱氏，生子成十郎，字大成，妣邓氏，为田心中兴祖。"② 李文琪之后的八世是缺失的。嘉庆十八年《重修谱序》提到"琪十传至良济，生子二，长恭、次光。恭派衍三房，长讳真"③，两相对照，可知成十郎与李真的关系为：成十郎—李良济—李仕恭—李真。事实上，从现存《李氏真公墓志》等碑记文献可知，田心李氏到了李良济才开始殷实起来，其长孙李真在成化初（1465）出任成都别驾（常务副市长），为田心史上最高长官，现田心宗祠"别驾第"即以此为号。田心族谱在李良济之后的世系是非常清晰的。

民国四年，田心同宗的官村族老提到："前清雍正间，李宗率其族人与我房共祀成十郎，意欲同祭而同谱。"④ 李宗（一名琮）是田心历史上重要性仅次于李真的科举入仕者，雍正乙卯（1735）举人，曾官大荔知县，⑤ 参与主修乾隆《桂阳县志》。在李宗看来，能够确知最早的田心先祖是李真的曾祖父成十郎。

---

① 比如，湖南邵阳新宁小溪世系也有一个类似的关键人物李维，维公字正邦号同（桐）溪，行恭之子，吴睿帝大和元年己丑岁（929）进士，930年出任淮东道江都县令，卒于任，归葬泰和三万石同陂庄乌鸦泊田形辰山戌向。关键信息在于：维公妣胡氏笃柔，葬祔乌鸦形，生三子：修行、侃行、希行。与金山李氏族谱维公生四子完全不同。

② 嗣孙众：《李氏七房源流序》，汝城田心残谱《李氏族谱》卷一，1915年，第41页。

③ 李康晋：《重修谱序》，汝城田心残谱《李氏族谱》卷一，1915年，第5页。

④ 李森华：《田心重修谱序》，汝城田心残谱《李氏族谱》卷一，1915年，第8页。

⑤ 乾隆五十一年（1786）《大荔县志》卷九"职官二"记载："李琮，湖南桂阳人，乙卯举人，乾隆十三年任。"道光三十年（1850）《大荔县志》卷四"职官表"列举乾隆十三年知县"李琮，桂阳举人"。

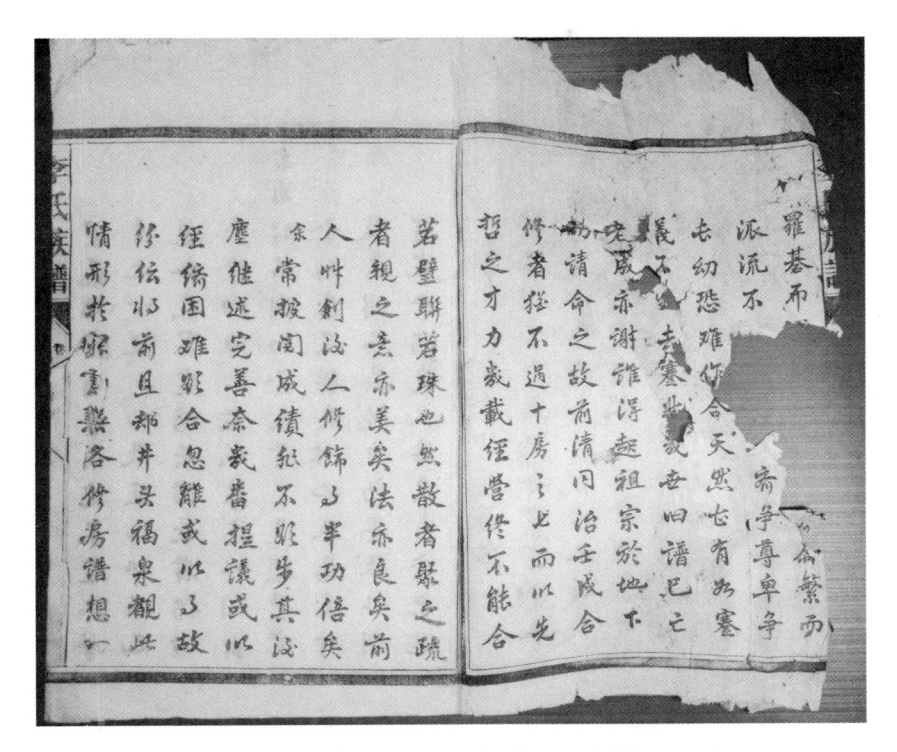

图8—3 田心村残缺的《李氏族谱》（王强摄，2016年）

四 联宗合谱中的"祖脉接龙"

田心的家族历史，以及与井头之间的兄弟关系，主要是通过多次联宗建构起来的。其中关键性联宗有三次：（1）乾隆二十九年，田心通过与富处联宗接上李吉甫，李吉甫再接李维，通过李维接上了西平王李晟的龙脉。（2）同治元年，田心通过富处与井头的关系，参与七房联宗，建立与井头的共祖关系。（3）民国四年，官村外援为田心接上了从李文琪到成十郎之间的最后缺断。我们用示意图表达如下：

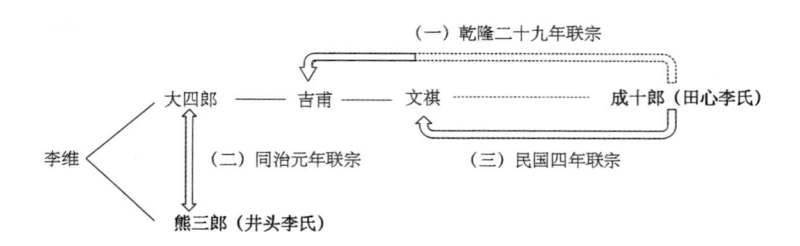

```
                    (一)乾隆二十九年联宗
         大四郎 ── 古甫 ── 文祺 ┈┈┈┈┈ 成十郎(田心李氏)
李维 <      ↕ (二)同治元年联宗   (三)民国四年联宗
         熊三郎(井头李氏)
```

所谓联宗，主要指多个同姓宗族在对某一共同祖先加以认定的基础上，经过一系列正式约定，以联宗谱或联宗祠的形式，在某些具体的功能目标上实现宗族间的密切合作，由此形成一种同姓的地缘关系网络，其功能特征主要是对宗族历史的重建。[①] 一般来说，单独修谱多沿袭旧说，很少修订源流，但在联宗合谱时，为了统一口径，就有了整合谱系的必要性，也有了相互掺入新材料的可能性。这种整合往往是平衡各方信息与诉求，相互叠加、协商的结果。入清以来，井头和田心各自多次参与过不同的联宗合谱，情况非常复杂，这里尽量抛开枝节，简单勾勒最重要的轮廓。

最早提及田心族源信息是富处李氏康熙年间的一篇谱序，但事实上该谱并未修成，一直拖到雍正九年（1731）才重启谱事，其主事者一再感叹："搜大明正德十年旧谱，亟欲梓而新之，以示来兹。惜旧本散佚遗亡已多，求所谓前人之故迹，渺乎不可复识。"[②] 这段话大致说明，雍正年间还存有部分明代旧谱，不过由于散佚和破损，已经没什么参考价值了。

由于井头方面的谱系保存相对完整，我们试着从井头一侧讲起。在井头的康熙《李氏族谱旧序》中提到："宋进士维，生子四……熊四郎讳绩良，任郴州厅事，派长宁之富处。熊三郎官拜大理寺评事，讳希颜，卜居金山井头。"[③] 井头和富处通过共同维系在李维名下的熊三郎和熊四郎，也就意味具备了联宗合谱的可能性。值得注意的是，该序在述及熊四郎时，只提及"派长宁之富处"，丝毫没有提及同村的田心。

---

① 钱杭：《血缘与地缘之间：中国历史上的联宗与联宗组织》，上海社会科学院出版社2001年版，第20—21页。
② 李向：《重修谱序》，汝城田心残谱《李氏族谱》卷一，1915年，第22页。
③ 范廷谋：《李氏族谱旧序》，汝城《金山井头福泉李氏族谱》第一本，1995年，第36页。

第八章 叛逆与顺从：家族史的口头传统与书写传统

富处的宗族势力比较强盛，修谱较早，雍正年间曾与塘头联宗合谱，其中一则谱序中说："本支世次皎若列眉，而子孙系录独载文璓、文瓛。后或有疑其未备者，吾谓不然。"① 可见旧谱中并没有田心开基祖文琪。

乾隆二十九年（1764），富处再次发起联宗合谱，这次加上了九塘、田心。由于田心一方拿不出任何早期谱系，因此，对于成十郎之前的历史，就只能依照谱系相对完整的富处系统。合谱的历史话语权基本掌握在富处、塘头一方，他们的多篇谱序全都大张旗鼓地写着："（吉甫公）生子四，长文琪、次文瑱、三文璓、四文瓛。文琪卜居邑之归善乡金山。"②

与此相反，田心一方的谱序作者却只字不提这段历史，李宗甚至在序中隐晦地表达了自己的不认可态度。他说："余族系衍西平，派分吉水，前谱彰明，所缺焉未（未）录者本朝以后耳……自良济公后，大宗小宗，别源流，昭亲疎，驾孝思，爵秩生卒，瞭若指掌。崇韬之拜，狄梁之附，两无所讥，盖言慎也。"③ 李宗的不认可是最值得重视的，正如我们上文所提到的，族谱称李文琪曾任大荔知县，而李宗恰恰就真的担任过大荔知县，颇有政声，按理说，他应该为自己与开基祖远在他乡同地同官感到无比自豪且大书特书，可是，他却在序言中明确指出"前谱彰明"远祖衍自西平王一脉，后来派分江西吉水，再下来，良济公之后也是清清楚楚。至于中间的缺断部分，他连用了郭崇韬攀附郭子仪受人讥笑、狄青不愿攀附狄仁杰反而受人尊重的两则典故来表明态度，只字未提李文琪。同时在序中还主张"官村一派"才是真正的成十郎派下的同宗支系。

事实上，这一时期汝城特别盛行联宗合谱："近世喜浮华，家乘多附会名家巨族……而于谱牒之残缺，则搁置勿道，间有阀阅之家，攀引联属，润色成书，类多妄拜。"④ 这给那些持保守态度的宗族精英罩上了一层心理阴影，田心另一位序作者李郁在追溯族源时，干脆从西平王李晟直接跳到别驾李真，丝毫不敢触及本该是族史中最关键的两位祖（吉甫）

---

① 朱有斐：《李氏谱序》，湖南省汝城县九九李氏族谱续修理事会《九九李氏族谱》卷一，2008年，第162页。

② 李良柱：《李氏族谱序》，湖南省汝城县九九李氏族谱续修理事会《九九李氏族谱》卷一，2008年，第128页。

③ 李宗：《田心同族谱序》，汝城田心残谱《李氏族谱》卷一，1915年，第2页。

④ 朱良山：《富处塘头李氏谱序》，湖南省汝城县九九李氏族谱续修理事会《九九李氏族谱》卷一，2008年，第161页。

宗（文琪）："尊唐西平王为始祖，由古亭迁桂后，别驾真公、明府龙潭公、代有成书。兵燹之际，或遗亡，或散佚，或风雨啮蚀，迄于今更多缺略。郁每有志修辑，屡迹场屋，志未遂而事未举，诚毕生一大憾事也。"①

不过，田心的联宗主持人李世彬，则在序言中讲了许多道理和难处，其中提到："彬翻阅残编，原稿自得姓受氏迄于明皆以西平王为始祖，而《记》言'别子为祖，继别为宗'，则田心应溯西平，而祖吉甫公，宗文琪公，斯于始迁为祖之礼协也。"② 这段话清楚地说明了，田心旧谱对于以西平王为始祖是认可的，但是对于认谁为祖，认谁为宗，则已阙失无存，而李世彬的观点是："应"以李吉甫为祖，以李文琪为宗。这也是他主持联宗合谱行动的合法性所在。

再回到井头一方。尽管九塘、田心、富处、塘头四家已经联宗合谱，但是并未得到井头的承认，其嘉庆元年（1796）的谱序在述及熊四郎后裔时，于富处之外，又加上了势力强大的九塘，但依旧没有提及同村的田心："维生子四……熊四郎讳绩良，本邑东门九塘、富处其后裔也。"③ 或许这一时期，皇帝剿田心的传说已经在金山流传，我们可以理解井头很难接受因为联宗合谱而卷入"被剿"的灾难传说。事实上直到今天，井头老人在被问及这一传说时，依然会着重强调"跟井头没有关系"。

但是，联宗对于田心宗族精英的意义却不一样，联宗为他们接通了承续西平王的龙脉，让祖先的魂魄有了一个理想的归宿。参与联宗五十年之后，嘉庆十八年（1813），田心入清后第一次单独修谱。通过宗族精英的谱序表述我们可以看出，当年令李宗、李郁顾虑重重的历史重溯，已经沉淀为坚如磐石的历史事实。田心宗族精英普遍接受了"祖吉甫公而宗文琪，琪十传至良济"④ 的观点，不再有"崇韬之拜"的心理顾虑。

同治元年（1862），井头、长湖、李屋、田心、富处、塘头、官村七房进行了一次更加大型的联宗合谱，历经多次反复协商，最后形成了一份以"嗣孙众"名义发布的决议性文件《李氏七房源流序》，其中涉及井头和田心的部分提到："（维公）字光辅，宋绍圣元年进士，任淮东道江都

---

① 李郁：《田心李氏重修谱序》，汝城田心残谱《李氏族谱》卷一，1915年，第4页。
② 李世彬：《田心李氏自序》，汝城田心残谱《李氏族谱》卷一，1915年，第3页。
③ 佚名：《李氏旧谱源流说》，汝城《金山井头福泉李氏族谱》第一本，1995年，第21页。
④ 李康晋：《重修谱序》，汝城田心残谱《李氏族谱》卷一，1915年，第5页。

县令，妣胡氏，生子四……大三郎讳熊，字希颜……为金山井头长湖福泉两房始祖……大四郎讳积良，由泰和迁崇义古亭，任郴州通判，妣陈氏，生子二，长吉甫……吉甫任庐阳宣尉，卜居东门九塘为庐阳始祖，生子四……次文琪字奎璧，任大荔县知县，妣曾氏，为田心开基祖。琪传八世，生子兴隆，字子贤，妣朱氏，生子成十郎，妣邓氏，为田心中兴祖。"①

在这份文件中，李文琪的信息得到了进一步完善，比如，新增了"字奎璧""妣曾氏"等个人信息，同时授予成十郎"田心中兴祖"的荣誉称号，以显示对于这位实质性田心鼻祖的特别尊重。此外，对于李维四个儿子的名称，也进行了适当调整，井头族谱此前一直沿称"（李维）生子四，熊一郎、熊二郎、熊三郎、熊四郎"②，新文件中将他们重新命名为大一郎、大二郎、大三郎、大四郎，再将熊三郎名称解释为"大三郎讳熊，字希颜"③。

这份文件对后世影响极大，此后各房重修族谱时，基本上都会自觉地沿袭这些权威表述，如民国四年的田心谱序即称："我祖文琪公，乃宋时吉甫公之次子也，自县之东门九塘迁居金山田心，与富处文璟公、塘头文瓛公，以及原居九塘之文琪公，同胞手足也。"④ 这与第一次联宗合谱时李宗、李郁的态度已经截然不同。

田心、富处、塘头民国四年的联宗修谱，把"官村一派"划归田心文琪公房下。可是，官村代表李森华对于同治族谱只有"琪传九世至成十郎"的简单交代仍然不满意："自宋吉甫以至明成十郎，其间数百年，仅文琪、荣兴二代祖也，此中之模糊，殊令人不解也。"他决心为联宗续谱贡献点力量，努力将这个缺憾给补上："即宋明间之遗亡者，余到处搜寻，亦忽于敝笥中得旧遗残简。虽生卒不全，其名讳无缺，一一如数补之，依然璧合珠圆也。"⑤ 这种"忽于敝笥中得旧遗残简"的造假努力显然得到了田心族老的认可，并且填入了联宗谱系，补足后的名单是："文

---

① 嗣孙众：《李氏七房源流序》，汝城田心残谱《李氏族谱》卷一，1915年，第175页。
② 李文华：《李氏源流说》，汝城《金山井头福泉李氏族谱》第一本，1995年，第16—17页。
③ 嗣孙众：《李氏七房源流序》，汝城田心残谱《李氏族谱》卷一，1915年，第175页。
④ 李森华：《田心重修谱序》，汝城田心残谱《李氏族谱》卷一，1915年，第8页。
⑤ 以上引文均引自李森华《田思议重修谱序》，汝城田心残谱《李氏族谱》卷一，1915年。

琪—荣兴—良八郎—念九郎—继往—开来—光前—承先—启后—兴隆—成十郎。"① 这份名单初看似乎蹩脚：父亲继往，儿子开来，或者父亲承先，儿子启后，犹如成语填空。但它妙就妙在似是而非之间，信者以为真，不信者知其假。

通过多次联宗合谱的屡次历史重溯，缺断的族史以祖脉接龙的方式被逐步接续到源远流长的西平王伟大传统之中，直到所有空缺都按部就班地坐满了列祖列宗，追根溯源的历史寻根欲终于得到满足。

图8—4 站在田心李家宗祠别驾第的朝门处向里望，可以一眼就发现大厅坐向与朝门错开了约15度角，而大厅坐向与厅门朝向又扭回了约15度角，朝门、厅座、厅门三个朝向呈现为"之"字形关系（施爱东摄，2016年）

小结　历史记忆的"自选叙事"与"规范叙事"

经过上面的梳理我们知道，虚实承接的关节点就是"田心中兴祖"

---

① 参见湖南省汝城县九九李氏族谱续修理事会《九九李氏族谱》卷二，2008年，综合第6、240、241页"世系图"。

成十郎。根据族谱记载，我们再列一下从成十郎到李真的生卒年：成十郎（1386—1464）、李良济（1398—1456）、李仕恭（1415—1461）、李真（1434—1517）①，李真居然与成十郎共同在世30年。可是，根据李真的墓志铭、传记及官方记载的科举入仕时间等，我们可以推测李真的真实生年应在1405—1410年之间，修谱者显然有意将成十郎到李真之间的生卒年尽量往后拉，为此甚至让成十郎12岁生良济，良济17岁生仕恭，仕恭19岁生李真，即便如此，还得让李真的生年比真实生年推迟二十多年。

对照明朝开国时间1368年，我们几乎可以断定，谱系编纂者用尽洪荒之力试图避开元末这一时段。由此观之，田心宗族精英的怀疑并非没有道理："试观宗之谱序，自良济公后，大宗小宗叙说明白，而成十郎以上，并无一语涉及，其中显有不便言者在也。"② 所谓"不便言者"，很可能就是一段极其惨痛的家族历史。

元末战乱，湖广一带人口锐减。"到元末至正年间，反元势力遍布全国，连偏远的桂阳，民间也流传'正月十五杀鞑子'的故事。"③ 比如："至正十二年（1352），永怀瑶民起义，克桂阳州，红巾军廖景知部克临武，陈渊部占蓝山，元廷招讨使唐云龙据郴州。十七年，起义军被官军联合地方武装镇压。"④ 这一时期，大大小小的起义接连不断。湖南各地"早发的神箭"类型故事特别丰富，几乎全是起义失败的故事。由于元末史料极度缺乏，我们无法还原田心村到底发生过什么惨痛的历史，也不敢轻易附会哪起事件。但是，皇帝剿田心的传说恐非空穴来风。

有意思的是，在这个传说中，还夹杂着一句"剿李家，杀卢家"的俗语。老人们说，这是因为当时李氏和卢氏住在一起，官兵见人就杀，把卢氏的人也杀掉不少，所以才有这个说法。今天我们还可以看到田心宗祠"别驾第"的古怪门楼，左扭右拐地转了几个方向，据李铁生说，那个回到金山村的男孩就是田心再世祖（他并未指实为成十郎），后来人口越来

---

① 湖南省汝城县九九李氏族谱续修理事会：《九九李氏族谱》卷二，2008年，第48、58、70、84页。
② 李森华：《田心重修谱序》，汝城田心残谱《李氏族谱》卷一，1915年，第8页。
③ 桂阳县志编纂委员会：《桂阳县志（1989—2000年）》，五洲传播出版社2004年版，第617页。
④ 郴州地方志编纂委员会编：《郴州地区志》上，中国社会出版社1996年版，第23页。

越多，后代有人做了大官，就做起了现在的祠堂，还改了村子格局。

口头传统兼具传承性与变异性。刘魁立将口头叙事分为三个层次：叙事核心层次、文本层次、超文本层次。他把故事中最基本的情节和人物结构比喻为鸡蛋的蛋黄，认为这就是故事的核心层次，也是"传承过程中最稳定的东西"①。以此对照皇帝剿田心传说，我们会发现，刘魁立的叙事核心层次与陈泳超的元传说有一个共同的特征：都是传承主体公认的部分，传承过程中不变的要素。在传说的流传过程中，剿灭田心的原因、规模，以及具体情节，可能会随着时代的迁移不断趋向不同的故事母题，但是，故事的核心母题"灭族"与"重建"往往是历经千传而不变的。

附着性母题是民间文学最突出的特征之一，兼具传承性与变异性。传承性主要指同一母题在不同的故事中表现出相似和稳定的特征。变异性主要指每一个讲述者都能依着自己的情感倾向，恣意发挥其历史想象力，在原有传说的基础上，增添、删减、改编一些附着性母题。比如，李铁生试图用违禁母题取代压迫母题，叶玉明在逃脱屠杀中添加了蛛网救主母题，李鸿惠则删减了几乎所有的附着性母题。口头传统就像一条涌动的河，汪洋恣肆，左冲右突，在每一个可能的地方寻找突破，体现了民间文学自由、不羁，乃至叛逆的一面，本书称之为"自选叙事"。

相比之下，深受儒家思想规约的、循例遵制的历史叙事就是"规范叙事"。汝城虽然地处偏远，但理学鼻祖周敦颐曾在此主政四年，濂溪书院至今犹存，在汝城宗族精英看来："从来万物本于天，人本于祖，木本水源之盛，昭昭明明于天下也久矣。然人知有本而不知究其本，知有祖而不知溯其祖，知其源而不知彝其源，悲乎！"② 源流与世系是家族历史中必不可少的部分："岂有同姓之亲而不敬宗收族，任其疏若秦越，涣若凫雁，无乃不可乎？"③ 历史缺断，无根无基的家族在汝城宗族社会是很难受到尊重的。因此，寻根问祖、追本溯源就成为宗族精英义不容辞的责任，就算乾隆二十九年的田心拒绝了富处发起的联宗行动，同治元年的田

---

① 刘魁立：《民间叙事机理谫论》，《民俗研究》2004 年第 3 期。
② 李运：《李氏重修族谱旧序》，汝城《金山井头福泉李氏族谱》第一本，1995 年，第 30 页。
③ 李荣：《李氏三房重修族谱序》，汝城田心残谱《李氏族谱》卷一，1915 年，第 1 页。

第八章 叛逆与顺从:家族史的口头传统与书写传统

心也会加入新的联宗行动,联宗合谱无疑是实现祖脉接龙最有效的溯源途径。

族谱是民间文化中最具历史权威性的纸本文献。"夫谱之修也,盖以纪姓氏之源流,敦亲睦之淳风,俾后人知所由来而世世不忘也。"[①] 在族史叙述中,族谱形成了一整套程式性的言说方式,以及稳定的大词、套语。比如,几乎所有的开基祖,都被后人"官拜××",李维中进士任淮东道江都县令,熊三郎官拜大理寺评事,大四郎任郴州通判,李吉甫任庐阳宣尉,李文琪任大荔知县,为了给祖先安排个一官半职,甚至不惜将元代的官职赠予宋代人,把金朝的官帽戴在南宋人头上。族谱虽是民间文献,却处处体现出强烈的皇权认同、科举认同、权力崇拜,处处记载着秩序、亲疏、等级。无论家史如何坎坷,历史如何复杂,人物如何多样,一旦被写入族谱,全都变成相似的一副面孔,遵循同一种叙事逻辑,换上有限的身份套装,个个德高望重,人人乐善好施。

口头传说和族谱溯源,形成了对于宗族历史完全不同的双向叙事。一方面是可添可减的自选叙事,田心村民一代代口口相传诉说这则惨痛的灭族传说,顽强地传承着一种自虐式的家族记忆;另一方面是不断完善的规范叙事,宗族精英不断地试图通过时间、空间和源流上的挪移,努力建构一个中规中矩的家族历史,以便有效地接续到西平王的龙脉系统之中,寻求整个宗族在地方社会的联盟座次,以及受尊重的历史认可。双向叙事共同构成了田心历史记忆的溯源性追求,担负着不同的社会功能。

同一个民间社会,滋生出两种大相径庭的民间文化:一种是草根的、自在的、叛逆的,体现为如风飘忽的口头传统;一种是精英的、规矩的、顺从的,体现为铁板钉钉的传世文献。或者反过来说,感性的放浪情绪,以及理性的入世策略,共同构成了"民间性"相辅相成的两个向度:叛逆与顺从。

当然,李氏族人在讲述灭族的惨痛时,也总是略带些隐隐的骄傲,不忘了通过"李氏共有十八厅,灯火辉煌,人们都在猜拳喝酒"来夸示曾经的辉煌。从这个角度看,无论是口头讲述田心灭族前的霸气,还是联宗

---

① 佚名:《李氏旧谱源流说》,汝城《金山井头福泉李氏族谱》第一本,1995年,第20页。

接续西平王的伟大传统，二者都是以"辉煌历史"为目的的宗族叙事，两种截然相反的民间叙事依然维系着自我中心的共同支点。

（本章原题《两个民间：家族史的自选叙事与规范叙事》，原载《民族艺术》2020 年第 5 期）

第 九 章

传播实验中的故事变异模式

导 读

2004年3月14日下午,实验人在4名助手的帮助下,设计实施了一次故事传播(系列再现)的实验,被试42人。[①] 为了确保实验不为被试的自觉意识所干扰,每一个实验步骤之前,被试对实验内容和实验目的是毫不知情的。

本章初稿完成之后,实验人将初稿印制交由所有被试进行评点,目的在于检测本章所提出的诸项推论与被试的真实状态是否有明显出入,借以调整本章的实验分析及推论。因此可以说,本章是一次互动式写作的结果。

以下简单解释本章涉及的两种研究方法,"模型实验"和"合情推理":

第一,实验方法是近现代科学最伟大的传统。根据研究者和研究对象的关系,一般可将实验方法分成自然观察、实验观察和模型实验观察三种。我们通常所说的田野考察,即是自然观察,这是发生于自然状态下的、不干预自然的一种观察方法。而实验人所进行的,则是"模型实验观察",也即通过对模拟原型的实验观察来间接研究原型的性质和特点。

[①] 参加实验的被试为:禤小华、邓璐璐、邓诗岚、王冰、王米、冯扬洋、叶益妮、许寒汀、陈红、陈丽莹、李兰、李巧钰、李晓红、汪倩倩、吴洋、严正、文晓顺、杨昊鸥、周静、高适艳、郭松延、常亚飞、黄梦玫、梁洁瑜、梁静、梁颖诗、程璐、韩正亮、温明剑、曾辉、简燕宽、谭维佳、黎恩、颜瑜、戴艳、李然、李灵灵、陈彩燕、冯佩儿、许杰、刘婉明、陈兰琴。实验助手为:黄晓茵、王媛媛、张雅馨、郑泽海。

"模型化原则是科学认识中的一条重要原则。没有模型，人们就很难对复杂的客体进行有效的研究。模型实验的功能是首先将对象在思维中简化，然后将实验的实际行为回推到对象中去。人们只要把握了模型，就能根据它和原型的类似来认识原型。模型化有效地将自然状态下的对象转为人工条件下的对象。"[1]

科学实验的一个最重要的特征是简化、纯化，以至强化自然过程，以便在人工条件下研究对象所具有的规律性，因而科学实验多数都是非自然状态的。实验方法的优点在于，通过人为地干预、控制所研究的对象，能够在有意识地变革自然中，更好地屏蔽干扰，突出地把握自然的某一方面的特质；而通过有效地变换模型，我们又可以能动地让实验更好地呈现出另一方面的特质。实验观察比自然观察更有利于发挥人的能动性，更有利于揭示隐藏的自然奥秘，它大大扩展了人类经验研究的可能性。

第二，科学推理主要区分为论证推理与合情推理。论证推理是必然推理，它为严格的逻辑规则所限制，它本身不允许任何不确定的东西；合情推理则是一种或然推理，"它的标准是不固定的，而且也不可能像论证推理那样确定，以至毫无例外地得到大家的承认。合情推理实际上是由一些猜想所构成的"[2]。

钟敬文先生所反复强调的"专业操作的技术性方法"，诸如分类法、分析及综合的方法、比较方法、统计方法、各种方法的综合使用等，[3] 本质上都是合情推理。事实上，人类所有的知识都是首先经过合情推理而获得的。

本章的实验分析即是一种合情推理，它是实验观察基础上做出的统计与心理分析。它们不是必然性的科学论断，而是一种或然性的、有意义的猜想，这些猜想或许是有偏颇的，甚至错误的，但它为我们提供了进一步讨论的基础，方便我们有的放矢。

---

[1] 刘大椿：《科学哲学》，人民出版社1998年版，第146页。
[2] 刘大椿：《科学哲学》，人民出版社1998年版，第241页。
[3] 钟敬文：《钟敬文文集·民俗学卷》，安徽教育出版社2002年版，第27—28页。

一 实验说明

（一）实验目的

1. 探讨群体的性别和知识结构差异对故事传播的影响。
2. 探讨故事传播过程中特定情节的省略与加强。
3. 探讨故事传播中的有规则变异与无规则变异特征。

（二）实验假设与实验设计

1. 假设故事中的共同知识可能在传播中起到关键性的作用。因而必须在故事中埋入一些共同知识和一些非共同知识，以观其变异特征。
2. 假设通过"合理化"变异，故事内部的人物和细节设置可能在传播过程中趋于模式化。因而必须在故事中埋入一些"不合理"的人物和细节设置，以观其模式化趋势。
3. 假设被试的性别和知识结构差异会影响故事的传播方式与变异特征。因而实验将按不同性别和不同知识结构区分小组。

（三）实验对象（被试）

中山大学中文系 2001 级本科生共 42 人（其中 4 人未全程参与），平均年龄 21 岁。

每一被试的编号为："组别 + 序号"。

二 实验文本（源故事）

源故事 1：容庚先生的口误

这故事是我听曾宪通老师说的。20 世纪 60 年代初，中宣部部长康生来中山大学，想会见陈寅恪，陈先生托病不见，他就只好提出会见容庚。康生听说容庚收藏了很多文物，就想去他家看看，看着看着，两人就一件文物的真伪问题吵了起来，最后是康生理亏。康生为了表示自己的大度，就主动给容庚开了几张介绍信，让容庚带着几个弟子到全国去免费考察各地的文物现状。

后来他们就去了，每到一个地方，容先生都先找到当地宣传部门，客气地说明："是康生同志叫我们到贵党部来报到。"有一次谈完了正事，一个地方官员把他们送出来时，悄悄地对曾宪通老师说："刚才这位姓容的老同志把我们称为'党部'，这是国民党的叫法，我们共产党叫'宣传部'，要不是你们是康生同志介绍的，这个麻烦就大了。"

后来曾老师把这事告诉容先生，容先生吓坏了。于是他们商定，以后洽谈都让学生出面，容先生不说话。后来又到了另一个省，是同学出面进行洽谈的，一切顺利，最后快出门的时候，一位地方官员对着容先生说："请问这位老同志还有什么意见吗？"容先生一下紧张起来，马上站了起来，使劲摆手，说："没事没事，我到贵党部报个到就行了。"

源故事2：伟哥的功力

有个男人看报纸上说伟哥很好用，就想买一些来试试。那天他正在煮面条，想起要吃一粒伟哥等老婆下班。他刚把伟哥倒出来，就听到老婆开门的声音，他一紧张，就把伟哥丢到锅里边了。他走到客厅，刚给老婆把门打开，就听到厨房"嘭"的一声，把他和老婆吓了一大跳，两个人走进厨房一看，只见锅盖被掀翻在地，锅里的面条，一根一根，全都直挺挺地竖起来了。

源故事3：舞蹈学院的练功房

这是发生在广州舞蹈学校的一件怪事，就是李炜老师的爱人所在那个学校的事。有一段时间，谁都不敢去二号楼的练功房，说那里有鬼。后来来了一批新生，有一个女生比较大胆，发誓要揭开这个秘密。那天晚上，她把所有的灯都打开了，眼睛都不敢闭一下，为了解乏，她就打开音乐，对着大镜子跳了一晚上的天鹅湖，什么事也没有发生。

第二天一大早，她就把同学们叫来，得意地说："二号楼里哪里有什么鬼呀？我昨天晚上对着大镜子跳了一晚上的天鹅湖，什么事也没有。"同学们你看我我看你，说："听说二号楼的电线早就被电工师傅剪掉了，哪里能亮灯呢？"这个女同学不信，带着大家去看，大家打开门，那个女生刚一走进去，就大叫一声："镜子呢？"原来练功房里根本就没有镜子。

三 实验规则

（一）被试共分为四组：男生一组 8 人（B 组，Boy），广府地区女生一组 9 人（G 组，Guangzhou girl），其他地区女生 21 人任意分为两组（E 组、F 组）。

（二）每组第一个被试将一起听读三个小故事，然后回到各组，开始一对一地进行传播。

（三）每位被试听完之后，给 3—5 分钟温习、重构这三个故事，在接受者温习期间，讲述者不得离开，并要随时回答接受者可能提出的疑问。当讲述者被允许离开后，要把"自己讲述"的故事如实笔录下来。接受者则转变为下一轮的讲述者，把故事转述给下一位被试。讲述者可以用自己认为合适的任何方式进行讲述，但不能离开源故事另讲一个与源故事无关的故事。

（四）每位被试要写清姓名、性别、籍贯、故事传播的上家姓名及下家姓名。

以下九个小节是本次实验的"实验推论"。实验人曾将本章初稿返回给所有被试，目的在于共同探讨这些推论是否有悖被试的真实状态，并因此对推论进行了适当微调。以下是实验人与被试共同研讨的结果。

四 共同知识是故事传承中最稳定的因素

共同知识（common knowledge）是博弈论中的一个理想假定，是不完全信息条件下理性推理的逻辑起点。"如果某一信息是所有参与人都知道的，如果每个参与人都知道所有参与人知道这一信息，如果每个参与人知道所有参与人知道所有参与人知道这一信息，且如此这般直至无穷，那么这一信息便称为共同知识。"[1] 但在现实的博弈中，我们设定的共同知

---

[1] ［美］艾里克·拉斯缪森：《博弈与信息——博弈论概论》，王晖、白金辉、吴任昊译，北京大学出版社、生活·读书·新知三联书店 2003 年版，第 45 页。

识却往往存在盲点。我们把这种非完全状态的共同知识称作"准共同知识",也即只有极少数人不知道,但别人却以为大家都知道的一种知识。

从表9—1中我们可以看到,在源故事1的传播中,作为中山大学学生准共同知识的"容庚"与"陈寅恪"① 在故事的传播中被保持得最为完整。尽管他们在一些中间环节上分别被误作"龙耕"(F1)、"容耕"(F3)、"陈银雀"(G3),或只被称为"中文系一名颇有名气的古文字学教授"(B1),但并没有影响其他被试在后续传播中对这两个名字的正确重现。也就是说,对于那些强大的共同知识,受传者有可能在后续的传话中,纠正前传者的错误转述。陈寅恪本来是故事中最不重要的角色,但这个名字是被试的准共同知识,因而被顽强地传承着。②

表9—1　　　　　　故事1人物名称在传播中的变异

组	源故事	1	2	3	4	5	6	7	8	9
B	容庚	古文字学教授	容庚	容庚	容庚	容庚	容庚	容庚	容庚	
	康生	康生	康生	康生	康生	康生	康生	青年康生	北大的康生	
	曾宪通	学生	无	无	无	无	无	无	无	
	陈寅恪	陈寅恪	陈寅恪	陈寅恪	陈寅恪	陈寅恪	陈寅恪	商承祚	商承祚	
G	容庚	容庚	容庚	容庚	容庚	容庚	容庚	容庚	容庚	容庚
	康生	康生	康生	康生	康生	康生	康生	康生	康生	张生
	曾宪通	曾宪通	曾宪通	曾宪通	曾宪通	曾宪通	曾宪通	曾宪通	曾宪通③	无
	陈寅恪	陈寅恪	陈寅恪	陈银雀	陈寅恪	陈寅恪	陈寅恪	陈寅恪	陈寅恪	李仁

---

① F2在实验中这样介绍容庚:"就是我们系搞古代汉语的那个容庚,谭步云老师的课上经常提到他的。"古代汉语是中文系必修课,因而容庚是中文系学生的共同知识。陈寅恪则更是中山大学师生的共同知识。但总是会有个别学生游离于这些共同知识之外。

② G9是来自马来西亚的广东籍学生,知识结构与G组其他学生有所差异,没有角色担当的"陈寅恪"在她这里迅速变异为"李仁教授"。

③ 在G组,曾宪通作为传话人的角色,早在G5就已被消解,"曾宪通"这一名称是通过故事入话的方式被传承的,即:"这是关于曾宪通的老师容庚先生的故事。"(G8)

续表

组	源故事	1	2	3	4	5	6	7	8	9
E	容庚	容庚	容庚	容庚	容庚	容庚	容庚	容庚	容庚	容庚
	康生	康生	张生	张生	张生	张生	张生	张生	张生	某中央领导
	曾宪通	学生即曾教授	曾姓学生	曾姓学生	姓曾的同学	弟子小曾	学生小曾	学生小曾	无	无
	陈寅恪	陈寅恪	陈寅恪	一位教授	一位教授	某教授	某位教授	一位教授	一位教授	无
F	容庚	龙耕	容庚	容耕	容庚	容庚	容庚	容庚	容庚	容庚
	康生	康生	康生	康生	博士康生	姓康的学生	康生	一青年姓康	康生	康生
	曾宪通	无	无	无	无	无	无	无	无	无
	陈寅恪	陈寅恪	陈寅恪	陈寅恪	陈寅恪	陈寅恪	陈寅恪	陈寅恪	陈寅恪	陈寅恪

与共同知识的稳定性相对，非共同知识的专有名词则很可能在传承中被消解。比如康生，此人从未担任过中宣部部长，源故事 1 故意设置了这出错误，却没有一个学生能够纠正，说明这一年龄段的学生对于康生不甚了解。同样，曾宪通虽然是中山大学原文学院院长、广东文化名人，但已多年不参与本科教学，许多外地学生对他并不了解。因此，作为非共同知识的"康生"和"曾宪通"，就逐渐在传承过程中被消解了。

值得注意的是，由于 G 组是纯广府地区的女生，对本地区文化名人的知闻比其他地区的被试要多一些，"曾宪通"对于 G 组被试来说也是一种准共同知识，因而曾宪通的名字在这一组被保持得最为完整。由此我们可以看出，传承者之间相近的知识背景有利于故事传播的稳定。[①]

传统民间文学理论认为，"通称的"人物名称也是相对稳定的传承因子，但是实验一没能验证这一点。如 F4 给故事 3 的女主角取了个名字，"有一位女生叫陈丹，外号陈大胆"。"陈大胆"虽然是个通称的姓名，但

---

① G9 评点："这段话我是认同的。我的知识背景与组员不同，对所听故事中的人物毫不了解，没有必要重现他们。另一方面，我对他们一无所知，故事的真实感大大减少，这或许亦是我改动的动机之一，因为他们没有给我任何感觉，跟虚构的任一名字'张生'什么的有何区别呢？"

是只传承了五个环节，终于在 F9 处被消解。E8 给故事 2 的男主角取了个名字"某村王二"，虽说这也是一个"通称的"人物姓名，但这个名字比之"大胆"更不具备故事功能，因而很快在 E9 处就被消解了。所以说，像张三、李四、王二麻子这样的名字虽然在很多故事中会作为配角的通用名称而随机出现，但它们很难在特定故事的传播中得到稳定保持。

五　共同知识有助于相关情节的结构稳定

在三个故事的传承过程中，故事 1 变异最大，另两个故事相对稳定得多。

源故事 1 的展开，基于两个知识点：一是"党部"这一名称的政治含义及口误的严重性；二是康生的政治地位。但这两个知识点却不是 20 世纪 80 年代出生这一年龄段学生的共同知识。F1 完全无法理解"党部"这一词汇的政治含义及口误的严重性，所以她无法把握源故事 1 的情节内涵及其政治意味，在她的复述中，关键性的细节很快就变异成这样："康生听着听着，觉得怎么听怎么别扭，后来，他终于发现哪里听着别扭了，于是，他站起来对与会的人说：'龙耕先生说的党是国民党，我们共产党应该叫宣传部嘛！'"这个变异后的细节令人难以理解，于是，故事 1 在 F 组很快裂成碎片，失去了源故事富有政治意味的细节，彻底拆散了原有的情节结构。①

在故事 1 保持最为完整的 G 组，尽管被试能够意识到"党部"的提法是一种政治错误，但她们却不能理解这一错误的严重性，这一知识的缺失同样导致了情节的变异和淡而无味，如 G8："容先生来到博物馆，他不想一开始就动用这层关系，所以就说：'我是党部的人。'奇怪！怎料无人理他，迫于无奈，他只有拿出康生的介绍信。博物馆的人一看见这份介绍信，态度完全变好了。"在这里，"党部"这一严重政治错误所引起的

---

① G3 评点："第一个故事是政治笑话，女生对政治笑话敏感度相对低一点。"G5（香港学生）评点："我完全不知道'党部'这一名称的政治含义及错误的严重性。我以为容庚说'党部'只是他一时的口误，而不了解其严重性。另外，我更不知道这故事的有趣地方在于容庚不断地错误讲述'党部'这两个字。所以，我以为这个故事的目的在于介绍中大教授的轶事，……看了这个报告，我才恍然大悟，原来这是个笑话！开始听讲述者讲的时候，我觉得挺乏味的。"

只是接待方的态度差异,由此折射的是这一年龄段学生对于口误的"错误性质"认识不足。源故事的喜剧效果因此消失殆尽。

由于对口误的"错误性质"认识不足,导致情节变异,这在B组体现得最为明显。B4对口误的错误性质的理解比较准确:"那位负责人却有点愤怒地说:'党部那是国民党时期的叫法,现在新中国新社会应该改叫宣传部了。'容庚听了有点害怕,忐忑不安地记住。但再有一次,容庚又到一个地方考古,又再受到当地宣传部的热情接待,他又一次说道:'谢谢你们党部的热情接待。'听者愕然。"在这里,故事1的中心情节得到了较好的保存。而下一位被试B5对口误的理解却是轻描淡写的:"以后容老有机会见到了康生,容老很高兴地对康生说:'谢谢党部对我的关心。'康生皱了皱眉说:'嗯,党部这词不正确哦,现在是新社会了,党部是国民党的用法。'容老没说什么。以后,容老又有机会见了一些领导,但容老还是说:'谢谢党部对我的关心。'没有改用其他称谓。"在这里,"党部"是个可随个人意愿决定是否改正的称呼,而不是严重的政治失误,这一情节的政治意味在B6处再度减弱,淡到没有了情节特征。于是,从B7开始,这一关键性的细节彻底消失。

源故事2的展开,是基于对伟哥功能的了解。而伟哥的名称及其功能正是被试的共同知识。许多被试都在讲述中对伟哥作了心照不宣的阐释。

B7:有一个男人看见电视上的伟哥广告非常好奇。
G2:伟哥推出市面之后,大受欢迎。
G9:前段时间,伟哥(性药)流行得很厉害。
E1:一男人看了伟哥的宣传,十分动心。
F4:众所周知,伟哥是一种壮阳药,是很多男人的福音。

可见,媒体的宣传已经使伟哥及其功能成为一种共同知识。基于这一共同知识,与"伟哥"功能相关的情节与结构也得到稳定。

源故事3的展开,必须基于这样一个基本假定:如果练功房的镜子或电源确实是一种虚幻的存在,也就证明了制造幻觉的鬼的存在。这是一个非常简单的充分条件假言推理,对于大三的学生来说,显然也是一种共同知识。另外,"镜子之类是鬼故事惯用的道具,所以当听说第三个故事是个

'鬼故事'时,大家都会牢牢记住'镜子''电源'这样的要素"①。正是基于这样一些共同知识,保证了源故事 3 在传承中情节、结构的稳定。②

由此可见,情节与结构的稳定必须以相关的共同知识为基础,反之,传播者与受传者之间知识结构的差异可能导致特定知识背景下的故事冲突的遗失。③

六　静态的公共人物有可能转化为动态的功能性角色

在源故事 3 中,"李炜的爱人"一句是静态的故事插入语,本身并不是情节内容,几乎没有任何功能。但由于李炜是中文系学生非常熟悉的一位青年教师,他的爱人是广东著名的青年舞蹈家,这在被试中是一个共同知识。于是,"李炜的爱人"在 G 组和 F 组的传承中都表现了被卷入情节旋涡的倾向。下面以 G 组为例来说明。

　　源故事 3:这是发生在广州舞蹈学校的一件怪事,就是李炜老师的爱人所在那个学校的事。
　　G1:这是发生在李炜老师爱人所在的广州舞蹈学院的真人真事。
　　G2:故事发生在李炜老师爱人工作地方,舞蹈学院,是李炜讲给施爱东听的。
　　G3:李炜老师的爱人开了一间舞蹈学院。
　　G4:李炜老师的老婆开了一间舞蹈学院。

---

①　F10 评点语。
②　F6 评点:"这与故事 1 中的人物较多,情节较曲折是有关系的。故事 2 是个笑话,故事 3 是个鬼故事,这两种类型我们在日常生活中经常可以看到,对其模式已很了解,而且这两个故事涉及的人物少,情节也较为简单,更重要的是,我们觉得比较有趣,所以记得比较清楚。而故事 1 的妙处我们无法领会,只觉得故事情节有点复杂,要记清楚就比较困难。这与民间文学的流传是很相似的。那些有固定模式的,人物较少的,情节吸引人的故事经常被口头传播,成为流行。而那些有关某某学者的趣闻逸事则是被一些文人记住,用笔写下来。"
③　F11 评点:"从共同知识的作用也可解释为什么民间故事都采用大众化平常之语言,以日常近事入事了。像故事 1 般重细节(如党部)的叙事是很难成为广为流传的故事的,而细节的缺失就为民间故事的不断演生提供了空间。"

G5：中大教师李炜的妻子是一位舞蹈教师。李炜的妻子经常在一间舞蹈室教学生跳舞。……第二天，那个学生把整夜发生的东西向李炜的妻子报道，李炜的妻子吓得冷汗直冒，颤抖着双唇说：……

G6：李炜老师的老婆，你都知道又漂亮又年轻，是个舞蹈演员。李炜老师工作的地方有一间练舞室经常闹鬼故。他老婆有一个学生不相信……第二天告诉李炜老师的老婆，这练舞室很正常，根本都无鬼。李炜老师的老婆就很惊奇：……

（G6之后的被试基本沿袭了G6的讲述，从略）

故事传播中，"李炜的爱人"从故事边缘的静止状态逐渐被卷入了情节旋涡，变成一个动态的故事角色。

一般来说，共同知识往往是知识共享者们共同关心或感兴趣的话题，传承者具有把兴趣点突出和放大的倾向。心理学家认为："有时突出是通过将事实上静止的物体说成活动的物体而实现的。因此，在地铁场景的画面中，显然是停在一个地铁站的火车，却常常被描述成开动的火车。这种突出当前的动态并把静止目标描述成动态形式，是一条众所周知吸引人注意力法则的例子……运动的物体有潜在的危险性、希望性或者对我们来说是可能的重要时刻……描述成动态的物体吸引了听者的注意力，因而容易保留下来并传播下去。"[①]

从叙事学的角度来说，赋予人物以动态的特征，也即赋予了人物以角色的功能。在源故事中，李炜的爱人是叙述中的人物，却不是故事中的人物，不具有角色功能，她被逐渐卷入情节旋涡的过程，也是不断加大她的角色功能的过程。所以说，只要是传播者关心的、感兴趣的人物，其角色功能就有可能在传播过程中逐渐得到加强。

七 人物设置逐渐趋于对立模式

故事是由许多大大小小的矛盾冲突所构成的，在故事中，人物的设置

[①] ［美］奥尔波特等：《谣言心理学》，刘水平、梁元元、黄鹂译，辽宁教育出版社2003年版，第61页。

必须具备这样一种角色功能：也即具有一种相互依存的关系，彼此能够构成一定的矛盾冲突。这种相互依存的关系越强，人物的角色功能也就越突出。在实验中我们看到，不能构成直接矛盾冲突的人物，比较容易在传播的过程中被撤并。

在源故事1中具有这样一些构成矛盾冲突的"角色对"：求见者（康生）/拒见者（陈寅恪）；文物鉴定者（康生）/文物收藏者（容庚）；授信者（康生）/持信者（容庚）；犯错者（容庚）/识错者（地方官员），这些角色对在四个小组的故事传播中都比较稳定。所不同的是曾宪通这一角色，曾在源故事1中担当了介于犯错者与识错者之间的传话角色，不具备与其他人物构成直接矛盾冲突的功能，因而在全部四个小组的传播过程中，这一传话者的角色都被遗失了，情节转换成了犯错者与识错者之间的直接冲突，而不是通过传话人这样一个角色来制造间接冲突：

  G8：容先生来到博物馆时，他不想一开始就动用这层关系，所以就说："我是党部的人。"奇怪！怎料无人理他，迫于无奈，他只有拿出康生的介绍信。博物馆的人一看见这份介绍信，态度完全变好了，并说："为什么不一早拿出来呢？我们以为你是国民党的人。"

  E8：下一次容老逛古董店时，也真的出示领导的条子给店员，于是店员问容老："您是哪个单位的啊？"容老一听傻了，原来他是国民党党部的人，现在时局变了，该怎么说呢？他含糊应了一句："我党部！"店员就马上纠正："哦，不应该再说'党部'了，应该说'宣传部'！"容老向来性子直，自己不是宣传部竟被说成宣传部，不理！以后逛古董店时，无论人家问什么，他只回答："我党部！"

  邓迪斯在针对结构主义的评述中说到，不仅神话是由组成对立和企图消除对立两方面组成的，而且所有的民间传说形式都是这样组成的："丹麦民俗学者埃克赛尔·奥尔瑞克在二十世纪最初十年所著的一篇题为《对比的法则》的文章中明确地把民俗学类型中相对立的重要概念作为他的史诗定律。这一论点说明对立的形式在谜语结构和谚语结构中与在神话结构中将是同等重要的。对立的形式在其他类型中同样显著。"[1] 正是这种对立，使得故事各要素成为相互依存的矛盾统一体。[2]

八　不合理的细节会不断趋于合理化

源故事 2 故意设置了一个不太合理[3]的细节："听到老婆开门的声音，他一紧张，就把伟哥丢到锅里边了。"一紧张就扔锅里，这不是一个合乎常规的动作，所以在故事 2 的传播中，伟哥如何被扔进锅里的细节成了变异最多的一个细节：

B5：门铃响了，他不小心把瓶子弄翻了，伟哥药片掉到锅里。

B6：因为药装在他口袋里不方便，所以他就放在一边，当他向面里加佐料时，不小心把药倒进面里。[4]

B7：这时老婆回家了，惊慌之下男人将伟哥粉末当成盐倒入锅中。

E2：当时妻子正在煮面，他们就在客厅聊这种药，后来可能搞错了，妻子把这个药放到了面锅里，可能当成糖什么的吧？

E3：妻子煮面条，也变得心不在焉的，就随手拿起那包药，把它当成盐放了进去。

E8：晚饭王二妻做菜时发现调料没有了，看到灶台上恰好有包药粉，以为是王二刚买回来的调味品，就径直将药倒进锅里和菜煮。

E9：最后他决定把药放灶台上，妻子做饭时肯定能看到，但后来，妻子看到了，却误以为是调味料，随手丢进菜里一起煮。

F4：妻子提早下了班，他顿时慌了神，伟哥怎么办？决不能让妻子小丽看见，怎么办？情急之下，把伟哥全部倒进了锅。

---

① ［美］阿伦·邓迪斯：《结构主义与民俗学》，吴绵译，张紫晨编《民俗学讲演集》，书目文献出版社 1986 年版，第 545 页。

② 列维—斯特劳斯在《对神话作结构的分析》中还提出了更为复杂的所谓"三项组合"的结构方式，该组合形式没有在实验的文本中得到体现，这里不予讨论。

③ 此处所指的"不合理的细节"主要指生活故事中的不大符合生活逻辑的细节。

④ B6 解释说："B5 的讲述是'一不小心，扔进锅里'，我认为此原因'不小心'不符合逻辑性，于是就合理化的讲述为错倒进去的。"

F12：他正准备吃药，突然听到背后妻子的声音："还没吃饭啊？在煮什么呢？"他一个慌张，赶忙把药丢进锅里，"哦，没，没吃什么，在煮面条。"

上述诸例，大家都在试图为"为何扔进锅里"寻求一个尽可能合理的解释。E组和F组都是女生，不清楚伟哥是药片还是药粉，所以会有把药当盐的想象。男生组无此错觉。

事实上，任何一个故事讲述者的讲述，对于他的下家来说，都是一个源故事。源故事中那些不为被试所属社会群体所认可的表现形式，总会在其后的传播中逐渐趋于合理化。

B6是个有较强创作冲动的故事讲述者，三个故事到了他手上全都发生了较大的变异。他把故事3中不怕鬼的女主角换成了"一个五大三粗的汉子韩正亮"①，这样一改，一个大男人对着镜子舞蹈了一夜的形象就显得有些不伦不类。

B7迅速对这一不合常理的细节进行了修正："该君坚信世上无鬼，于是在一间房子里又叫又跳看是否能把鬼引出来，房子里正好放着一面镜子，该君对着镜子跳了一夜。"他把"跳舞"改成了"又叫又跳"，使之更符合男性的行为。

B8把这个大男人的形象勾画得更加男性化："该男生独自一人潜进了教学楼，进了一间教室坐下。心想我就在这里等，就不信你不出来。等呀等，等到半夜，他耐不住了，妈的这鬼咋地还不出来哩？可能是需要来点什么刺激吧。于是，该男生就大喊大叫起来：'这该死的鬼你怎么还不出来有本事出来啊老子倒要跟你见识见识！……'就这么喊，可是鬼还是没出来。忽然这男生又看见黑板旁挂着一面镜子，就更加来气了：'妈的什么鬼你还不出来？老子有了面镜子难道还会怕你？'鬼还是一直没有出现。最后，这男生累了，终于睡着了。"②

---

① 韩正亮是B6上家B5的名字。B6解释说："我认为女生是比较胆小的，无论是在电影中还是在书本中都很少出现女性去捉鬼的，因此我把女性改为一个胆大的男性，我觉得这样故事才比较合理。"

② B8评点："我在传播过程中认为，人物的某些行为应符合他自己的性别特征和性格特征，故事才会引人入胜。但在源故事中，人物是没有性格描述的，所以我加了一些情节，使这个人物的某些性格像我的特点。"

合理化（rationlisation）是一种重复再现的过程，巴特莱特认为："其过程表明了一种需要，实际上每位受过教育的观察者都可感觉到这一需要，即一则故事应当有一个一般的情景。开始时，不存在一种简单接受的态度。呈现的每则故事，必须联结成整体，而且，若有可能，也应当考虑到它的细节必须与其他东西相联系。……在这种情况下，一些特殊的，而且可能是孤立的细节，立即被转换成更熟悉的特征。"[①] 也就是说，被试的接受和再现不是单纯按原样输入和输出的过程，而是表现为用自己更熟悉更容易理解和记忆的方式对原始材料进行适当加工。

九　故事传播中的蝴蝶效应

蝴蝶效应（butterfly effect）是混沌理论中最基础的概念。1963年，美国气象学家洛伦兹（Lorenz）的论文《一只蝴蝶拍一下翅膀会不会在德克萨斯州引发风暴？》首先提出了这一概念，指的是某系统中初始条件的微小变化可能会在运行中引起输出端的巨大差异，正如蝴蝶的扰动能够引发风暴一样。科学家们把这一现象戏称为蝴蝶效应，把引发扰动的初始条件称为"灵敏初条件"。

蝴蝶效应表现在故事的传播中，源故事中任何一个并不重要的细节都有可能成为传播中的灵敏初条件,[②] 在传播过程中会逐渐被放大、变异，甚至导致情节的变化，最终颠覆整个故事的情节和结构，演变成另一个故事。我们试以源故事1在B组的变异为例。

　　源故事1：康生为了表示自己的大度，就主动给容庚开了几张介绍信，让容庚带着几个弟子到全国去免费考察各地的文物现状。
　　B1：康生为了表示自己有气量，随后就给教授开了份介绍信，

---

① [英] 弗雷德里克·C·巴特莱特：《记忆：一个实验的与社会的心理学研究》，黎炜译，浙江教育出版社1998年版，第107、112页。
② "初始条件并非系统被构造之初存在的条件。它们经常是一个试验或计算开始时的条件，也可以是研究者兴趣所在的任一时段开始时的条件。所以某人用的初始条件可能是另一人的中间条件乃至最终条件。"[美] E. N. 洛伦兹：《混沌的本质》，刘式达等译，气象出版社1997年版，第7页。

让教授带着学生可以在全国各地开展免费考古研究工作。

B2：康生学力不及容庚，自知理亏，但为了表示自己的大度，开了一张介绍信供容庚全国免费考古。

B3：康生对考古是懂一些的，人又自负，所以就想压压容庚，于是他就签了张条子，对容庚说："凭这张条子你可以免费到全国考古。"

B4：两人谈得很合拍，于是康生临走之前给容庚批了一条考古通行证，凭借那张字条容庚到全国各地都可以免费地受到当地负责机关的热情款待。

B5：康生对考古知识有一点了解，所以他和容老在一起有说有笑的。由于康生是在上午到容老家的，聊到中午，两人的肚子叽哩咕噜叫起来。容老亲自下厨杀鸡款待康生，席间，康生说："容老师，有个问题我不明白，您说是先有鸡还是先有蛋啊？"容老说："应该先有鸡。"康生哦了一声就没再说什么地。康生临走时写了一张纸条给容老，说以后到各处观光凭这条可以畅行无阻。①

B6：容庚先生非常好客，为康生准备了一桌丰富的晚餐。正吃饭间，容先生让康生发表一下对自己特意做的鸡的看法，康生沉思了一下说："容先生，你说先有鸡呢还是先有蛋呢？"容先生微微一笑说："先有鸡吧！"康生那天吃过饭之后决定回北京，为了对容先生的盛情款待表示谢意，临走时送给容先生一张写着不知何物的纸条，并说："容先生，您无论到哪里，只要拿出这张纸条，他们都会款待你的。"

B7：正好容先生夫人不在家，于是容先生便亲自做饭招待。饭桌上康生请教容先生一个问题："世界上先有鸡还是先有蛋？"容先生想了一下，回答说："应该先有鸡吧？"康生没有说话，只是写了一张字条交给容先生，告诉他今后无论去哪里，凭着这张字条便可免费接受招待。容先生后来果然凭字条到各地都能享受免费招待。

B8：到了容庚家，礼节过后，寒暄几句，看到容庚老婆不在家，康生就先发话了："听说容老您古文字方面很厉害，我这儿有一个问题想要问您。"容庚说你就问吧。康生就问："这世界上是先有鸡还

---

① B5 解释："我加上这些细节主要是想充实故事，同时增强故事的趣味性。"

是先有蛋呀?"容庚很奇怪为什么他问这个问题,于是想了一会儿就说:"那还用问,肯定是先有鸡啦!"此时,康生很郑重地拿出一张纸条,说:"先生,听了您的话,我深受教导。这样吧,为了感谢您,我送你这个玩意儿,以后您拿着它,走遍全国各地,吃饭都不要您的钱。"康生走后,容庚大喜。果真拿着小纸条跑遍全国,吃喝无阻。日久天长,容庚越发奇怪。终于有一天,容庚又碰到了康生,于是就问:"康生啊你那张纸上写了什么,这么神奇?"此时康生哈哈大笑起来:"先生,我那纸上写的只是蝌蚪文而已。"

在 B 组的传播过程中,原来围绕"口误"而展开的故事,变成了神奇纸条神奇功能的故事。这种变异具有很大的随机性。与我们前面讨论的几点推论不同,这种故事变异的混沌状态及其变异的随机方向,是我们实验之前根本无法预料的。

在有关混沌现象的科学实验中,一种变化过程可能有一个或多个临界点,也即发生突变的关键性环节。在临界点上,一个微小的扰动可能迅速被放大成一个重大的变化。而在故事的传播中,每一个传播者同时都可能是一个创作者,因此我们可以说,任何一个传播的环节都同时是一个可能临界点。在上述故事的传播中,B5 就由可能临界点转化成了实际临界点,他为"神奇纸条"的获得虚构了一个"热情款待"的细节,这一情节迅速被后面的被试演绎成一个"知恩图报"的故事。

事物间的相互依赖性是蝴蝶效应产生的前提之一。由于事物之间相互依存的关系,使得故事中每一个情节的变化都有可能在因果关系链中不断传输放大,导致相关情节的联动变异,最后导致意想不到的结果。一般来说,事物间的相互关联度越高,当其中一个部分发生改变时,就越有可能发生蝴蝶效应,因为较高的关联度使得任何一个细节的改变都会对其他关联部分造成连锁反应,进而被逐步扩大,形成难以预测的结局。上述 B4 在传播中把康生开介绍信的理由由"为了表示大度"改成"谈得很合拍",这只是一个小小的扰动,但正是这个小小的扰动,引发了 B5 对"合拍"的铺陈,[①] 并改变了整个故事。又比如我们在上一节提到的案例,源故事 3 "跳舞"的细节是依赖"女生"而构筑的,B6 只是把女主角换

---

① B5 解释:"我当时就是想把我上家讲述的故事合理化。"

成了一个大男人，这一改变引发了故事人物行为的巨大改变，整个故事变形了。

混沌现象的不可预知性很大程度上是由非线性因素的介入而引发的。以不可预测性为特征的非线性因素的介入，扰乱了原有线性系统内部的正常秩序，事物间可确定的关系被不可确定的关系所替代，使得由初始条件误差引起的一系列后发事件发生在混沌与秩序的边缘，从而产生不可测度的多样性后果。上例 B5 关于"先有鸡还是先有蛋"的问题，就是一种完全不可预测的非线性干扰，从控制论的角度来说，这是不可预知的系统外部信息的输入。

进一步推论可以认为：越是封闭的知识圈、传播者知识结构中共同知识所占的比重越大、来自系统外部的信息量越少，故事就越稳定。反之，越是开放的知识群、个体掌握的信息量越大、传播者知识结构中共同知识所占的比例越小，蝴蝶效应的实际临界点就越多，故事也就越不稳定。

由此我们可以知道，为什么文化偏远地区的故事总是比较原始、古朴，相对比较稳定，而文化中心地区或文化发达地区的故事，却很容易变异出新的情节，表现出更多的多样性。柳田国男的"方言周圈论"，大概也是基于这样一种原理。

十　故事碎片重组中的性别差异

分组实验的过程，男生 B 组（8 人）只用了大约 1 个小时就结束了，而女生组所花的时间却多得多，G 组（9 人）相对较快，约 1.7 个小时，F 组（12 人）与 E 组（9 人）同时结束，约两小时。

在对不同性别传播群的文本分析中，我们很明显地看到了不同性别在故事传播中的不同特征。男性传播者更注重情节发展的内在冲突，不注重细节保持，如 B6 很随意就把故事 3 的主角叫作"韩正亮"，把故事 2 的男主角叫作"温剑明"，这是 B6 上下两家被试的名字。而女性传播者更注重细节和专用名称的保持。

如表 9—2，专用名词在 B 组的变异速度相对于女生各组，要迅速得多。

表9—2　　　　　　　故事3专用名词在传播中的变异

组	原名称	1	2	3	4	5	6	7	8	9
B	李炜	无	无	无	无	无	无	无	无	
	二号楼	2号楼	二号楼	2楼	二楼	二楼	二楼	大楼	教学楼	
	天鹅湖	音乐	无	无	无	无	无	无	无	
G	李炜	李炜	李炜	李炜	李炜	李炜	李炜	李炜	李伟	老师
	二号楼	二号楼	2号楼	二号楼	二号楼	舞蹈室	练舞室	排练房	练舞室	音乐室
	天鹅湖	天鹅湖	天鹅湖	天鹅湖	天鹅湖	音乐	音带	音乐	音乐	音乐
E	李炜	无	无	无	无	无	无	无	无	无
	二号楼	2号楼	2号楼	2号楼	二楼	二楼	二楼	教学楼	二楼	二楼
	天鹅湖	天鹅湖	天鹅湖	天鹅湖	天鹅湖	天鹅湖	天鹅湖	天鹅湖	天鹅湖	天鹅湖
F	李炜	李炜	李炜	李伟	李炜	李炜	李炜	无①	无	无
	二号楼	2号排练厅	2号练功房	二号练舞室	二号室	二号练功房	2号舞蹈房	2号练功房	2号练舞房	2号练舞厅
	天鹅湖	音乐	音乐	音乐	音乐	音响	音响	音响	音响	音响

从实验文本看，男性传播者有更强的创作欲望，他们对故事的加工力度要比女性传播者大，② 因而源故事在B组的变异速度也比其他各组要快得多。我们知道，传播者对故事的加工和再创作是引起故事传播蝴蝶效应的主要原因，因而对于男性传播者来说，故事传播过程的混沌状态表现得更为明显。

相反，女性传播者更注重对源故事的原貌保持。③ 比如，F2在故事1的讲述中这样说："这是一个关于'口误'的故事。但是F1忘记了很多，只记得几个片断，所以我也只有几个片断能告诉你。"F6也说："这个故事在讲述的过程中，许多具体的细节都已经丢失了，因此这个故事是不太

---

① F7评点："我个人认为此处对故事发展不起作用，所以有意消解之。"
② E8评点："我觉得不是女性本身没有创造冲动，而是女性似乎不敢大胆打碎故事本身再重构，不敢的心理压制了原创的欲望。"F12评点："女生相对比较细心，一般倾向于把故事原貌及细节保留下来，对名称比较敏感，的确会精确地追问一些人名、地名。"
③ G1评点："因为男生往往大大咧咧，在记不住的情况下只有进行新的创造，而女生比较细心，当各种细节塞满头脑的时候，她们也懒得去再创造，如实记录下来就行了。这是我的真切感受。"

完整的。……故事到此中断，不知结局如何。"① 但在男生组没有出现这样的情形，故事 1 自从被 B5 撕碎开始，一再被随后的传播者加工和修改，几乎每一个环节都在试图建立一个新的、完整的情节。

十一　口头文学的语言风格不具有"集体性"或"传承性"

巴特莱特认为，在故事的再现过程中："风格、节奏、精确的结构模式，由于这些东西易于产生即刻反应，因此在继后的再现中极少能保持下去。"② 从实验一的 38 份讲述记录看来，语言风格是最不具有稳定性的传承因子。以传播稳定性最好的 G 组（该组由同一方言区的被试组成）对变异性最小的故事 2 的叙述为例：

　　源故事 2：有个男人看报纸上说伟哥很好用，就想买一些来试试。
　　G1：伟哥甫一面世，广受欢迎。一男子闻讯亦买了一盒回家准备一试。
　　G2：伟哥推出市面之后，大受欢迎。有一个男人买了一盒伟哥回家准备下面条。
　　G3：自从伟哥上市以后，风靡全球，有个男人也想试试它的威力，便买了一包伟哥带回家。
　　G4：话说伟哥上市的时候全面流行，大受好评，于是有一个男人也想试一下。有一天他就去买了一包伟哥和一包面条。
　　G5：当有壮阳作用的药物伟哥推出市场，很多男士都蠢蠢欲动，

---

　　① F6 评点："这是我写的。可能是因为女孩子比较听话吧。明白这是在做实验，担心加入太多自己的创造会对其他听故事的人造成误导，所以宁可把故事讲得支离破碎也不想加入太多原来没有的东西。男生想把故事讲得生动好玩，而女生则是想按照实验的规则完成任务。……但如果现在不是在做实验，而是只是跟同学在闲聊，那我会对故事进行改造。而男生显然轻松一点，所以出现许多开玩笑的细节。"
　　② ［英］弗雷德里克·C·巴特莱特：《记忆：一个实验的与社会的心理学研究》，黎炜译，浙江教育出版社 1998 年版，第 117 页。

想试试这伟哥是不是灵丹妙药。一个男同志怀着好奇之心，买了一颗伟哥和一包面条。

G6：前几年韦哥刚刚发行的时候，一位老公买了一粒或几粒回家，顺道买了一些面回去。

G7：当年伟哥在中国大陆很流行，一位先生去买了一些伟哥，顺便还买了一些面条。

G8：当伟哥在中国流行的时候，一个男人买了伟哥回家。

G9：前段时间，韦哥流行得很厉害。有一位丈夫买了回家，想哄妻子开心。

以上叙述，意义的变异很小，但语言的运用却大不相同，可见在故事的传播中，叙述语言并不具备所谓的民间文学的"集体性"或"传承性"。也就是说，任何故事讲述中的语言风格都是具体的故事家个人的，而不是抽象意义上的"民间的"或"集体的"[①]。

小结 实验方法是最基础、最简捷的实证研究法

传统民间文学研究多关注故事传播的自然状态，进行现象分析，但是，对自然状态的现象研究必然存在许多无法逾越的障碍。

以故事学界备受推崇的历史地理学派为例。当我们在共时的或历时的文本间寻找证据以说明同型故事的传播关系的时候，我们是基于这样两个前提：（1）现有的故事文本都是传播、变异的中间环节；（2）所有同一类型的故事都是"同源"（甚至"单线"）演变的结果。但事实上，我们并没有足够有力的证据说明自然状态下的互不相识的讲述者之间的口述文本都存在这样一种先后发生的线性传播关系；而且，"同源"本身也不是

---

① G1评点："因为该实验的被试是一群颇具文学创作天赋的头脑活跃的青年学生。我小时候听爷爷和另外一些村里老人讲各种传说故事，他们所讲的故事情节大抵差不多，有的甚至连语气都是一样。"关于G1提出的意见，尚未得到实验的支持。如果这一现象属实，也许可以使用本章第九小节的解释："越是封闭的知识圈、传播者知识结构中共同知识所占的比重越大、来自系统外部的信息量越少，故事就越稳定。"同样，越是封闭的知识圈，群体之间的语言风格也会越趋统一。由于本实验的被试是一开放的知识群体，所以实验不支持G1的意见。

一则先验的传播"原理",而只是一项基于部分故事传播现象而作出的合情推论。也就是说,作为逻辑前提的文本间的传播关系以及"同源"理论本身,尚未显示足够有力的证据以证明自己可以作为一条"定律"被使用。因此,历史地理学派的科学性也就从根本上受到了质疑。

相对于历史地理学派的臆想前提,实验所依据的传播关系,是一种现实关系,是无须借助理论证明的客观实在。建立在实验基础上的合情推论,首先在逻辑前提,也即数据资料及其数据间传播关系的客观性上得到了保证。

实验方法是一种最基础、最简捷的实证方法,它可以最大限度地为我们提供"按我们确实知道的去演进"[①]所必需的理论支持。从这点上看,实验方法也许能为我们提供"我们确实知道"的第一层级的基础推论。因此可以认为,实验数据与田野调查资料具有异曲同工的效用。

通过实验,我们可以产生推论;有了推论,我们就可以进行验证;得到了验证,我们就有了"确实知道的"知识;有了确实知道的知识,我们就可以据以"演进"。当然,这样的进化路线本身也是一个理想化过程,实际的理论进化远不是如此简单的线性过程,它必定包含了多次的否定之否定。因此,更准确的表述应该是这样的:实验的推论,提供了"否定"的对象和基础。

本章旨在通过实验分析,讨论故事传播与记忆中的变异特征。本章所据实验最大的不足是实验文本和被试数量的不足,另外,被试的知识结构也过于单一。每一种实验偏差都有可能干扰推论的正确性,本章在接受被试评点的时候,意见分歧最大的是"故事碎片重组中的性别差异"。许多女性被试都对这一推论提出质疑,而现有的实验数据却明显地支持了这一推论。推论的正确与否很难在自然状态下求证,比较可行的求证办法是更多实验文本和更多被试基础上的更多实验。

本章借助了心理学理论分析实验结果,这些分析同样是建立在把这些心理学理论当作"定律"的基础上来进行的。一旦心理学的发展证明了这些理论的错误,本章对实验推论的心理学解析也将随之调整。但是,实验数据以及建立在数据之上的合情推理、实验方法及其方法论意义却不会

[①] [美]托马斯·库恩:《科学革命的结构》,金吾伦、胡新和译,北京大学出版社2003年版,第153页。

因为心理学理论的褪色而丧失其价值。

所以说,本章的主要目的,不是为了论证一种理论或观点,而是希望能够借助实验,为故事研究提供一种可能的方法、一些可供后续研究"否定"的基础。

(本章原题《故事传播实验的报告与分析》,原载《民俗研究》2004年第3期,收入本书有修订)

第十章

记忆实验中的故事变异模式

导　读

2004 年 3 月 19—26 日，实验人设计实施了一次故事记忆的重复再现实验。[①] 实验目的在于：

（1）探讨故事传承中的记忆与再现特征。

（2）探讨相近故事之间互相黏结、糅合的可能机制。

本实验的对象（被试）是中山大学中文系 2001 级本科生共 43 人，平均年龄 21 岁。实验之前，被试对实验内容、步骤和目的是毫不知情的。

实验分析完成之后，曾交由所有被试进行评点，目的在于检测实验分析的推论与被试的真实状态是否有明显出入，借以调整分析结果。因此可以说，本章与第九章一样，也是一次互动式写作的结果。

本章通过实验得到如下推论：随着时间的推移，故事讲述者所记忆的故事情节及其功能项可能逐渐模糊乃至遗失，但是，每一次故事重述，都必然是一次完整形态的重构，这种讲述者内在的完整性要求必然会导致讲述者对那些已经被记忆遗失的、不完整的功能项进行补充。而补充功能项所需的素材，主要不是来源于创造性的发明，而是来源于故事讲述者既有的故事认知结构。

民间故事的记忆之误、重构的完整性要求，以及传统故事母题的"提取"，是故事嫁接发生的重要机制。

[①] 实验助手：中山大学中文系 2003 级硕士生黄晓茵、王媛媛、张雅馨，本科学生郑泽海。

一 实验程序与规则

（一）上课之前，任意抽取 8 位被试，两两分为 4 组，他们是单一故事的接受者（Simple Receiver，即"SR"）。其余被试将作为多则异文的接受者（Complex Receiver，即"CR"）。

（二）每组第一位 SR 阅读一则"源故事"（4 则源故事具有相似的主题与功能项）。

（三）每组第一位 SR 将故事讲述给下一位 SR，然后记录自己讲述的故事。

（四）每组第二位 SR 将故事讲述给所有其他同学（CR），然后记录自己讲述的故事。

（五）这样，每位 SR 都只听到一则水灾故事；而每位 CR 则会听到 4 则水灾故事的异文。

（六）听课两个小时之后，下课之前，要求所有被试写出一则水灾故事。CR 写下的故事即"CR Ⅰ"，SR 写下的故事即"SR Ⅰ"。

（七）一周之后，再次要求所有被试写出一则水灾故事。CR 写下的故事即"CR Ⅱ"，SR 写下的故事即"SR Ⅱ"。

二 实验文本（源故事）

源故事 1：由拳县，秦时长水县也。始皇时，童谣曰："城门有血，城当陷没为湖！"有妪闻之，朝朝往窥。门将欲缚之。妪言其故。后门将以犬血涂门。妪见血，便走去。忽有大水，欲没县。主簿令干入白令。令曰："何忽作鱼？"干曰："明府亦作鱼。"遂沦为湖。

源故事 2：古巢，一日江水暴涨，寻复故道。港有巨鱼，重万斤，三日乃死。合郡皆食之，一老姥独不食。忽有老叟曰："此吾子也。不幸罹此祸！汝独不食，吾厚报汝！若东门石龟目赤，城当陷。"姥日往视。有稚子讶之。姥以实告。稚子欺之，以朱傅龟目。姥见，急出城。有青衣童子，曰："吾，龙之子。"乃引姥登山；而城陷为湖。

源故事3：邛都县下有一老姥，家贫孤独。每食辄有小蛇，头上戴角，在床间。姥怜而饴之食。后稍长大，遂长丈余。令有骏马，蛇遂吸杀之。令因大忿恨，责姥出蛇。姥云在床下。令即掘地，愈深愈大，而无所见。令又迁怒杀姥。蛇乃感人以灵言：嗔令何杀我母？当为母报仇！此后，每夜辄闻若雷若风。四十许日，百姓相见，咸惊语："汝头那忽戴鱼？"是夜，方四十里，与城一时俱陷为湖。土人谓之为"陷湖"。惟姥宅无恙。

源故事4：从前，有姊弟二人。离他们家不远，有石狮。弟每日必以"镬仔团"一个投石狮口中。习以为常。如是者，经三年。一日，石狮谓弟曰："我口旁有血时，世间必遭大难。届时，你可入我腹中避之！"越数日，弟果见石狮口旁有血。原来是某屠夫无意中所涂上之猪血。他即奔告其姊，相率入石狮腹中避之。狮腹甚大，且通大海。当姊弟俩出来时，世间已无人类踪迹。[①]

三　提取：来自源故事系统内部的补充功能项

实验没有把源故事直接提供给所有被试，而是有意经过两轮 SR 的传播之后才口述给所有 CR，目的有二：（1）区分出单一源故事接受者 SR 和不同异文接受者 CR，以观察其再现故事的差别；（2）消除被试对于"权威文本"的信赖以及对于"记忆测试"的戒备，使实验尽可能地接近于自然的传播与记忆状态。

开始讨论之前，我们先划定数据分析的边界，把 4 则源故事的集合看成一个"系统"。

为了方便数据分类，有必要界定几个概念：我们把不同源故事之间情节或功能项的糅合过程称为"嫁接"[②]；把嫁接中占优势地位的源故事情

[①] 以上 4 则故事均从钟敬文《中国的水灾传说》（《钟敬文文集·民间文学卷》，安徽教育出版社 2002 年版）一文析出。

[②] "嫁接"原指一项生物技术。将一株植物上的枝条或芽等器官接到另一株带有根系的植物上，形成新的植株的过程，叫嫁接；这个枝或芽叫接穗；带根系的、承受接穗的植株叫作砧木。本书之所以把不同情节或功能之间的黏结关系叫作"嫁接"而非"复合"，是因为：①复合指称一种物理过程，它可能是有机融合，也可能是无机黏结；而嫁接是一项生物技术，它包含了对亲和性的要求。②复合可能是对等过程也可能是非对等过程，本身不包含主次判断；但在故事嫁接中，一般来说总是存在一个占优势地位的、属于故事主体的基干情节（砧情节），另一个或多个黏结于砧情节的、占从属地位的功能项（接穗）。区分主次有利于我们确认故事的类型。

节称为"砧情节";其他黏结于砧情节的、占从属地位的功能项称为"接穗"。

参照普罗普的故事形态学理论,我们可以对"系统"进行功能项排序:

1. 某一神灵遭遇困境或需要帮助。
2. 主人公给予神灵以帮助(没有伤害神灵)。
3. 其他人可能伤害过神灵。
4. 主人公得到神谕,如果某种征兆出现,则会有天灾降临;其他人不相信。
5. 主人公经常观察某种征兆是否出现。
6. 有人进行恶作剧或无意中制造了征兆。
7. 主人公迅速逃离。
8. 天灾降临。
9. 主人公之外的所有人化身为异类。

我们从 CR Ⅱ 入手开始讨论。本实验收集的 CR Ⅱ 共 29 份,其中明显发生系统内嫁接现象的文本有 9 例,占 31%,详见表 10—1:

表 10—1　　　　　发生于系统内嫁接的砧情节与接穗

砧情节	被试	接穗
源故事1	CR1①	镇上住着一个老妇人,她很善良,常常救助一些小动物。……几天前她曾经救过一条受伤的小青蛇
	CR2	她家门前有一只石龟,过去的几年里她每吃完晚饭后就会在它的嘴里放上一个饭团,有一天石龟突然开口对她说话了,它说为了答谢婆婆这么多年来的照顾,它告诉婆婆一个秘密
	CR3	老翁说,很多年以前,河流干枯,一条大鱼搁浅,被城里的人吃掉了,只有老妇人没有吃它的肉,而那条鱼正是老翁的儿子,老翁要报答那唯一不吃自己儿子的人

---

① 被试编号以本章讨论出现次序为序。下同。

续表

砧情节	被试	接穗
源故事1	CR4	从前有座城，城边有条河。一天城里的人在河里捉到一条很大很大的鱼，足够全城人吃三天三夜，于是城里的人把它分来吃了，只有一位老婆婆没有。几天以后，有一个人来找老婆婆，说他是那条鱼的父亲，为了感谢她没有吃他儿子，告诉她一个秘密
源故事1	CR5	有一天，老婆婆去县城赶集，行走在路上，忽然听见一阵阵呜咽声，原来是一条受伤的小蛇。老婆婆可怜它，就把它带回家里好生调养照顾。一个月后，老婆婆放了那条小蛇。这天夜里，老婆婆做了一个奇怪的梦，梦里龙王告诉她：……
源故事2	CR6	果然，不久之后，县里果然发生了大水灾，更奇怪的是，每个人看起来都像一条丑陋的大鱼。很快，这个由一条条丑陋的鱼组成的贫穷的小县，就被洪水冲得一干二净了
源故事2	CR7	一年之后，老妇回故里探看。口渴饮河中水，不觉手捧约一寸小鱼。老妇觉得小鱼面善，未料它张口便大哭道："老奶奶，你怎么不叫我们一同走？"老妇大惊，细看之下，原是邻人小孩！
源故事3	CR8	老婆婆孤伶伶地在屋子里呼唤着青蛇。从日落到日出，日出到日落，青蛇又从床底下钻出来，对老婆婆说："地主惹怒了我王，这里将有洪水淹没，婆婆您见到城中石狮子双眼变红了，就赶紧逃亡吧。"说完，又钻进床底，从此不再见踪影。老婆婆便日日到城中看石狮子眼睛是否变红……
源故事4	CR9	过不久，兄妹俩都惊呆了，眼前竟是水里的宫殿，一个个头上顶着小鱼的人儿安闲地走来走去，他们到了一个海底世界

利用源故事系统的9个功能项对表10—1进行分析，我们得到表10—2：

表 10—2　　　　　源故事的功能项与发生嫁接的功能项

砧情节	源故事原有功能项	源故事缺失功能项	被试	嫁接的功能项
源故事 1	④、⑤、⑥、⑦、⑧、⑨	①、②、③	CR1	①、②
			CR2	①、②
			CR3	①、②、③
			CR4	①、②、③
			CR5	①、②
源故事 2	①、②、③、④、⑤、⑥、⑦、⑧	⑨	CR6	⑨
			CR7	⑨
源故事 3	①、②、③、⑧、⑨	④、⑤、⑥、⑦	CR8	④、⑤、⑥、⑦
源故事 4	②、④、⑤、⑥、⑦、⑧	①、③、⑨	CR9	⑨

从表 10—2 可见，每一个源故事都缺失了系统的部分功能项。而嫁接的发生，恰恰在于接穗全部或部分地补足了源故事缺失的功能项。因而我们可以认为：系统内的嫁接，主要表现为对源故事缺失功能项的补足。

现在的问题是，嫁接具有怎样的运作机制？

假设理论上存在一个刚好能包含系统内全部功能项的故事，我们称之为"元故事"[①]。在本章讨论的系统中，元故事也即包含了全部 9 个功能项的、实际讲述中并不存在的理想故事。那么，每一则单个的源故事其实都只是截取了元故事的一部分。进入讨论之前，我们可以参考一个著名的心理学实验：

用四个复杂句，每句均包含四个命题（例如其中的一个复杂句是"在厨房里的蚂蚁吃放在桌子上的甜酱"，它包含下列四个命题：一、蚂蚁在厨房里；二、蚂蚁吃酱；三、酱放在桌子上；四、酱是甜的）。把每个复杂句又分拆为分别包含一、二、三个命题的句子（例如上述复杂句可分拆为包含一个命题的句子有：蚂蚁在厨房；酱在桌子上；酱是甜的；蚂蚁吃酱。包含二个命题的句子有：蚂蚁在厨房里

[①] "元故事"概念的提出，参见陈连山《结构神话学——列维—斯特劳斯与神话学问题》，外文出版社 1999 年版，第 105 页。

吃酱；蚂蚁吃甜酱；甜酱在桌子上；蚂蚁吃放在桌子上的酱。包含三个命题的句子有：蚂蚁吃放在桌子上的甜酱；在厨房的蚂蚁吃放在桌子上的酱；在厨房里的蚂蚁吃甜酱）。上述分别包含一、二、三个命题的句子，都是有的让被试学习（学习时采用随机呈现的方式），有的不让被试学习。而那个包含四个命题的复杂句（即原型），却一直未让被试学习。然后以上述学习过的句子和未学习过的句子，再加上从未学习过的那个四命题的复杂句（即原型），随机混合依次呈现，让被试辨认哪些句子是学习过的，并按正负各五级评定自信度。

　　结果，被试对实际上并未学习过的，包含四个命题的句子再认自信度最高，而且再认自信度的高低随句子包含命题的多少而转移（即包含命题愈多，再认自信度愈大），至于句子是否学习过，关系反而不大。①

　　心理学家的结论是：被试在学习过程中，并不是把学习内容按原样储存于记忆中，而是自动地对学习内容作了记忆归类。归类形成了那一类事物的典型，也即"原型"。再认时，被试不是以实际的学习内容作为标准，而是把原型作为标准。

　　理论上，我们的元故事即是一个水灾故事的原型。从心理学的角度来说，故事再现中的嫁接现象，本质上是一种无意识的行为，而非有意识的情节复合或者故事延伸。②

　　但事实上，"元故事"是一个比"复杂句"更为复杂的系统。后者是若干简单句和次复杂句的单纯语义之和，前者却只是一种抽象的功能项之和。也就是说，复杂句的语义完全等价于简单句和次复杂句的语义之和，但抽象的元故事却并未完全涵盖4则源故事的所有内涵，因为源故事中生动的人物形象和行为细节等情景性要素很难完整、有机地融入同一个元故事。

　　因此，被试对源故事的回忆，实际上必须是一次"双重提取"：对记

---

① 张述祖、沈德立：《基础心理学》，教育科学出版社1987年版，第433—434页。
② CR7评点："我个人觉得这种情况是符合我当时再叙述故事的心理情况的，而且，在再叙述的过程中并没有刻意为之，而是自然而然的，因为听的故事（4个）有许多杂混在了一起（由于其相似性），过了一星期后更加记不清哪个情节是哪个故事的了，故而有糅合的情况出现。"

忆表象（特定源故事）的提取；对抽象的原型（元故事）的提取。前者体现为对具体形象和场景的提取，后者体现为对功能项和功能项之间关系的提取。

在这一双重提取的过程中，记忆表象是进入故事回忆的关键支点。由于不同个人之间形象记忆的差异，不同的源故事可能成为不同被试进入回忆的关键支点。这一源故事（关键支点）就成了占主导地位的再现情节，也即"砧情节"。从元故事中提取的、砧情节之外的功能项就是"接穗"①。

现在，我们试着从另一角度来看双重提取的特征。如果说故事的再现是一次双重提取，而且是在9个功能项中间的提取，那么，这一过程就不可能只是多于特定源故事功能项的提取，两边的提取都有可能发生遗失。也就是说，再现后的故事可能提取了一部分特定源故事中所没有的功能项，但也有可能会遗漏对特定源故事原有功能项的提取。

我们还是以 CRⅡ为据，以验证前述假设。见表10—3。

表10—3　　　　　　第二次故事再现中的功能项遗失

源故事	原有功能项	被试	现有功能项	遗失功能项
源故事1	④、⑤、⑥、⑦、⑧、⑨	CR10	④、⑤、⑥、⑦、⑧	⑨
		CR1	①、②、④、⑤、⑥、⑦、⑧	⑨
		CR3	①、②、③、④、⑤、⑥、⑦、⑧	⑨
源故事3	①、②、③、⑧、⑨	CR11	①、②、③、⑦、⑧	⑨
		CR12	①、②、③、⑦、⑧	⑨

我们知道，系统的功能项排序基本上是以行为的先后顺延的。在这一

---

① CR5评点："我在记录时，似乎也是这样，以源故事1为砧情节，又模模糊糊地受到其他源故事的干扰，因此叙述的文本含有不少嫁接成分。有些接穗还是从过去的知识库中提取出来的。"

先后的时间序列中，前后功能项之间存在着一定的因果关系。[1] 序列中的每一个功能项，可能是其前某些功能项的果，也可能是其后某些功能项的因。如果序列中存在一个非因非果的功能项，那么，这个功能项就没有太大的存在意义，也最有可能在记忆和传播中被遗漏。

我们把完整的因果关系链视为一种相对稳定的常态，而把因果关系的缺失视为一种不稳定状态。同样，因果关系越强，功能项的稳定系数越高；因果关系越弱，功能项的稳定系数也越低。

从表10—3中可以看出，功能项的遗失几乎全发生在功能项⑨。这是因为，功能项⑧"天灾降临"与功能项⑨"主人公之外的所有人化身为异类"只是一种弱相关。虽然功能项⑨依赖于功能项⑧，但功能项⑧不必引出功能项⑨就能与其前面的功能项组成完整的情节，所以，功能项⑨的稳定性相对较低，比较容易被忽略。

需要特别指出的是，无论是第一次还是第二次再现，8名单一故事接受者SR所提供的文本中，无一出现上述系统内的嫁接现象。因为对于SR来说，他们记忆中的所谓"系统"，就只是特定的一个源故事。他们的记忆提取也只能发生于这一个特定源故事内部，在他们的头脑中，并没有形成组合形态的元故事，因而无法从其他源故事中提取功能项。

四　引进：来自源故事系统外的母题补充

通过比较我们发现，就同一被试提供的文本而言，CR Ⅱ比CR Ⅰ的篇幅明显扩增的有14份，明显缩减的仅1份，两者基本持平的14份。那么，为什么时隔一周之后，被试脑袋里故事情节反而更丰富了呢？

部分文本的情节扩增是系统内嫁接的结果，更多的则表现为系统外的母题[2]或细节补充。我们把再现中由被试自创，或者由系统外引入新母

---

[1]　在元故事系统的功能项序列中，存在如下一些因果相关：因为①所以②、因为②所以④、因为④所以⑤、因为⑤所以⑥、因为⑥所以⑦、因为⑦所以⑧、因为③所以⑧、因为⑧所以⑨、因为③所以⑨。其中原因⑥造成了后果⑦和后果⑧，后果⑨由原因③和原因⑧造成。

[2]　母题是故事中最基本的结构单元，跟功能项类似。这里之所以不使用功能项概念，改用母题，是因为功能项是"依据在行动过程中的意义而确立的人物的行动"，是系统内部的有机组成部分，而母题则未必是有机成分，很可能只是附着性的，可以随意增减的成分。

题、补充新细节的过程称为"引进"（Importation）。表 10—4 提供的是部分引进案例。

表 10—4　　　　　故事再现中引进新母题或细节的案例

被试	CR Ⅰ	CR Ⅱ
CR13	从前，有座城里住了对姐弟，他们家门口有个石狮，每次姐弟俩吃饭的时候，弟弟总是在石狮口中留口饭团，如此三年不变	传说在一个非常闭塞的山村里，住着一对相依为命的姐弟，他们自小死了爹娘，生活非常贫苦，整天以放羊编织为生，他们没有房子住，就在村头一座破庙里面度日，一天弟弟晚上做梦梦到庙门口的石狮子到处找东西吃，于是打那以后每天吃饭弟弟就会去给庙门口的石狮子嘴里塞一口饭团子，如此三年不变
CR10	从前，有个叫由泉的地方，有个老太婆每天都到城门口去看城门的一面城墙	从前，在一个村子里，有个老太婆每天早上都到城门口去，她每天都仔细观察城门口处的一堵墙，然后满意地离开，日复一日，从不间断
CR14	弟弟临走之前，把这离奇的预言亦告诉了他的一位邻居，但是这位邻居说那血迹他是亲眼见到隔壁家的老黄倒进去，并不相信弟弟的话	过了没多天，弟弟真的发现石狮子的嘴巴里有血迹，就急忙去饭店里喊姐姐。姐姐转告了厨房里的人，叫他们一块逃命去，可是有一个老婆子说那血是她倒进去的，因为刚刚有一盆鸡血，就倒了进去，叫大家不要相信。大家都哈哈大笑，不相信洪水会来，以为只是老婆子的恶作剧
CR5	老太太看见血迹，以为传说真的应验了，于是立刻逃走了	第二天，老太婆又来了，当她一抬头，看见城门上那鲜红鲜红的血迹时，立刻大叫一声，扭头就跑，一路奔回家中，只带了几件值钱的东西，当天就离城而逃

表 10—4 之外，我们还可以从 CR Ⅱ 中析出大量的例证，以说明引进的方式主要有以下四种：

（一）故事背景的进一步交代

在故事的开头交代背景，是故事讲述者惯用的方式，但源故事系统中的背景材料却很简省。被试引进的故事背景往往具有这样的特点：时间是遥远的从前；地点是偏远的乡村；主人公是心地善良的老人或者儿童；主人公的生活是贫穷的。

（二）行动变得更夸张，细节得到进一步展开

故事再现时，源故事中的一些名词性的、静态的、定量的细节可能会减弱或遗失，如故事发生地的地名、主人公的姓名、明确的数字等。相反，一些动态行为、定性的细节会得到展开，原本简单的人物行动可能衍生出更加丰富的系列行动。这些行动往往倾向于变得更加夸张，并且可能多次反复。

（三）不完整细节会变得更加完整

一些于情于理不够完整的细节，需要进一步"闭合"[①]以使它在再现故事中显得更加完整。这种故事再现中的闭合倾向"归因于实验对象使其经验尽可能完整、前后一致和有意义的迫切愿望"[②]。

利用系统外母题完成的闭合过程也是一种引进过程。以"恶作剧"场景的闭合为例，源故事系统中没有对恶作剧的具体场景进行说明，但在CR Ⅱ中，许多被试对恶作剧场景作了更细致的描述。

CR10：士兵们看见老婆婆紧张的样子，开心地哈哈大笑。

CR14：大家都哈哈大笑，不相信洪水会来，以为只是老婆子的恶作剧。

CR5：兵士们看她惊惶失措的样子，得意得哈哈大笑。[③]

CR15：话说城门官这边，眼见老太婆这种狼狈之相，当然是笑得前仰后合。

故事中大凡好人得好报、恶人得恶报，或者久别重逢、家人团圆、苦尽甘来、乐极生悲、报仇雪恨、因果报应等，这类能激起强烈情感共鸣、

---

① 格式塔心理学（gestalt psychology）认为，一个不完整或开放的图形总要趋向完整或闭合（Closure）。一个在圆周上缺一小段的圆圈，往往会被当作一个完整的圆圈。一个没有解决的问题或任务是一个不完整的或开放的完形，它在人身上会造成紧张，只有当问题解决或任务完成，闭合形成了，紧张才能解除。

② ［美］奥尔波特等：《谣言心理学》，刘水平、梁元元、黄鹂译，辽宁教育出版社2003年版，第63页。

③ CR5评点："我觉得加入这个细节会使故事显得更加滑稽有趣。"

表达快意恩仇的情节，总是能掀起或大或小的故事高潮，讲者爱讲，听者爱听，需要更多的细节加以渲染。以上各种形态的"哈哈大笑"显然是对恶作剧行为的一次合理化补足，也即闭合。

（四）与价值观念相关的细节引进

原本没有道德倾向的故事，经过一些怀有精英思想的讲述人复述之后，往往具备了教化倾向。这种倾向未必是下意识的，但是，精英思想的介入必然会导致与价值观念相关的细节的引进。本实验的源故事系统基本上没有涉及价值问题，但 CR Ⅱ 中的部分文本却带有明显的道德评判倾向。

CR16：一路上，他们看到了倒塌的房屋，死去的手中还攥着金子的县官，溺死的大批人群和马驴。

CR8：县城里有一个坏恶霸地主，他勾结了县官，弄得民不聊生、苦不堪言。

CR1：镇上住着一个老妇人，她很善良，常常救助一些小动物。

CR17：从前，有一双姐弟，两人家里非常贫穷，但却有着善良的心。

CR18：有一对姐弟，相依为命过着清苦的生活。尽管自己的日子过得紧巴巴，平时却处处与人为善。

CR19：姐弟俩非常善良，每当有吃不完的饭团就扔进狮子口中。

CR14：姐姐转告了厨房里的人，叫他们一块逃命去……

在这里，老人与儿童总是善良的，他们应该得到救助；县官与地主总是贪恶的，他们应该遭遇灾祸。这种社会教育的传统价值联想刺激了部分细节的引进，如 CR8 的文本中就加入了许多善恶斗争的细节。

值得一提的是，还有 6 位被试由于第一次缺课，未参与实验程序 1—5，却在第二次课，也即程序 6 提供了文本。他们显然是临时从其他同学处听来部分故事情节，匆忙补以想象，构筑了自己的文本。他们的文本遗失了许多功能项，却引进了大量的新母题以串联已知的功能项。这些引进多数都是与价值观念相关的母题。比如有位被试以源故事 3 的部分功能项为据，虚构了一个龙子与恶霸县官斗争的故事，毁灭性的水灾主题反而遗失了。这一再现显然是引进了广泛流传于广东地区的"龙母传说"的部分母题。

从表 10—4 中的案例及以上分析可见，虽然引进的母题并不来自源故事系统，但是，母题或细节引进的方式，以及引进的内容，都体现了比较固定的模式。

　　这种相对固定的模式并不表现为充分的创造性活动。两次再现文本中，母题的引进、迁移，以及功能项的嫁接这些可为记忆理论所解释的现象之外，没有发现明显的情节变化与结构调整。所以说，实验结果所支持的情节变异主要是基于记忆再现基础上的信息加工。

　　信息加工的素材来源，是被试在以往的民间故事习得过程中逐渐形成的一套相对稳定的认知结构，也即被试在实验前所具备的故事观念、内容和组织形式。① 由于参与实验的被试是具有相似学习和成长经历的大三学生，相似的受教育背景和知识背景导致了加工素材的高度相似。

　　如果重新划定一次数据分析的边界，把被试曾经习得的所有相关故事知识当作一个"广义大系统"，那么，我们上节所界定的"元故事"在这个大系统中就不再是单纯的4则源故事功能项的小集合，而是泛指被试头脑中固有的、与源故事同类或相似情节的功能项和功能项之间关系的大集合。

　　本章上一节讨论的结果是：系统内的故事嫁接，主要表现为在系统内部调动特定源故事之外故事元素，对特定源故事缺失功能项进行补足。现在，我们在新的边界前提下，对"引进"的理解就变得与"系统内嫁接"完全相同了：引进主要表现为，被试从其固有的知识结构、传统故事母题库（广义大系统）调动更多的故事母题对特定源故事进行补充讲述。

　　也就是说，引进同样是一次双重提取的过程：对记忆表象（特定源故事）的提取/对抽象原型（元故事）的提取。只不过，这里所说的元故事是基于被试全部故事知识结构的，更加抽象的元故事，因此，功能项的提取就不再是从四个源故事的小集合元故事中提取，而是从被试全部的故事知识结构这一大集合元故事中提取。②

---

　　① 许多被试对实验分析的评点中都曾涉及这个问题。如CR20评点："我们以自己所有的关于民间故事的知识和记忆来引进情节，丰富或改造故事。"又如CR5评点："我很认同这一点，我在凭记忆笔录的时候，语言风格遵循了小时候所听到的民间故事的风格；对源故事1的创造回想，又拉入了《白话唐传奇》中的一些故事细节。"

　　② CR21评点："随着时间的推移，大家会忘记故事中的某些细节。突然有一天说还要让我们复述这些故事的时候，我们就不得不将这些遗忘的细节用自己内心的另一种方式填满。而这种方式，正是我们心里所想故事的发展细节，每个不同的细节拓展方式都打上了深深的复述者性格的烙印。"CR3评点："我认为引进细节是因为对其固有情节的忘记而导致的本能的弥补。"

基于以上分析，我们可以说，引进其实就是广义大系统内的一种提取，本质上也是一种嫁接，或者说，是嫁接的扩展形式。

五　越是故事能手，故事的变异系数越大

比较 CR I 和 CR II，我们发现：在 CR I 中，只有部分系统内嫁接文本，引进的细节几乎没有；但在 CR II 中，不仅源故事系统内的功能项嫁接频繁发生，源故事系统外的母题引进也大量发生。由此推测，在故事的再现过程中，"源故事系统"的提取优先于"广义大系统"的提取。

这里需要说明的是，故事再现过程中，"源故事系统"的提取与"广义大系统"的提取虽然存在何者优先的可能，但不能把它们理解为两次分离的过程。本章只是出于分析及说明再现结果的需要，而将它们加以分别，由稳定的、可把握的系统，向不稳定的、广义的系统逐层递进，以便于分析。

每位故事讲述者对一个具体故事的记忆，都会在时间的打磨中发生钝化。原本清晰的细节随着时间的推移会变得模糊，故事的功能项以及功能项之间的关系可能发生遗失。而每一次再现，都要求是一次完整的重构，这种完整性的要求将导致对记忆中的不完全功能链的补足：

（一）已经遗失的功能项可能需要引进新的功能项以替代。

（二）原本不完整的细节可能需要闭合。

（三）原本单纯的情节可能被赋予价值评判，或者被寄托情感诉求。

而满足这些补足所需要的素材，主要不是来源于创造性的发明，而是来源于故事讲述者既有的故事认知结构，诸如与源故事同类或相似情节中的功能项、叙事程式、价值观念以及与情节构成相关的各种故事知识。

如果以上推论成立，我们就可以进一步做出以下推论：

（四）故事输入与输出的时间间隔越长，故事讲述者对源故事的记忆就越难清晰，相应的，元故事可能发生的作用就越大，故事再现就越容易趋向故事讲述者原有的知识结构，被赋予更多的讲述者个人色彩。这种趋向导致了故事的逐步多样化、类型化：就源故事来说，情节发生各种变异，被多样化了；就特定讲述者的再现来说，故事更趋向他原有的知识结构，被类型化了。

（五）在同等资质的条件下，一个故事讲述者对相关、相近的民间故事的信息存储越多，他的故事知识系统中的元故事构成就越丰富、越复杂，其再现过程中记忆提取的空间就越大，细节引进的可能性也越大，接穗也越加丰富多样。也就是说，越是故事能手，其故事的变异系数也越大。

余论　对第九章推论的佐证

在本章的实验中，第九章的部分推论也可得到再次验证，举例如下：

（一）非共同知识很难在记忆中得到保存

源故事中的地名，由拳、长水、古巢、邛都，由于不是常识性知识，很难在再现中得到保持。在 CR I 中，出现地名的有 11 份，占总文本数 38%，分别叫长河县、由泉县、长水县、河潮、玉泉县、秦国境内、河曹、由纯村、由全县、游泉县、洪拳县等。在 CR II 中，出现地名的只有 7 份，占总文本数 24%，分别叫由泉县、河潮、玉泉镇、大石、河曹、由全、游泉县。在参与分组的 8 名被试 SR 的文本中，第一次再现即 SR I，所有地名都得到了完整的保存，但到了第二次再现 SR II，只有 3 份还保持了地名。

（二）人物设置和行动趋于能构成矛盾冲突的对立模式

源故事 4 是兄妹婚故事中的前奏部分，也即关于洪水来临的一段节录，所以姐姐在该故事（前奏部分）就不具备角色功能。这一非对立模式在部分文本 II 中得到了修正：

B1 在结尾处加上了姐弟婚的情节，从而赋予了姐姐以角色功能。①

G9 加上了姐姐把血兆的事转告其他人，其他人都不信，而姐姐坚信的情节，以构成"相信天灾/不信天灾"的对立模式。

（三）不合理的细节会不断趋于合理化

源故事 2 的"江水暴涨，寻复故道。港有巨鱼，重万斤，三日乃

---

① 以下被试编号借用第九章编号，方便对照理解。

死。"在实验程序 3 中被表述为"有一条河因江水暴涨而改道，在它的故河道有一条大鱼死掉了"。江水暴涨导致河流改道，然后大鱼死，这是一个让许多被试难以理解的细节，于是，这一细节在其他被试的再现中被合理化了：

B6：这一年遇上了饥荒，原因是洪水淹没了所有的庄稼，人们就靠捕鱼维持生活……忽然有一天，人们捕到了一条足够大的鱼。

G5：由于河水改道，很多大鱼都因为干旱而死掉了。①

G8：有一天，那条河所在的县城的百姓发现河里面浮上来一条很大很大的鱼。

E3：有一天，这个镇子的一位渔夫，在小河里捕到了一条非常大的鱼。

F8：在故河道上出现一条大鱼，很大很大，因河水干涸而死。

（四）不同性别的传播者在故事碎片重组中表现了不同的倾向

在 CRⅠ中，只有一个男性被试再现了地名："古时，长河县居住着一位老妇人。"在 CRⅡ中，没有一位男性再现地名。其余再现地名的 10 位被试全是女性。在 SRⅠ的第一次讲述中，除了故事 4 的两位传播者，另外六人全部再现了地名，其中 E2 强调说明了"有一个地方叫合巢，起承转合的合，雀巢咖啡的巢。"以上数据验证了关于"女性传播者更注重对源故事的原貌保持"的推论。

在 CRⅠ中，男性被试 B8 的文本是所有文本中最不完整的，他选择了源故事 4 作为回忆的关键支点，但在他的再现中只剩了功能项④、⑧、⑨。他在文本中自述"没注意听，只记得这些了"，所以他的再现显得支离破碎，文本篇幅不足 200 字。但在一周之后，CRⅡ中，B8 的文本篇幅激增至 800 余字，增加了故事人物，给源故事中的老奶奶配了一个老爷子，把原来破碎的文本修复成一个奇异的、连贯的情节。另一佐证是，两名因第一次缺课未参与前面 6 个程序男性被试 B5 和 B7，在第二次课上提交的文本是以 B8 的讲述作为源故事的，他们的文本一样显得奇异而连贯，像一篇志怪短篇小说。而在所有女性被试再现的文本中，没有出现大

---

① G5 解释："我在重构故事时，努力去解释大鱼死去的原因。江水暴涨令鱼死掉的情况很难理解，所以我虚构了大鱼干旱而死掉，这情况比较合乎情理。"

的情节变动。所以说，男性被试有更强的创作欲望，他们更加注重情节发展的内在冲突，不大注重细节保持。①

（五）口头文学的语言风格不具有"集体性"或"传承性"

纵向比较 CR I 与 CR II，每一个特定被试的两次再现都能较好地保持自己个人的语言风格。但是，无论在 CR I 还是 CR II 的横向比较中，任意两个不同被试之间的语言风格都有明显的差异。所以说，在故事讲述中，只有个人的语言风格，而没有集体的语言风格。

（本章原题《民间故事的记忆与重构——故事记忆的重复再现实验及其数据分析》，原载《民间文化论坛》2005 年第 3 期，收入本书有修订）

---

① 男生 B6 评点："对一个故事的讲述核心问题是故事的矛盾冲突及故事的完整性和合理化，而细节是一些无关重要的东西，没有必要记忆，所以讲述时就不写或者任写一个。"

第十一章

民间传说的在地化特征

——江西省石城县"罗隐秀才传说"调查

导 读

客家地区广泛流传着"讨饭骨头圣旨口"的罗隐秀才传说,从我在家乡石城县的传说在地化调查中可见,各地民间传说相似性、稳定性的表现主要有二:一是创编思维的相似性,只要社会条件、叙事目的、思维逻辑三相似,虽说是各自创编,但故事的结构思路是相似的;二是接受心理的相似性,故事传播中,相似的生活逻辑导致不同流传地民众毫无障碍地接受了这些故事,并使之在地化为本地传说。

此外,民间传说的变异性也有二种表现:一是因记忆偏差而导致的传说变异,大凡故事中核心设置相似的人物传说,尤其容易发生情节互渗,共享一些由该设置而派生的情节类型;二是因判断偏差而导致的传说变异,主观意愿和情感偏向,会影响到传播者的判断发生偏差。

一 赣南客家地区的"罗隐秀才传说"

唐代著名诗人罗隐(833—909),据说曾于唐宣宗大中十三年(859),二十六岁这年春天游学到赣州,秋天七八月间,"隐在虔州(南康郡）参加秋试取解，入贡籍。特受虔州刺史青睐"①。罗隐自己曾写过一首《南康道中》，特别回忆到这段经历，李定广考证说："《南康道中》诗见于宋刊《甲乙集》卷十，回忆自己初次赴举自南康郡（即虔州，宋以后改名赣州）随计入京的情景……朱自清在《中国歌谣》一书中指出，罗隐是客家地区民间崇信的神祇，那里有许多关于罗隐的传说和歌谣。传说广东、江西兴国等地著名的'客家山歌'就是创自罗隐。"②

由罗隐"十上不第"的传奇身世及其诗谶传说，逐渐演变出风靡半个中国的罗隐信仰和数以百计"讨饭骨头圣旨口"类型的罗隐秀才传说。据李定广考证，早在罗隐63岁尚未去世的时候，在今温州一带就已经有罗隐信仰的苗头："（瑞安县）大罗山有罗隐洞、罗隐寺。罗隐寺初建于唐天祐三年（906）。"③罗隐秀才的传说是江南、西南和华南地区广泛流传的同题故事，故事类型大同小异。"世以罗隐出语成谶，浙江、福建、江西一带，凡事俗近怪者，皆云罗隐秀才所说。因此，民间流传的种种罗隐故事，颇富传奇色彩。其故事之多，流传地区之广，影响之大，意义之深，绝不亚于徐文长故事。"④

但是，历史上的诗人罗隐和传说中"讨饭骨头圣旨口"的罗隐秀才，其实应该视做两个世界的两个罗隐。诗人罗隐公元833年生于杭州新城县戴家湾，即今杭州富阳市新登镇双江村。⑤但在民间传说中，罗隐永远以"秀才"身份出场。传说在哪里落地，罗隐秀才就成为哪里人。传说中的称呼总是"罗秀才"或"罗隐秀才"，在许多地方也被讹为"罗衣秀才""罗游秀才""龙游秀才""卢远秀才""背时秀才"等，甚至成为俗语中的"野罗仙"。以福建省的流传情况为例："罗隐的传说是福建最有代表性，流传面最广的十种传说类型之一，共流传在福建的33个县市。从《中国民间文学集成福建卷》所附的《福建省重点传说分布图》可知，闽南大部分的县市皆流传有罗隐的传说。此外，金门、澎湖、台湾等地也有，尤其金门还将罗隐当成是金门本地人，有的直接说是金门贤厝人，因

---

① 李定广：《罗隐年谱》，上海古籍出版社2012年版，第17页。
② 李定广：《罗隐年谱》，上海古籍出版社2012年版，第17—18页。
③ 李定广：《罗隐年谱》，上海古籍出版社2012年版，第255页。
④ 赵福莲：《杂论罗隐的故事》，《杭州师范学院学报》1993年第1期。
⑤ 李定广：《罗隐年谱》，上海古籍出版社2012年版，第1页。

贤厝的居民为卢、颜二姓氏,以谐音故,罗隐在金门被称之为'卢远'。"①

赣南是客家民系的主要聚居地之一,加上罗隐曾在这里"参加秋试取解,入贡籍",千百年来,赣州地区流传着大量罗隐秀才传说。在兴国县,甚至传说兴国山歌就是罗隐传下来的:"兴国民间有一首流传久远,几乎是尽人皆知的山歌这样唱道:'会唱山歌歌驳歌,会织绫罗梭接梭;罗隐秀才造歌本,一句妹来一句哥。'同样,还有一首歌是这样唱的:'山歌一唱动人心,唐时起来宋时兴;罗隐秀才造歌本,代代相传到如今。'"②

在笔者家乡石城县也流传着许多罗隐秀才传说。1989 年版《石城县志》中收录了四则"罗源秀才的传说",分别是《罗源出生》《好炒豆》《松树飞子飞孙》《咒油桐》。③ 2012 年出版的《石城民间传说》则多收录了《少出酒,多出糟》《山蚂蟥》《鸡笼集蚊》《罗源坝》《水灌千蔸禾,不养"老猪婆"》《三难三妹》《罗源之死》7 则传说,总共 11 则。④ 凭着职业的敏感,我一眼就认定这是一组关于罗隐秀才的同题故事,"罗源秀才"就是"罗隐秀才"石城在地化的讹名。

不过,我小时候并没有听说过这些传说。我试着从石城中学的初中同学微信群(主要生于 1967 年)开始调查,知道的同学似乎很少,个别同学略有耳闻,但不知其详:"小时候听过三言两语,大意是这个秀才嘴巴功夫行,但不实在,很自私,最后不得善终。所以老人们常教导我们读书不要学罗源秀才。"⑤

罗隐秀才在石城县多被称作罗源秀才,而且跟石城珠坑的罗氏家族挂上了钩。虽然我从一开始就认定"罗源(石城音 nian)"是"罗隐"的讹名,但为了尊重家乡的民间叙事,方便行文,下文仍以"罗源"为名进

---

① 陈炳容:《罗隐在金门的传说试探》,福建省炎黄文化研究会等编《闽南文化新探——第六届海峡两岸闽南文化研讨会论文集》,鹭江出版社 2012 年版,第 555 页。
② 黄兴明、邱联忠:《罗隐传说与兴国"非遗"三论》,薛亚军主编《罗隐传说论集》,浙江人民出版社 2019 年版,第 73 页。
③ 赖盛庭主编:《石城县志》,书目文献出版社 1989 年版,第 565—566 页。
④ 陈裕华主编:《石城民间传说》,(香港)中国书画出版社 2012 年版,第 2—9 页。
⑤ 康晓洪,男,1967 年生,大学文化,在石城中学 1982 届初三(1)班同学群中的讨论,2016 年 1 月 11 日。

行叙述。

二 三舅妈口中的"罗源子"

2016年春节,我回到家乡石城县,进行罗源秀才传说的在地化调查。实地调查照例是从亲友中开始的,比我(1968年出生)年纪小一些的表弟表妹基本都没有听过罗源秀才的传说。后来的调查进一步证明,除了一些有罗源秀才"遗迹"留存的村庄,1970年以后出生的石城人,绝大多数都没听说过罗源秀才。

我母亲(1944年生)开始也说没听过,但在我三舅妈徐竹莲(1948年生)讲了一个罗源秀才的故事之后,突然想起来了:"哦,就是'罗源子'的故事呀?这个我也听过。他这个人嘴巴十分有灵,说什么就会应验什么。小时候听老人家骂别人吹牛皮时,都是说:'你这个人野罗仙一样,天上的事知道一半,地上的事你全知道。'"于是,我知道了罗源秀才的另一个别名"罗源子"。

三舅妈的故事不大完整,但听得出是"女人为什么变笨"和"人死蛇蜕壳"两个传说。

传说1:有个女人在挖地,罗源子问她:"你一只锄头挖啊挖,你一日挖了几千几万下?"女人见他骑马来的,就反问他:"你一只马子嗒啊嗒,你一日行了几千几万脚?"罗源子一只脚蹬在马鞍上,问女人:"你晓得我要上马行还是下马行?"女人一只脚跨在门槛上,问罗源子:"你晓得我要进屋里还是出屋里?"罗源子觉得女人太聪明了,就拿出一条围裙送给女人,女人一穿上,他就说:"三尺麻布拦你胸,你不晓世界几多重①。"搞得这些女人穿上围裙以后,就把心肝蒙住了,没有男人聪明,以后就只能做一些屋里的事,变得更木讷了。罗源子就是这样,说什么都很灵。②

---

① 重,石城音"冲",重量的重。
② 徐竹莲,女,1948年生,文盲,石城县琴江镇居民,2016年2月11日。

传说2：以前是蛇死人蜕壳，人要躲到门角背蜕壳，十分疼，不得过。罗源子看了，就说："人死蛇蜕壳。"他这么一说呢，就变得人有生有死，蛇要蜕壳了。①

《石城民间传说》中只收录了"传说1"，题为《三难三妹》，故事大意相同，但是多了许多细节，篇幅几近三舅妈故事的十倍。"传说2"书中没有收入，但这个故事我小时候听过多次，似乎并没有跟罗源秀才联系在一起。富阳等地搜集的罗隐传说中，也没有这个故事。但将这个故事加入到罗隐秀才的同题传说群中，用来说明罗隐"出语成谶"，倒是十分贴切。

可惜的是，三舅妈能讲的罗源秀才传说只有这两个。我不断地以"听说罗源秀才本来有皇帝命""罗源秀才为什么嘴巴这么灵""听说罗源秀才是被石头压死的"等提示语诱导她，希望她能想起更多的传说，但是未能如愿，看来她小时候听过的相关传说也很有限。我母亲更是只听说过罗源子这么个名字，知道他嘴巴灵，一个故事都讲不出来。

三　燕珠坑的"罗元"功名石

根据我的经验，每个县至少都会有一两位对本县历史文化特别了解的文化人，这些人长期浸淫在地方史料与民俗文化当中，对本土文化了如指掌。石城县图书馆馆长刘敏，是我所知最了解石城历史文化的。在进入具体调查之前，先征询刘敏的意见，无疑是事半功倍的做法。

刘敏倾向于认为罗源秀才就是石城县人，他告诉我，罗源的真名叫"罗元"，就是琴江镇大畲村燕珠坑人，燕珠坑是个纯罗姓自然村，至今仍存有罗元的功名石，当地还住着一个老人，能讲罗元秀才的传说。

我当即雇了部摩托车，打道燕珠坑。燕珠坑距离县城不到10公里，却是一个非常偏僻的小山村，出了大畲村的村级公路，还得沿田坎及山路步行约一公里。小村极美，但已经长满杂草。村前的小鱼塘前，立着两对爬满青藤的功名石，我小心地撕开青藤，一对刻着"乾隆戊戌年□□，

---

① 徐竹莲，女，1948年生，文盲，石城县琴江镇居民，2016年2月11日。

岁进士罗元□"，另一对刻着"乾隆戊戌年恩拔，□□□罗元立"。两相对读，很可能两对文字是相同的"乾隆戊戌年恩拔，岁进士罗元立"。

图 11—1　燕珠坑的罗元功名石（施爱东摄，2016 年）

　　小村已经空无一人，除了功名石，没有其他任何线索。步行离开燕珠坑，走了十几分钟才遇见几位老人，可惜都不知道任何"罗元"的传说，甚至没听说过这个名字。但是有老人告诉我，首墩自然村的罗氏三兄弟是从燕珠坑搬出来的。于是我折向首墩，找到了三兄弟的老大罗荣生（1963 年生），但他也说不出那对功名石的来历，也不承认自己是罗元后人，怀疑罗元是珠坑乡金钱坑人，因为石城所有姓罗的，包括燕珠坑罗氏，都是从金钱坑迁出的。罗荣生怀疑功名石是金钱坑人立在这里的，他说小时候听过罗元的传说，但已经全忘了，也不知道还有谁能讲这些故事，建议我到金钱坑去查罗氏总谱。
　　正在我失望回走的时候，突然听到首墩村汉帝庙打醮的唢呐声。一般来说，农村的善男信女会更乐于讲述那些具有神异情节的故事，我决定到庙里去碰碰运气。打醮休息用点心的间隙，我向在座的道士和醮主吴道勤打听罗源秀才的传说。吴道勤（1947年生）表示曾经听说过，罗源秀才好像是明朝人，功名石应该是后人立的，还说罗源秀才的字写得非常好，为人爱打抱不平。我听着听着，就知道吴道勤老人已经把罗源秀才与石城的另一个传奇人物"吴佳"串成一个人了。

吴道勤说罗源秀才本来要做皇帝的，后来没有做成，就到处走。我问他为什么没当成皇帝，他说不知道，只听老人说他本来有皇帝命。本来明朝之后，就该罗源坐天下，后来没坐成，被顺治皇帝坐了天下，罗源只好到处流浪。那些原来跟着他的人，也都散了，没做成什么大事。吴道勤已经记不起罗源秀才的具体故事，只知道他是个本来有皇帝命，嘴巴说话有灵验的人，后来在一个石岩下躲雨的时候，被石头滑下来压死了。

等吴道勤走开了，正在汉帝庙参与打醮的黄运泉（1934年生）、巫立桥（1942年生）等几位老人，七嘴八舌地给我讲了"罗源子妈妈说错话"和"罗源子被自己咒死"两个故事。

传说3：笃文军，孟将军，他们两个人本来是要辅佐罗源子当皇帝的。笃文军力气非常大，孟将军足智多谋，本来是可以成大事的，都是因为罗源子的妈不好，乱说话，害得罗源子当不了皇帝。有一天天热，罗源子睡在凳子上，身体不停地长大、长大，放了七条凳子都睡不下，他妈一看，吓坏了，就说："孩子，你不能再大了！"于是罗源子就不再长了，没长成皇帝的骨头。

还有一次，他妈拿一把火钳，在灶上敲："我们罗源子要是能做上大人，我就灶君婆婆一刀，公太婆太一刀。"灶君一听，那还了得？罗源子要是当了皇帝，灶君婆婆要杀，公太婆太也要杀，什么人都会被他杀光。所以他们就把罗源子一身的皇帝骨头全部剥掉了，只给他留了一张嘴赚吃。其实，他妈的意思是，给灶君婆婆烧一刀纸钱、给公太婆太烧一刀纸钱，结果灶君听成了把他们都杀一刀。①

传说4：有几个鲁班先生（木匠）在山上解板（锯木板），罗源子从边上过，说："坐下来歇歇。"鲁班先生就说："坐不得，要做事。坐了呢，一天解不到一围板。"罗源子说："坐了也是一围板，

---

① 黄运泉，男，1934年生，文盲，琴江镇大畲村首墩村民小组村民，2016年2月14日。

不坐也是一围板。"说完走了。鲁班先生就停下来，坐到太阳落山，数一下，还真有一围板。鲁班先生就使坏，他们藏起一块。等罗源子回来的时候，他就问："我说的有灵吧？"鲁班先生说："我们听了你的，今天就没够数。"罗源子数一下，差一块，心想，不好了，嘴不灵了。

罗源子往回走，走到半路打雷下雨。路边有一个石檐，石下有几个放牛的小孩在躲雨，罗源子也想挤进去。人多挤不下，罗源子就骗他们说："上面的石头就要压下来了。"几个小孩一听，赶紧跑出来。罗源子心想，反正自己的嘴已经不灵了，就自己躲了进去。结果，上面的石头真的压下来，把罗源子压死在里面。①

其他几位打醮的道士也肯定地说，罗源秀才是石城人，是被一块岩石滑下来压死的。但对于罗源秀才具体在哪里出生，死在什么地方，大家都不清楚。此外，巫立桥还说到一个情节，他说有天晚上罗源子搬了一条凳子睡觉，睡着睡着身子就开始长起来，他姆妈就给他加一条凳子，过了一会又长起来，就这样一直加了八条凳子，家里没凳子了，只好把他叫醒，要是加到九条，他就能做皇帝。在其他地区，这个情节往往出现在以"造反"为主题的"早发的神箭"类型故事中，很少被附会在罗隐身上。

四　小屋里的出酒井

从燕珠坑回来之后，刘敏又告诉我，燕珠坑所在的琴江镇大畲村是罗源秀才传说的主要流传地，当地还有个小屋里自然村，据说村里有眼井，井水有两种颜色，《石城民间传说》中的《少出酒，多出糟》讲的就是这眼井的故事。

传说5（梗概）：在通天寨的山脚下，住着罗源秀才的一位朋友，爱喝酒，但家里并不富裕。某日，罗源秀才到访，叫朋友老婆拿来七粒糯米，走到井边，开口说："通天泉水细细流，流入井里变米酒。"

---

① 巫立桥，男，1942年生，文盲，琴江镇大畲村燕珠坑村民小组村民，2016年2月14日。

说完就走了。朋友老婆第二天来挑水，惊奇地发现，一边井水是奶白色，一边井水是淡青色，奶白色的是酒，淡青色的是水。更奇怪的是，井里每天所出的酒量，恰好是朋友一天的应酬量。过了一年，罗源秀才又来了，一来就问朋友的老婆井里的酒怎么样。朋友老婆回答说："酒是有了，可惜没有喂猪的酒糟。"于是罗源秀才对着井说："少出酒，多出糟。"从此，井里就只有一些酒糟和一点酒水味，再也没有酒了。①

第二天我来到小屋里自然村。进村一打听，人人都知道罗源秀才这件事。有人把我带到井边，我一看是两眼井，看起来已经很久不用了，井里飘着许多树叶和绿藻。村里人说："里面更浅的那眼是井水，外面更深的这眼，就是原来的酒井。酒井的水原本是黄的，像米汤水。后来有个搞地质的探矿队，走到这里，觉得很奇怪，拿探头在这里探了一下，井里就再也不出米汤水，两口井都只有清水了。"②

关于地质队到村里来探井的时间，有说是 20 世纪 50 年代的，有说是 20 世纪 70 年代的，有的笼统说是"毛主席的时候"，村里 70 多岁和 50 多岁的村民都说见过酒井发黄的样子。不过，村里最年长的，1934 年出生的曾金财老人却明确告诉我，井里出米汤水的事，他也只是听老人说，并没有亲眼见过。

在小屋里，我问到的所有成年人都能讲几个罗源秀才的传说，讲得最生动的，是"水井和酒井"的传说，以及"蚊子叮枫树"的传说，因为这两则传说都发生在他们村。

传说 6：原来我们村没有井，每年都做旱。有一年，罗源子从这里路过，问一个老太太有没有茶喝，老太太说："有，你进屋来，坐落来，我去打水。"老太太是个小脚老太太，一去去了大半天才回来。罗源子问她："你怎么去了这么久？"老人说："这里没有干净

---

① 施爱东摘编自温华德口述，陈裕华整理：《少出酒，多出糟》，陈裕华主编《石城民间传说》，（香港）中国书画出版社 2012 年版，第 3—4 页。

② 曾过煌，男，1962 年生，初中文化程度，琴江镇大畲村小屋里村民小组村民，2016 年 2 月 15 日讲述。

水,我到将军桥底下打水。"罗源子说:"这样啊?我帮你就在这里弄眼井,不用走那么远。"他用雨盖竹子(伞的竹柄)在地上"笃"了两下,就笃出两眼井。过了一会,罗源子又央求老太太说:"筛碗酒来吃吧?"老太太说:"冇酒。"罗源子说:"拿七粒糯米来。"老太太就给他七粒糯米。他把七粒米扔到一眼井里,井里就有酒了。

不知道过了几年,罗源子又从这里过,又问主人:"有酒吃吗?"这里的主人说:"酒是有得吃,就是猪婆冇糟吃。"罗源子说:"猪要吃糟呀?拿桶来。"罗源子用勺子从井里捞了整整七桶酒糟。走的时候,说了一句:"天高地高,你人心还更高。"从那以后,井里再也不出酒了,只出浑水。

图11—2　陈细秀老人站在双井边上,告诉我她前面这眼是水井,她后面这眼是酒井(施爱东摄,2016年)

小屋里人对于罗源秀才的热情明显高出其他地方,每一个故事都是大家抢着讲。几个讲述人围着我七嘴八舌,往往一个讲述人讲到情节A的时候，另一个人就会抢进来说情节 B，甚至还有人说到另一个故事上去，有时还会打断讲述人，插入一番争辩。有时辩论完之后，可能就转移到另一个话题，回不到原来的故事了。比如，有的讲述人把"出米洞的故事"也附会到罗源秀才身上，说出米洞是罗源秀才点出来的，于是有人岔出去说："原来陈友谅在山上（小屋里位于通天寨的山脚处）占着寨，他妹妹命里有七分天下，出米洞是给他妹妹那些兵士吃的。"于是故事瞬间就转向了陈友谅。我要是事先不熟悉这些传说，有时就会摸不着头脑，很难厘清故事脉络。

  传说 7：罗源秀才被小屋里的蚊子咬了，很生气，就把蚊子都抓到一个袋子里，把袋子挂到一棵枫树上，说："要叮叮枫树，不准再叮人。"于是蚊子都去叮那棵枫树，村里再也没有蚊子。①

  当我问到村里现在有没有蚊子的时候，曾过煌非常遗憾地说："那么多蚊子都去叮一棵枫树，枫树哪受得了，早被蚊子叮死了，前些年枫树已经砍掉了，蚊子又出来了。"另一个老太太陈细秀（1936 年生）则说："是一帮小孩吃了没事干，拿竹子去捅那个袋子，把袋子捅破了，蚊子就飞出来了。"老太太用一种非常不满的语气谴责说："这帮吃了没事干的，你说那袋子好端端挂在那里，你去捅它干什么嘛？"
  我问有没有人见过这棵枫树，几乎所有人都说见过，就在某某屋后的山坡上。我请求他们带我去看，于是，陈细秀老太太自告奋勇地叫上他小儿子，一起带我去找。山坡不大，到处都是蜘蛛网，老太太心急火燎地转了十几分钟才找着一个土坑，指着土坑告诉我"就是这里"。她说枫树砍掉以后，不知谁把枫树蔸也挖走了。我问挖了干嘛用，她说："当柴烧。"
  小屋里公认最见多识广，最会讲故事的人是陈细秀的丈夫，时年 82 岁的曾金财。曾金财说："罗源子的故事很多，但他是哪里人我就不大清楚，有的说是燕珠坑出来的，又有的说是金钱坑人。"他想了想，不置可

---

① 以上两则传说均为曾过煌讲述，2016 年 2 月 15 日讲述。《石城民间传说》中的《鸡笼集蚊》与此相似，说的是罗源秀才来到大畬村，听说这里蚊子多，于是将蚊子都咒入一只鸡笼，然后把鸡笼挂在一棵樟树上，至今，大畬村人晚上睡觉都不用挂蚊帐。该传说很可能是小屋里自然村的另一则异文。

图 11—3　陈细秀儿子身边的这个坑，就是原来枫树所在的位置（施爱东摄，2016 年）

否地说："他可能是宋朝以后，元朝时代人。"

曾金财的故事储量很大，讲述也很生动。在我的提示下，曾金财几乎将《石城民间传说》中所有罗源秀才的传说都讲了一遍，其中"罗源教人筑陂"跟《石城民间传说》中的《罗源坝》差距比较大。"罗源出生"也跟其他人的讲述有所区别。

> 传说 8：我们石城人筑水陂要用石头和草皮，宁化人筑陂很简单，把树枝往河道里面一扔，上面压上石头，再淋上沙就可以。这都是罗源子教的。罗源子从宁化过，看到一段田都枯涸了，就问宁化人："干嘛不筑个水陂？"宁化人说："筑陂要石头，要黄泥，难得弄到。"罗源子说："不用这么麻烦，你们摊些树枝过去，用石头压上，捞点沙淋一下就可以了。"以后宁化人就用石头和树枝筑陂了。[①]

---

① 曾金财，男，1934 年生，文盲，琴江镇大畲村小屋里村民小组村民，2016 年 2 月 15 日讲述。

传说9：罗源子本来是要中状元的，他姆妈说："我家罗源子，要是能登到金榜的话，灶君婆婆一刀，门神菩萨一刀，扫帚菩萨一刀。"她的意思是，要给灶君婆婆烧一刀纸，表示感谢的意思。但是呢，她一边说，一边用火叉敲在灶门上。那灶门是灶君婆婆的嘴巴，她敲在灶门上，就把灶君婆婆的嘴给敲烂了。灶君婆婆就上天奏本，跟玉皇大帝说："这罗源子，千万不能给他进状元。他姆妈说了，他要是进了状元，灶君婆婆要过一刀，门神菩萨要过一刀，连扫帚菩萨都不会放过。"玉皇大帝就说："我不相信，罗源子要是能中状元，他姆妈应该高高兴兴，拜谢这些神灵才对，为什么还要杀这个杀那个。"灶君婆婆说："你要不相信的话，看看我的嘴巴，他姆妈把我的嘴都打成什么样子了。"玉皇大帝一看，就生气了，叫土地公公下去换掉罗源子的骨头，换成乞丐骨头，猪骨头狗骨头也都可以。

天下人才是分四等的，做官的是上等人才，骨头最重；演员是二等人才，骨头也还有些重；像我们这些种田的，是三等人才，骨头就轻了；乞丐的骨头是最轻的，他们是四等人才。上等人才骨头重，一定是有菩萨扶着他的。土地公公把罗源子的骨头换掉了，他骨头轻了，就做不了官了。换到嘴巴边的时候，鸡啼了，土地公公只好停手。结果罗源子只剩一张嘴巴说话还有灵。①

曾金财说，石城最出名的几个传说人物，罗源、吴佳、笃文军，还有小屋里一个姓曾的……他们全都聚集在洋地（石城最远的一个乡）的桃花寨，五子争金榜，五样人才全聚集在那里，那个姓曾的是要当皇帝的，罗源子是要做宰相的，但是这些人后来一个一个都分别败掉了，没成事。曾金财的头脑中似乎装着一个庞大的故事群，可惜大部分不是罗源秀才的故事。由于他还有许多农活，第二天访谈时已经有些心不在焉，我只好中止访谈。

---

① 曾金财，男，1934年生，文盲，琴江镇大畲村小屋里村民小组村民，2016年2月15日讲述。

五　金钱坑的"罗英秀才"

刘敏告诉我，乾隆四十六年《石城县志》有罗源（元）秀才的存在证据，县志"例贡"栏下明确说明"罗元，字遂周，龙上里金钱坑人"①。例贡是国子监生员的一种，不是通过考试选拔，而是由生员援例捐纳贡入，通俗地说，就是花钱买的文凭。因为顺治十七年和乾隆十年的县志中都没有出现罗元，所以，刘敏认为罗源（元）是在乾隆十年（1745）到四十六年（1781）之间贡入的，这与燕珠坑罗元功名石上的"乾隆戊戌年（1778）恩拔"基本吻合。

许多老人都提到，罗源秀才可能是珠坑乡金钱坑村的，到金钱坑查一查罗氏族谱或许能找到更多信息。我向刘敏表达了想去金钱坑的意思，刘敏代我联系了珠坑乡党委书记廖丽萍。廖丽萍（1974年生）用自己的车把我带往珠坑乡，一路上说起了她对罗源秀才的了解。她在洋地乡工作过，那里也是罗源传说的流传地，她听说罗源秀才本是天子命，有一群人聚在桃花寨，剪了很多纸人放在瓦罐里，准备造反，但这些人心急，打开早了，结果出来的一些士兵，全是断手断脚的，成不了事。但她也只是听人这么说过，没有认真记录，讲不全。

廖丽萍这些故事片段，跟巫立桥提到的八条凳子的情节，以及曾金财提到的桃花寨的传说，很可能属于同一个"故事类型丛"②。凭着故事学者的直觉，我相信这些都是"早发的神箭"故事的记忆碎片，石城县很可能曾经广泛流传过这类故事，故事的中心点就在桃花寨。由于"早发的神箭"和"罗隐秀才"两个故事类型丛都包含"主人公本来可以做皇帝"的母题，导致许多人在记忆中将"早发的神箭"故事主人公与"罗隐秀才"相混淆。后来我试图从石城县已出版的图书中寻找这类故事，果然在《石城民间传说》中找到一则《桃花天子墓》，大意是说：桃花村有个孩子，"说出去的话非常灵验，有万岁圣旨之风"，人们都称他桃花

---

① 杨柏年主修：《石城县志》（乾隆四十六年），卷五"选举志·贡生·国朝监应例贡"。
② 康丽：《故事类型丛与情节类型：中国巧女故事研究（上）》，《民族艺术》2005年第3期。

天子。他本来是可以做皇帝的，就因为有一次在凳子上睡觉的时候，身子不断长长，他母亲给他加了六条凳子还不够，不知所措，只好学鸡叫把儿子唤醒。儿子醒来之后，马上张弓搭箭，一箭向北射去，"射到了当朝皇帝金銮殿的龙椅上"①。可惜箭射早了，皇帝还没上朝，不仅没能射死皇帝，反而打草惊蛇。于是皇帝派兵下来，血洗桃花村，杀了桃花天子。

廖丽萍把我送到珠坑乡政府。跟乡政府的工作人员聊起来，我最感吃惊的是，珠坑乡的人不是称"罗源秀才"，而是称"罗 yin 秀才"，虽然没有人能说出"隐"字，但确切无误地发的是"隐"音。这里果然是石城县罗隐秀才传说的主要流传地，几乎没有人不知道罗隐秀才，都知道他是"天子嘴"，说话特别灵验。

金钱坑就在乡政府边上不远，我们很快找到罗氏宗祠负责人罗龙甲（1962 年生），交谈之下，我发现珠坑的罗隐秀才传说有几点值得关注的问题：（1）珠坑人不是称"罗源秀才"，也不称"罗源子"，而是称"罗 yin 秀才"，在我的追问下，大家犹豫着给了一个最常用的"英"字，罗英。（2）整个珠坑，包括罗氏族人，都不承认罗英秀才是珠坑人，罗龙甲更是一口咬定石城罗氏族谱中没有这个人。有人怀疑他是大畲人，也有人怀疑他是洋地乡桃花寨人。（3）在珠坑，多数成年人都知道（不一定能讲完全）"罗英秀才被自己咒死"的传说，就像小屋里村所有成年人都知道"水井和酒井"以及"蚊子叮枫树"的传说一样。但是，珠坑人对于"罗源出生"以及"女人为什么变笨"等传说，则很少有能讲得完整的。张小华（1963 年生）讲了一个不大完整的"舂米变舂谷"的传说。

> 传说 10：罗英秀才嘴巴十分有灵。有一次，不知他是问路还是找人，那人正忙着舂米，没大理他。罗英秀才就问："表兄表兄，你在忙什么？"那人没好气地回答他："没看到我在舂米吗？"罗英秀才就说："你说在舂米，我看在舂谷。"结果，那人舂的米就全变成了谷。他说的话就灵成这样。②

---

① 王兴焯搜集编写：《桃花天子墓》，陈裕华主编《石城民间传说》，（香港）中国书画出版社 2012 年版，第 127—129 页。
② 张小华，男，1963 年生，小学文化，珠坑乡珠坑村村民，2016 年 2 月 21 日。

其实,"舂米变舂谷"也是桃花天子传说与罗隐秀才传说共享的母题,据说皇帝派出来暗访的大臣,就是从这种说话灵验的迹象中发现了桃花天子。[1] 正说着,罗龙甲把几大箱族谱搬了出来,我一看就傻了眼,几十本《罗氏闽赣联修族志》,族志并非按年代排序,而是以"房"分册,要从几十本书中找出一个人名,无异于大海捞针。我因为认定"罗源"或"罗英"都是"罗隐"的讹名,找出罗元的生平资料并不是我的主要目的,一看族谱如此浩大,当时就想打退堂鼓了。

图11—4 罗龙甲站在罗家祠堂门口,等人拿钥匙来开祠堂门(施爱东摄,2016年)

幸好这时刘敏带着几位朋友也赶到珠坑。一大队人马确立目标之后,

---

[1] 在桃花天子传说中,皇帝派出来暗访的官差,看见桃花天子在碓米,就问:"小伙子,碓米么?"桃花天子反问道:"不是碓米,难道碓糠么!"碓臼里的米马上变成了糠,官差见了又问:"你是在碓糠啊!"桃花天子说:"我分明是在碓米。"碓臼中的糠马上变成了米。官差见了,心里就明白这个就是他们要找的人。

分头查阅，大家用了不到一个小时，就在"正石公房"分册中找到了乾隆《石城县志》中"字遂周"的罗元："宗奇公长子，承意，字遂周，乾隆甲子（1744）九月十三生，道光甲申（1824）八月廿三殁，改葬野猪湖。"① 综合族谱、县志，及燕珠坑功名石三方信息，我们可以拼出一个身世简历：罗元，字遂周，1744年生，1778年恩拔，先后娶妻邹氏、张氏、李氏，生子四，1824年去世，享年81岁，葬于野猪湖。除此之外，再无更多信息。

问题是，再多的信息也只能说明乾隆年间有一个名叫罗元的贡生，是金钱坑人。除了"罗元"一名与民间口语中的"罗源子"同音，没有任何信息能说明这个"罗元"就是"罗源子"的原型。两者之所以能够联系在一起，只是因为石城文化人在进行文物普查的时候，得知燕珠坑有一块"罗元"立的功名石，于是认定此"罗元"即彼"罗源"。

除了刘敏，我并没有向其他调查对象提及其他地区的"罗隐秀才传说"。我不想因为外界的信息和我的想法干扰了他们的信息和思路。我把自己当成什么也不知道，一个故事都没听过的问讯者。罗龙甲带着我找到当地最能讲故事的罗兴标老人（1941年生）。老人认为罗英秀才就是罗源子，他有个舅舅就住在珠坑乡坳背村，因为罗英秀才"戳石过水"就是为了保护舅舅。

> 传说11：坳背村往坪山镇有条竹溪河，有一年下大雨，山上滚下来一块大石头，把河道拦住了（罗龙甲解释说：坳背村是珠坑乡地势最低的地方）。罗英秀才一看，河道过不得水，那还不把他舅舅家给浸了？他舅舅就住在坳背。于是，罗英秀才用雨盖（即雨伞，石城罗隐传说中最常见的道具）在石头上戳了一下，戳出一个洞，河水就从洞里面流过去了。从此，不管上游的来水有多大，都能从这个洞里流过去，再也浸不到他舅舅家。②

关于这个石洞的具体形态，在场听众有多人插嘴，有人说石头在河中

---

① 江西省石城县《罗氏闽赣联修族志》"发字号·正石公房"，1989年，第8页。
② 罗兴标，男，1941年生，小学文化，珠坑乡珠坑村金钱坑村民小组村民，2016年2月21日。

央，有人说在河边上，有人说那个洞是圆的，有人说其实就是两块石头中间的一道石缝。但是当我请求他们带我去亲自看一眼的时候，老人说自己身体不好，其他人则说没见过。

六　罗山脚下钟鼓石

　　罗兴标老人甚至告诉我，压死罗英秀才的石头就在坳背村的罗山下。这就更加激起了我一定要亲自去看看的强烈愿望。罗龙甲建议我先去坳背村，然后找村里的老书记孔兴妹帮忙。

　　金钱坑到坳背村大约5华里，走路太耗时间，我只好向廖丽萍书记求助，廖书记安排乡干部开车把我送到坳背村。我找到孔兴妹时，他正在跟几位返乡的孔氏族人一起喝酒。他们热情地把我拉入酒席，我说明来意之后，他们很意外，也很茫然，似乎也没什么兴趣。我这个陌生人的突然介入显然打断了他们原本的酒桌话题，气氛有点尴尬。彼此闲聊了一阵，说起一些共同认识的亲友，尤其是提到我舅舅温礼明时，大家都说认识，这样一来，气氛就开始融洽、熟络起来。我再次把话题拉回到罗源秀才，这时有一位老人突然想起了《咒油桐》的传说。

　　　　传说12：听说以前油桐的桐籽是可以吃的，有一次罗英秀才从桐树下面过，桐籽打在他头上，秀才很生气，就说："这只挨千刀的树，就好用来漆棺材。"从此桐籽就不能吃了，只能用来榨桐油，漆棺材。（该传说不完整，后面还应解释为啥挨千刀：桐树每年砍上几刀，桐籽就会结得多一些。）[①]

　　这个传说一下就开启了大家的记忆，大家开始你一言我一语地从印象记忆中打捞"罗英秀才被自己咒死"的传说。故事拼凑得虽然不大完整，但是把气氛活跃起来了。大家先是讨论了"戳石过水"的那个石岩，由于大家都喝了酒，加上不停地打断和抢话，我控制不住访谈局面，只能听

[①] 讲述人佚名（当时场面较乱，七嘴八舌，来不及问姓名），男，时年约65岁，珠坑乡坳背村村民，2016年2月21日。

出大意是说那地方离这里还有十几里山路，早就没有人走，现在已经走不通了，根本去不了。至于那把雨伞戳出来的"洞"，其实就是山上掉下一块大石头，有两层楼高，上端倚靠在石壁上，下面与石壁之间形成了一个三角形的可以过水的缝隙。石头附近的水比较深，过去天热的时候有人去那里玩水。讨论中，有人提出说：那块石头会不会就是压死罗英秀才的石头？然后有人说不是，因为"戳石过水"和"石头压死秀才"是两次事件。当我提出想去实地看看的时候，大家都说那地方太远，没法去。没人愿意带路，我也只能作罢。

失望之余，我又试探性地问了问能否找到压死罗英秀才的那块石头，并且提示说罗兴标老人认为石头就在坳背村附近，现在还在竹溪河里。这时，在座一位老人迟疑地说了一句："不知道是不是罗山脚下那块石头哦。"另外一位老人突然说："哦，就是罗山脚下那块大石头，叫钟鼓石，以前听老人讲过。太久没人讲罗英秀才的事，现在都没人知道了。"这句话迅速引起了大家对钟鼓石的讨论。有人认为压死罗英秀才的不应该是钟鼓石，因为石头下面没有路，罗英秀才不会从那里路过；但也有人认为那里以前有路，还有人想起那地方以前有个庵，外面还有墓，说明以前有人在罗山脚下活动。

还有人提出设想："罗山，是不是就是因为罗英秀才在这里出了事才叫罗山？"这话一下提醒了大家，点燃了大家的故事想象力，大家越说越兴奋，越来越倾向于认为罗山脚下的钟鼓石就是压死罗英秀才的石头。两位老人的语气也越说越肯定，在座的原来不吭声（明显是不了解）的几位年轻人也开始加入讨论，罗山与罗英秀才的关系也越来越紧密，最后大家一致认定罗山之名的由来，就是为了纪念罗英秀才。在座有一位律师总结说："以前罗山是没有名字的，就是罗英秀才在这里出了事以后，这里就叫罗山了。"还有人提议我一定要把这个故事写下来，最好是附上照片，有了文字记载和照片，以后这事就可以定下来了。

最后，坐在主席位上的孔刃非发话了。孔刃非原是赣南师范学院文学与新闻传播学院教授，当时已经调任赣州市民政局局长，是坳背孔氏中最有文化，官也做得最大的一个人。孔刃非说："赣南的客家文化博大精深，我以前曾经想编一部《赣南地名文化大辞典》，整个赣南3423个村，几万个村民小组，只要每个村民小组讲一个有代表性的地名，这本书就是几百万字，这个工程实在是太浩大了，我们找不到这么多能把这些东西写出来的基层文化人。我们不是没有钱,是没有人做。现在施老师主动来挖掘、宣传我们村的文化,我们一定要支持。需要我们当助手时,我们就要当好助手,把我们的文化宣传好。"领导这话算是定了调,等于坐实了罗山与罗英秀才的关系。

接下来,大家要找一个既了解罗英秀才的传说,又能开摩托车的村民把我带去现场考察。可是,年少的不懂掌故,年老的不会开摩托车,讨论了好一会,才选定一位叫罗德宗(1972年生)的村干部。孔兴妹打电话把他叫过来,让他带我去找几位老人,再去罗山下看看。

图11—5　照片上半部是罗山,下半部是竹溪河,照片正中那块椭圆形的大石头就是传说中压死罗源秀才的钟鼓石(施爱东摄,2016年)

罗德宗首先把我带到一位据说全村最老的90多岁老人那里,结果老人耳朵太聋,我们大声说了好多遍,老人才说:"你们找罗医师?"我一看这状况,只好放弃。罗德宗又找了两位村民,他们虽然知道有罗英秀才说话灵验这么个说法,但讲不出什么故事。罗德宗可能觉得没完成任务不大好意思，只好搜肠刮肚地给我讲了讲他记忆中听过的罗英秀才如何被石头压死的传说，讲着讲着，他又想起罗英秀才被解板师傅欺骗的情节。至于小屋里的那些"水井和酒井""蚊子叮枫树"的传说，以及石城全县流传最广的"女人为什么变笨"的传说，他都从来没听过。

  传说13：几个解板（锯木板）师傅在山里解板，罗英秀才路过，招呼他们坐下子（歇一会）。解板师傅说："坐不得，今天要多锯几块板。"罗英秀才就取笑他们说："你坐也是解这么多，不坐也是解这么多。"解板师傅不相信，拼命拉锯，太阳落山的时候一数，果然还跟昨天一样多。解板师傅恶作剧，就悄悄藏起几块板，等罗英秀才回来的时候，就埋怨说："我们听了你的话，结果少锯了几块板。"罗英秀才一数，果然少几块，他就以为自己说话不灵了，很沮丧。走着走着，到了山脚下，天下起雨来，他看见有个石岩可以躲雨，可是已经有几个小孩在里面了，他挤不进去，于是就说："这石岩就快滑落了，你们快出来。"小孩知道罗英秀才说话灵，吓得赶紧跑出来。罗英秀才自己跑进去躲雨，结果，石头滑下来，把他压死在里面。其实他说话还是灵的，被解板师傅给害了。①

七　罗英秀才教造纸

  在石城县的几次调查期间，我几乎逢人就打听关于罗源秀才的传说。在一部的土上，一位横江籍司机向我讲述了两个造纸传说。石城县横江镇自古以来手工业就比较发达，"横江重纸"更是久负盛名，历代都列作赣南贡品。横江司机讲述的四个传说中，除了"罗源之死"和"人死蛇蜕壳"，其他两个分别是"赤脚踩竹"和"身下揭纸"，都是造纸业的传说。这两个传说《石城民间传说》未收录，也从未听其他乡镇的人提到过。

---

 ①　"传说13"系笔者综合整理稿，依据罗德宗（男，1972年生，初中文化，珠坑乡坳背村村干部）的回忆，以及其他村民酒桌上的讨论，2016年2月21日。

传说 14：横江人手工造纸，一般都要在山里面建个纸寮，作为造纸的工作坊。横江纸的原材料是嫩竹子，竹子长起来，刚要开杈子的时候，那种竹子最合适。把竹子砍下来，放进一个大的石灰湖（坑）里面浸泡。竹子泡烂以后，就要捞出来，然后榨干，再拿进纸寮，放到一个大盆里面，用脚去踩，直到踩得稀烂。以前纸工用脚踩的时候，要在脚板上绑一层棕皮，否则脚会踩烂。罗英秀才吃了没事干，叼根烟到处走，到处坐，看到人家踏竹麻，就坐在边上，问纸工："你们脚上干嘛要绑一层棕皮？"纸工说："不绑脚会烂掉。"罗英秀才就说："不会，你们解开，赤脚去踩，就算丢一包花针进去都扎不到脚。"从那以后，纸工就再也不用绑脚，都是打赤脚踏竹麻。①

传说 15：做纸的人，要用一个丝竹帘，在纸浆中捞一下，然后把纸浆反扑到榨板上，把水榨干，最后抬到纸桌上开纸。刚做出来的纸很大一张，只比一块胶合板小一点，它有四个角，榨干以后揭不开，常常会揭烂。有一次罗源子从那里过，就教他们："你从身下这个角揭就揭得开。"从那以后，揭纸都是从身下这个角开始揭。纸揭下来以后再刷到焙墙上刷平、焙干，再撕下、裁切。②

有意思的是，这位的士司机对传说主人公的称呼，有时用"罗英秀才"，有时又用"罗源子"。在我的追问下，他解释说横江人称罗英秀才，在县城听人家提到的时候，都用罗源子。他认为这是同一个人，罗英可能是官名，罗源子可能是小名。

小结　传说的稳定性与变异性问题

现在的农村已经没有了讲故事的环境，首先是缺少愿意听故事的人，

---

① 佚名的士司机，1967 年生，文化程度不详，横江镇人，时居县城琴江镇，2017 年 4 月 9 日。
② 佚名的士司机，1967 年生，文化程度不详，横江镇人，时居县城琴江镇，2017 年 4 月 9 日。

如此，自然也就很难再有擅长讲故事的人。老人中间还有些人记得罗源秀才，但多数年轻人却连这个名字都没听过。许多接受访谈的老人都说到，如果不是我问起，他们已经好多年没听过，也没说起过罗源秀才这个人了。刺激故事讲述需要有一定的讲述氛围，有时需要提示、引导，他们才能想起更多的细节。但即使如此，许多讲述者的故事也是不完整的，甚至是支离破碎的，一些遗失关键情节的故事片段，往往会令人摸不着头脑。

坳背村村民对罗英秀才传说的唤醒和重塑，以及对罗山地名来历的重新确定，证实了张士闪在小章竹马的叙事研究中的发现：民间知识是在乡民的相互磋商之中逐渐塑形的，乡民会不断对既有知识采取选择性的遗忘、创新和更替，因此，民间知识"不具有结构的永久稳固性，而是徘徊于传承与再造之间，在知识的不断发明与增长的过程中自我更新"①。

罗山与罗英秀才的关系，以及罗元与罗源秀才的关系，都是依据"合情推理"得出的结论。合情推理得到的结论一旦被部分公众所接受，就会作为知识发生传播。传播过程中，原始的推理过程往往被忽略，所有信息会"凝结"成一个简单的结论，被一部分人反复宣讲，逐渐成为一种相对稳定的地方文化。推理中的或然性关系，很容易在传播中被转述成必然性关系，进而凝固成一种"历史知识"。

在相似的文化语境中，人们的生活逻辑和思维逻辑也是相近的，由此而生成的故事也具有相近的结构与情节。坳背村"罗英秀才死在罗山下"（传说13）的磋商和生成，虽然是村民们借助支离破碎的记忆，在酒桌上你一句我一句地临时拼凑出来的，但是与其他地区"罗隐之死"②传说的主要情节基本一致，罗隐都是被自己咒下的石头给压死的。

无论是大畲还是珠坑的罗源秀才传说，都有一个突出特点：大凡能跟当地风物相结合的传说总是传得比较盛，了解的人也会比较多。比如，小屋里的成年人几乎没有不知道"水井和酒井"以及"蚊子叮枫树"传说的，但是除了曾金财老人，能讲其他故事的人却不多。相反，在坳背村，知道"罗英秀才之死"传说的老人比较多，知道"水井和酒井"传说的

---

① 张士闪：《乡民艺术民族志书写中主体意识的现代转变》，《思想战线》2011年第2期。
② 可参见浙江省富阳市《罗隐之死》传说。富阳市民间文艺工作者协会编《罗隐的故事》（内部资料），富阳市文学艺术界联合会编印，1997年，第81页；周亦涛主编：《罗隐传说》，浙江文艺出版社2011年版，第142页。

人很少，知道"蚊子叮枫树"传说的人几乎没有。由此我们知道，凡是与特定风物（尤其是非著名风物）相联系的传说，并不像过去的教科书所描述的"广泛流传于"某某地区，很可能只是零星地散落在不同的村庄或社区。对于该风物所在的社区来说，传说的普及率会比其他地区高得多。可以佐证这一观点的是，在我的田野调查点湖南省汝城县金山村，这个村共有叶、卢、李三大姓，有一些在叶氏家族几乎无人不知的传说，在紧邻的卢、李两家，却几乎没有人知道，同样，一些李家的故事，在叶、卢两家，也很陌生。

  不过，即便是石城县只有小屋里村民才会讲述的"蚊子叮枫树"（传说7），在故事结构以及核心母题上也跟其他地区大同小异，流传在浙江富阳的《蚊虫叮毛竹》①跟"传说7"几乎一模一样，唯一的差别是毛竹换成了枫树。目前在石城县搜集到的所有罗隐秀才传说，几乎都能在其他地区找到相应的传说。② 本来我以为"罗英秀才教造纸"的传说是横江镇独有的，可是仔细一检索，发现只要是盛行传统造纸业的地区，都有可能流传类似传说。如罗隐的家乡富阳，这里盛产毛竹，传统造纸业发达，目前已经搜集到的罗隐教造纸的传说就有四则，其中《牵纸窝榔头》③跟石城横江的"传说15"非常相似，但在细节上更完整、更丰满。

  在石城，流传最广的几则传说往往都夹杂着朗朗上口的方言韵文。比如，我三舅妈在讲述"女人为什么变笨"时说到，罗源问女人："你一只锄头挖啊挖，你一日挖了几千几万下？"女人见他骑马来的，就反问："你一只马子嗒啊嗒，你一日行了几千几万脚？"当女人穿上围裙之后，罗源又说："三尺麻布拦你胸，你不晓世界几多重。"这几句韵文极其稳定，只要能讲这个故事的人，如黄运泉、曾金财等，几乎一字不差地全都使用了同样的韵文。又比如，小屋里的人在讲述"水井和酒井"结尾时全都说到，罗源子走的时候说了一句："天高地高，你人心还更高。"这句韵文显然不是小屋里人发明的，因为福建省建宁县的罗隐秀才传说也有

---

① 罗喜录讲述，罗益平整理：《蚊虫叮毛竹》，周亦涛主编《罗隐传说》，浙江文艺出版社2011年版，第116页。
② 以笔者所见，目前唯一尚未在其他省市找到对应情节的是"传说14"。
③ 富阳市民间文艺工作者协会编：《罗隐的故事》（内部资料），1997年，第21页。

这句韵语:"天高地高,人心更高,井水做酒,还嫌没糟。"① 这些韵文的高度相似,充分说明了传说的同源性特征。

越是故事能手,韵文使用越丰富。比如,在《石城民间传说》中,《松树飞子飞孙》并没有使用韵文,但在曾金财的讲述中,罗源被松脂粘了屁股之后,生气地说:"松油粘我身,死子又灭孙。"后来被人劝告,又改口说:"松油粘我身,飞子又飞孙。"

民间传说是以生活逻辑为基础的虚拟叙事,在相近的自然和社会条件下,老百姓会有相近的生活逻辑和思维逻辑。因此,民间传说的相似性和稳定性也有两种表现:一种是故事创编思维的相似性,只要社会条件、叙事目的、思维逻辑三相似,虽说是各自创编,但情节的结构思路是相似的;另一种是故事接受心理的相似性,因为经济和文化的交流,故事不胫而走,相似的生活逻辑导致流传地民众毫无障碍地接受了这些故事,并使之在地化为本地传说。

以上讨论了两个"传说的稳定性"问题,接着再讨论两个"传说的变异性"问题。

一是记忆偏差导致的传说变异。罗隐秀才传说在石城的在地化过程中,常常出现"桃花天子传说"与"罗隐秀才传说"情节互见共享的现象。在上述的几个案例中,巫立桥、曾金财、廖丽萍、张小华四人均发生了将桃花天子与罗隐秀才相互混淆的情形。就这四位讲述者的情况来看,是因为记忆偏差造成了主人公与情节类型的重新组合,从而呈现出情节互见共享的现象。

我们把故事中驱动或约束主人公行为的游戏规则称为"驱动设置",故事中最主要的驱动设置称为"核心设置"②。大凡故事中核心设置相似的人物传说,尤其容易发生情节互渗,共享一些由该设置而派生的情节类型。上述两个故事类型丛,都具备"主人公本来可以做皇帝,说话有灵验"的核心设置,故事情节基本上都是围绕这个游戏规则而展开,所以,桃花天子与罗隐秀才之间,就很容易互见共享同类情节,进而将对方的其他故事也拉入当下讲述。在曾金财的讲述中,所谓"桃花寨五子争金榜,

---

① 张小林讲述,卢荣光整理:《出酒井》,周亦涛主编《罗隐传说》,浙江文艺出版社2011年版,第178页。

② 施爱东:《理想故事的游戏规则》,《民族艺术》2019年第4期。

五样人才全聚集在那里，这些人后来一个一个都分别败掉了"的模糊印象，显然是由于记忆偏差而导致故事主人公与情节类型的重新组合。

二是判断偏差导致的传说变异。主观意愿和情感偏向，会影响到传播者的判断偏差。尽可能地将故事主人公在地化为本地人氏，是各地文化工作者通行的思维方式，这种在地化思维很容易导致判断偏差。由于多数石城文化工作者不了解其他地区的罗隐秀才传说，而石城民间传说中的"罗 nian"本来就只有音没有字，文化人记录传说的时候，需要一个确切的同音文字，1989 年的《石城县志》将之写成了"罗源"，于是，此后的书面文献都沿用这个名字，罗源遂成为罗隐在石城民间传说中的替身定名。后来又由于在文物调查工作中发现了燕珠坑的"罗元"功名石，他们遂认定"罗元"即是"罗源"的本名，甚至认为这是很有意义的"考古发现"，确凿地证明了"罗源秀才"就是乾隆年间的石城人"罗元"。但我相信，当他们看过全国各地大同小异的"罗隐秀才传说"之后，他们会和我一样，理解"罗隐秀才→罗 yin 秀才→罗 nian 秀才→罗 nian 子→罗元"的演变是怎么发生的。

（本章原题《民间传说的在地化特征——江西省石城县"罗隐秀才传说"调查》，原载《赣南师范大学学报》2021 年第 1 期）

第十二章

传说与历史的关系

——以长辛店地名传说为例

导　读

　　对同一历史事件的不同叙述，形成了相互竞争的"传说"或"历史"，正是基于更可靠的史料、更合理的逻辑，历史具有了高于一般传说的话语权威。一般来说，那些文字缺失的地方，历史望洋兴叹之处，正是传说用武之地，但是，传说与传说之间，依然会形成新的竞争关系，而胜出的传说，很可能跻身历史谱系。

　　人类的知识体系不可能无限地兼收并蓄，知识与知识之间也存在着激烈的竞争，不断上演着更新和再造。人类知识需要积累，同样也需要不断否定和淘汰，否则，各种互相矛盾的新旧知识不分良莠共存于同一体系，只能导向历史虚无主义。而所谓历史建构，正是在历史与传说的碎片中寻觅素材、缝合连缀、拆解淘汰、反复重组。

　　民间传说"历史文学化"的处理方式让历史变得生动有趣，而"文学历史化"的实际效果又让历史变得丰富完整。历史的挑剔和淘汰作用，则让那些优秀的传说得以脱颖而出，免于泯然众说。

　　作为研究者，我们的工作就是在不断否定的历史考辨中，以更加丰满的证据和更为科学的认识，一方面不断生产新的传说，一方面通过修正、淘汰或更替，建设起更丰富多彩、更稳定有效的人类知识体系。

一　长辛店地名来历的传说

说起长辛店，稍微了解中国现代史的人都知道，1923年，这里爆发了震惊世界的京汉铁路工人"二七大罢工"，在中国现代史上具有重要影响。

长辛店大街是永定河西岸一条被称作"千年古镇"的长街。从宛平城过卢沟桥，向南五里就进入了长辛店大街。《北京市丰台区街乡概况》中是这样介绍的："长辛店是一个古老的村镇。古称泽畔店、长店、新店、常新店……长辛店距永定河古渡口2公里，这里正好是北行客旅打尖过夜的地方。"[①] 人们习惯于用传统相声中的段子来形容长辛店曾经的繁华："那时，大街上商贾旅客云集，店铺酒肆林立，无论打店歇脚的商客，还是进京赶考的儒生，或是穷困潦倒的乞丐，三教九流，五行八作，混杂其间，人来人往，车马声啸，热闹非凡。"[②]

关于长辛店地名的来历，至少有四种"传说"。

传说1："长辛店是从'常新店'谐音而得的。明清时期，沿卢沟桥桥东以南至现在的长辛店以北，酒肆林立、车水马龙。这里是京城官员出京和外埠官员进京及各地商人歇脚之地。因为这块地界多大的官都住过，所以店家几乎天天是清水泼街，总给人一种气象一新的感觉，俗称'客有常来，店要常新'，于是地名也被叫成了'常新店'。但不管怎么说，'常新'也只能崭新一段时间，不能永远'常新'下去，后来就被谐音为'长辛店'了。"[③]

传说2："明代（也有记载是清代）由长店、新店两个小村落随着南北交流日益扩大，天长日久逐渐连成一片，后衍化为'长辛店'并保留到今天，寓意商旅长途跋涉，一路艰辛之意。其位置长店在南，新店在北。"[④]

[①] 丰台区地方志办公室：《北京市丰台区街乡概况》，知识出版社1994年版，第43页。
[②] 邱崇禄：《风雨古镇长辛店》，《北京日报》2007年11月25日。
[③] 户力平：《北京地名中的"店"》，《北京晚报》2007年6月28日。
[④] 徐鸾、蔡志强主编：《长辛店大街掠影》，丰台区长辛店文体协会文保分会编印，2013年，第1页。

传说3：长辛店乃因"长行店"谐音而来，"说的直白点是来往客商自然带来的地名，是长行者辛勤、艰苦行到此地，临时吃住的地方。因'行'字和'辛'字是谐音，用'辛'字最贴近，不俗且雅，长辛店沿用至今"①。

传说4：还有人认为"新"就是"变"的意思："因永定河经常改道，惯称长新店，今天的长辛店名由长新店演化而来"②；或者认为"常新"是因为永定河畔水灾频繁，居民反复重建，常建常新的意思。

图12—1　盛夏的长辛店大街（施爱东摄，2017年）

二　长辛店与泽畔店的误会

为了说明长辛店的确具有千年历史，多数解说都会将长辛店名称的历

---

① 许有：《童年的长辛店，这里可否有你的记忆》，微信公众号"古镇长辛店"，guzhenchangxindian，2017年7月5日。

② 孙本祥：《中国铁路站名词典》，中国铁道出版社2003年版，第45页。

史上溯到元代的泽畔店。如长辛店镇政府官网称:"追溯它的历史,他本是处在东、西两个小山之间的古老村落,元代时称泽畔店,明代时称新店,从清代至今一直称为长辛店。"① 这一历史知识不仅写进了《丰台区志》:"(长辛店)元代名泽畔店,后又有长店、新店、常新店等名称。"② 也写进了《中华人民共和国政区大典》:"(长辛店)名称来历:元代称泽畔店,明代形成长店和新店2个村落,清代长店与新店连接,称长新店,后衍化成长辛店。"③

可是多数长辛店老人都不知道这里曾经叫作泽畔店,那么,这一"历史知识"是通过什么传承下来,或者通过什么渠道挖掘出来的呢?我们发现这一说法最早出现于1986年由丰台地名办编印的《丰台区地名志》:"长辛店,地处两山之间的高地上,南通中原腹地的大道从这里通过,距卢沟渡口五里,正是这道来京的客旅,打尖住宿的地方。元朝曾名'泽畔店',可见当初村在水旁。公元1317年(元延祐四年),在卢沟桥、泽畔店、琉璃河并置巡检司。到了明朝,曾名长店、新店。"④

《丰台区地名志》的主要编写者邢锦棠⑤随后专门写过一篇《长辛店地名考》,特地提到了这一知识的由来:"元朝《百官志》载:'延祐四年(公元1317),卢沟桥、泽畔店、琉璃河并置巡检司。'这里说的'泽畔店'从地理位置上分析,是长辛店的古称,同时指出了该村就在河畔。"⑥ 四年之后,他又写了一篇《南苑、长辛店历史文化介绍》,重复了这一知识生产:"元朝《百官志》载:'延祐四年(1317)卢沟桥、泽畔店(当为长辛店古称)琉璃河并设巡检司。'泽畔店当即长辛店,并指出在水泽

---

① 长辛店镇政府办公室:《长辛店的由来与历史》,北京市丰台区长辛店镇人民政府官网,http://www.cxdz.gov.cn,2016年9月30日。
② 北京市丰台区地方志编纂委员会:《北京市丰台区志》,北京出版社2001年版,第70页。
③ 中华人民共和国民政部编:《中华人民共和国政区大典·北京市卷》,中国社会出版社2013年版,第125页。
④ 邢锦堂(按:堂当为棠)、张霖:《丰台区地名志》上册,北京市丰台区地名办公室编印,1986年,第7页。
⑤ 邢锦棠系北京市丰台区教育局离休干部,丰台区著名文史专家。
⑥ 邢锦棠:《长辛店地名考》,政协北京市丰台区委员会文史资料委员会编《丰台文史资料选编》第3辑,1988年。

边上。"① 细心对照，可知后一文比前一文少了"从地理位置上分析"这一句，语气显得比之前更加肯定了。再往后，其他的转引者几乎无一例外地沿袭了"元朝《百官志》载……"的说法，只是略去了邢锦棠"从地理位置上分析"的推测语，直接断为"'泽畔店'是现今长辛店的古称"②。

综合目前所见资料，"元朝《百官志》"是将泽畔店断为长辛店的唯一依据。可是，元朝人并没有撰写过一部叫作《百官志》的书，所谓的"元朝《百官志》"当指《元史·百官志》。《元史》并不是元代人写的书，是明代人钩沉元代兴亡历史的纪传体断代史，成书于明朝初年，由明代大儒宋濂、王袆主编。

更蹊跷的是，《元史·百官志》并没有这段话。那么，这段话到底是从哪里来的呢？应该是从《日下旧闻考》转抄出来的。《日下旧闻考》有一段一模一样的话，注出"元史百官志"③。《日下旧闻考》是一部北京史志文献资料集，它在转抄转录的时候，常常对原书有所增删、改写，因此讹误也就在所难免。

那么，既然《元史·百官志》没有这段话，《日下旧闻考》又是从哪里抄出来的呢？我们从"延祐四年"入手，发现《元史·本纪第二十六》有这样一段话："（十二月）己酉，卢沟桥、泽畔店、琉璃河并置巡检司。"④《日下旧闻考》将此出处错抄成了"百官志"，今人乃以讹传讹。

巡检司是州县所属治安机构，掌巡捕盗贼奸宄之事，大概相当于今天的派出所。元代巡检司通常为管辖人烟稀少地区的非常设机构，相邻两个巡检司之间至少相隔十数公里，从卢沟桥到琉璃河大约35公里，此属正常，但从卢沟桥到长辛店却不足3公里，这种空间布局是很不合理的。我们很难理解在卢沟桥设了一个巡检司，为什么要在不到3公里的长辛店再设一个巡检司。如果没有更直接的材料，将泽畔店指实为长辛店的推测恐怕难以服人。

---

① 邢锦棠：《南苑、长辛店历史文化介绍》，政协北京市丰台区委员会文史资料委员会编《丰台文史资料选编》第5辑，1992年。
② 谭宗远主编：《京南长卷，古镇浓情——长辛店拾贝》，北京市丰台区长辛店街道办事处等编印，2014年，第57页。
③ 于敏中等：《日下旧闻考》卷九十二，北京古籍出版社1983年版，第1558页。
④ 宋濂等撰，阎崇东等校点：《元史》本纪第26，岳麓书社1998年版，第323页。

那么，在出京的南向通道上，有没有另外一个叫泽畔店的驿镇呢？有！杨少山《古今涿州志要》特别提到过："据明代嘉靖、清代康熙、乾隆、民国等几部《涿州志》以及《日下旧闻考》记载，明至民国涿州辖域为……南界至新城县泽畔店，北界至良乡县挟河店。"①

新城县也是个古地名，大约相当于现在的高碑店市。问题是，泽畔店在高碑店哪个位置呢？我们从一份抗战回忆录可知，泽畔店就在高碑店城外。② 另据《高碑店市志》上的一张"新城县明之境"地图，泽畔店就在高碑店堡的城北方向。③ 打开地图，卢沟桥、琉璃河、高碑店三地几乎就在一条直线上。如果我们以高碑店市政府来定位，就能得到如下数据：卢沟桥到琉璃河镇政府 34 公里，琉璃河镇政府到高碑店市政府 36 公里，间隔大致相等。可见从空间布局来看，将巡检司设在高碑店是非常合理的。

现在的问题是，元代时期，高碑店有一个叫泽畔店的重要驿站吗？侯仁之的《北京城市历史地理》以及尹钧科的《北京古代交通》都肯定地回答了这个问题。前者指出："《大金国志》'附录二·地理·驿程'详细记载了自淮河岸边的泗州（今江苏盱眙）到金上京的长达 4000 余里的驿路。若以燕京为中心，向南则经卢沟河铺、良乡、刘李店、涿州、泽畔店……"④ 后者更是详细地列出了各驿站之间的间隔路程："宋人张棣所撰《金虏图经》，详细记载了自泗州（今江苏盱眙）至上京会宁府（今黑龙江阿城）的驿站里程。在 5000 余里的路途上，共有 120 处驿站。距今北京较近的驿站是：泽畔店（在涿州西南）至涿州 30 里，涿州至刘李店 30 里，刘李店至良乡 30 里，良乡至卢沟河铺 30 里，卢沟河铺至燕京 30 里……"⑤ 其中的刘李店就是琉璃河。

按这条路线，从卢沟桥出发，60 里到琉璃河，再 60 里到泽畔店，与今天的地图基本吻合，在这三个点上分别设置一个巡检司是完全合乎常理的。可见，在北京南下的交通史上，泽畔店远比长辛店历史悠久。大约到

---

① 杨少山：《古今涿州志要》，新华出版社 1990 年版，第 24 页。
② "1937 年 7 月 7 日卢沟桥事变，部队北上，其所在团驻扎河北高碑店城外的泽畔店守防。"（游浩波：《龙飞凤翔——天柱人物录》，政协天柱县第十二届委员会，1997 年，第 47 页）
③ 高碑店市志办编：《高碑店市志》，新华出版社 1997 年版，第 58 页。
④ 侯仁之：《北京城市历史地理》，北京燕山出版社 2000 年版，第 361 页。
⑤ 尹钧科：《北京古代交通》，北京出版社 2000 年版，第 162 页。

了明清时期，长辛店的驿站地位才逐渐上升，渐至与泽畔店齐肩，尹钧科的《北京古代交通》罗列了一份"清代顺天府境递铺一览表"，其中宛平县的长新铺与涿州的泽畔店铺就是并列的递铺单位。

不满于明初《元史》编纂工作的草率，柯劭忞在重修《新元史》的时候，大概意识到了"卢沟桥、泽畔店、琉璃河并置巡检司"在排列顺序上的不妥，这段话被他重述为："延祐四年，卢沟桥、琉璃河、泽畔店并置巡检司。"① 按照这个修订后的"新元史"，泽畔店就不容易被误会为长辛店了。

图12—2　"七七事变"期间的长辛店街头一景（《申报每周增刊》，1937年）

三　长辛店大街的开辟

"泽畔说"是肯定靠不住了，那么，"常新说""长行说"或者"长

---

① 柯劭忞：《新元史》卷61，吉林人民出版社1995年版，第1486页。

店新店合并说"是否就靠得住呢？

嘉靖十五年（1536）吏部尚书李时撰写的《敕建永济桥记》①，应该是长辛店历史上最重要的一篇文献。仔细阅读再加以实地勘察就会发现，长辛店大街的开辟史就记录在这里。

"桥记"中首先说明，嘉靖帝要修宫殿和皇陵，需要将西山的石料运往京城，中途必须经过"新店乂河"，需要修路建桥，"特敕工部侍郎甘为霖、锦衣卫指挥使陈寅、巡按直隶监察御史姜润身董工往治之"。这是一支由"交通部副部长"亲自领衔修筑的国家级公路项目，朝廷极其重视。其次说到，诸臣奉命，开通故沙，导浚山泉，"更治路一于新店乂河之东"②，乃创石桥，上嘉之，赐名永济。那么，"永济桥"建在什么地方呢？该桥目前尚存，具体位置就在长辛店大街南关西侧，桥面现已埋入地下，桥身走向与大街完全吻合，均为南北走向。

最值得我们注意的还不是桥本身，而是"桥记"中的"更治路一于新店乂河之东"。乂河就是现在的"九子河"。长辛店大街就在乂河的紧东边，是连接着"永济桥"，通向宛平城方向唯一的大路。长辛店大街不仅符合"桥记"中所说的"更治路一于新店乂河之东"的所有条件，也是唯一符合以上条件的一条路。

结合上述文献及实地考察，我们可以得出结论：嘉靖十五年就是长辛店大街的开辟时间。当然，早在长辛店大街开辟之前，长辛店一带就已经有了不少住户，不仅聚集成村，而且还有人开店迎客，有了"新店"村名，否则，"永济桥记"就不会使用"新店乂河"来标识永济桥的具体位置。

事实上，"新店"作为村名，至迟在成化十九年（1483）就已出现。《明实录·明宪宗实录》："提督山厂工部尚书万祺奏：彰义门外、乂井、新店、赵村、乂河一带官路低洼，又因山水骤涨，运车皆为所阻，乞以卢沟桥余工修治，命都督同知白全督工填垫，凡三千余丈。"③ 明确点明了出京南下的卢沟桥官路上有一个叫"新店"的村子。但是，这条官路地

---

① 万历二十一年刻本《顺天府志》卷6"艺文志·碑刻"，或沈榜《宛署杂记》卷20"志遗一·敕谕"。

② 张元芳纂：《顺天府志》，万历二十一年刻本，卷6第14页。

③ 《明实录·明宪宗实录》第48册卷240，台湾中央研究院历史语言研究所校印，1966年，第861页。

势低洼，很容易积水，与长辛店人自称"铜帮铁底一条船，历来不怕被水淹"的长辛店大街显然不是一回事。

从上述材料可以看出，早在1483年以前，长辛店一带就已立村，村名"新店"。但是由于地势低洼，常常遭受水灾，行路尚且不便，居住更不适宜，所以一直发展不起来。直到1536年工部侍郎甘为霖领衔修筑石运大道，在义河东边"更治路一"，重新开辟了一条新路，也就是现在的长辛店大街，这才迎来了长辛店历史上最大的发展机遇。

《敕建永济桥记》所揭示的长辛店大街的开辟史，也正好解释了为什么号称"千年古街"的长辛店，却找不到任何早于明代中期的历史遗迹，哪怕一块砖、一片瓦，或者一段墙、一块碑。不过，这段开辟史是多数长辛店人所不愿看到的，因为如果认可这一事实，"千年古街"就变成了"五百年老街"。

图12—3 传说镌刻《敕建永济桥记》的石碑，现在已经被砌进了长辛店大街345–1号居民家的红砖围墙内，久敲无人开门（施爱东摄，2017年）

四　"长新店"名称始于康熙年间

新路修起来之后,新的"新店村"摆脱了地势低洼,行路不便的地理劣势,很快壮大起来。原来官路上的新店村居民,逐渐聚集到了地势更高的新路两侧,慢慢地形成了一条南北走向的街区。

嘉靖之后,"新店"一名屡屡见于官方志书。万历二十一年(1593)的《宛署杂记》至少有七处提及长辛店,均称做"新店"。

许多文史研究者都认为,明代的"长新店"可能是由"长店"和"新店"两个相邻的小村落随着历史的发展慢慢地连在一起形成的。可这种猜测目前找不到任何文献依据,汗牛充栋的明清文献中,要么是"长店",要么是"新店",要么是"长新店",从未有过"长店"和"新店"同时出现的情况。我们只能说"长店"和"新店"是同一个村的两个不同的名称,没有任何证据能说明它是两个并列的村庄。

至迟在天启年间,沿着永济桥北边这条新开辟的大路,在这块"新店村"的地盘上,逐渐形成了现在的五里长街,时人又称之为"长店"。据《明实录·明熹宗实录》记载,天启元年(1621)十二月:"乙酉,御史李日宣以防御久弛、寇盗公行,议于都门前抵良乡界约五十里,如长店、大井、柳巷、五里店、太平坞等处,五里筑一高墩,盖一小堡,每墩堡宿兵十名。"[1]《日下旧闻考》认为:"长店当即今长新店,在卢沟桥西五里。"[2] 光绪《顺天府志》更进一步指实长店即长新店:"四十五里长新店。《明实录》长店筑墩堡即此。"文下注称:"《明熹宗实录》天启元年长店筑墩堡,宿兵十名。《旧闻考》长店当即长新店。"[3]

整个有明一代,卢沟桥一带的治安都还很成问题,"防御久弛、寇盗公行"。己巳岁也即崇祯二年(1629),桥北村庄数百家"房焚掠略尽"[4]。卢沟桥一带的治安问题这么突出,河西村铺的繁华程度是受限的。

---

[1]　《明实录·明熹宗实录》第 126 册卷 17,台湾中央研究院历史语言研究所校印,1966 年,第 4064 页。

[2]　于敏中等:《日下旧闻考》卷 92,北京古籍出版社 1983 年版,第 1558 页。

[3]　张之洞、缪荃孙纂:《光绪顺天府志》,光绪十二年刻本,卷 27 第 9 页。

[4]　刘侗、于奕正著,孙小力校注:《帝京景物略》,上海古籍出版社 2001 年版,第 209 页。

在明末小说《梼杌闲评》中，长辛店依然是个"小去处"："行了一日，来到长店。那长店是个小去处，只有三五家饭店，都下满了，没处宿。"①

清代初年，朝廷加强了对京畿地区的治安管理，长辛店地理位置的重要性更加凸显，康熙巡幸畿甸时，至少曾四次驻跸长辛店。长辛店的治安基本得以解决，逐渐成为繁华的重要驿站。

在清初官方文献如《清实录·康熙朝实录》中，长辛店主要使用"长店"一名，"新店"之名基本上退出了历史舞台。这是因为当时唤做"新店"的地方实在太多了。在景泰五年（1454）成书的《明一统志》中，全国以"新店"为名的邑镇只有4处，可是到了乾隆八年（1743）的《大清一统志》，全国以"新店"为名的邑镇已经多达39处。康熙年间，北京周边，昌平、通州等地都有叫作"新店"的邑镇，尤其是昌平县治也叫"新店"，这个"新店"比长辛店这个"新店"的重要性和名气都大得多。

各地的"新店"反复出现在不同的官方文献中，极容易造成混乱，执行起来也会有麻烦，所以，康熙时期的重要官方文献一般都将长辛店写作"长店"。自此以后，官方文献中极少见到将长辛店写作"新店"的。

朝廷倾向于用"长店"取代"新店"，可是，民间早已习惯了"新店"的叫法，为了调和这种矛盾，人们采取了一种折中的办法，干脆把"长店""新店"合在一起，于是发明了"长新店"一名。如康熙年间宛平知县王养濂主持修纂的《宛平县志》中有四处提到长辛店，既不用"新店"也不用"长店"，均写作"长新店"。

正是从康熙年间开始，"长新店"一名开始出现在了地方文人和往来客官的笔下。到了雍正之后，"长店"逐渐退出朝廷文书，"长新店"逐渐成为主流。从乾隆时期开始，所有官方文献一律使用"长新店"。即使文件中出现"新店"，一般也不再是长辛店了。这种稳定的称呼一直持续到光绪年间。

---

① 李清：《梼杌闲评》上，时代文艺出版社2003年版，第194页。

五　以"辛"代"新"起于"百日维新"失败

"长新店"与"长辛店"之间的替代，似乎是在一夜之间完成的。这种突然的变化提示我们，由"长新店"更名"长辛店"，一定是发生了一个不得不改名的事件。

创刊于1872年的《申报》为我们精确定位更名的时间节点提供了可能。我们首先使用"长新店"作为关键词检索《申报》，发现该报在1898年之前几年，几乎每年都有相关报道，1898年当年仍有4条与"长新店"有关的新闻，其最后一条出现在1898年6月9日。①

从《申报》看，"长新店"一名在1899年突然中止。相反，"长辛店"一名的出现恰恰始于1899年，如："天津访事友人云，由津沽至牛庄一带铁路，现已筑至金州。每日开驶火车，附搭货客，颇觉日长炎炎。其卢汉铁路择地长辛店设立总局，已经营缔造，大兴土木之工，并拟修造洋楼，以备西人栖止。"②

此后数年间，大凡与长辛店相关的新闻，基本都与卢汉铁路（或京汉铁路）相关。由于铁路是当时最受关注的新闻点，而长辛店又是京汉铁路上最著名的站点，京汉铁路"总局"所在地。所以，"长辛店"一名随着反复出现的铁路新闻迅速成为一种共同知识。从1899—1949年，《申报》涉及长辛店的报道多达1304条，只有5条使用了"长新店"，其余均为"长辛店"。

根据以上资料，我们基本可以认定改名的时间节点是在1898年下半年至1899年之间。虽然有人认为，在华北地区，许多村名都经历过由"新"到"辛"的衍变。③ 但是，名称改得如此突然而果断，绝不可能是自然的衍变，而只能是强悍的外在力量，这种力量只有一种，就是行政或者媒体的力量。问题是，这一段时间发生了什么事件，有必要弃"新"

---

① 佚名：《宣南鸿雪》，《申报》1898年6月9日第2版。
② 佚名：《铁路近闻》，《申报》1899年11月25日第1版。
③ 苏明政：《从"新"到"辛"的衍变与地名的派生》，东营市政协学习室编《地名溯源——黄河三角洲"东营"地名的历史形成与民间传说集粹》，石油大学出版社2004年版。

就"辛"呢？

这时，我们很容易就会联想到戊戌变法。戊戌变法又称百日维新、戊戌维新、维新变法，变法从 1898 年 6 月 11 日光绪帝发布《明定国是诏》开始，到 9 月 21 日慈禧太后发动政变废除新法止，变法一共维持了 103 天。政变之后，新法、新政都被废止，维新派遭到捕杀，甚至连带"新"字都受到株连。比如，两朝帝师翁同龢乃晚清政坛举足轻重的人物，就曾因维新失败而大幅删改自己的日记："翁同龢自戊戌罢归后，为避忌讳，将日记中所载与维新活动有关的人物、事件等作了改动，其中有挖改之处，亦有将整页剪下重新改写之处，此类挖改在手稿中均有明显痕迹。"①

当然，我们没有足够的文献依据说明由"新"改"辛"跟"百日维新"的失败有直接的关系，可以肯定的只是"辛"名之所以能够以紫夺朱，是因为盛宣怀总办的"铁路总公司"将该地站点定名为"长辛店"而不是"长新店"，该站名在 1899 年卢保铁路通车之后名声大噪。而盛宣怀"向以善于对那拉氏恭维逢迎闻于当时"②，或许正是因为盛宣怀考虑到了长辛店在中国铁路事业上的重要意义，知道慈禧太后前往西陵必经长新店，而慈禧太后又是个特别迷信，禁忌多多的老太婆，为了逢迎慈禧太后的欢心，避免在站名上出现"政治不正确"的词汇，故意将本该为"长新店"的站名改成了"长辛店"。

无论以上猜测是否正确，但有一点可以肯定，"长辛店"取代"长新店"一名的确立，是与卢保铁路（后来成为京汉铁路的一部分）的建成，以及该铁路站点在中国近现代战争史和铁路史上的重要地位相关的。所以说，"长辛店"一名的迅速传播及其影响，既是近现代工业文明对传统中国社会巨大冲击力的表现，也是现代传媒舆论影响力的象征。

---

① 李琳：《〈翁同龢日记〉：一个更精良的版本》，《中华读书报》2011 年 12 月 21 日。
② 刘一峰：《京汉铁路二十五年见闻录》，全国政协文史资料委员会编《文史资料存稿选编》第 22 辑，中国文史出版社 2002 年版。

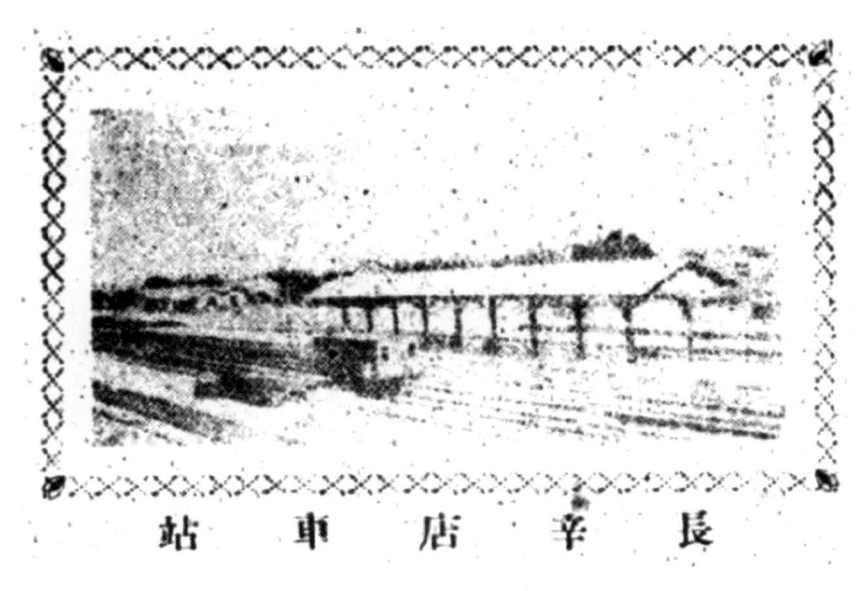

图 12—4　早期的长辛店火车站（《国闻周报》，1928 年）

六　"历史"是话语霸权，"传说"是矮化标签

通过以上关于长辛店地名来历的知识考古，我们似乎可以断言，当地关于长辛店地名来由的传说，无论是泽畔说，还是常新说、长行说，或者两村合并说，全都是文人墨客的"合理想象"。这些想象的解说被形诸文字，反复转载，广为散播，逐渐成为当地的共同知识，我们可以称之为"地方传说"。

对于传说与历史的关系，主流的传说观认为："由于传说往往和历史的、实有的事物相联系，所以包含了某种历史的、实在的因素，具有一定的历史性的特点。"[①] 这一观点是以"历史性"作为标准来讨论传说的可信性，其预设前提就是认为"历史"是实在的、可靠的事实。

我们在许多场合都能看到历史学家以一种高高在上的语气，斥责

[①] 钟敬文：《民间文学概论》，高等教育出版社 2010 年版，第 136 页。

"传说不能代替历史,因为历史需要的是文字的记载和实物的佐证,传说只是在历史上某些人事基础上加以编造后口耳相传而已"①。

在传说面前,历史无疑更具话语霸权和优越感。历史犹如一个价值坐标,可以用来衡量传说的实在性、可靠性。传说依赖历史而获得身份定位,可是,历史却往往将传说打入冷宫。正如通过本章的历史考证,"泽畔店不是长辛店"的结论彻底否定了已经流传多年的"长辛店古称泽畔店"的说法。"是"与"不是"是两种互相排斥的判断,在这里,历史对传说的打击和排斥是毋庸置疑的。

问题在于,我们在现实中如何区分谁是历史谁是传说?那些既有的解说文本,并不是先天地自带了"历史"或"传说"的标签,标签都是作为评论者的我们给贴上的。正如本章所标示为"传说"的那些"地名来历解说",在作者的原文中,基本都是自诩为"历史"的。如《中华人民共和国政区大典》中的这段话:"(长辛店)名称来历:元代称泽畔店,明代形成长店和新店2个村落,清代长店与新店连接,称长新店,后衍化成长辛店。"② 按照本书的考辨,这段说明中几乎没有一句是可靠的历史,因此只能归入传说。但这个标签是《中华人民共和国政区大典》作者们决不会接受的,他们是在综合各地史志的基础上精心编纂而成,是言出有据的严肃写作。

那么,"长辛店元代称泽畔店"到底算历史还是传说呢?在邢锦棠先生看来,他的《长辛店地名考》就是一篇严肃的历史考论。虽然他使用的材料是《日下旧闻考》中的二手资料,但资料本身并没有错,《元史》的确有"卢沟桥、泽畔店、琉璃河并置巡检司"这段话,而且在卢沟桥与琉璃河之间,可能的"泽畔之店"似乎也只有长辛店,邢锦棠的推论并非没有道理。无论从史料引用还是逻辑推理上看,我们似乎都应该把《长辛店地名考》视作一篇历史论文,把"长辛店古称泽畔店"视作历史知识。

反过来看,本书上述"以'辛'代'新'起于'百日维新'失败"

---

① 王泰栋:《把历史、传说、戏说区分开来看——也谈徐福东渡》,《中共宁波市委党校学报》1998年第5期。

② 中华人民共和国民政部编:《中华人民共和国政区大典·北京市卷》,中国社会出版社2013年版,第125页。

的推论也不是没有猜想的成分。我们并没有足够的文献依据说明由"新"改"辛"跟"百日维新"的失败有直接的关系,即使"盛宣怀向以善于对那拉氏恭维逢迎闻于当时"的引文依据,也是引文作者刘一峰的个人揣测。从这个角度看,本书的历史考辨与邢锦棠《长辛店地名考》本质上是一样的。要说是历史,大家都是历史;要说是传说,大家都是传说。

所谓历史,也即"过去的事实"(《现代汉语词典》)。但是,历史并不能以事实本来的面目而存在,只能表现为"对过去事实的叙述"。正是在这里,历史和传说有了最关键的共同点,因为传说是"关于某人某事的叙述或某种说法"(《现代汉语词典》)。尽管过去传说主要表现为口头传承,而历史主要表现为书面叙述,但在数字传播的时代,其形态上的差别已经湮灭了。

无论传说还是历史,都是我们对于过去发生的事实的解释、说明,或描述。同一则民间传说,如果被司马迁收入《史记》,就成了历史,如果被干宝收入《搜神记》,就成了传说。即便如此,传说和历史还是可以相互转化的。在科学昌明的今天,再也没有人认为《史记·高祖本纪》所述刘媪与蛟龙交合而生太祖的故事是真实的历史事件;反之,在非物质文化遗产保护思潮的影响下,《搜神记·毛衣女》则被注入了新的"历史使命",新余市政府不仅组织专家学者落实了仙女下凡地的具体位置,还重构了仙女的具体形象,赋予她贤妻良母的高尚品德。

本书开头所提及的长辛店名称来历的四种"传说",每一种都包含着部分的历史真实,或者指向其商旅通衢的特征;或者指向其紧邻永定河,水患无常的特征;或者指向其历史上曾经分别叫作长店和新店的事实。每一种传说都有其内在的历史逻辑,都契合了长辛店大街的部分历史特质,符合现代人对于长辛店大街的怀古想象。而且,这些传说大多出自官方文本,对于普通读者来说,这可不就是权威发布?可不就是历史知识吗?

事实上,一则故事被视作历史还是传说,往往取决于故事的源流、讲述的方式,以及讲述者的身份、地位等。以"传说1"为例,这是网上流传最广的长辛店得名传说,"百度百科"以及长辛店地方网站都采信了这种解释,这段话最早可能出自知名北京文史专家户力平先生,他 2007 年发表在《北京晚报》的一篇文章中用了这段话。同是这段话,本书的引文出处注释为"户力平""北京晚报",读者会倾向于认为是一种历史知识;但如果引文出处注释为网友"平凡韩雪"的"新浪博客",读者就会倾向于认为是一种传说。

一般来说，由文史工作者讲述的，以论文或著作形式发表的解说，更容易被人视作历史；由普通群众讲述的，以口述或网帖形式发表的解说，更容易被人视作传说。可是，文史工作者的身份是相对的，户力平、邢锦棠都是知名地方文史专家，他们在当地群众眼里无疑是专家学者，但在职业历史学者眼中却只能算地方文化工作者；他们的历史叙事在当地群众眼里可能是历史知识，但在职业历史学者眼中可能只是传说。同样的职业历史学者，地方历史学者和北京历史学者的身份也有差别，我们经常可以听到北京历史学者嘲笑地方历史学者"地方本位"，言下之意，其知识生产也只可备为一种传说。

历史和传说的分野，更多的是一种话语权的分配，是一种层级压制的关系。当我们标榜自己的叙述是"历史"或"历史研究"，而将对方界定为"传说"或"野史""一家之言"的时候，事实上已经形成了一种竞争、压制的关系。

七　话语威权促成了知识的淘汰和更替

既然历史和传说都只是传说，那历史和传说的分野还有意义吗？当然是有意义的。正如 60 分和 59 分并没有实质的区别，但划定一条及格分数线仍然是必要的。

尽管完美的历史叙述并不存在，但历史也不是一个可以"任人打扮的小姑娘"。历史是有一定叙事法则的，历史首先必须使人相信，必须基于可靠的史料，做出合乎逻辑的叙述。在没有更多新史料或新证据出现之前，叙述必须基于现有史料，合情合理，令人难以驳斥。正因为这样的叙事法则，历史才具有了高于一般传说的话语权威。

大量的田野调查可以证明，叙述者的文化程度越高，其历史叙述也会更加规范，更具可信性。对于许多文盲，或者头脑不够清晰的老人来说，我们很难指望其历史叙述具有较高的可信性。我曾经向长辛店唯一的百岁老人询问大街上的槐树是哪年栽种的，老人说："很多年了。"我改问是否记得 1949 年之前种的还是 1949 年之后种的，老人说："解放后的生活好。"我再问，老人说："文化大革命的时候。"尽管后来的调查证明这些槐树的确种于"文化大革命"期间的1968年，但我对于老人的回答却不敢贸然相信，这并不是因为老人的讲述与事实不符，而是老人的叙事方式让我产生怀疑。

我们常常以为传说是一种人人都可参与的文化创造，呈现为一种开放的叙述姿态，但是，陈泳超在山西洪洞的研究告诉我们，就算是纯粹的"民间传说"，其实也是民俗精英的文化创造；普通村民大多随波逐流，没有明确的责任感，很少参与传说生产。按照当地民俗精英的说法，就算是新生产的传说，也要尊重历史、尊重民俗，体现时代大背景，他们还常常以"不敢乱说"来打击和排斥异己的传说。[①]

不同的叙述者生产了不同的知识，知识与知识并非是平行、并列的，它们之间构成了一种竞争关系。当我们以雄辩的气势将原本已经被视作"历史知识"的"泽畔说"划入"传说"阵营的时候，就等于否认了"泽畔说"的"历史合法性"。一种可能的结果，假以时日，本书的考证将会逐渐淘汰"长辛店古称泽畔店"的说法。事实上，长辛店部分政府官员在看过本章上述论证之后，已经表态将放弃这一提法。

本章对于长辛店地名来历的考证，是以一种历史研究的面目出现的，但是由于关键史料的缺乏，许多关键的论述仍然需要借助想象来完成。虽然我们为这些想象的历史给出了"合理的解释"，但是合理并不代表事实。世界上有许多合理的事情并没有发生，不合理的事情却层出不穷。

完全忠于史实的、完美的历史叙述根本上就是不存在的，这一点已经有无数先贤做过精当的论述，这里不再重复。从这个意义上说，所有的历史叙述其实都只是传说。职业历史学者生产的传说当然会更精致、更具说服力，他们不愿意混迹于芸芸传说之间，更愿意区分历史与传说，并且将自己划入历史研究的阵营，将对方划入传说阵营。

尽管纯粹的历史真相是永远不可能抵达的知识彼岸，但无限地向彼岸靠拢依然是我们不断追求的目标。离开彼岸一百步的"传说"固然未达彼岸，离开彼岸五十步的"历史"依然未达彼岸，可是，在传统的话语体系中，五十步却拥有了嘲笑一百步的权力。

尽管五十步和一百步都只是我们想象中差别，合情合理的五十步未必就比"假语村言"的一百步更接近历史真相。但是，五十步的知识体系

[①] 陈泳超：《规范传说——民俗精英的文艺理论与实践》，《文化遗产》2014年第6期。

总是比一百步的知识体系让我们感觉更踏实、更可靠、更有信心。而所谓的历史建构，正是在这种优胜劣汰的基础上逐步累积而成的。

我们需要多元的传说来丰富我们的生活，但也需要通过历史的话语威权来淘汰那些不具有现实意义的、明显与史实不相吻合的、可能扰乱我们知识系统的传说。我们可以设想，如果出现新的史料，能证明卢沟桥西确有一个"泽畔店"，那么，"长辛店古称泽畔店"这则旧传说就有可能获得新的生命，而本书的长篇大论则必须遭到淘汰，否则，各种互相矛盾的知识不分良莠共存于同一体系，只能导向历史虚无主义。

传统知识论认为历史知识是一种不断累积的文化系统，可事实上，在人类历史上，知识的增长亦如生命的新陈代谢，累积的知识相对于被淘汰的知识来说，只不过是九牛一毛。人类的知识体系不可能无限地兼收并蓄，知识与知识之间存在着激烈的竞争，不断地上演着更新和再造。张士闪在小章竹马的叙事研究中发现，"知识从来就是在艺人与乡民的相互磋商之中逐渐塑形"，乡民会不断对既有的家族传统予以追溯和评估，进而采取选择性的遗忘、创新和知识更替，民间知识"不具有结构的永久稳固性，而是徘徊于传承与再造之间，在知识的不断发明与增长的过程中自我更新"[1]。

知识更替的本质就是知识革命，五十步的历史与一百步的传说之间的关系，犹如长江后浪推前浪，一浪接一浪地涌向真理的彼岸，历史的后浪涌起，前浪就变成了传说。而彼岸的史实，却如顾颉刚先生所说："最高的原理原是藏在上帝的柜子里，永不会公布给人类瞧的。"[2]

小结 历史因传说而完整，因传说而精彩

真实的历史已经被上帝锁进了柜子，强烈的历史欲却又驱使我们不停地试图接近历史、了解历史，于是，我们站在上帝的柜子边上，展开了无穷无尽的再造历史的想象，形成了多元丰富的传说。可是，绝大多数传说从一开始就注定了被淘汰的命运。一方面是旧传说旧历史不断遭到淘汰，

---

[1] 张士闪：《乡民艺术民族志书写中主体意识的现代转变》，《思想战线》2011年第2期。
[2] 顾颉刚：《古史辨自序》上册，商务印书馆2011年版，第47页。

一方面是生生不息的新传说再生产，两种进程交织在一起，构成了历史建构截然相反的两个面向。

历史是以文字记录和实物考证为依托的，文字缺失的地方，是历史研究望洋兴叹之处，也是传说生产的英雄用武之地。顾颉刚先生很早就注意到了，这里正是"圣贤文化"与"民众文化"的分野之处。"研究圣贤文化时，材料是很丰富的，中国古来的载籍差不多十之八九是属于这一方面的；说到民众文化方面的材料，那真是缺乏极了。"缺乏材料的民众历史依靠什么来构建呢？依靠传说！传说是一种基于既有历史知识，借助想象再造的历史。

人类为了满足自己的历史欲，会提出各种启发性的历史问题，不断刺激新传说的再生产。在那些没有文字记载和书面历史的领域，民俗精英正好大显身手，他们借助类比、关联、归纳、想象、磨合、矫正等"历史文学化"的创作方式，生产出了无限丰富的传说。那些更精致可信、更契合民众趣味、更适应时代需要的传说会得到更多的认同、更广泛的传播，经过时间的筛洗和沉淀，逐渐达到"文学历史化"的效果，于是，部分传说就成了区域社会的历史知识。

民俗精英一般都会很好地处理新传说与既有权威历史知识之间的微妙关系。那些优秀的传说总是会努力保持其与地方志、族谱、文人著述等文字传统的一致性追求，并且"倾向于将本地区的历史与文明传统演绎得悠久古老，竭力与上古圣贤、神灵怪异发生关联，以贴近'人杰地灵'的叙事逻辑。或者说，我们看到了地方社会在不断地重新定义和重构自身伟大传统的努力，只不过县志以县境为单元，村落则以村境为指向"①。

我们前面已经说到，所有的传说都有历史的特点，同样，所有的历史都有传说的特点。所谓历史与传说的区别，是学术发展不断精细化的结果，是精英阶层为了区分自己的传说和普通老百姓的传说而做出的划分。在绝大多数老百姓眼里，或许根本没有区分的必要，历史就是传说，传说就是历史。正如陈泳超的调查对象李学智老人所说："传说的生息就是历史真实的延袭，推动生息延袭的动力是一种心的力量，这力量就是人们不愿意忘记自己的祖宗……陈老师，实话对您讲，我的思想叫走亲习俗绑架

---

① 张士闪："山东村落田野研究丛书·总序"，见刁统菊著《横顶村》，山东大学出版社2017年版。本章最后一节的写作受到张士闪教授该序文启发，特此致谢。

了，挣也挣不开，脱也脱不掉，您坚持您的疑古观，我坚持我的'真的有'。反正我总不能忘记我的老祖宗。"①

民众一样有寻根溯源的历史欲，有朝花夕拾的浪漫情怀，有塑造伟大传统的崇高追求，可是，由于文字的缺失，精英历史面对民间文化显得束手无策。这种束手无策同样是两方面的，一方面是无从建构，一方面是无力排斥。所以我们看到，越是偏远的乡村，越是文字缺失的领域，传说越丰富，民众对于传说的执念也越加坚定。从这个意义上说，传说不仅是民众的文学创作，也是民众的历史叙事。

假设我们悬置历史的"真实性"诉求，就会发现：因为有了传说的需求，民众的历史想象力和文学创造力有了用武之地；因为有了传说的存在，我们在精英的历史之外发现了民众的历史；因为有了传说的补充，人类历史变得更加丰富而完整。传说回答了我们对于历史的各种疑问和猜想，将残断的历史连缀成了一幅完整的画卷。传说在历史缺席之处充当了历史的化身，传说为既有的历史骨骼填充了血肉，传说让历史变得更加饱满、更有温度、更具生活气息。

历史给传说留出了足够挥洒的巨大空间，历史的挑剔和淘汰功能，又让那些优秀的传说得以脱颖而出，免于泯然众说。我们无法保证每一项知识生产都是有意义的，研究者们所从事的，就是在不断否定的历史考辨中，以更加丰满的证据和更为科学的认识，一方面不断生产新传说，一方面通过修正、淘汰、更替、覆盖，不断地将一百步外的传说推进到五十步之内，用这种不懈的努力，建设起更丰富多彩、更稳定有效、更富有意义的人类知识体系。

（本章原题《五十步笑百步：历史与传说的关系——以长辛店地名传说为例》，原载《民俗研究》2018 年第 1 期）

---

① 山西洪洞县李学智老人针对陈泳超《背过身去的大娘娘》一书所写的"读后感"，2017年7月7日。